ON THE ENEMY'S SIDE

HAMOUR BAIKA

Unrolling Script

Washington, DC

Published by Unrolling Script in the United States of America

Cover design by Jessica Bell
Interior design by Mirajul Kayal
Interior graphics by Suhendar 43 (Gates of Karound Prison, Ahwaz; White Bridge, Ahwaz; Abadan Museum, Abadan; Asef Vaziri House, Sanandaj; Jame' Mosque, Orumiyeh)

ISBN: 978-1-7346337-5-7 (paperback)
978-1-7346337-6-4 (ebook)
Library of Congress Control Number: 2020903205

www.HamourBaika.com

همایون پایدا

همراه دشمن

داستان

واشینگتن ۲۰۲۳

همور بایکا

همراه دشمن

ISBN: 978-1-7346337-5-7

چاپ: ۲۰۲۲

حق چاپ محفوظ است.

با خواندن کتاب «همراه دشمن»، از روزنه یک بند زندان، نمایش تاریخی انقلاب ایران را مشاهده می‌کنیم... این کتاب درباره یافتن یک قطب‌نمای درونی است که در لحظات آشفتگی، ویرانی و خشونت، راهنمای ما باشد. خواننده از وقایع تاریخی باخبر می‌شود و به صبر و شجاعت و مهربانی خود می‌افزاید... دو شخصیت اصلی داستان، با وجود نابسامانی اجتماعی و اختلافات سیاسی، یاد می‌گیرند که چطور پیشداوری‌ها و تعصب‌های خود را کنار بگذارند و خواستار یک نوع انقلاب دیگر باشند.

بوتاکوز کسیمبکووا، مورخ و نویسنده

همور بایکا گوینده داستانی است ضروری، داستانی که در زمان گروگان‌گیری سیاستمداران آمریکا در ایران، به سیاحت در قلمروی پیچیده عشق میان زندانی و زندانبان می‌پردازد؛ داستانی که به ندرت در مورد دو مرد همجنسگرا گفته می‌شود، به خصوص در یکی از کشورهای خاور میانه. بایکا با نوشتن داستان مخفی و غیرقانونی مردان همجنسگرا در ایران، صدای آنها را به گوش خواننده می‌رساند.

جان کوپنهاور، نویسنده

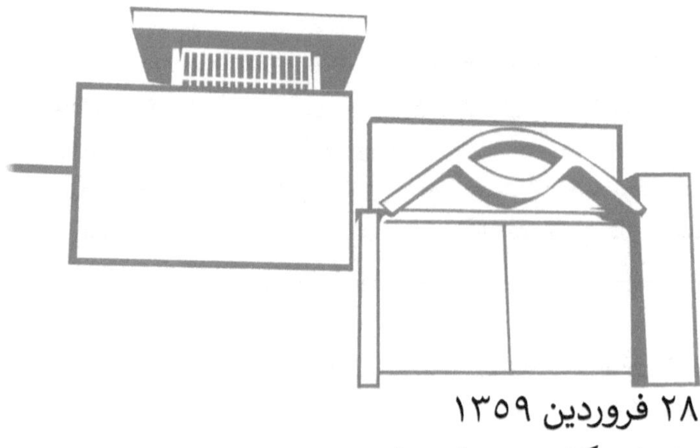

۲۸ فروردین ۱۳۵۹
زندان کارون، اهواز

نسیم گرم و مرطوبی به صورت ولید خورد، یکی از پنج نفری که چشم بسته در حیاط زندان با طناب به تیر بسته شده بودند. از زیر چشمبندی که نه چندان محکم به چشمش زده بودند، می‌دید که در اثر طوفان شن، لایه‌ای از غبار روی زمین نشسته است. ریگهای کوچک و بزرگ، زیر اولین پرتوهای سحرگاه می‌درخشیدند. تقریبا ده متر دورتر، شنید که پاسداری دارد تای ورقه کاغذی را باز می‌کند. وی مشغول خواندن حکم دادگاه انقلاب شد که چند ساعت پیش در تاریکی شب صادر شده بود:

«بسم الله الرحمن الرحیم. همانا هر کسی بر علیه جمهوری اسلامی قیام کند، باغی و محارب است.»

ولید شنیده بود که حاکم شرع برای اجرای حکم اعدام حضور پیدا نخواهد کرد. احتمالا حال و حوصله‌اش را نداشت که قبل از طلوع آفتاب از خواب بیدار شود. صدای نفس کشیدن چهار مردی که همانند او و در آستانه اعدام بودند، به آسانی شنیده

می‌شد. ولید خودش را دلداری می‌داد که حد اقل تنها نیست. زانوانش می‌لرزیدند ولی سعی می‌کرد در برابر حکمی که عدالت را به تمسخر گرفته بود، سرافراز بایستد.

فکر می‌کرد که تمام وجودش در هم می‌شکند. مثل پوست تخم مرغ زیر دندانهای یک شغال گرسنه. تپش قلبش تندتر و تندتر می‌شد و تنفس را برایش مشکل می‌کرد. ای کاش می‌توانست خانواده‌اش را بار دیگر ببیند. لبخند مهربان مادرش را، هنگامی که ولید شکلک در می‌آورد که برادرزاده کوچکش را بخنداند. اما دیگر امکان دیدار خویشان وجود نداشت. آخرین باری که آنها را دیده بود زمان بازداشتش بود. مادرش فریاد می‌زد که «کجا می‌برینش؟ کاری که نکرده.»

به مادرش گفت که به زودی برمی‌گردد ولی نه مادرش این حرف را باور کرد و نه خودش.

هم اکنون، به جای بازگشت به خانه، در انتظار جوخه اعدام بود. بوی مرگ را احساس می‌کرد. مثل غباری که هنگام طوفان شن، بینی آدم را آزار می‌داد. سه روز پیش در زمان بازداشت، حکم اعدام غیرقابل باور به نظر می‌رسید.

ولید افسوس می‌خورد که چقدر در کودکی والدینش را به زحمت انداخته بود. یک بار از بالای درخت کُنار به زمین افتاد. پدرش به سرعت از سرِ کار به بیمارستان آمده بود. تا آن زمان، هرگز او را چنین نگران ندیده بود. خوشبختانه ضربه مغزی نشده بود. باید به توصیه مادرش گوش می‌داد و کُنارها را از روی زمین جمع می‌کرد.

از خودش می‌پرسید که پس از مرگ چه اتفاقی می‌افتد. می‌گویند که وقتی فرد بیگناهی کشته می‌شود، به بهشت می‌رود. جوان بود. نوزده سال، فرصت زیادی برای ارتکاب گناه نبود. اما زیر سلطه حکومت جدید، عرب بودن برای اثبات جرم، مدرک کافی به شمار می‌آمد.

صدای یکنواخت و خواب‌آلودی، او را از عمق افکارش بیرون کشید. انگار یک عمر طول کشید تا خواندن حکم دادگاه به اتمام برسد. «دادگاه انقلاب اسلامی استان خوزستان این افراد را به جرم انفجار لوله‌های نفت، ایجاد گروه ترور که از رژیم بعث عراق مواد منفجره و حمایت مالی دریافت می‌کرده است و همچنین به جرم خرابکاری و آشوبگری نافرجام، گناهکار شناخته و به اعدام محکوم می‌کند.»

صدای پای کسی را شنید که روی زمین خاکی لخ می‌کشید. گویا صدای چکمه‌های افراد جوخه اعدام بود. چکمه سربازانی که جلوی متهمان ردیف می‌شدند. حضور سنگین آنها، نفسش را تنگ می‌کرد. پلکهایش را محکم به هم فشرد و منتظر مرگ ایستاد. فکر کرد وقتی دوباره چشمانش را باز کند، دنیای آخرت را خواهد دید.

لحظات آخر بود. صدای آماده شدن اسلحه دژخیمان به گوش می‌رسید. احتمالا کلاشنیکف بود. ضربان قلب ولید از صدای آن هم بلندتر شده بود. افسری، با شجاعت هر چه تمامتر در برابر پنج تن بیدفاع چشم و دست بسته، ایستاد و زوزه کشان فریاد زد: «آماده!»

قلب جوانک طوری می‌تپید که انگار در آستانه انفجار بود.

«هدف!»

سینه‌اش گر گرفت. دلش می‌پیچید. سرش به قدری درد می‌کرد که گویا با چکش به آن می‌زدند. حالت تهوع به او دست داده بود.

«آتش!»

ماشه‌ها کشیده شدند و تفنگها صدای رعدآسایی سر دادند. گلوله‌ها بدنشان را سلاخی کردند. ولید صحنه اعدامش را طوری مجسم می‌کرد که گویی دارد مثل یک شبح آن نمایش شوم را از بالا نظاره می‌کند. انگار که بیننده این کشتار بود، نه قربانیش. گلوگه‌ای شاید پیراهن خاکستریش را پاره کرده بود.

ولید همچنان منتظر بود که از هوش برود. به انتهای زندگی خاکی رسیده بود. دیگر وقت رفتن بود. چند لحظه دیگر مادربزرگش را دوباره ملاقات می‌کرد. حتما برایش کلوچه می‌آورد. کلوچه با کشمش و شیره خرما. برای رهایی از آن زندان خفقان‌آور ثانیه شماری می‌کرد. پس کی راحت می‌شد؟ چشمبندش از عرق خیس شده و پیشانیش را به خارش انداخته بود.

باز هم صبر کرد. گوشهایش را تیز کرده بود. ولی هنوز به جز صدای لخ کشیدن چکمه‌ها روی زمین، چیزی نمی‌شنید. هوا مملو از بوی باروت و خون بود. یک جای کار اشکال داشت. زمان بین اصابت گلوله و مرگ نمی‌بایست اینقدر طولانی باشد.

سعی کرد نفس عمیقی بکشد. ششهایش مثل سنگ شده بود. قلبش چنان می‌تپید که انگار می‌خواست از سینه‌اش بگریزد. صدای مشاجره پاسدارها را می‌شنید. گرچه نمی‌فهمید که چه می‌گویند.

کسی به او نزدیک می‌شد.

بدون اینکه بداند چه بر سرش می‌آید، بدنش را کشیدند و از تیر چوبی جدایش کردند. با دستهای بسته‌اش تیر را گرفته بود و رها نمی‌کرد. با تمام نیرو، انگشتانش را محکم دور تیر گره کرد تا نتوانند ببرندش. هر چه بیشتر تقلا می‌کرد، سربازها با نیروی بیشتری دست و پایش را می‌کشیدند.

صدای گوش خراش زوزه‌ای بلند شد و او را ترساند که خشکش زد. چنین ضجه جگرسوزی را تا آن زمان نشنیده بود. همانند ناله گرگ مجروح بود. ولید احساس می‌کرد که گلویش خراش برداشته است. متوجه شد که صدای زوزه از حنجره خودش برمی‌آمد.

به محض اینکه آرام گرفت، صدای فردی را شنید. «چشمبندش رو وا کن، احمق!»

کسی موهایش را از پشت کشید. در عرض یک ثانیه دنیا روشن شد. آفتاب طلوع کرده بود.

آنچه می‌دید از مرگ بیشتر او را ترساند. هنوز در حیاط زندان کارون بود و هنوز

اسیر ماموران دولتی.

همچنان که چانه‌اش می‌لرزید به اطرافش نگریست. بدن چهار مرد دیگر هنوز به تیرها بسته بود. پیراهنشان از خون رنگین گشته بود. همه ساکت بودند و در آرامش ابدی.

مزه اسید معده‌اش را در گلویش احساس می‌کرد. قورتش داد. نباید در برابر این مردان حالش بهم می‌خورد. گرچه نمی‌شناختشان ولی با مردگان می‌بایست با احترام رفتار می‌کرد.

چه اتفاقی افتاده بود؟ این یک کابوس هولناک بود یا تمسخر ایزدی؟ انگار که الهه‌ای فیلم اعدامش را به عقب برگردانده بود.

ولید آرزو کرد که ای کاش مثل دیگران بیجان و آرام می‌بود.

برگشت و به کسی که سرش داد می‌زد نگاه کرد. با چهره پلیدی روبرو شد. همان کسی بود که چند دقیقه پیش حکم دادگاه را می‌خواند. یکی از دندانهایش شکسته بود. دهانش بو می‌داد. ترشحات زرد چشمش هنوز در گوشه چشمش دیده می‌شد. از فرط خشم، صورتش سرخ شده بود.

ولید گرگی را که درونش لانه کرده بود، دوباره فرا خواند و با نهایت نیرویش دوباره فریاد کشید. امید داشت که با این کار از خواب بیدار شود. ولی با وجود ناله و شیون، از جایش تکان نخورد. پاسدارها با عصبانیت محاصره‌اش کردند.

«خفه خون بگیر! چرا مثل حیوون زوزه می‌کشی؟»

چند نفر دیگر هم به کنارش آمدند. یکی از آنها، به سربازی که در جوخه اعدام بود، ناسزا می‌گفت. احتمالا همان کسی که می‌بایست به ولید شلیک می‌کرد.

«مگه مریضی؟ هدف گیری بلد نیستی؟»

«تقصیر من نیست. کسی بهم یاد نداده چطور شلیک کنم.»

«حالا باهاش چی کار کنیم؟»

ولید می‌خواست بگوید «شلیک کنین! راحتم کنین!» ولی زبانش بند آمده بود. خورشید در آسمان بلندتر می‌شد و این واقعیت را روشن می‌کرد که جوانک هنوز هم زندانی است. پاسدارها او را به سمت ساختمان زندان کشاندند.

در این کشمکش، ولید به زمین افتاد. سعی کرد مقاومت کند. شروع کرد به مشت و لگد زدن.

«چرا مثل خر لغت می‌زنی؟ باید خوشحال باشی زنده‌ای.»

پاسدارها روی زمین می‌کشاندنش. ولید نعره می‌زد و سعی می‌کرد خودش را از دستشان آزاد کند. دعا می‌کرد: «خدایا، نذار منو برگردونن اون تو.» دیگر می‌دانست که خواب نمی‌بیند. هنوز زندانی بود و گرفتار.

چند ساعت بعد، کاملا مشهور شده بود. از آن به بعد، زندانیان و زندانبانانی که نعره‌هایش را شنیده بودند، «جانور» صدایش می‌کردند.

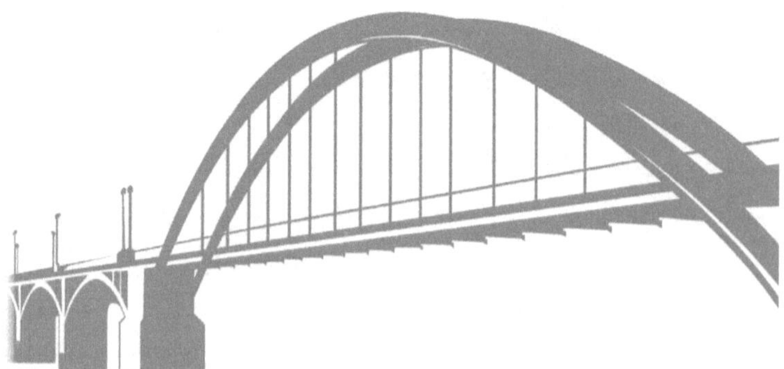

اهواز

حسام گمان می‌کرد که پس از بازگشت از ایتالیا دیگر غریبه نخواهد بود ولی به زودی پی برد که ایران هم نقاط ناآشنا زیاد دارد. از خودش می‌پرسید که آیا با آمدن به اهواز برای خدمت به توده‌ها مرتکب بزرگترین اشتباه زندگیش شده است. چند ساعت پیش رسیده بود و هر چه را که می‌دید، به او یادآوری می‌کرد که غریبه هست و به اینجا تعلق ندارد.

حتی در اوایل اردیبهشت، هوا گرم و سوزان بود. تمام شهر بوی رطوبت می‌داد مثل زیرزمین خانه کودکیش که مادرش در آن سرکه انگور درست می‌کرد.

مشغول رانندگی اتومبیل جیپ گشت سپاه پاسداران بود. رنگ زرد و شاد جیپ به او قوت قلب می‌داد. تنها چند بار پشت فرمان نشسته بود و رانندگی ماشین بزرگی مثل جیپ برایش مشکل بود. سمت راستش ناصر نشسته بود. گرچه تازه ملاقاتش کرده بود، ولی برایش احترام بخصوصی قائل بود. او با وظایف کاری آشنایی داشت. حدس

می‌زد که تقریبا ٢٤ ساله باشد، دو سال از خودش بزرگتر.

«از تهرون میای؟»

«بله.» حسام توضیح نداد که در واقع از شهر رم آمده است. ولی هفته پیش بود که هواپیما در مهرآباد نشسته بود. پس دروغ نمی‌گفت که از تهران آمده است. خودش را قانع کرده بود که برای خدمت به وطن، تحصیلات پزشکیش را در ایتالیا رها کرده و به سپاه پاسداران ملحق شده است. ولی در ته دلش می‌دانست که علت حقیقی بازگشتش، گریز از دوستش اومبرتو بوده است. از شدت مهر و محبت اومبرتو به هراس افتاده بود. در عین حال، انقلاب فرهنگی به درگیری در دانشگاه‌ها انجامید و حسام از آن به عنوان بهانه‌ای استفاده کرد تا مشکلات شخصیش را در رم رها کند و به ایران بازگردد.

تحت عنوان انقلاب فرهنگی، مسئولان چند روز پیش اعلام کرده بودند که باید دانشگاه‌ها از عواملی که حکومت آنها را غیراسلامی می‌خواند پاکسازی شوند. دانشجویانی که هوادار گروه‌های مخالف سیاسی بودند، حاضر نشدند که دفترهایشان را در دانشگاه‌ها ببندند. در نتیجه، با ماموران سپاه پاسداران و کمیته‌های انقلاب که قصد داشتند آنها را به زور بیرون کنند، برخورد کردند. در دانشگاه‌های مختلفی درگیری پیش آمد، از جمله دانشگاه جندی شاپور اهواز.

حسام فکر می‌کرد که این گروه‌ها می‌بایست دانشگاه‌ها را ترک می‌کردند. به این ترتیب، چنین گروه‌هایی دیگر نمی‌توانستند افکار دانشجویان را منحرف کنند. اما بهتر بود که این کار با روش مسالمت آمیزی انجام شود، نه به زور باتوم و گلوله.

از روی چاله‌ای در آسفالت تکه تکه رد شد و خودرو به شدت تکان خورد. متوجه چاله دیگری شد و فرمان را چرخاند تا در آن نیفتد. در هر دو طرفشان، درختهای نخل و گهگاه اکالیپتوس، مثل سوزن میخی قطعات خیابان را در جا نگه می‌داشتند. به علت حرارت هوا، مردم لباس نازک به تن داشتند. وقتی که حسام مردی را دید که پیراهن رکابی پوشیده بود، کاملا غافلگیر شد. به نظر کمی ضدانقلابی می‌آمد که آدم مثل فرنگیها، یا بدتر از آن، مثل آمریکاییها لباس بپوشد. دو زن جوان پیاده به طرف جیپ می‌آمدند. پیراهن ایشان به زانویشان می‌رسید. پس اینجا با ایتالیا چه فرق داشت؟ به محض اینکه متوجه جیپ گشت سپاه شدند، به یک کوچه فرعی پیچیدند. فرقش همین بود. البته حسام بر این باور بود که هر کسی باید بتواند طوری که دوست دارد لباس بپوشد. ولی حالا که پاسدار شده بود می‌دانست که همکارانش با این حق انتخاب مخالفت می‌کردند. تصمیم گرفت هیچ وقت دختری را به دلیل لباسش، مورد انتقاد قرار ندهد.

برعکس فارسها در لباسهای مدرن، عربها خیلی به چشم می‌آمدند. حسام پیش از این هرگز به جنوب نیامده بود و شخص عربی هم ندیده بود. ولی همانطور که در فیلمها دیده بود لباس می‌پوشیدند. مردهایشان پیراهنهای سفیدی به تن داشتند که تا

نوک پایشان می‌رسید و شال سفید و سرخی به سر بسته بودند. جامه زنهایشان عبارت بود از روسری عربی و عبای سیاهی که تمام بدنشان را می‌پوشاند. حسام حدس می‌زد که با چنین لباسهایی حتما بسیار احساس گرما می‌کنند.

ناصر حواسش را پرت کرد. «خیلی به کمک احتیاج داریم. خوب شد اومدی.»

حسام تلاش کرد که بیشتر به مسافرش توجه کند که رتبه‌اش از او بالاتر بود. ولی به جای آن، یاد پسر زندانی افتاد که اول صبح دیده بود. زندانی بود یا بازداشتی؟ در شرایط کنونی مگر فرق هم می‌کرد؟ مژه‌های بلندی داشت و چشمهایی به رنگ ویولن: گرم، ژرف، دلربا. می‌توانست در ذهن خود نوای موسیقی ویولنها را بشنود، انگار که مسحور شده بود. اسم آن پسر را نمی‌دانست. به همین جهت نامش را «ساحر» گذاشته بود.

پسرک محبوس تمام افکار حسام را تسخیر کرده بود. چرا زندانی شده بود؟ چه اتهامی داشت؟ خلافکار بود یا زندانی سیاسی؟ حسام افسوس می‌خورد که ضد انقلاب چنین بلاهایی سر جوانان وطنش می‌آورد. چندین بار در طول صبح، وسوسه شد که به زندان بازگردد تا ساحرش را پیدا کند، قبل از اینکه کاملا گم شود یا آزاد گردد.

ناگهان متوجه شد که مسافرش هنوز گرم صحبت است. «همه باید این کار رو بکنن. کمک زیادی از تهرون به ما نمی‌رسه. با این آشوبهای توی دانشگاه، الان همه چیز سختتر هم شده.»

حسام می‌خواست نشان دهد که به حرفهایش گوش می‌کرده است. «ضد انقلابها دارن بچه‌ها رو منحرف می‌کنن.»

ناصر با اشتیاق دوچندان افزود: «دقیقا همینطوره. اصلا هدفشون همینه. که دانشگاه‌ها رو به جبهه جنگ تبدیل کنن.»

«شرم آوره.» حسام امیدوار بود که همین حرفش برای موافقت با ناصر بسنده باشد. هنوز افکارش مشغول پسر زندانی بود. می‌بایست حواسش را روی ناصر جمع می‌کرد. یک دوچرخه سوار که به سمت آنها در حرکت بود، ناگهان دور زد و مسیرش را تغییر داد تا از آنها دور شود.

«برادرها رو می‌کشن که به اهداف پست خودشون برسن و به شیطان بزرگ خدمت کنن.»

حسام نمی‌دانست دیگر چه بگوید. به فکر کارهای شخصیش افتاد. باید در این شهر جدید خانه پیدا می‌کرد، با محله آشنا می‌شد، مسئولیتهای کارش را یاد می‌گرفت و به شرایط جدید زندگیش عادت می‌کرد. برای خدمت به هموطنانش از ایتالیا به ایران بازگشته بود. ولی تاثیر این تصمیم در زندگی شخصی و حرفه‌ایش چه بود؟

گویا ناصر نگرانیش را حس کرد: «می‌ترسی برادر؟»

حسام غافلگیر شد و نمی‌دانست چه بگوید.

«نترس. همه چی درست می‌شه. تا وقتی خدا با تو باشه، دیگه ترس از چی؟ منم که

هستم. کمکت می‌کنم. از بهترینهای سپاه می‌شی.»

به زور لبخند زد. چاره‌ای نداشت جز اینکه به ناصر اعتماد کند. گرچه رئیس تازه‌اش یک رفیق سوسیالیست نبود. حتی آتئیست هم نبود. ولی حد اقل با وظایف کاری آشنایی داشت و در حال حاضر همین کافی بود.

«باید کنترل شهر رو به دست بگیریم. ضدانقلابها نهایت سعی‌شونو می‌کنن که تفرقه ایجاد کنن. این براشون بهترین سلاحه. اگه مردم به ما سوء ظن داشته باشن، ضد انقلاب بازی رو برده. باید خیلی حواس‌مونو جمع کنیم و قاطع باشیم. نمی‌شه باهاشون با شفقت رفتار کنیم، وگر نه تمام انقلاب به خطر می‌افته.»

حسام به اطرافش نگاه کرد. نمی‌دانست در این شرایط ناآشنا چطور خوب را از بد تشخیص دهد. بعضی عابران به جیپ خیره می‌شدند و برخی حتی نگاه هم نمی‌کردند. ولی نمی‌دانست کدام رفتار، معمولی و کدام مظنون بود. باید بدون اینکه ناشی به نظر آید، وضعیتش را برای ناصر تشریح می‌کرد. «من... فقط دو سه روزه وارد سپاه شدم. اینه که خیلی...»

ناصر دلداریش داد: «تازه واردی. می‌فهمم. اشکال نداره. من یادت می‌دم. الان هدف اینه که شهر رو امن نگه داریم. هر کی مشکوکه می‌گیریم و بازجویی می‌کنیم. باید مطمئن بشیم که کاسه‌ای زیر نیم کاسه نباشه.»

ناصر طوری وانمود می‌کرد که انگار دستورالعملش واضح و منطقی است. ولی حسام چطور می‌توانست فرق بین مشکوک و عادی را تشخیص دهد؟ دوچرخه سواری که دیده بودند، هوادار چه گروه سیاسی بود؟ زنان جوانی که به کوچه پیچیدند چطور؟ این سوالها هنوز برایش مطرح بود، ولی تصمیم گرفت که همچنان ساکت بماند و منتظر دستور بعدی باشد.

حسام به طرف پل سفید راند. از روی پل، علفهای پارک و نخلهای کنار رودخانه بهتر دیده می‌شدند. پل سفید تنها منظره‌ای از اهواز بود که قبلا آن را دیده بود، آن هم در کارت پستال. آب رودخانه سنگین و قهوه‌ای بود و به نظر می‌رسید که توان حرکت کردن نداشت. برعکس کارت پستالها، برگ درختان کمرنگ و بی‌طراوت بودند.

به آینه نگاه کرد. هنوز به پوشیدن لباس ارتشی عادت نکرده بود. چکمه‌هایش برای این هوا مناسب نبود. صبح وقت نداشت که اصلاح کند. ولی این طوری بهتر بود. می‌دانست که مقامات حکومت جدید اعلام کرده بودند که تراشیدن ریش شایسته نیست. نمی‌خواست که از روز اول به عنوان کسی شناخته شود که از دستورها سرپیچی می‌کند. از درون سپاه می‌توانست تاثیر بیشتری در بهبود جامعه داشته باشد. امید داشت که بتواند الگوی همکاران خود شود: که با دشمنان و ضد انقلاب مقابله کنند و مردم عادی را راحت بگذارند. چه اهمیتی داشت که دامن زنان یا ریش مردان به چه اندازه است؟

ناصر ریش پرپشتی داشت ولی موهای سرش را ماشین کرده بود. تقریبا کلیه

پاسداران همین ریخت بودند.

چشم حسام به چند مرد عرب افتاد که کنار چهارراه ایستاده بودند. «چرا اینجوری لباس می‌پوشن؟ اینجا که سعودی نیست.»

ناصر جواب داد: «بذار ببینیم چی کار می‌کنن.»

موافقت مافوقش موجب خوشحالیش شد. شاید آنقدر که تصور می‌کرد ناشی نبود. ترمز کرد. ابری از گرد و غبار از زمین بلند شد. ناصر از اتومبیل پیاده شد و دستش را روی هفت تیرش گذاشت. حسام به دنبالش رفت.

«چیه؟ چه خبره؟»

پنج نفر به آنها خیره شده بودند. یکی از آنها سیگار می‌کشید. دو تن از ایشان سراسیمه با تسبیحشان بازی می‌کردند. یکی از آنها ریش سفیدی داشت و یکی از دندانهایش شکسته بود. هیچکدامشان پاسخی ندادند.

«مگه کرین؟ گفتم چه خبره؟!»

مرد ریش سفید جواب داد: «خبری نیست. داریم با هم صحبت می‌کنیم.»

«مگه کار و زندگی ندارین؟ برین سر کارتون.»

«مگر کار غیر قانونی کردیم؟ واستادیم حرف می‌زنیم.»

«دلیلی نداره مثل اوباش ازدحام کنین. برین خونه‌هاتون.»

حسام فکر کرد نیازی به بددهنی نبود. ولی ناصر هشدار داده بود که نباید با آنها با شفقت برخورد کرد. به اجبار اخم کرد و دست به کمر ایستاد.

مردها بدون هیچ واکنشی به آنها می‌نگریستند. ناصر هفت تیرش را در آورد. «گفتم برین خونه‌هاتون. پراکنده شین.»

پیرمرد اعتراض کرد: «من همسن پدر توام. این چه وضعیه؟»

«نپرسیدم چند سالته! برین خونه‌هاتون تا مجبورتون نکردم.»

جوان‌ترینشان به طرف آنها قدم گذاشت: «چرا گیر دادین به ما؟ کاری نکردیم که. تو خیابون واستادیم. مگه جرمه؟»

حسام کف دستش را به شلوارش مالید تا عرقش را خشک کند. دلش می‌خواست یواشکی به او بگوید که آرام باشد و ناصر را بیشتر عصبانی نکند. ولی ناصر بین او و مرد جوان ایستاده بود.

جوانک اضافه کرد: «اگه عرب نبودیم، کاری با ما نداشتین. ولی با عربها مشکل دارین. اینه دستاورد انقلابتون واسه ما؟»

حسام اعتقاد داشت که ایران برای همه ایرانیان است، از جمله عربهای ایرانی. ولی منتظر شد تا ناصر جواب دهد.

«خفه شو برو و خونه‌ات.»

یکی از آنها دست مرد جوان را گرفت و به ناصر گفت: «باشه رفتیم. می‌ریم خونه.» به عربی به مرد جوان هشدار داد. دیگران هم شروع به حرف زدن کردند.

مرد جوان حاضر نبود عقب‌نشینی کند. صورتش از خشم سرخ شده بود. «خودت خفه شو! اگه مردی هفت تیرتو بذار کنار، بعد حرف بزنیم.»

«بسه دیگه!» حسام مداخله کرد. قبل از اینکه کار به جای باریک می‌کشید، باید به ماجرا خاتمه می‌داد. «برین خونه‌هاتون.»

«خودت برو خونه‌ات. بی‌آبرو!»

ناصر پرسید: «اسمت چیه؟»

«نجیب.»

«هه! نانجیب!»

حسام ناراحت شد که به جای آرام کردن وضعیت، ناصر بالعکس تحریکشان می‌کرد. اگر ناصر رئیسش نبود به او می‌گفت که ساکت شود.

ناصر هفت تیرش را به سمت آسمان گرفت. «همه‌تون خائنین! اولین کسایی که کشور رو به بعثی‌های عراق فروختین. لامذهبها.»

«لامذهب خودتی!» نجیب به زمین تف کرد.

ناصر اعلام کرد: «تو بازداشتی.» بعد به او نزدیکتر شد. «حسام، دستشو ببند.»

حسام اطاعت کرد. ناصر بلافاصله با هفت تیرش محکم به صورت نجیب زد.

حسام خجولانه زیر لب به ناصر گفت: «آروم باش.»

سایرین هم اعتراض کردند.

«چی کارش دارین؟ ولش کنین.»

«جوونه. ببخشیدش.»

«اشتباه کرده. بذارین بره.»

پیرمرد میانجی گری کرد: «اون اشتباه کرد و تو زدیش. دیگه بزرگی کن و بذار بره.» داد و بیداد اوج گرفت. ناگهان صدایی مثل رعد، حسام را از جا پراند. چند لحظه طول کشید تا بفهمد که ناصر به آسمان شلیک کرده است. «دفعه بعدی به تو شلیک می‌کنم.»

قبل از اینکه وضعیت بدتر شود حسام نجیب را به طرف جیپ هل داد تا به معرکه پایان دهد.

نجیب تلوتلو خورد ولی نیفتاد. «نمی‌تونین ملت عرب رو شکست بدین. ما هیچوقت سرمونو جلو شماها خم نمی‌کنیم.»

ناصر فریاد زد: «خفه خون بگیر تا خودم خفه‌ات نکردم.»

حسام در را باز کرد تا نجیب سوار شود. حالا صدای اعتراض دیگران بلندتر شده بود.

ناصر داد زد: «اگه کس دیگه‌ای هم می‌خواد بیاد، بیاد! در زندون بازه!»

دیگر مردان به طرف خودرو آمدند و خواستار آزادی نجیب شدند. حسام با

شتاب سوار شد. قلبش به تندی می‌زد و دستهایش می‌لرزید. گاز داد و به سرعت از آنجا دور شد.

چند دقیقه پیش نمی‌دانست که چطور کارش را انجام دهد. ولی اکنون اولین بازداشتیش را به زندان می‌برد.

نجیب از ترس بلند حرف نمی‌زد. به عربی زیر لب ناسزا می‌گفت. گهگاه خونی را که از بینیش می‌چکید، می‌لیسید که پاکش کند.

حسام به طرف زندان کارون می‌راند. اگر شانس می‌آورد، می‌توانست پسر ساحر را پیدا کند.

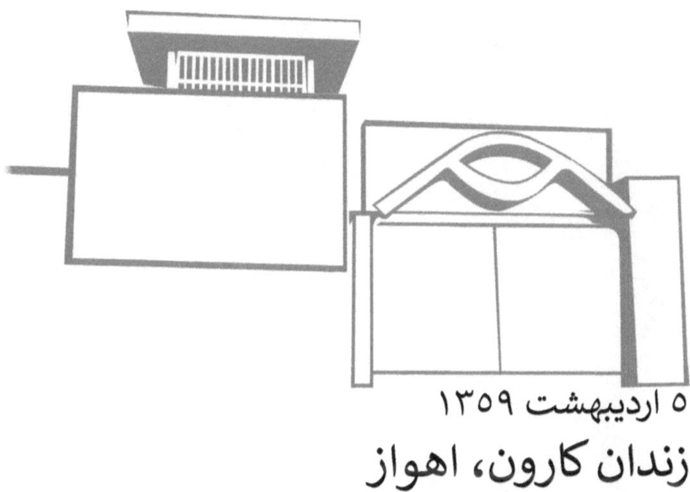

زندان کارون، اهواز

بوی ناخوشایند زندان، بهرام را خفه می‌کرد. مخلوطی از بوی رطوبت و عرق و ادرار. سعی می‌کرد نفس عمیق نکشد تا شاید کمتر بوی زننده به مشامش برسد. در بند آنها چندین اتاق وجود داشت. نمی‌دانست چند تا، چرا که در اولین اتاق جلوی در اصلی زندانی بود. حدود ۲۵ نفر دیگر در همان اتاق حضور داشتند. اتاقی که تنها برای ۱۰ نفر جا داشت. پس از اعلام انقلاب فرهنگی صدها نفر بازداشت شده بودند و زندان کارون به سرعت پر شده بود. حتی راهروها هم پر از زندانی بود. پس از مدتی، دانشجویان و دانش آموزان بازداشتی را برای حبس به تالار شهرداری می‌فرستادند.

بهرام بالای تخت دو طبقه نشسته بود و سعی داشت توجه کسی را جلب نکند. از گوشه چشمش دید که مرد میانسالی دنبال جایی برای نشستن می‌گردد. در آن هوای دم کرده نمی‌خواست که یک نفر دیگر هم کنارش بنشیند. وقتی فکر کرد مرد زندانی سرش را برگردانده است، نگاهی گذرا به او انداخت. در همان لحظه، او هم چشمش به

بهرام افتاد. دیگر چاره‌ای نداشت، مجبور بود که تعارف کند. با اکراه سر تکان داد و دعوتش کرد کنارش بنشیند. همانطور که برای او جا باز می‌کرد، رانش به فردی خورد که آن طرفش نشسته بود و حاضر نبود تکان بخورد.

مرد از نردبان بالا آمد و دستش را دراز کرد: «سلام. ورقا هستم.»

از هر دو طرف، میان دو زندانی دیگر محاصره شده بود و بیشتر احساس خفقان می‌کرد. به نشان همبستگی بین زندانیان سیاسی، دست وی را فشرد و اسم منتخب خود را اعلام کرد: «بهرام.»

زود به دیوار خیره شد تا از گفتگوی احتمالی پیشگیری کند. هنوز کمی می‌ترسید. پاسدارها آماده شلیک بودند. دیروز ثابت کردند که به آسانی می‌توانند مردم را به گلوله ببندند. می‌خواستند رعب و وحشت ایجاد کنند تا دیگر کسی جرات نکند در محوطه دانشگاه جندی شاپور عامل «تشنج» شود. امیدش به این بود که در میان صدها زندانی گم شود و پس از یک بازرسی سرسری، به زودی آزاد شود. اهل اهواز نبود بنابرین برای پاسدارها مشکل بود که مدرک معتبری علیه‌اش پیدا کنند. گرچه در شرایط کنونی، وضعیتش بیشتر به شانس بستگی داشت تا به مدرک و شواهد.

با پایش به ترانه فرهاد که در ذهنش بود، ضرب گرفته بود. همانطور که غرق افکارش بود، کفشش افتاد.

کسی از طبقه اول غر زد: «مثل خر لغت می‌زنی، نعلت میفته!»

بهرام با حاضر جوابی گفت: «دهنتو ببند. بوی پیاز اتاق رو برداشت.»

در همان لحظه، صدای به هم خوردن کلیدهای زندانبان به گوش رسید. وگر نه، ممکن بود که افتادن یک کفش به دعوا بینجامد. پاسداری وارد شد و به اطراف نگاه کرد: «کجا بذارمشون؟ جا نیست.»

«هلشون بده بره! کی به کیه!»

«واقعانم. اینجا سگ صاحبشو نمی‌شناسه. بوی سگ هم اتفاقا می‌دن.» به بهرام خیره شد و ادامه داد: «یه مشت سگ و خوک.»

بهرام کنج لبش را کج کرد که انزجارش را نشان دهد.

ورقا در گوشش نجوا کرد: «خوک که حیوان باهوش و بی‌آزاریه.»

بهرام لحظه‌ای به فکر افتاد. به جای اینکه خوک را نجس بخواند، ورقا بالعکس آن را باهوش صدا کرده بود. پس یا اقلیت مذهبی بود یا سوسیالیست. هر یک از اینها برای بازداشتش کافی بود. یا شاید قصد داشت بهرام را فریب دهد و از او حرف بکشد. در هر صورت بهرام ساکت ماند.

ورقا اصرار کرد: «یک نصیحت از من به تو، پسرم. تو زندون سعی کن خیلی دیده نشی. هر چی بیشتر محو بشی، واسه خودت بهتره.»

قبل از اینکه بتواند جلوی خودش را بگیرد، پرسید: «یعنی چی؟»

ورقا مکث کرد. انگار که دودل بود و نمی‌دانست چطور حرفش را بزند. بالاخره

جواب داد: «دیدم یارو چطور بهت نگاه می‌کرد.»

«خب؟»

«سعی کن توجه‌شون رو جلب نکنی. اگه جوابشون رو بدی، بدتر لج می‌کنن. اذیتت می‌کنن که برای همه درس عبرت بشی.»

بهرام با نیشخند جواب داد: «تو این همه زندونی، فکر نکنم منو یادشون بیاد.»

«تو مثل پسر خودم می‌مونی. این... این چشمای تو به یاد موندنیه. اینا هم که می‌دونی چه جور آدمایین.»

بهرام می‌خواست بپرسد که منظورش این است که آیا منحرف هستند یا ستمکار. ولی به ورقا اعتماد نداشت. شاید خودش جاسوس بود. شاید او را در بند گذاشته بودند که اطلاعات جمع کند. یا شاید بهرام را قبلا دیده بود و می‌خواست در لفافه چیزی بگوید. یا اینکه غیر مستقیم تهدید می‌کرد که فعالیتهایش را به پاسداران لو خواهد داد. به هر حال بهتر بود چیزی نمی‌گفت. «من کاری نکردم که بخوام بترسم. منو بیخودی گرفتن و آوردنم اینجا.»

«کجا بازداشت شدی؟»

بر خلاف خواستش، مشغول گفتگو شده بود. محل بازداشت را پاسداران می‌دانستند. پس ضرری نداشت. «جلوی شهرداری.»

ورقا آهی کشید. «شنیدم دیروز همونجا به مردم شلیک کردن.»

همینطور بود. ماموران به خانواده دانش آموزان و دانشجویان بازداشتی، در حالی که سعی می‌کردند نزدیک تالار شهرداری شوند، شلیک کردند و تعداد زیادی زخمی شده بودند. بهرام نمی‌خواست اعتراف کند که خودش شاهد آن ماجرا بوده است. «شنیده‌ام.»

«نمی‌دونم کسی اونجا کشته شده یا نه.»

بهرام حدس می‌زد که بله اما جوابی نداد. هنوز به ورقا اعتمادی نداشت ولی شاید راست می‌گفت. بهرام جزو اولین نفرات بود که دستگیر شد. آیا واقعا آنقدر به چشم می‌آمد؟ بهرام بدون آنکه پاسخی دهد، به در خیره شد.

همان مامور اولی دوباره وارد بند شد و به زندانیانی که روی زمین نشسته بودند اشاره کرد: «تو، تو و تو.» سپس به بهرام زل زد و ادامه داد: «و شما چهارتا بالای تخت، بیاین بیرون.»

بهرام شانه‌هایش را بالا انداخت. آرزو کرد که آزادش کنند. ولی شاید به جای دیگری می‌بردندش. هنوز حرفهای ورقا در ذهنش طنین داشت.

ورقا از نردبان پایین رفت. بهرام هم به دنبالش.

چند زندانبان مواظب بازداشتیهای جدیدی بودند که در راهرو به انتظار ایستاده بودند. هشت نفر منتخب از بند خارج شدند و در برابر میله‌ها صف کشیدند. پاسدار اولی کنار بهرام ایستاد و آنقدر نزدیک شد که بهرام می‌خواست یک قدم به عقب بردارد. ولی شانه‌اش به میله بند خورد و نمی‌توانست بیشتر تکان بخورد.

«دستا پشت کمر!»

بهرام اطاعت کرد. طناب کلفتی دور دستانش بسته شد. بعد از آن، دید که دست پاسدار چشمبند بود. بهرام به خودش دلگرمی می‌داد که همه اینها فقط برای ترساندن است. شاید می‌خواستند آزادشان کنند و این آخرین تلاششان برای ترساندن آنها بود. کافی بود که قصه خود را تکرار کند و بگوید که جرمی مرتکب نشده است. پلکهایش را بر هم گذاشت. پاسدار چشمبند را به شدت دور سرش محکم کرد. چشمهایش درد گرفت.

صدای ورقا در مغزش پیچید: «این چشمای تو به یاد موندنیه.»

پاسدار سرش داد زد: «مگه کری؟ بجنب.»

ناگاه صدای داد و بیداد از بند مجاور بلند شد.

«بیرونش کنین. دیوونه‌ست.»

«هی مثل سگ واق می‌زنه. اصلا هاره بابا.»

«بفرستینش تیمارستان. این واسه ما همبند نشد.»

صدای زوزه دهشتناکی به گوش می‌رسید.

«ساکت شو جونور.»

پاسدار کنار بهرام جوری بلند داد زد که بهرام از جا پرید: «خفه شین.» سپس به زندانی پریشان حال هشدار داد: «شانس آوردی عجله دارم. وگرنه این قدر می‌زدمت که اسمت یادت بره.»

بهرام نمی‌دانست که سر کدام زندانی فریاد می‌زد.

کسی هلش داد. «منتظر چی هستی؟ بجنب ببینم. مگه پات شکسته؟»

نمی‌توانست درست راه برود، زیرا نه جایی را می‌دید و نه می‌توانست از دستهایش استفاده کند تا به در و دیوار نخورد. وقتی صدای عربده «جانور» را شنید، قدمهایش را سریع کرد و محکم به دیوار خورد.

پاسداران خندیدند. «چرا این جوری راه می‌ری؟»

«مثل موش کور می‌مونه.»

با وجود تمسخر و شیون «جانور»، بهرام سعی داشت به سرعت از آنجا دور شود. ولی دیگر فهمیده بود برای آزادی نمی‌بردندش. نه با چنین مقدمه‌ای. حدس می‌زد به یک سلول تاریک و بدبوی دیگر می‌رود. جایی که شاید از زندان کارون هم بدتر باشد.

همانطور که حسام به راهنمایی ناصر گوش می‌داد، سعی داشت مسیر زندان را به خاطر بسپارد تا راه بازگشت را گم نکند. می‌دانست که بعد از انقلاب، اسم خیابانها را عوض کرده بودند.

«این خیابونه اسمش چیه؟ پهلوی که نیست.»

«کی همچین چیزی گفته؟ خیابان امام. ولی ما از اون رد شدیم. اینجا جاده زندانه.»

حسام فکر کرد که برای نامگذاری خیابانها کسی ابتکار زیادی به خرج نداده است. به طرف زندان در حال حرکت بود. مردم جلوی در آن ازدحام کرده بودند. زنان و مردان با لباسهای معمولی یا دشداشه و عبا، با دربانها جر و بحث می‌کردند. وقتی دربانها جیپ را دیدند، بنا کردند به داد و بیداد بر سر مردم که کنار بروند.

ناصر دستور داد: «سرعتتو کم کن، ولی ایست نکن.»

حسام اطاعت کرد. همانطور که ماشین به دروازه زندان نزدیک می‌شد، مردم راه را برایش باز می‌کردند. همه کنار رفتند به غیر از یک زن جوان که سخت مشغول مشاجره با یکی از دربانها بود. حسام بوق زد، ولی او تکان نخورد.

یک زن میانسال به او نزدیک شد و دستش را کشید. «بیا کنار وگرنه شلیک می‌کنن.» زن جوان او را نادیده گرفت.

ولی او زن جوان را به زور کنار کشید: «مگه نمی‌دونی دیروز تو شهرداری چی کار کردن؟ بیا کنار دیگه.»

حسام به آهستگی از کنارشان رد شد. گوشش را تیز کرد که بفهمد دیروز در ساختمان شهرداری چه اتفاقی افتاده است. حدس می‌زد یکی از کمیته‌های انقلاب که مثل قارچ از همه جا سر در آورده بودند، وارد عمل شده و مشکلی ایجاد کرده است. احتمالا اعضای کمیته‌ها بر این باور بودند که جزئی از نیروهای مسلح قانونی هستند.

فرمانده دستور داد: «برو اونجا.»

همان جا که ناصر نشان داده بود، پارک کرد.

پاسداری به استقبالشان آمد. «سلام آق دوماد. چطوری؟»

ناصر به او سلام کرد. «برادر منصور.»

حسام شگفت زده شد. «نمی‌دونستم تازه ازدواج کردی.»

«ازدواجمو به تعویق انداختم. به برکت شورشهای تو دانشگاه. حتی امروز هم به جای اینکه بریم نماز جمعه، اینجا واستادیم که مواظب جنایتکارها باشیم.»

حسام مسلمان نبود و ترجیح می‌داد که همچنان از زندانیان مراقبت کند. گرچه آن طور که آنها نجیب را دستگیر کرده بودند، نمی‌توانست او را جنایتکار بنامد.

ناصر در را برای نجیب باز کرد.

منصور با لحن شاکی گفت: «چی کار می‌کنی آق دوماد؟»

ناصر پاسخ داد: «هیچی. این ابله رو بازداشت کردیم.»

«چی فکر کردی؟ زندان سه برابر ظرفیتش زندانی داره. به هیچ وجه دیگه زندانی قبول نمی‌کنم. همین چند دقیقه پیش یه ده نفری رو انتقال دادیم.»

«بذارش تو یه راهرو.»

«راهروها پرن.»

«سخت نگیر اینقدر. یه نفر که بیشتر نیست. جای زیادی نمی‌گیره.»

«قربونت برم. نمی‌شه. خود حاج آقا دستور داده.»

حسام حدس زد که حاج آقا باید رئیس زندان باشد.

ناصر از این وضع راضی نبود. «مواظب این یارو باشین. الان بر می‌گردم.»

حسام به ساختمان نگاه کرد که پسر زیبای ساحر در آن زندانی بود. اگر به خاطر این بازداشتی نبود، می‌توانست دنبال او بگردد. چشمش به نجیب افتاد که دستهایش بسته بود و نمی‌توانست پیاده شود.

منصور توصیه کرد: «در ماشینو ببند. بذار یه کم بپزه.»

حسام نمی‌خواست همکارش را آزرده کند. به علاوه، تقصیر نجیب بود که از جستجوی ساحر باز مانده بود. در اتومبیل را به روی بازداشتی عرب بست و چند قدم آن طرف‌تر زیر سایه ایستاد.

خرمگس بزرگی به دهانش حمله کرد. انگار که می‌خواست چانه‌اش را مته کند و داخل شود. حسام محکم به خودش سیلی زد. خرمگس روی گوشش نشست. حسام به گوشش زد. حشره سمج به گونه‌اش پناه آورد. با صدای بلند گفت: «ول کن.»

نجیب از داخل خودرو پوزخند زد.

حسام یاد شعری افتاد که سالها پیش آن را شنیده بود. شاید از شاهنامه بود ولی از این امر اطمینان نداشت. شعر از تسخیر ایران توسط اعراب کنایه می‌زد.

عرب را به جایی رسیده است کار   ز شیر شتر خوردن و سوسمار

تفو بر تو ای چرخ گردون، تفو   که تاج کیانی کند آرزو

به چشم خود دیده بود که فارسها با عربها رفتار اهانت آمیز داشتند. خیلی خوب به یاد داشت که معلم ریاضی دبستانش در مشهد چطور دانش آموزان را سرزنش می‌کرد. وقتی کسی از بچه‌ها شلوغ می‌کرد و یا به حرف گوش نمی‌داد، می‌گفت: «پسر مگر تو عربی؟ ساکت شو. گوش کن. شاید یه چیزی تو این کله پوکت بره.»

چشمش دوباره به دشداشه نجیب افتاد. حسام را به یاد اومبرتو انداخت که ملافه دور خودش می‌کشید و می‌گفت که مثل رومی‌های باستان توگا به تن کرده است. اومبرتو با تن زیبا و موهای فرفریش شبیه کوپید، خدای عشق، بود. چرا دائما به اومبرتو فکر می‌کرد؟ به ایران آمده بود که از این او دوری کند.

منصور به حسام اشاره کرد که نزدش برود. خودش را معرفی کرد و دستش را فشرد.

«حسام هستم.»

«تازه واردی.»

«امروز شروع کردم.»

منصور یک بسته سیگار وینستون از جیبش در آورد و به حسام تعارف کرد. تازه‌وارد یکی برداشت ولی نمی‌توانست فندک را روشن کند. زندانبان کمکش کرد. به

محض اینکه اولین پک را زد، به سرفه افتاد.

منصور به خنده افتاد. «سیگار نمی‌کشی.»

«نه. اولین بارمه.»

«برای اینکه جزو ما بشی، لازم نیست سیگار بکشی. لازمه که ضد انقلاب بگیری.»

به نجیب نگاهی انداخت. «نمی‌خواد بیخودی خودتو اذیت کنی. حرومش نکن.» سیگار را گرفت، روی آجر دیوار خاموشش کرد و دوباره در بسته گذاشت.

حسام خجالت کشید. «از این بدتر هم می‌شه.»

منصور اخم کرد، نفهمید منظورش چیست.

توضیح داد: «هوا... از این گرمتر هم می‌شه؟»

«این که چیزی نیست. تازه بهاره. تابستونو ببینی چی می‌گی؟»

«فکر نکنم بتونم دوام بیارم.» بلافاصله به ذهنش آمد که نباید از خود نشان ضعف دهد.

«اشکال نداره. عادت می‌کنی.»

ناصر به طرف آنها بازگشت. بیشتر کلافه شده بود. «حسام، باید ببریمش. الا و بلا دیگه زندانی راه نمی‌دن.»

منصور دستش انداخت: «من که بهت گفتم. بهتره به شهرداری هم نبرینش.»

ناصر سر تکان داد. «می‌بریمش کیانپارس.»

حسام پرسید: «کیانپارس کجاست؟»

«دور نیست. می‌ذاریمش خونه ساواک.»

حسام هنوز گیج بود.

«خونه یکی از ساواکیهای سابق که چند ماه پیش مصادره شده. یارو یک خونه تجملی داشت تو کیانپارس.»

منصور اضافه کرد: «در حالی که ماها باید تو کمپلو زندگی کنیم.»

ناصر ادامه داد: «تو دیگه که کمپلو نیستی. به هر حال، الان، از اون خونه به عنوان بازداشتگاه استفاده می‌کنیم. اینجا که کسی رو راه نمی‌دن. حاضری؟»

«بریم.» حسام به طرف جیپ رفت. هرچند خوشحال نبود که دوباره باید زیر این خورشید سوزان، داخل یک جعبه فلزی رانندگی می‌کرد. وقت نکرده بود حتی وارد زندان شود که دنبال ساحرش بگردد.

هنگامی که در ماشین را باز کرد، هوای داغ دم کرده‌ای به صورتش خورد. از آینه به نجیب نگاهی کرد. خون روی چهره‌اش خشک شده ولی پیشانیش خیس عرق بود. زندانی متوجه شد که به او خیره شده است. احساس گناه به حسام دست داد. تمام پوستش مورمور شد. خوب بود که یونیفورم نظامیش این موضوع را پنهان می‌کرد.

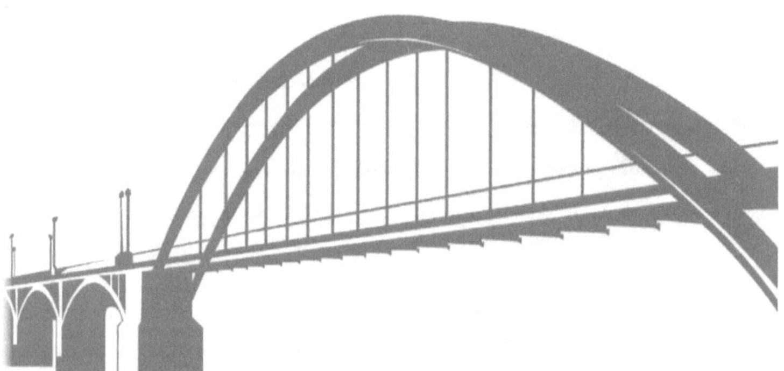

از بیرون خانه پیدا بود که در گذشته جای باشکوهی بوده است. ولی حالا، انبوه بوته‌های روییده در حیاط مثل گیاهان جنگل روی هم افتاده و توی هم لولیده بودند. خارهای یک درخت کهور، صبورانه در کمین پیشانی عابری بی‌توجه نشسته بودند. معلوم بود که کسی زحمت باغبانی به خود نمی‌داد. داخل اتاق پذیرایی، گچکاری سقف ترک برداشته بود و به جای لوسترهای کریستال، تنها تکه‌ای سیم از سقف آویزان بود. موکت کثیفی زمین را پوشانده بود. از روی خطوط رنگ پریده‌ای که در حاشیه موکتها دیده می‌شد، پیدا بود زمانی فرشهای دستباف رویشان انداخته بودند که احتمالا در زمان مصادره، به یغما رفته بودند.

هوای خنکی به صورتشان خورد. کولر گازی کهنه‌ای به آرامی کار می‌کرد. از قاب فلزی زیر پنجره کوچکتر بود. برای همین در فاصله بین بدنه کولر و چهارچوبش، تکه پارچه‌ای چپانده بودند. در وسط اتاق پذیرایی یک میز و چند صندلی قرار داشت. فرمانده، بازداشتی را به خانه هدایت کرد.

حسام پرسید: «می‌بریمش زیرزمین؟»

«زیرزمین کجا؟» پاسدار میانسالی لخلخ کنان وارد اتاق پذیرایی شد. چشمهایش خسته و قرمز بود. «این دیگه از کجا اومده؟»

ناصر توضیح داد: «تازه وارده.»

با کنایه گفت: «شوخی می‌کنی!» برگشت و به حسام نگاه کرد. «شنیدی می‌گن رودخونه کارون؟»

حسام هنوز نمی‌دانست چرا پاسدار او را به مسخره گرفته بود. «بله با اجازتون، چندین بار از رو پل رد شدم.»

«آفرین. خوب کاری کردی! تو که اینقدر باهوشی، فکر نکردی اگه رودخونه از وسط شهر رد می‌شه، نمی‌شه زمینو کند که زیر زمین ساخت؟ مگه اینکه بخوای رودخونه قشنگ از توی زیرزمینِت عبور کنه.»

ناصر مداخله کرد: «گفتم که. تازه وارده.»

«نمی‌شد واسه کمک به ما یه کسی بفرستن که یه کار مفیدی از دستش بربیاد؟ من الان دو روزه نخوابیدم. این بازداشتهای دائم هم که نای نفس کشیدن بهمون نمی‌دن. بعدش هم که این وضعیت تو تالار شهرداری پیش اومد. باید از شر جنازه‌ها راحت بشیم.»

حسام می‌خواست بپرسد «چه جنازه‌ای؟» ولی ساکت ماند.

«ما به مامورایی احتیاج داریم که از بازداشتیها بازجویی کنن. واسه کی باید پرونده باز کرد؟ کیو باید آزاد کرد؟ به خانواده‌هاشون چی بگیم.» به حسام نگاه کرد و افزود: «نه یه بچه تهرونی که دنبال زیرزمین می‌گرده.»

او اهل تهران نبود ولی دلیلی نداشت که به مشاجره ادامه دهد.

ناصر او را دلداری داد: «می‌دونم برادر. سخته. خودمم ازدواجم رو عقب انداختم. درست می‌شه. شما برو ناهار بخور. ما مراقب اینجا هستیم.»

مرد میانسال نفس راحتی کشید. «خدا عوضت بده.» بعد حسام را مورد خطاب قرار داد. «ببخش برادر، بدخلقم یه کمی. خسته‌ام.» دستش را دراز کرد. «احمد هستم.»

حسام با او دست داد. «خواهش می‌کنم. اختیار دارین. من اسمم حسامه.»

«بله.» احمد طوری جواب داد که انگار تصدیق می‌کرد که حسام اسم خودش را می‌دانست. «دو روزه نخوابیدم. این جوری که نمی‌شه. مگه ما چند روز می‌تونیم...»

فرمانده به او توصیه کرد: «تو راه رادیوتو روشن کن. شاید اخبار از خستگیت کم کنه.»

حسام به فکر خبر کوتاهی بود که در راه شنیده بودند. چند هلیکوپتر آمریکایی که برای نجات گروگانهای سفارت به ایران آمده بودند، در نزدیکی طبس دچار سانحه شده بودند. گوینده اخبار جزئیات زیادی را اعلام نکرده بود. حسام بیشتر مایل بود بفهمد

که منظور احمد از اینکه باید از شر جنازه‌ها راحت شوند، چیست.

ناصر از او پرسید: «می‌تونی یه ذره اینجا بمونی؟ من یه کاری دارم. قرار بود هفته پیش ازدواج کنم.»

«بله، البته، مشکلی نیست.»

به نجیب اشاره کرد و گفت: «واسه این احمق یه پرونده باز کن. من زود بر می‌گردم.» از آنجا خارج شد.

«باشه، چشم.»

در اتاق که در آن کولر کار می‌کرد، رنگ و روی نجیب برگشته بود. خون روی صورتش قهوه‌ای رنگ شده بود. حسام می‌خواست که با دستمال تمیزش کند.

«بذار برم. پاسدارها آماده‌اند که مردم رو بکشند. من که کاری نکردم که براش...»

«کشت و کشتاری در میون نیست. اینقدر نترس.»

«مگه نمی‌دونی دیروز تو شهرداری مردم بیگناه رو به گلوله بستن؟»

به فکر فرو رفت. تنها گناه نجیب این بود که لباس عربی به تن داشت. حسام به همین دلیل در داخل خودرو که در این گرما تبدیل به تنور شده بود، حبسش کرده بود. از خجالت سرش را پایین انداخت و چشمش به چکمه‌هایش افتاد که برای این آب و هوا نامناسب بودند. نجیب کفش تابستانه به پا داشت. خودش بیشتر به بیگانه‌ها شباهت داشت تا نجیب.

نجیب دوباره خواهش کرد: «بذار برم.»

چشمهای درشت و قهوه‌ایش، حسام را به یاد پسر ساحر انداخت. به اطراف نگاهی کرد. تنها سه نفر نجیب را پس از بازداشت دیده بودند: منصور که دیگر بازداشتی نمی‌خواست، احمد که آنقدر خسته بود که برای این امر اهمیتی قائل نبود، و ناصر که مشغول تدارک مجدد عروسیش بود.

حسام به ایران بازگشته بود که به توده‌ها خدمت کند، نه اینکه به تعداد تلفات بیفزاید. نفس عمیقی کشید و کلید دستبند را از جیبش در آورد. «برو. به هیچ کس هیچی نگو.»

دهان نجیب باز ماند. ناباورانه به حسام نگاهی کرد و مچش را ماساژ داد. «ای والله. دستت درد نکنه.» بیدرنگ آنجا را ترک کرد.

حسام با خود گفت: «تا وقتی من اینجام، نمی‌ذارم کسی بیخودی کشته بشه.»

۶ اردیبهشت ۱۳۵۹

آبادان

بی‌بی شیر آب را بست و تی‌شرت را دوباره در تشت انداخت. اگر بهرام آنجا بود، به او خیره می‌شد و اصرار می‌کرد که خودش می‌تواند لباسهای خودش را بشوید. چند روزی بود که هیچ خبری ازش نداشت. بی‌بی به شدت مشغول کارِ خانه شده بود که فرصت نداشته باشد نگران شود. دستهایش را با چادرش خشک کرد و آن را دور کمرش بست. نمی‌توانست حواسش را جمع کند. بهرام هرگز این طوری ناپدید نشده بود. به سمت در حیاط رفت. چند سال پیش بهرام پشت همین در پدیدار شده بود. می‌گفت حاضر است کار کند و به جای دستمزد، به اتاقی احتیاج داشت که در آن شب را صبح کند. به کودکان خیابانی نمی‌مانست. با وجود اینکه پسرک سعی می‌کرد نشان ندهد که ترسیده است، بی‌بی حدس می‌زد که دچار مشکل بزرگی شده است. نمی‌خواست وادارش کند که شب را در خیابان بگذراند.

از آن موقع تا کنون، همه چیز فرق کرده بود. بی‌بی از در خارج شد و تا ته کوچه

رفت. به در سبز رنگی رسید و با دست به آن کوبید. «پروین خانم؟ خونه‌این؟ بی‌بی‌ام.» کمی مکث کرد و دوباره در زد. «پروین خانم؟»

در باز شد. مجید یک لباس آستین کوتاه آبی به تن داشت. موهای لطیف گونه‌هایش یادآور آن بود که دیگر پسربچه نبود. پوست تیره رنگش زیر نور آفتاب می‌درخشید. «سلام بی‌بی خانم. حال شما؟ خوب هستین؟»

«خدا رو شکر. بد نیستم. تو چطوری پسرم؟»

«خوبم. مرسی. مامانم رفته بازار. امری داشتین؟»

«مجید جان. خبری از بهرام نداری؟»

«از وقتی رفته اهواز نه. چطور؟»

«من هم ازش خبری ندارم. مطمئنی زنگ نزده؟» بی‌بی دید که جوانک با ناخن، پوست انگشت شستش را می‌کند.

«بله بی‌بی خانم. اگه زنگ می‌زد حتما بهتون خبر می‌دادم.»

«این جوری که نشد، نه. پیری گفتن، جوونی گفتن. این چه وضعیه؟ قبلا بهرام این جوری نبود. الان چند ماهه که رفتارش عوض شده. قبلا اینقدر بیفکر نبود. بذاره بره چندین روز ناپدید بشه.»

«ببخشید. نمی‌دونم چی بگم.» مجید با دستش موهای فرفریش را شانه کرد.

«شما الان سالهاست که دوستین. هیچی به تو نگفته؟»

«فقط گفت که می‌ره اهواز دوستشو ببینه.»

«آره. به من هم همینو گفت. فکر نمی‌کنه من نگران می‌شم؟ همه جا هم که درگیریه.»

«نگران نباشید. همین روزها بر می‌گرده.»

بی‌بی آرزو می‌کرد که خانه خودش تلفن داشت که مجبور نمی‌شد وابسته به دیگران باشد. «خدا شاهده نمی‌خوام مزاحم بشم.»

«شما مراحمید بی‌بی خانم. این حرفا چیه؟»

«مرسی مجید جان. اگه زنگ زد خبرم کن.»

«حتما.»

«دست خدا.» بی‌بی به راه افتاد.

«خدا حافظ.»

بی‌بی مکثی کرد. «مجید جان؟»

مجید دوباره به بیرون سرک کشید. «بفرمایین.»

«می‌بینی چه اوضاعی شده؟ همه‌اش درگیری و دستگیری. همه چی در آشوبه. فکر نمی‌کنی بهتره فعالیتتو کنار بذاری؟ به فکر درس و مشقت باش، پسرم.»

«باور کنین من بهرام رو به خطر ننداختم.»

«واسه بهرام نه، واسه خودت می‌گم. تو جوونی. صد تا امید و آرزو داری. سیاست

رو بذار واسه سیاستمدارها.»

«آخه من که کاری نکردم.»

سرزنش‌کنان، سر تکان داد. «باشه. هر طور میلته. من چه می‌دونم؟ یه پیر زن که بیشتر نیستم. شمایید که مردهای جوون مملکتین. ولی من هم یه چیزی سرم می‌شه. من مردهایی مثل تو رو بزرگ کردم.»

«نگران نباشین. من هیچ کار غیرقانونی نمی‌کنم.»

«خیلی خب. تصمیم خودته. ولی مواظب باش.»

«چشم.»

بی‌بی هنوز به او خیره شده بود. «مجید جان؟»

«بله؟»

«اینقدر پوست انگشتتو نکن. خونریزی می‌کنه.»

مجید متوجه دستانش شد و آنها را پشتش قایم کرد.

«خدا پشت و پناهت.» بی‌بی به خانه رفت. اینقدر حواسش پرت بهرام بود که یادش رفت در را ببندد.

حسام به ایوان قدم گذاشت. به نظر می‌رسید که روز تمام شدنی نیست. علیرغم اینکه می‌خواست استراحت کند، اشتیاقی برای بازگشت به مسافرخانه نداشت. از دیوارهای خاکستری و چراغهای مهتابی آن بیزار بود. زمینش آنقدر کثیف بود که نمی‌توانست پا برهنه راه رود. از پوتینهایش به جای دمپایی استفاده می‌کرد.

خورشید در آستانه غروب بود. دستهایش را روی نرده‌ها گذاشت و بلا فاصله برداشت. نرده‌ها از حرارت هوا داغ شده بودند. دستهایش را تکاند که سوختگیش رفع شود. حتی وقت نکرده بود که به زندان سری بزند و پسرک ساحر را جستجو کند. برق چشمان پسرک هنوز در ذهنش می‌درخشید.

نگاهی به حیاط انداخت. همه جا آثار سهل انگاری دیده می‌شد. بوته‌های گل کاغذی مثل اشباح سبز رنگ به او خیره شده بودند ولی گلی بر اندامشان نبود. درخت انجیری در کنار ایستاده بود که از زیر برگهای کمپشت آن شاخه‌هایش نمایان بود، مثل

استخوانهای فردی که دچار سوء تغذیه شده باشد. خرزهره‌ها پر از برگ بودند ولی خبری از گل معطرشان نبود. پایین‌تر، روی زمین برگهای پهنی شبیه برگ لادن ریخته بود ولی گلهایش آنقدر کوچک بود که نمی‌توانست تشخیص‌شان دهد. با اندکی پشتکار می‌شد حیاط را به باغ دنجی تبدیل کرد. اما تا زمانی که از خانه به عنوان بازداشتگاه استفاده می‌شد، باغبانی در کار نبود.

پاسداری به ایوان آمد و موهای تقریباً بلندش را از پیشانیش کنار زد. «احمد حال تو رو هم می‌گیره؟»

«شیفتش خیلی طولانیه. خسته‌اس.»

روی عینکش دمید و با دستمالی پاکش کرد. «کی خسته نیست؟»

«راست می‌گی.»

«سعید هستم. مخلص.» دستش را دراز کرد. قدش از حسام بلندتر بود. از پشت شیشه عینکش غم چشمانش به وضوح دیده می‌شد. موهای لختش دوباره به روی پیشانیش ریخت. نوزده بیست سال بیشتر نداشت.

«خیلی هم مهم نیست که اینقدر غر می‌زنه.» معلوم نبود که سعید خودش را دلداری می‌داد یا حسام را. روی پله‌ها نشست. «پیره دیگه. خدا بهش قوت بده!» سعید به شوخی خودش خندید. بسته سیگاری از جیبش در آورد و به حسام تعارف کرد.

«نه مرسی. نمی‌کشم.»

سعید سیگارش را روشن کند و پکی زد. «کجا زندگی می‌کنی داداش؟»

حسام یک لحظه به فکر افتاد، ولی دلیلی برای دروغ گفتن پیدا نکرد. «تو یه مسافرخونه. نزدیک فلکه ساعت.»

«تو مسافرخونه زندگی می‌کنی؟»

«دو سه روز بیشتر نیست که اومدم اینجا.»

«خب به سلامتی. از کجا میای؟»

حسام نفس عمیقی کشید و افسوس خورد که تعارف سیگار را رد کرده بود. دلیل خوبی می‌بود برای مکثهای مکرر. سعید را نمی‌شناخت و نمی‌دانست که آیا قابل اعتماد هست یا نه. ولی دل به دریا زد. «تو ایتالیا می‌رفتم دانشگاه.»

«تو رم؟»

به علامت مثبت سر تکان داد.

«چی می‌خوندی؟»

«پزشکی.»

سعید دود سیگار را به آرامی بازدمید. «پس اومدی که به ایران خدمت کنی.» ساکت ماند و به آسمان خیره گردید.

سعید معنی این واکنش را فهمید و موضوع را عوض کرد. «قشنگه، نه؟ همینطور

که آفتاب غروب می‌کنه، رنگ آسمون عوض می‌شه. مثل بوم نقاشی جادویی. ولی شبها دل آدم می‌گیره. تاریکی و تنهایی، مثل پیله‌ای که به زور دورت تنیده باشن.»

حزن صدای او قابل لمس بود. حسام هم از شبهای مسافرخانه لذتی نمی‌برد.

«کارت با آقا دوماد چطوره؟»

«خوبه.»

«می‌ری عروسیش؟»

«والله دعوت نیستم. البته توقعش رو هم نداشتم دعوت بشم. ما هنوز خیلی همدیگه رو نمی‌شناسیم.»

«ناصر خیلی مقیده. حتما یادش رفته. بیا با هم بریم. مسئله‌ای نیست.»

مدتها بود که حسام به جشن عروسی نرفته بود. آخرین بار عروسی خواهر اومبرتو بود که در کلیسای کاتولیک برگزار شده بود. حتی نمی‌دانست مراسم ازدواج در خوزستان چگونه است.

سعید اصرار کرد: «نیای بده. بهش بر می‌خوره.»

حسام می‌خواست یادآوری کند که اگر ناصر علاقه به حضور وی داشت، دعوتش می‌کرد. ولی بهتر بود همانطور که سعید پیشنهاد کرده بود رفتار کند. با آداب معاشرت خوزستانیها آشنایی چندانی نداشت. «خیلی خب.»

سعید سیگارش را تمام کرد و ته آن را از لای نرده‌ها روی زمین انداخت، کنار سایر ته سیگارها. دستش را روی زمین زد و به حسام اشاره کرد که کنارش بنشیند. «خوش به حالش. شنیده‌ام که عروسش خیلی خوشگله» با شانه‌اش به حسام زد.

حسام به زور لبخند زد.

«من هم می‌خوام ازدواج کنم. کسی باشه که وقتی می‌رم خونه از دیدنم خوشحال بشه. یکی دو تا بچه که این ور و اون ور بدوند. یک زندگی ساده.»

«می‌فهمم چی می‌گی.»

«من که تنها همراهم تنهاییه.»

«تو هم که ماشاءالله شاعری.»

سعید آهی کشید. «شاعری در لباس سرباز. ولی این کار من موقتیه. برنامه اینه که کمی پول جمع کنم که بتونم خونه بخرم. واسه عروسی و این جور چیزا پس‌انداز کنم.»

حسام سر تکان داد. «واسه عروسی چه جور لباسی باید پوشید؟»

«کت شلوار. ولی کراوات نزن. ناصر یه کم سنتیه.»

«یه کم؟ کی هست عروسیش؟»

«پنجشنبه. من آدرسشو بلدم. می‌رسونمت.»

«مرسی. دستت درد نکنه.» پسر خوبی به نظر می‌آمد.

چشم سعید به چکمه ارتشی حسام افتاد. «کفش دیگه‌ای نداری؟ هر چیز دیگه‌ای از این بهتره.»

«به یونیفورمم میاد، نه؟»

سعید پایش را راست کرد و کفشهای کتانی خردلی رنگش را نشان داد. «تو این هوا باید کفش سبک بپوشی. تو آبادان می‌تونی کفش چرم ایتالیایی پیدا کنی. شاید از دلتنگیت کم کنه.»

خاطره ایتالیا هنوز عذابش می‌داد. «اتفاقا دلم می‌خواد برم آبادان. شاید وقتی یه کم جا افتادم.»

«تو مسافرخونه جا نیفت آقا.»

«خب کجا برم؟»

«مسافرخونه واسه مسافرهاست. اسمش روشه. نابغه‌ای به خدا! ولی نگران نباش. عادت می‌کنی. من از رو تجربه می‌گم.»

«جدی؟ شما خودت اهل کجایی؟»

«تبریز.»

«جای دوری اومدی.»

«تو هم همینطور.»

حسام تنش را کش و قوس داد و گفت: «خانواده من اهل فردوس هستن ولی تو مشهد زندگی می‌کنن. منم قبل از اینکه برم رم اونجا بودم. چطور شد که اومدی اهواز؟»

لبخند روی صورت سعید ناپدید شد. «داستانش درازه. شاید یه روزی فرصت بشه برات تعریف کنم.» سعید یک لحظه تردید کرد، سپس افزود: «می‌دونی چیه؟ به نظر آدم درستی میای. بیا تو خونه ما زندگی کن. خونه اشرافی نیست. یه کلبه درویشی‌یه. ولی بدون شک از مسافرخونه بهتره. من و منصور با هم اونجا زندگی می‌کنیم.»

منصور را می‌شناخت. وقتی نجیب را در ماشینش حبس کرده بود با او آشنا شد. ای کاش از نجیب عذرخواهی کرده بود.

سعید اعلام کرد: «یه اتاق خواب خالی داریم»

«نمی‌خوام مزاحمتون بشم.»

لبخند دوستانه‌ای روی صورت سعید شکل گرفت. «خب بدون ایجاد مزاحمت زندگی کن! هر سه تامون پول کرایه و غذا و این جور چیزا رو با هم پرداخت می‌کنیم. جا هم که هست. تازه، خونه پیدا کردن واسه پسر مجرد خیلی سخته.»

«چرا؟»

«واسه صاحب خونه‌ها، مرد مجرد یعنی دردسر. ازش هر کاری بر میاد. از فعالیتهای ضد انقلابی گرفته تا پخش مواد مخدر. ما هم این خونه رو با کلی بدبختی اجاره کردیم. ایتالیا که نیست دوست عزیز.»

حسام به اطرافش نگاه کرد که مطمئن شود کسی صدایشان را نشنیده است. «لطفا به کسی نگو من از ایتالیا اومدم. می‌ترسم از همین اول کار احترامی برام قائل نشن. بهم بگن غربزده.»

«نابغه‌ای‌ها! معلومه که نمی‌گم. مگه مرض دارم؟»

«دستت درد نکنه.»

«خب چی می‌گی؟ باور کن کلاه سرت نمی‌ذارم.»

«والله اگه مزاحم نیستم از خدا هم می‌خوام.»

سعید دوباره با حسام دست داد. «ای والله. اگه شانس بیاریم می‌تونیم یه کسی پیدا کنیم که آشپزی و تمیزکاری کنه. ما که زیاد مرتب و منظم نیستیم. از هنر آشپزی هم که شکر خدا هیچ بویی نبردیم. هفته پیش داش منصور اومد قورمه سبزی درست کنه. آقا چشمت روز بد نبینه. لجن پلو درست کرد.»

حسام زد زیر خنده. با وجود تمام مشکلات، روز خوبی بود. یک خانه جدید پیدا کرده بود و یک دوست تازه. کسی که می‌توانست به او اعتماد کند. حد اقل کمی.

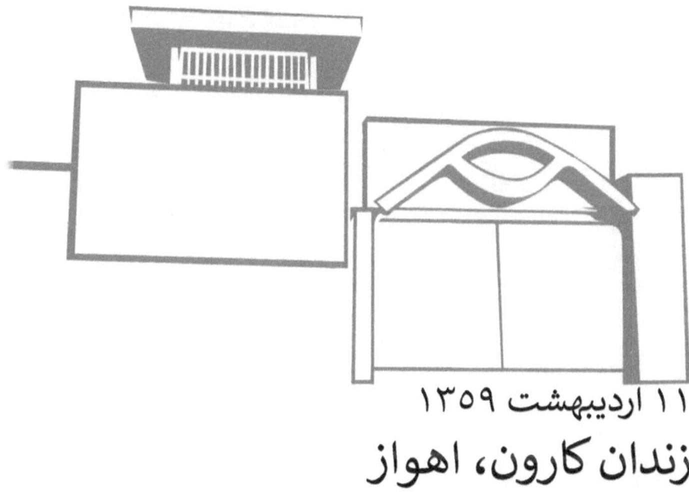

زندان کارون، اهواز

حسام در مقابل زندان کارون در اتومبیل جیپ نشسته بود. از خود می‌پرسید که رفقای سوسیالیستش از دیدن او و در یک خودروی آمریکایی چه فکری خواهند کرد. ولی از سرعت و قدرت اسب بخار آن خوشش می‌آمد. از ظاهرش هم همینطور.

رنگ زرد جیپ روزهایش را روشن می‌کرد و از حزن و تنهاییش می‌کاست. به لباس ارتشیش هم می‌آمد. ماشین پیش از آن متعلق به یک افسر ارتش شاهنشاهی بود که چندی پیش مصادره شده بود.

همان روزی که سعید دعوتش کرد، حسام به خانه آنها رفت. اسباب کشی آسانی بود و تنها عبارت بود از جابجا کردن دو ساک. برای جلوگیری از دعوت به نماز جمعه، صبح روز بعد، ریشش را اصلاح کرد تا نشان دهد که از کلیه دستورهای مذهبی دولت پیروی نمی‌کند. دیگر صورتش نمی‌خارید. در آینه عقب نگاهی به خودش کرد. بد نبود. اگر امروز پسر ساحر را می‌یافت، تاثیر خوبی رویش می‌گذاشت.

پیاده راهی دفتر زندان شد. اولین پرونده‌ای که باید به آن رسیدگی می‌کرد به کسی به نام ورقا مبشری تعلق داشت. رفت و آمد مکررش بین زندان کارون و بازداشتگاه غیررسمی در کیانپارس، وقت زیادی برایش نمی‌گذاشت که دنبال پسرک ساحر بگردد.

وقتی مشغول خواندن پرونده ورقا شد، صدای آه و ناله که از حیاط زندان می‌آمد، توجهش را جلب کرد. به طرف پنجره رفت و از لای کرکره‌ها به بیرون نگاهی انداخت. از کنار شیشه، صدای فغان زندانیان بهتر به گوش می‌رسید. به طرف حیاط رفت.

نگهبان در از او پرسید: «می‌خوای یه کم حال کنی؟»

او را نادیده گرفت و وارد حیاط شد. صحنه‌ای که مشاهده می‌کرد، مثل مشتی بر سینه‌اش، نفسش را گرفت. اولین دکمه یونیفورمش را باز کرد که بهتر نفس بکشد. ده‌ها زندانی روی زمین به خط نشسته بودند و دستهایشان پشت کمر بسته شده بود. ماموران زندان بین آنها راه می‌رفتند و به آنها مشت و لگد می‌زدند. بعضیها کابل به دست داشتند. تن زندانیان از عرق و گرد و خاک لکه‌دار شده بود و زیر حمله سربازان، به خون آغشته می‌شد. پاسداران به پهلو و شانه و شکم کسانی که روی زمین می‌افتادند لگد می‌زدند. زندانیان بدنشان را به هم می‌پیچاندند تا از سر و صورت خود محافظت کنند. زیر پوتینهای ارتشی غبار از زمین بلند می‌شد. حسام به زندانیان خیره شد.

صدای اومبرتو در ذهنش طنین انداخت که می‌گفت: «چقدر بدن انسان زیباست. ببین با چه دقتی طراحی شده.» در برابر فواره تروی در رم ایستاده بودند و به مجسمه مرد ریش بلندی نگاه می‌کردند. در هر دو طرف آن، دو مرد جوان سوار بر دو اسب بالدار، آنها را از میان موجها به سمت حوض فواره هدایت می‌کردند. اومبرتو دست حسام را گرفت و او را به کناری کشید. «این یکی خوشگل‌تره. بدون اون همه ریش و پشم!» حسام به آن مجسمه نگاه کرد. «به نظر من، تن انسان مقدسه. این همه مجسمه ساز و هنرمند سعی کردند که زیبایی اون رو در کارهاشون منعکس کنند.» اومبرتو به حسام نزدیکتر شد و دستش را دور کمر وی گذاشت. حسام از اینکه اینقدر اومبرتو دوستش می‌داشت لذت می‌برد و در عین حال از آن هراس داشت.

صدای ناله زندانیان، رشته افکار حسام را از هم گسیخت. بعضیها به زندانبانان التماس می‌کردند که دست بردارند. دیگران به عربی حرف می‌زدند. یکی از نگهبانها موهای مردی را کشید که سرش را بلند کند. سپس به او سیلی زد. زندانی روی چکمه‌های او افتاد، ولی او با لگد زندانی را به سمت دیگری پرت کرد.

مرد جوانی گفت: «نزن. بسه دیگه. نزن.» ریش کم پشت و اصلاح نشده‌اش بیشتر به سبیل یک موش صحرایی می‌ماند. زندانیان حتی به لوازم بهداشتی عادی هم دسترسی نداشتند.

زیر حمله ماموران شکسته و زخمی شده بودند و تقاضا می‌کردند که کسی بر ایشان رحم کند. برعکس مجسمه‌های هنرمندان ایتالیایی، عضلات زیبا و نیرومندی نداشتند. در حیاط زندان هیچ تقدسی وجود نداشت.

حسام به طرف ساختمان زندان برگشت. از نگهبان پرسید: «چه خبره؟»

«تنبیه گروهی. پیشنهاد یکی از بچه‌های تهرانه.»

«تنبیه واسه چی؟»

«مگه اخبار رو ندیدی؟»

حسام به دفتر بازگشت و روزنامه‌ای پیدا کرد. تیتر صفحه اول نوشته بود: «**هجوم مسلحانه به سفارت ایران در لندن. حمله‌گران خواستار آزادی زندانیان عرب در خوزستان شدند.**» خبر کوتاه بود و جزئیات زیادی نداشت.

منصور وارد دفتر شد و پشت میز نشست: «دیدی چی کار می‌کنن؟»

اعصاب حسام خرد شده بود. روزنامه را نشانش داد. «واسه این دارن این بیچاره‌ها رو می‌زنن؟ از کجا معلوم که زندانیهای ما تو این حمله دست داشتند؟»

«گمون کنم باید زندانیهای مهمی باشند که باعث همچین حمله‌ای شده باشن.»

«یعنی چی گمون کنم؟ این بدبختها رو دارن بدون هیچ ملاحظه‌ای لت و پار می‌کنن.»

«چرا سر من داد می‌زنی؟ حتما خطرناکن که برای آزادیشون همچین حمله‌ای شده.»

حسام باورش نمی‌شد. شک نداشت که در میان زندانیان عرب افراد بیگناهی وجود داشتند. خودش نجیب را بدون کوچکترین علتی بازداشت کرده بود، تنها به جرم عرب بودن.

منصور توجیه کرد: «ناراحت کننده است، می‌دونم. ولی خب، انقلابه دیگه. مهمونی که نیست. یه سری اتفاقای بد هم میفته.»

«یه جوری حرف می‌زنی انگار داره خود به خود اتفاق بد میفته. در حالی که همکارای من و تو دارن بیخود و بیجهت مردم رو شکنجه می‌دن.»

منصور به حسام خیره شد. «تو آدم دلسوزی هستی. صفت خوبیه. ولی چرا به فکر کارمندهای سفارت ما نیستی؟ گناه اونها چیه؟ تو تازه از فرنگ برگشتی. این مسئله انقلاب هنوز واسه‌ات جا نیفتاده.»

حسام نفس عمیقی کشید. نمی‌دانست چطور همکارش را قانع کند. اگر توانایی آن را نداشت که طرز فکر همخانه‌اش را عوض کند، چه شانسی برای قانع کردن ناصر و مسئولان زندان وجود داشت؟ صحنه حمله پاسدارها به زندانیان دوباره به یادش آمد. صدای اومبرتو در سرش پیچید: «به نظر من، تن انسان مقدسه.»

حسام احساس می‌کرد که این همه رفت و آمد از زندان به بازداشتگاه کیانپارس و برعکس، اتلاف وقت است. هر روز احتمال اینکه بتواند پسر ساحر را پیدا کند، کمتر می‌شد. بازداشتیها به دیگر بازپرسان سپرده یا از زندان آزاد می‌شدند؛ گاهی هم اعدام می‌شدند. همین امروز صبح، یکی از فارغ التحصیلان دانشگاه جندی شاپور اعدام شد. وظیفه حسام این بود که از دستگیرشدگان خانه کیانپارس مراقبت کند و دستورهای مسئولان زندان را به آنجا ببرد. تنها بازرسی یک پرونده واحد را به عهده داشت: ورقا مبشری که جرمش این بود که دیانت بهایی او مورد پسند سپاه پاسداران نبود. حسام وارد اتاق نشیمن خانه کیانپارس شد.

ناصر سلام کرد. «چه خوب شد برگشتی!»

«فکر می‌کردم امروز بریم زندان.»

ناصر خواسته او را بیدرنگ رد کرد. «من دارم می‌رم زندان. برا همین تو باید اینجا باشی و واسه اینها پرونده تشکیل بدی.»

حسام پافشاری کرد. «تو زندان هم می‌تونم کمک کنم. هر کاری از دستم بربیاد.»

«من همین جا به کمکت احتیاج دارم. چرا همه‌اش به فکر زندانی؟ اینجا که بهتره. کولرش بهتر کار می‌کنه. تمیزتر هم هست. واسه اینها پرونده باز کن. هر چه بیشتر بهتر. اگه واسه همه‌شون باز کنی که دیگه چه بهتر. فرمها رو پر کن و بنویس برا چی دستگیر شدن.»

حسام تردید داشت. «هر کسی که بازداشتشون کرده باید دلیلش رو بدونه.»

ناصر دست به سینه ایستاد. «برادر حسام، مشکلی هست؟»

متوجه لحن تهدیدآمیز وی شد. «نه. نیست.»

«خیلی خب.» ناصر راهی شد، ولی بعد از یک لحظه برگشت و پرسید: «دلیل بازداشت اون پسر عربه رو چی نوشتی؟ همون که جمعه هفته پیش بازداشت کردی.»

یاد نجیب افتاد. نمی‌دانست چه بگوید.

«یا اینکه فرمش رو پر نکردی چون گذاشتی بره؟»

نبض حسام سریع‌تر شد.

«عصبانی نیستم که آزادش کردی. ولی باید کارهات منطق داشته باشه. نمی‌شه همین جوری بیخودی مردم رو بازداشت کنی و بعد بذاری برن.»

حسام می‌خواست اعتراض کند که ناصر باعث بازداشت جوانک شده بود. ولی تصمیم گرفت که رئیسش را خشمگین نکند. «ببخشید. تکرار نمی‌شه.»

«مهم نیست. راه و چاهشو یاد می‌گیری. واسه همین دارم بهت یاد می‌دم.»

«حق با شماست. چند تا زندانی اینجا داریم؟»

آشکار بود که فرمانده‌اش نمی‌دانست چند نفر. «ده دوازده تا. وقتی فهمیدی به منم بگو.»

«دیروز دربون اینجا بودم. حتی داخل اتاق خوابها رو هم ندیدم.»

احمد وارد شد و تصحیح کرد: «داخل سلولها رو.»

حسام چندان از دیدن او خوشحال نبود و به اکراه سلام کرد.

احمد با آنها دست داد. «همه آماده بازجویین.»

ناصر اعلام کرد: «حسام قراره واسه‌شون پرونده باز کنه. اگه به کمک یا راهنمایی احتیاج داشت....»

احمد آهی کشید و شکایت کرد: «من تمام شب بیدار بودم. شیفت من یه ساعت پیش تموم شده.»

ناصر جواب داد: «من دارم می‌رم زندان.»

«خب اگه قراره من از امشب دوباره دو تا شیفت پشت سر هم کار کنم، باید یه موقع یه چرتی هم بزنم دیگه، نه؟»

ناصر نفس عمیقی کشید. «خیلی خب. باشه. شما برو استراحت کن. من اینجا می‌مونم و به حسام بازرسی یاد می‌دم. منتها قبل از اینکه بری، یکی از این احمقها رو بیار

تو اتاق بازجویی.»

ناصر حسام را به آن اتاق راهنمایی کرد. سمت راست، کتابخانه‌ای بود که دیگر در آن از کتاب خبری نبود. روی قفسه‌هایش تعدادی کاغذ و پرونده تلنبار شده بود.

ناصر دلداریش داد. «واسه اولین بازرسی، من بالا سرت می‌مونم. ولی بعد از اون دیگه باید خودت این کار رو به عهده بگیری.» ناصر یک دسته ورق از کتابخانه برداشت و روی میز گذاشت. در دو طرف میز دو صندلی بود. یک صندلی معمولی و یک صندلی دانشجویی که دسته‌اش تبدیل به میز می‌شد.

ناصر به صندلی دانشجویی اشاره کرد و گفت: «بازداشتی رو می‌ذاری روی این صندلی ولی چشم‌بندشو باز نمی‌کنی. دستهاش باید از جلو بسته باشه وگرنه نمی‌تونه درست بشینه. احمد یا هر کسی که زندانی رو برات میاره، قبلا دستهاشو از جلو بسته. بعد ازش می‌پرسی که کیه و چرا بازداشت شده.»

«اگه چیزی نگفت چی؟»

ناصر دستش را روی شانه حسام گذاشت و با لحنی مغرورانه جواب داد: «یه کم سرزنششون کن، به حرف میان. یا اینکه می‌تونی منتظر بشی من برگردم. ولی به نفعشون نیست. این روزها اصلا حال و حوصله ندارم.»

حسام منظورش را می‌دانست.

«بدون اجازه من، هیچ کس رو دیگه آزاد نمی‌کنی.»

دیگر نمی‌توانست سرخود عمل کند. صدای پای کسی را شنید. احمد یک بازداشتی را به آنجا آورد. چشم و دستش بسته بود.

احمد سرش داد زد: «بتمرگ.»

زندانی نمی‌توانست صندلی را ببیند که بتواند روی آن بنشیند. احمد صندلی را جابجا کرد و او را روی آن هل داد.

ناصر به حسام اشاره کرد که نگاه کند و یاد بگیرد. سپس به زندانی نزدیک شد.

پسر جوانی بود. شاید حدود هفده سال داشت. موهای روی صورتش نرم و لطیف به نظر می‌رسید. یک زیرپوش رکابی به تن داشت. حسام حدس می‌زد که از شدت گرما پیراهنش را درآورده باشد. گویا جنوبیها از اینکه شانه‌هایشان پیدا باشد خجالت نمی‌کشیدند.

ناصر غافلگیرانه سیلی محکمی به صورتش زد. حسام بی‌اختیار به عقب قدم برداشت. چهره پسر بازداشتی قرمز شد. «چرا می‌زنی؟»

قبل از اینکه بتواند اعتراض بیشتری بکند، ناصر دوباره به او سیلی زد.

«واسه...»

ناصر سیلی سوم را سرش فرود آورد.

«چی؟»

و سیلی چهارم را هم همینطور.

پسرک داد زد: «اگه مردی دستامو باز کن بعد بزن.»

فرمانده باز هم زدش. «من سوال می‌پرسم، نه تو. فهمیدی؟» ناصر چانه زندانی را گرفت، انگار که می‌خواست باز هم سیلیش بزند. ولی به جای آن، با مشت به شکمش کوبید.

پسرک غیرارادی ناله‌ای سر داد و بدنش را خم کرد تا از خودش محافظت کند. همان‌طور که سعی می‌کرد نفس بکشد، ناصر برای یک لحظه تامل کرد. سپس موهایش را کشید که سرش را بلند کند و دوباره به او مشت زد. آب دهان پسرک از کنار لبش جاری شد.

«اسمت چیه؟»

زندانی به زحمت جواب داد: «بهرام.»

ناصر باز هم به وی سیلی زد. صدای دستش آنقدر بلند بود که به صدای شلاق می‌مانست. «بهرام چی؟»

پسرک ناله کنان جواب داد: «بهرام کریمی.»

«چرا بازداشت شدی؟»

«نمی‌دونم.» بهرام سرش را تکان داد تا از سیلی بعدی جاخالی بدهد.

حسام همان احساسی را داشت که در زمان بازداشت نجیب. که رئیسش بدون هیچ دلیلی با بازداشتیها بدرفتاری می‌کرد.

ناصر گلوی بهرام را گرفت و به شدت فشار داد. «حوصله این مسخره بازیها رو ندارم. اگه بخوای وقتمو تلف کنی، اینقدر می‌زنمت که دندونات بیفته و بره تو حلقت.» صورت و گردن زندانی کاملا قرمز شده بود. ناصر همچنان گلویش را فشار می‌داد. دستهای بهرام بسته بود و نمی‌توانست هیچ کاری بکند.

«فهمیدی؟»

جوانک به زحمت سر تکان داد.

ناصر دستش را از گلویش برداشت. «تکرار می‌کنم: واسه چی بازداشت شدی؟»

«جلو شهرداری دستگیرم کردن. هیچ کاری نکردم.»

«رفته بودی شهرداری چه غلطی بکنی؟»

«داشتم رد می‌شدم دیدم مردم جمع شدن. واستادم ببینم چه خبره.»

ناصر روی میز نشست و پایش را روی سینه بازداشتی گذاشت. حسام متوجه شد که امروز فرمانده‌اش چکمه سربازی پوشیده بود. حتی تصور اینکه به کسی لگد بزند برایش مشکل بود. سینه زندانی زیر فشار پوتین پاسدار سفید شده بود.

«فک و فامیلت تو شهرداری بازداشت بودن؟»

«نه. همین جوری داشتم رد می‌شدم.»

«اگه بفهمم دروغ می‌گی، آش و لاشت می‌کنم.» ناصر به حسام اشاره کرد که نزدیک شود. «شانس آوردی که باید برم. برادر حسام بازرسیت می‌کنه. اگه به من بگه

که همکاری نکردی، تخماتو له می‌کنم.» ناصر پایش را برداشت و دستهای پسرک را روی زیپ شلوارش فشار داد. «دستش از من هم سنگینتره. نشونش بده برادر.» حسام خشکش زد. نمی‌خواست به پسر جوان آزاری برساند.

ناصر دوباره به او علامت داد. حسام آب دهانش را بلعید. چاره‌ای نداشت. بهرام از زیر چشمبند نمی‌توانست چیزی ببیند یا خود را آماده حمله نماید. حسام نزدیک شد و به او سیلی زد. صدای ناله زندانی بلند شد.

فرمانده از روی میز بلند شد و از اتاق خارج گردید. حسام به دنبالش رفت.

«دیدی؟ کاری نداره. باهاشون سخت بگیر. هیچ دل‌رحمی بهشون نکن. گربه رو دم حجله باید کشت.»

حسام همیشه از این ضرب المثل بدش می‌آمد. علتی برای اذیت کردن گربه‌ای نمی‌دید، چه برسد به زندانیها. یادش آمد که در کودکی از مادربزرگش پرسیده بود که چرا باید کسی گربه‌ای را بکشد. او تنها خندید و جواب داد: «فقط یک ضرب المثله.» حسام به اتاق بازجویی بازگشت. روی میز نشست و پرونده زندانی را برداشت.

زندانی قوز کرده بود.

«محل سکونت؟» حسام از لحن رسمی خودش راضی نبود.

«خارج از اهواز.»

حسام مکثی کرد و سپس ادامه داد: «اینجوری فقط وضعیت خودتو بدتر می‌کنی.» پرونده را روی میز گذاشت و بلند شد. زندانی جوان از صدای بلند شدنش ترسید و از جا پرید. ولی دستش به میز صندلی دانشجویی گیر کرد و تعادلش را از دست داد.

حسام نفهمیده بود تا چه حد او را ترسانده است. «بشین.»

بهرام سعی کرد بلند شود ولی دستهایش بسته بود. حسام خم شد که کمکش کند. در این حین، چشمبند زندانی شل شد. بازجوی تازه‌کار آن را باز کرد تا دوباره ببندش که چشمش به صورت پسرک افتاد. با مژه‌های بلند و چشمهایی به رنگ ویولن. به او خیره شد.

نگاه بهرام تا قعر روحش نفوذ می‌کرد.

همان پسر «ساحر» بود که مدتها بود می‌خواست ببیندش. حسام خشکش زد و چشمبند از دستش افتاد. می‌خواست معذرت بخواهد ولی مایل نبود نقطه ضعفی به زندانی نشان دهد. گلویش را صاف کرد و پرسید: «چند ساله‌ته؟»

«هفده.»

پنج سال از حسام کوچکتر بود. ابروهایش دو خط راست بودند. زیر ریش کم پشت و لطیفش، گونه‌هایش از کشیده سرخ شده بود و موهایش ژولیده. روی زیرپوش رکابیش، رد ته کفش ناصر مانده بود. خاک پوتین روی پوست سینه زندانی مالیده شده بود. موی بور سینه‌اش در نور برق می‌زد. حسام متوجه شد که به او زل زده است.

پسرک سکوت را شکست: «دست بزن خوبی داری.»

احساس شرمندگی کرد. «بعضی وقتها مجبور می‌شم.»

بهرام نگاه عمیقی به او کرد. حدس می‌زد که بهرام می‌خواست اعتراض کند که چرند می‌گوید. به جای آن، جوانک پاسخ داد: «مجبور نبودی منو بزنی. ولی از سیلی زدن حال می‌کنی.»

بازجو اصرار کرد: «نه اینطوری نیست. اگه به جای این حرفها به سوالهای من جواب بدی، اصلا...»

بهرام حرفش را قطع کرد. «چه سوالی؟»

«کجا زندگی می‌کنی؟»

«تو آبادان.»

«واسه چی اومدی اهواز؟»

«که دنبال کار بگردم.»

حسام فکر می‌کرد که اقتصاد آبادان از اهواز بهتر است. چرا کسی باید به دنبال کار از آبادان به اهواز می‌آمد؟

زندانی ادامه داد: «یه هو تو دانشگاه درگیری شد و همه چی ریخت به هم.»

«تو که هفده سالت بیشتر نیست. چرا رفتی دانشگاه؟ جای تو توی دبیرستانه؟»

«از مدرسه خوشم نمیاد.»

«چرا؟ نمی‌خوای یه روزی یه کسی بشی؟»

«همین الان یه کسی هستم.» بهرام سر تا پای او را برانداز کرد. «تو اهل اینجا نیستی.»

«منظورت چیه؟»

«سوالهات به بارزسا نمی‌خوره. انگار از خانواده اشرافی هستی. واسه تو چه اهمیتی داره که من مدرسه می‌رم یا نمی‌رم؟»

«اگه آدم معقولی بودی، الان سر کلاس می‌بودی.» حسام شک داشت که غیبت در مدرسه از شواهد جرم به حساب می‌آمد. ولی جواب بهتری به ذهنش نمی‌رسید.

«فرمت هم که پر نمی‌کنی.»

«نگران من نباش. حافظه خوبی دارم.»

«مثل خارجیا حرف می‌زنی.»

حسام باید می‌گفت: «لازم نکرده نگران من باشی.» اگر خیلی با زندانیان مودب می‌بود، نشان می‌داد که خارج از کشور آمده است. آخر پرسید: «خیلی خارجی می‌شناسی؟»

زندانی با خونسردی به او نگاه کرد. «سیگار داری؟»

ناخودآگاه جواب داد: «نه، ببخشید. سیگاری نیستم.»

«پس حتما از خارج اومدی.»

«ول کن تو هم.»

«اینجا همه سیگار می‌کشن. اینقدر مردم سیگارهاشونو دوست دارن که باهاش عکس می‌گیرن.»

پسرک حق داشت. حسام عکسهای آبادانیها را دیده بود که در آن، با عینک ری‌بن، ساعت مچی گرانبها و سیگار جلوی دوربین ژست می‌گرفتند.

«لااقل بگو بهمون غذا بدن. این چه وضعیه؟» حتما زندانی می‌خواست ببیند تا چه اندازه می‌تواند از او استفاده کند. «از دیروز صبح هیچی ندادن بهمون.»

«از دیروز صبح؟» دلش برای پسر ساحر سوخت.

«حتی در رو باز نکردن بریم دستشویی.»

تقصیر خودش بود. تمام روز گذشته، به تنهایی کشیک می‌داد و می‌ترسید که در اتاقها را به تنهایی باز کند. پاسدار دومی که ناصر گفته بود به کمکش می‌آید، هرگز پیدایش نشده بود.

جوانک با پررویی درخواست کرد: «یا از اون بهتر، بذار برم. اینجوری از شر این فرمهای الکی هم خلاص می‌شی.» اشاره کرد به ورقه‌های تلنبار شده روی میز.

حسام از گستاخی وی خوشش آمد. چشمبند و دستبند، گرما و گرسنگی نتوانسته بودند روحیه او را بشکنند. به زور اخم کرد. «همینطوری که نمی‌تونم آزادت کنم. شهر هرت که نیست.»

زندانی زیر لب غرولند کرد: «همچین بهتر هم نیست.»

حسام لبهایش را گاز گرفت که نخندد. بهرام جسارت قابل تحسینی داشت.

«گمونم واسه امروز بسه. شاید تونستم واسه ناهار یه کاری بکنم.»

بهرام اعتراض کرد: «ناهار؟ تازه اول صبحه.»

دیگر نتوانست جلوی خودش را بگیرد. لبخند زد. «قلدری نکن دیگه. بیا چشمبندتو ببندم.»

پسر ساحر طعنه زد: «آخ جون!»

حسام بلند شد و چشمبندش را بدون اینکه محکم کند دور سرش بست. از خود می‌پرسید که زندانی در چه فکریست. در را باز کرد و صدا زد: «احمد آقا.»

منصور ظاهر شد. «احمد رفته خونه.»

«خیلی خب. می‌شه لطفا ایشونو ببری به سلول؟»

بازداشتی با احتیاط بلند شد. مراقب بود که دوباره نیفتد. «خیلی ممنون آقای پاسدار. سیلیهاتون منو یاد مدرسه انداخت. یادش به خیر!»

حسام می‌خواست بپرسد چرا در مدرسه کتک می‌خورده است ولی منصور او را می‌برد به اتاقی که اکنون از آن به عنوان سلول بازداشتگاه استفاده می‌شد. از شوق پیدا کردن پسر ساحر بیقرار شده بود. این احساس برای مدت طولانی همراهش بود.

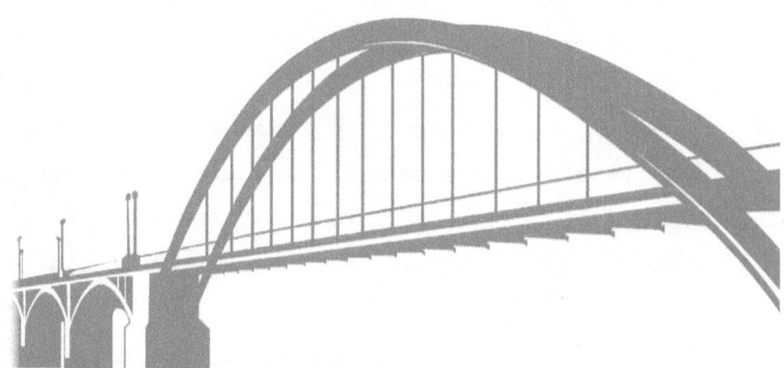

۱۴ اردیبهشت ۱۳۵۹
کیانپارس، اهواز

حسام هنوز ناراحت بود که دو روز پیش احمد از برگرداندن بهرام برای بازجویی دوم امتناع ورزیده بود. «به من سپردن که اونا رو بیارم که پرونده‌شونو درست کنی. الان وقت بازجویی نیست.» دیروز، حسام در زندان مشغول کار بود و نتوانسته بود به خانه کیانپارس بیاید. بالاخره، امروز پس از اینکه احمد به خانه رفت، فرصتی به دست آورد که برنامه‌اش را عملی کند. از ساندویچ فروشی سر نبش، دو ساندویچ و نوشابه خرید. بوی سیب زمینی سرخ کرده و سس گوجه فرنگی اتاق را پر کرد. سپس، از اتاق خارج شد و صدا زد: «منصور؟»

وقتی همکارش آمد، چشمانش صورتی رنگ بود، انگار که تازه از چرت بعد از ظهر بیدار شده باشد.

حسام می‌خواست اطمینان حاصل کند کسی مزاحمش نخواهد شد. «احمد اینجا نیست؟»

«رفته خونه.»

امیدوار بود که منصور سر کار نخوابد. او نمی‌توانست به تنهایی مسئول همه زندانیان آنجا باشد. ولی آن را نادیده گرفت و پرسید: «می‌تونی یکی از بازداشتیهای سلول یک رو بیاری اینجا؟ بهرام کریمی.»

«سلول یک؟ فکر کردم قراره از سلول چهار شروع کنیم. احمد گفت...»

حسام دوید وسط حرفش: «باید اول اونو ببینم. بعدش، برمی‌گردیم سراغ سلول چهار.»

همکارش صبر کرد. سپس تبسمی روی چهره‌اش شکل گرفت: «می‌دونم چی کار داری می‌کنی. سعید راست می‌گه که نابغه‌ای.»

حسام منظورش را نمی‌فهمید.

«می‌خوای یواشکی یکی‌شونو بازجویی کنی. اگه چیز به درد بخوری پیدا کردی، واسه ناصر خود شیرینی کنی.»

حسام به زور لبخند زد.

«تقصیر تو نیست. همه فکر می‌کنن ما جوونیم و هیچی حالیمون نیست. مثلا این یارو احمد، خودش یک سیب زمینی چروک شده بیشتر نیستا! ولی یه بند غر می‌زنه و ایراد می‌گیره. چرا در گنجه بازه؟ همون نباشه بهتره.»

منصور رفت و چند دقیقه بعد، با نوجوان بازداشتی که دست و چشمش بسته بود، برگشت. پاسدار جوان او را روی صندلی نشاند. «اگه ضد انقلابه، من می‌تونم کمک کنم ازش اطلاعات بکشیم.» دستش را مشت کرد و بازویش را نشان داد.

حسام حدس می‌زد که منصور بیشتر می‌خواست پز برجستگی بازویش را بدهد و علاقه چندانی به بازجویی نداشت. به رویش نیاورد. «باشه. اگه لازم شد خبرت می‌کنم.»

«چاکریم.» همخانه‌اش خندید و سلام نظامی داد.

پس از اینکه از آنجا رفت، حسام به طرف زندانی قدم برداشت. برای دیدن او از خود بیخود شده بود. «سلام. برات غذا آوردم.» چشم‌بندش را گشود. کاش می‌توانست رویش را ببوسد.

پسر ساحر به پاکت کاغذی قهوه‌ای روی میز نگاهی کرد و دستش انداخت: «دو روز هم بیشتر طول نکشید.»

حسام نفس عمیقی کشید. «دو روز کشید که بتونم جرات کنم بیام و ازت معذرت بخوام.» آب دهانش را قورت داد. «که زدمت اون روز.» خجالت کشید مستقیم به او نگاه کند. پاکت را باز کرد و یک ساندویچ به او داد.

جوانک جا خورده بود و ساکت ماند. ولی بلافاصله حواسش متوجه ساندویچ گردید. کاغذ نقره‌ای آن را باز کرد و گاز زد. از لذت چشمانش را بست و آهی کشید.

بازجوی مبتدی امیدوار بود که زندانی عذرخواهیش را بپذیرد. یا حد اقل شوخی یا تعارف کند. ولی همچنان سرگرم خوردن بود. خودش ساندویچ دوم را برداشت و به آن

نگاه کرد. باید طوری می‌خوردش که سس روی یونیفورمش نریزد.

بازداشتی ساندویچش را تمام کرد: «اونم مال منه؟»

حسام به غذایش نگاهی کرد. «آره. بفرمایین.»

«دستت درد نکنه. بی زحمت این دستبندم رو هم باز کن. اینجوری غذا خوردن سخته.»

این کار را کرد. نوجوان مچش را ماساژ داد و مشغول خوردن شد.

حسام شیشه کوکاکولا را که از رطوبت خیس شده بود، به او داد. «بفرما نوشابه.»

«مرسی.» زندانی نصف شیشه را لاجرعه سر کشید. بعد متوجه شد که بازپرس مهربان به او خیره شده است. «خیلی گشنه‌ام بود.»

«نوش جان.» شاید برای یک بازجو رفتارش بیش از حد مودبانه بود.

زندانی با پشت دست، دهانش را پاک کرد و به حسام چشم دوخت. «شما مشکلت چیه؟ اول با آدم مثل کیسه بوکس برخورد می‌کنی، بعد واسه‌اش آب و غذا میاری. رفتارت عجیبه. با من که هیچی، نکنه با خودت یه کم درگیری داری داداش.»

حسام سعی کرد جلوی خودش را بگیرد ولی صدای قهقه خنده‌اش بلند شد. پاکت سیگار درون جیبش را لمس کرد ولی فکر کرد که پسرک برای سیگار کشیدن خیلی بچه است.

بهرام بیصدا نشسته بود و گوشهایش را تیز کرد.

«کار احمقانه‌ای نکن. نگهبانها از خدا می‌خوان بهونه دستشون بدی که شلیک کنن.»

بهرام مکثی کرد. «حالا که نمی‌ذاری فرار کنیم، حداقل یه سیگاری بهمون بده.»

احتمالا حدس زده بود که برجسته‌ای جیب حسام به خاطر پاکت سیگار است.

«نمی‌شه.»

«چرا نه؟»

«واسه سلامتی مضره.» حسام به یاد مبصر کلاسش افتاد.

«که چی؟ مگه دکتری؟»

اعتراف کرد: «هنوز نه.»

دهان جوانک باز ماند. «به به! تو دانشجوی پزشکی بودی و حالا پاسدار شدی؟ بارک الله. اینقدر فکر بکریه آدم نمی‌دونه چی بگه!»

«مسخره نکن.»

«نگفتی از کدوم کشوری اومدی. فرانسه؟»

حسام از اینکه زندانی دستش می‌انداخت، کلافه شد.

«یا انگلیس؟ یا آمریکا؟»

«ول کن.»

«تو شرکت نفت خارجی زیاده. گمونم دست کم دو سه سال فرنگ بودی. از طرز حرف زدنت پیداست. نمیاد بهت سپاهی باشی.»

«گفتم بسه. بازجوت رو حرصی کنی به ضرر خودت می‌شه.»

«اول کتکم زدی. بعد واسه‌ام غذا آوردی که ببخشید و این حرف. حالا تهدید می‌کنی که باز هم بزنی. گیجم کردی. من مثل شما دانشجوی تحصیل کرده خارجه رفته نیستم. رو راست بهم بگو از من چی می‌خوای که تکلیفم روشن بشه.»

بدون اینکه به روی خود بیاورد، حسام خوشش می‌آمد که با وجود دستگیری و چشمبند و دستبند، بهرام همچنان جوان گستاخ و از خود متشکری بود که بیمی از او نداشت. یک کودک ترسو نبود. ولی نمی‌توانست اعتراف کند که از اولین لحظه‌ای که او را در زندان دیده بود، شیفته‌اش شده بود. باید نقش پاسدار را بازی می‌کرد. «چرا بازداشت شدی؟»

«ما هی می‌گیم نره، این هی می‌گه بدوش.»

حسام اصرار کرد: «چرا؟»

«این یه ذره ساندویچ کافی نیست که این همه کتک کاری رو ببخشم. ولی می‌دونی چی عذرخواهی خوبیه؟ اینکه بذاری برم. من هیچ کاری نکردم.»

«نمی‌تونم آزادت کنم. تازه باید برات پرونده باز کنم!»

«چه پرونده‌ای؟ اگه دلیلی برای دستگیری من وجود داشت که مجبور نمی‌شدی از خود من بپرسی.»

«اگه بدون اجازه یه بازداشتی رو آزاد کنم، خودم دچار مشکل می‌شم.» حسام به یاد آورد که پس از آزادی نجیب، ناصر او را از آزادی زندانیان دیگر نهی کرده بود.

زندانی کنایه زد: «چه ماجرای دردناکی! دلم واسه‌ات کباب شد. اشکال نداره. گپ زدن با تو رو به کتک خوردن از سایر برادرات ترجیح می‌دم.» دست به سینه نشست و به پشتی صندلی تکیه داد. هنوز گهگاه مچهایش را ماساژ می‌داد. «نگفتی چرا برگشتی ایران. به جای این، می‌تونستی پزشک بشی.»

«اومدم به ملت خدمت کنم.» عمدا از کلمه «توده» استفاده نکرد.

«متاسفم که اینجوری فکر می‌کنی. این سپاه برای خدمت به مردم درست نشده. اگه می‌خوای به کسی خدمت کنی، بذار من برم. حالا فوقش اخراجت می‌کنن. چه بهتر! پیداست که آدم درستی هستی.»

برای یک لحظه حسام احساس کرد که زندانی از تمام شک و تردیدهایش خبر دارد. حس می‌کرد به او نزدیک شده است و همین به او دلداری می‌داد. ولی می‌بایست ظاهرش را حفظ می‌کرد. «برگشتم که به مردم خدمت کنم. تصمیمم رو گرفته‌ام.»

«دانشجویی که خارج درس می‌خونده و برای خدمت به ملت برگشته ایران. حتما چی هستی. اونقدر تیزهوشی که بری دانشگاه تو اروپا. ولی در عین حال، اینقدر کودن که به سپاه پاسداران ملحق بشی.»

تصویر اومبرتو در ذهن حسام نقش بست. او هم با همین صراحت صحبت می‌کرد. «طعنه زدن به جایی نمی‌رسه. می‌خوای منو عصبانی کنی که بزنمت و بعد دوباره پشیمون بشم. دیگه اونقدرا هم احمق نیستم.» از اینکه مجبور شده بود اینطور از

خودش دفاع کند، خنده‌اش گرفته بود. ولی به هر حال، در دام نیفتاد. «اصلا تو از گروه‌های چپ چی می‌دونی؟»

«تعداد هواداری حزب توده از بقیه گروه‌های چپ خیلی بیشتره. واسه همین حدس می‌زنم تو هم از طرفداری توده باشی. درسته؟ رفیق حسام؟»

از زرنگی پسرک خوشش آمد. انگار که گذشته وی را به دقت کالبدشکافی می‌کرد. اگر بهرام می‌توانست به آسانی چنین نتیجه‌ای بگیرد، چقدر طول می‌کشید که همکارانش هم از وابستگی سیاسیش باخبر شوند؟ آیا ناصر هم می‌توانست حدس بزند که حسام هوادار حزب توده است؟ باید نقشش را بهتر بازی می‌کرد.

زندانی ادامه داد: «بیشتر اعضای حزب از طبقه متوسط یا مرفه‌اند. کسانی که می‌رن اروپا درس بخونن.»

حسام حدس می‌زد حتما بهرام فعالیت سیاسی دارد که می‌تواند چنین استنتاجی کند. «سوال‌ها رو من می‌کنم. یادت نره.»

«اینجوری به توده‌ها خدمت می‌کنی؟ از طریق بازداشت جوون‌های بیگناه.»

«اگه واقعا بیگناه باشی آزادت می‌کنن. فقط باید مثل همه مراحل بازجویی رو طی کنی. همین.»

بهرام ساکت ماند.

می‌خواست که زندانی حرفش را باور کند. «جدی می‌گم. اگه حقیقتو بگی... اگه کاری نکرده باشی، آزادت می‌کنن. قول می‌دم.»

بهرام به طعنه جواب داد: «خیلی خب. مرسی.»

شاید به زندانی اجازه داده شده است که بیش از حد گستاخ شود. حسام نگران بود که نتیجه معکوس بگیرد. پسمانده ساندویچ را در سطل رنگی که آشغالدان شده بود، انداخت. «من باید از تو بازجویی کنم، نه تو از من.» برگه‌ای را روی میز صندلی پسرک گذاشت. «واسه حرف زدن وقت زیاد هست. فکر کنم من مسئول پرونده تو باشم.»

«باعث خوشوقتیه.»

خودکاری در دست گرفت. «چطور؟ ناصرو ترجیح می‌دی؟»

«اون برادرت که دو روز پیش باهاش آشنا شدم؟ خوب دست بزن داره.»

«آره. سعی می‌کنم کاری کنم که دیگه باهاش مواجه نشی.» خودکار را جلوی بهرام گذاشت.

ناگهان احمد در را باز کرد و وارد اتاق شد. «هی، اگه بشنوم با برادر حسام همکاری نمی‌کنی کاری می‌کنم پشیمون بشی.» حتما متوجه کاغذ سفید جلوی بهرام شده بود. «شنیدی؟ قشنگ فلکت می‌کنم تا مثل دختربچه‌ها به گریه بیفتی.»

حسام از این مزاحمت عصبانی شد. انتظار نداشت که امروز احمد دوباره بازگردد. دیگر نمی‌توانست با پسر ساحر به گفتگو بنشیند.

احمد پیشنهاد کرد: «اینو می‌برم و یکی از زندانیای سلول چهار رو میارم.»

زندانی دستانش را کنار هم گرفت که حسام دستبند بزند.

ای کاش می‌توانست همکار میانسالش را بیرون کند و همچنان با جوانک حرف بزند. ولی مجبور بود طبیعی عمل کند. به دنبال چشمبند بود.

بهرام یادآوری کرد: «روی میزه.»

«مرسی.» حسام چشمبند را بدون اینکه محکم کند گره زد. اتفاقی دستش لحظه‌ای به صورت بهرام خورد. دلش می‌خواست نوازشش کند.

اگر پسرک را در موقعیت دیگری ملاقات می‌کرد، می‌توانستند دوست هم باشند. حتی اسمهایشان همقافیه بود، انگار که سرنوشت آنها را برای عشق به یکدیگر به هم رسانده بود. هر دو می‌توانستند با سعید و منصور دوستی کنند. بیشتر با سعید. می‌توانستند به سینما بروند و در پارکهای کنار رود قدم بزنند.

احمد بهرام را از اتاق بازجویی بیرون برد و حسام را تنها گذاشت. قلبش به شدت می‌زد و به سرعت نفس کشیدنش می‌افزود.

احمد دستان بهرام را باز کرد و چشمبندش را برداشت. سپس او را داخل اتاق خوابی که به سلول زندان مبدل شده بود هل داد. بهرام سُر خورد و نزدیک بود بیفتد.

ورقا به کمکش آمد. «خیلی که اذیتت نکردن؟»

«نه. چیزی نیست.»

«ازت چی می‌خوان؟ هیچ کس دیگه‌ای رو دوباره نبردن بازجویی.»

«چه می‌دونم؟ لابد فکر می‌کنن چیزی می‌دونم.»

«یادت باشه چی بهت گفتم. سعی کن توجه‌شونو جمع نکنی.»

«گفتن فلکم می‌کنن.»

ورقا خندید. «دروغ می‌گن. با این همه بازداشتی وقت نیست که بیان دونه دونه ماها رو فلک کنن.»

بهرام روی تخت خواب فلزی دراز کشید و چشمانش را بست که دیگر ورقا سوالی نپرسد. یادش به روزی افتاد که برای اولین بار درد فلک را حس کرده بود.

تازه به آبادان رفته بود. چهارده سال بیشتر نداشت و هنوز کسی را آنجا نمی‌شناخت. یک روز، معلم ادبیات درباره «زبان شیرین پارسی» حرف می‌زد. بهرام متوجه شد که دو همکلاس عربش به هم نگاه می‌کردند. انگار که حدس می‌زدند که این سخنرانی با نتیجه گیری به ختم خواهد رسید. بهرام خوب می‌دانست که تعلق داشتن به اقلیت قومی چه احساسی دارد.

بهرام با صدای بلند به آموزگار یادآوری کرد: «اگه زبان پارسی اینقدر غنی و باشکوهه، چرا این همه لغت از زبونهای دیگه قرض کرده؟ مثلا عربی. کل حروف

الفبای فارسی عربیه.»

«ایرانیها مجبور بودن که پس از حمله اعراب، خودشونو با وضعیت جدید تطبیق بدن. جالبه که دانش آموزان دبیرستانهای امروزی، تا چه حد از تاریخ مملکت خودشون بیخبرن. نمره تاریخت چنده؟»

«از حمله عربها که قرنها می‌گذره. کارشناسان گرامی ادبی ما بدون شک وقتش رو داشتن که چند تا کلمه غیر عربی سر هم کنن.» بهرام از گوشه چشمش دید که آن دو همکلاسش به او خیره شده بودند.

ابروهای آقای معتمدی در هم رفت. «طی سده‌های گذشته، صدها واژه تازه وارد زبان پارسی شده. تعجب نمی‌کنم که بچه کودنی مثل تو از این موضوع چیزی نمی‌دونه. ولی خیلی ساده است. حساب دو دو تا، چهار تاست.»

«شما که هم معلم فارسی هستین، هم تاریخ، هم حساب. ای والله. خدا بده برکت واقعا.»

کل کلاس زیر خنده زد.

«پسر تو کلاس منو به مضحکه گرفتی؟ مگه دلقکی؟ بیا اینجا ببینم.»

بهرام بلند شد و به طرف تخته رفت.

«اینجا کلاسه. خیابون که نیست که یابوهایی مثل تو هر غلطی دلشون خواست بکنن.» آقای معتمدی به طرف او خیز برداشت و دستش را بلند کرد. بهرام جا خالی داد. صدای خنده دانش آموزان بلندتر شد.

«فکر کردی گردن کلفتی؟ بهت یاد می‌دم که چطور به بزرگترها احترام بذاری. شنیدی که فلک چیه؟»

«از فلک نمی‌ترسم.»

آقای معتمدی محکم دستانش را به هم زد. «درست واستا وقتی باهات حرف می‌زنم. یه جوری ایستاده انگار خودشو خیس کرده.»

بچه‌ها دوباره خندیدند.

«خبردار!»

بهرام با اکراه پاهایش را جفت کرد.

«تو که نمی‌ترسی! شجاعی. ولی این درس عبرتیه واسه بقیه کسانی که درس نمی‌خونن و برای بزرگترهاشون احترامی قائل نیستند.» آقای معتمدی دستور داد که کفش و جورابش را در آورد.

بهرام فکر می‌کرد که این تنها یک تهدید تهی است. بچه‌های کوچکتر را از فلک می‌ترساندند. در دبیرستان که آنها دیگر بزرگ شده بودند. مرد شده بودند.

تکان نخورد. به این فکر بود که حتما زن آقای معتمدی توجهی به او نمی‌کند و برای همین است که او می‌خواهد دق دلیش را سر بچه‌های کلاس خالی کند. با آن قیافه

بی‌ریخت جای تعجبی نبود که زنش نمی‌خواست با او کاری داشته باشد. بهرام از این فکر خنده‌اش گرفت.

آقای معتمدی داد زد: «چه خوبه اینقدر اشتیاق هم داری کتک بخوری. گفتم کفش و جورابت رو در بیار. مگه کری پسر؟»

«من نه. شما چطور؟» بلافاصله فهمید که نباید جوابش را می‌داد.

چهره آقای معتمدی مثل سس سمبوسه سرخ شد. به طرف بهرام جست و آنقدر محکم به او سیلی زد که نزدیک بود زمین بیفتد. «کفشتو در نمیاری ها؟ مطمئنم نصف کلاس از تماشای اینکه فلک بشی لذت می‌برن.»

بهرام تازه به آبادان آمده بود و هنوز دوستی نداشت که از او حمایت کند.

آقای معتمدی رو به کلاس ایستاد. «دو تا شاه پسر می‌خوام.»

اسدی از جا پرید، پسر نکبتی که بهرام او را تنها با نام خانوادگیش می‌شناخت. «ما بیایم آقا؟»

یک پسر دیگر هم داوطلب شد. صورتش شبیه گربه بود.

آقای معتمدی دستور داد: «رو زمین!»

بهرام با بی‌تفاوتی روی زمین دراز کشید.

آموزگار به گربه‌رو گفت: «برو از دفتر چوب و فلکو بیار.»

اسدی بهرام را گرفت و بی‌درنگ کفش و جورابش را از پایش کشید و به دروغ گفت: «بوی گند می‌دی.»

چند لحظه بعد، گربه‌رو با چوب و فلک ظاهر شد. از گرد و غبار آن پیدا بود که سالهاست از آن استفاده نشده است. اسدی پاهای بهرام را به فلک بست. او و گربه‌رو آن را در هوا نگاه داشتند.

آقای معتمدی نزدیک شد. «این تنبیه کسانیه که زبون درازی می‌کنن.» او خطکش چوبی را بلند کرد و محکم روی کف پای بهرام فرود آورد.

صدای آن به رعد می‌مانست. دردش مثل صاعقه‌ای بود که به بدن بهرام اصابت کرد. بهرام به خود پیچید و فریاد زد. کلاس آنقدر ساکت بود که صدای نفس کشیدن خودش را می‌شنید. دندانهایش را به هم فشرد تا دیگر ناله نکند. هدف از این تنبیه تحقیرآمیز، ترساندن سایر دانش آموزان بود تا دیگر حرف معلم را زیر سوال نبرند.

قطرات عرق روی پیشانی مربی شکل گرفت. از حداکثر نیرویش برای زدن استفاده می‌کرد. خطکش را دوباره فرود آورد و سپس برای بار سوم. جز صدای برخورد چوب به گوشت پای خودش، صدایی به گوش نمی‌رسید. زهرخندی روی صورت اسدی دیده می‌شد. از مشاهده درد کشیدن همکلاسیش لذت می‌برد.

ضربه بعدی به قوس پایش خورد و مانند برق گرفتگی دردناک بود. ولی بهرام تصمیم گرفته بود که دیگر آه و ناله نکند. تنها همین از آبرویش باقی مانده بود و قصد

نداشت آن را نیز از دست بدهد. نمی‌دانست چقدر این ماجرا طول کشید و چند ضربه خورد. ده تا؟ پانزده تا؟ دستانش را مشت کرد تا درد را در آن بگیرد. ولی صدای دیگری از او در نیامد.

بالاخره معلم خسته شد و دستور داد که اسدی و گربه‌رو پاهایش را باز کنند. بهرام به کف پایش نگاه کرد. رد خطکش روی پایش قرمز شده و از کناره آن، ذره‌های خون پدیدار شده بود. می‌خواست که از زمین بلند شود ولی توانایی تحمل درد را نداشت. گربه رو دستش را دراز کرد که کمکش کند. بهرام دست او را کنار زد و به زحمت بلند شد. انگشتان پایش را به هم می‌فشرد، مثل بالرینی که هنوز باله بلد نبود. خم شد که جورابش را بردارد. فشار به پایش درد را بیشتر کرد. از جا پرید که روی پایش نایستد. از این حرکت او، همکلاسیهایش دوباره به خنده افتادند.

اسدی مسخره‌اش کرد: «آقا، مثل قورباغه می‌پره.»

مجید، همکلاسی سیاه پوستش، از جا برخاست و به سوی او آمد. بهرام او را در کوچه دیده بود. همسایه بودند، گرچه تا آن زمان با هم حرف نزده بودند.

آقای معتمدی سرش داد زد: «تو دیگه چته؟»

مجید بدون توجه به طرف تخته رفت، کفش و جوراب بهرام را برداشت و به او داد. بهرام از کمکش تشکر کرد.

آموزگار به سمت بهرام رفت و اعلام کرد: «شجاعتو باید از همکلاسیتون مجید یاد بگیرین. با وجود خطر اینکه خودش کتک بخوره، حاضر شد بره و به این احمق کمک کنه. به این می‌گن جرات. نه به زر زر بیخود کردن وقتی که هیچی سرت نمی‌شه.»

بهرام دیگر به حرفهای آقای معتمدی گوش نمی‌داد. تا وقت زنگ آخر کلاس، ساکت سر جایش نشست. پس از مدرسه، یکی از همکلاسیها تعارف کرد که روی ترک دوچرخه‌اش سوار شود که مجبور نباشد روی پاهای زخمیش راه برود.

اسدی مسخره‌اش کرد: «یا می‌خوای رو پای من بشین.»

مجید مداخله کرد. «ولش کن.»

برای تماشای دعوای اجتناب ناپذیر، گروهی دور آنها جمع شد.

اسدی ادامه داد: «غصه نخور عزیزم. از قدیم گفتن چوب معلم گله، هر کی نخوره خله.»

بهرام جورابهایش را در جیب گذاشت. نمی‌توانست بپوشدشان. «برو گم شو. همچین با لگد می‌زنم تو دهنت دیگه نتونی نیشتو باز کنی.»

«با اون پاهای آش و لاشت می‌خوای لغت هم بزنی؟ رو رو برم. می‌خوای نوار بهداشتی بدم جلو خونریزی رو بگیره.»

«فقط تویی که تو کیفت نوار بهداشتی داری. واسه خودت لازم می‌شه.»

مجید سر هر دو داد زد: «بسه دیگه.» به بهرام گفت: «بیا بریم. کمکت می‌کنم.»

«مرسی. می‌تونم خودم راه برم.» بهرام پشت کفشش را خواباند و تا جایی که

می‌توانست پاهایش را در آن فرو برد. لنگ لنگان راهی خانه شد. گروهی به دنبالش راه افتاد که سردسته‌شان اسدی بود. همچنان بد و بیراه می‌گفت. تا نزدیکی خانه، گروه آنها را تعقیب می‌کرد.

هر قدم برای بهرام رنج‌آور بود. با این وجود حاضر نبود کمک مجید را قبول کند. زیر آفتاب سوزان عرق می‌ریخت که نمک آن زخمهای پایش را بیشتر می‌سوزاند. برای خنک شدن، دو دکمه پیراهنش را باز کرد. بدون اینکه به پشت سرش نگاه کند، می‌دانست که دیگر بیشتر بچه‌ها رفته بودند. احتمالاً تنها اسدی مانده بود که با صدای بلند روی زمین خاکی لخ می‌کشید.

وقتی تنها دو کوچه با خانه فاصله داشتند، چشم بهرام به پسر جوان عربی افتاد که روی پله جلو در خانه‌شان نشسته است. چفیه قرمزی به سر داشت و دشداشه‌اش آنقدر سفید بود که مثل جامه فرشتگان می‌درخشید. چشمانش اشعه آفتاب را منعکس می‌کرد. به گمان بهرام، حدود شانزده سال داشت.

همچنان به سختی قدم برمی‌داشت و خجالت می‌کشید که نوجوان زیبا او را در آن حال می‌بیند.

اسدی هم متوجه او شده بود. «میای کمک کنی این دختر خانمو ببریم خونه؟ یا اینکه نمی‌تونی راه بری با این دامنت؟»

از اینکه اسدی دشداشه او را به دامن تشبیه کرد، دهان بهرام باز ماند. به پسر عرب نگاه کرد که واکنش او را ببیند. ولی او واکنشی نشان نداد.

مجید، اسدی را سرزنش کرد. «خودتو خر نکن. برو دیگه. نظاره کردی به اندازه کافی.»

بهرام امیدوار بود که پسر دشداشه‌پوش اسدی را کتک مفصلی بزند.

اسدی به بد دهانی ادامه داد. «چیه جاسم؟ زبونتو موش خورده یا اینکه پارسی بلد نیستی؟»

بدون هیچ عکس العملی، به آنها می‌نگریست. بهرام به آرامش او حسودیش شد. اسدی بین او و بهرام ایستاد که نتواند دیگر بهرام را ببیند. نوجوان از جا برخاست. از اسدی قد بلندتر و چهارشانه‌تر بود.

بهرام از یک لحظه غفلت اسدی استفاده کرد، از پشت روی او پرید. بازویش را دور گردنش قفل کرد. سپس با تمام قدرتی که داشت به پهلویش مشت زد. دشمن از درد ناله سرداد. بهرام از شنیدن آه او، خشنود شد و گلویش را بیشتر فشار داد.

اسدی توانایی تحمل وزن بهرام را نداشت و جلوی پای پسر عرب به زمین افتاد.

مجید نکوهش کرد: «بهرام ول کن دیگه.» دست اسدی را گرفت و از زمین بلندش کرد. «تو هم برو خونه. مسخره بازی بسه.»

اسدی به راه افتاد و غرولندکنان گفت: «به هم می‌رسیم.»

بهرام می‌خواست که شهرت تازه به دست آورده‌اش را به رخ نوجوان تماشاچی

بکشد. سر دشمن داد زد: «کی به تو اجازه داد بری؟ معذرت بخواه.»

«برو بمیر.» اسدی به کوچه بعدی پیچید.

مجید از پسر غریبه عذرخواهی کرد: «حالش خوب نیست. شما ببخش.» سپس رو به بهرام کرد و ادامه داد: «بریم دیگه.»

بهرام که مشتاق آشنایی بیشتر با پسر ناشناس بود، به همسایه‌اش جواب داد: «تو برو.»

مجید سر تکان داد و از آنها دور شد.

غریبه با صدایی مردانه که بهرام را به یاد ساز نی انبان می‌انداخت، پرسید: «مشکلت چیه تو؟»

برای یک لحظه بهرام دردش را فراموش کرد و به این فکر فرو رفت که حاضر است ساعتها به صدای او گوش دهد. «چرا گذاشتی این جوری بهت توهین کنه؟»

«این پسریچه‌ها مثل مگسن.»

«مگس؟»

«اگه بهشون محل بذاری، دوباره برمی‌گردن. ولی اگه اعتنا نکنی، خسته می‌شن می‌رن.»

«اگه نیش بزنن چی؟» بهرام از حرفش پشیمان شد. مگس که نیش نمی‌زد.

پسر عرب به خنده افتاد و دستش را دراز کرد: «طالب هستم.»

بهرام خود را معرفی کرد و دستش را فشرد. «خوش وقتم.»

طالب چشمک زد. «فکر کردی لاتی؟»

خوشحال از اینکه توجه طالب را جلب کرده است، جواب داد: «آره که هستم.»

«پاشنه کفشتو خوابوندی، دکمه‌هاتو باز کردی و فکر کردی لاتی؟»

بهرام از اینکه ناشی به نظر می‌رسید، ناراحت شد. «پس چی کار کنم؟ تازه اومدم اینجا. نمی‌خوام بچه‌ها اذیتم کنن.»

طالب همچنان به او نگاه می‌کرد.

«بهم یاد بده چطوری لات باشم.»

«پس فکر می‌کنی همه عربها لاتن؟»

بهرام اعتراض کرد: «نه. اصلا! این حرفها چیه؟ فکر کردم شما بهتر از من می‌دونی، همین. می‌خوام همه ازم بترسن. هر کاری می‌خوام بکنن.»

«پس می‌خوای امپراتور باشی.»

یک لحظه وسوسه شد که بگوید قبلا بین همسن و سالهایش سالار بوده است. «وقتی می‌خندی، روی گونه‌هات چال می‌شه. خوشگله.»

بهرام پاسخ داد: «به من یاد بده لات باشم، در عوض من از هر کاری بخوای می‌کنم.»

«هر کار بخوام؟»

بهرام سرش را به علامت مثبت تکان داد.

طالب با شیطنت جواب داد: «تو رو می‌خوام.»

بهرام ناگهان گفت: «قبول.» مطمئن نبود که مخاطبش شوخی می‌کند یا نه. جوانک به قهقهه افتاد. «چه جور آدم لاتی همچین حرف می‌زنه؟»

بهرام پایش را بلند کرد و از درد آهی کشید.

«پاهات چی شده؟»

«تو کلاس فلکم کردن.»

«اوف. هیچ لاتی خودشو در چنین شرایطی قرار نمی‌ده که جلوی بقیه تحقیر بشه.»

«پس بهم یاد بده چی کار کنم. اون عوضی رو که دیدی. تمام راه بهم بد و بیراه می‌گفت.»

طالب نفس عمیقی کشید و در خانه‌شان را باز کرد. به او اشاره کرد که دنبالش برود. سپس بهرام را روی مبلی نشاند و پایش را بررسی کرد. «خونی مالی کردن پاهاتو. باید یه مدت بشینی.»

«راست می‌گی؟»

«از راه رفتن که بهتره.»

بهرام به دروغ ولی با قلدری گفت: «نه بابا. چیزی نیست. اصلا یادم رفته بود فلک شدم.»

«خوشگلیا! وقتی لبخند می‌زنی...» طالب لبش را لیس زد.

بهرام حس کرد که موج گرمی به صورتش زد.

«می‌خوام بهت حمله کنم.» طالب پاهای بهرام را روی شانه‌اش گذاشت و او را روی میز قهوه خوری خواباند. «ولی عاشقانه.» روی بهرام خم شد.

بهرام نفس طالب را روی صورتش احساس می‌کرد. مدتها بود اینقدر به کسی نزدیک نشده بود. «خیلی تو فکر عشق و عاشقی هستی؟»

«اشکالی داره؟» طالب به آهستگی لبانش را بوسید.

همدیگر را در آغوش گرفتند. کار به جایی رسید که پیراهن همدیگر را در آوردند. بهرام احساس می‌کرد که طالب با این کار از اینکه او و اسدی را به زور ساکت کرده بود، از وی قدردانی می‌نمود. پوست لطیف طالب این احساس را به او می‌داد که انگار گرمای خورشید را دور خود پیچیده است. طالب تمام وجودش را تسخیر کرده بود. بهرام او را محکمتر در آغوش گرفت و چشمانش را بست.

نمی‌دانست چه مدت آنجا دراز کشیده است ولی وقتی چشمهایش را گشود، هر دو همزمان نفس می‌کشیدند.

«ببخشید.» طالب دستانش را از دور بدن بهرام باز کرد و روی مبل نشست.

«می‌گن مهمون حبیب خداست. ولی نمی‌دونن حبیب یعنی عاشق.» از سخنان وی لذت می‌برد. «یعنی به این زودی عاشق شدی؟»

«آره والله.»

«باشه. تو به من یاد بده چه جوری لات بشم، من حاضرم بذارم بهم حمله کنی.»
بهرام می‌خواست اضافه کند «ولی عاشقانه.» خجالت کشید.
طالب موضوع را عوض کرد: «باید واسه پاهای آش و لاشت یه فکری بکنیم.» به آشپزخانه رفت و با یک تشت که در آن آب و یخ ریخته بود، برگشت.
«واسه دردش خوبه؟»
«چه می‌دونم؟ از هیچی که بهتره. بیا پاتو بذار توش.»
بهرام روی مبل کنار طالب نشست.
«گفتی تازه واردی. اهل کجایی؟»
بهرام از جواب دادن طفره رفت. «شمال اینجا.»
«یعنی شمال؟ شمالی که گیلکی توش حرف می‌زنن؟»
بهرام ساکت ماند.
«هر موقع خودت خواستی، بهم بگو.»
خوشحال از اینکه مجبور نبود که به سوالهای پی در پی جواب دهد، افزود:
«بیشتر مردم اینجا آدمهای خوبین. من در مورد خوزستانیها هیچی نمی‌دونستم.»
«اون پسر سیاه پوستی که همراهت بود بچه باحالیه. اسمش مجیده، نه؟»
«می‌شناسیش؟»
«من تو این محل بزرگ شدم. همه رو می‌شناسم.»
«اون بچه هرزه نکبتی که دیدی از معدود کساییه که عوضین. من عادت دارم که همه بهم احترام بذارن. ولی اینجا... باید از صفر شروع کنم.»
«به به. مثل لاتها هم که بلدی ناسزا بگی.»
«ناسزا چیه؟ خیلی هم سزاوارشه.»
«خودتو ناراحت نکن. یه فکری براش می‌کنیم دیگه جرات نکنه بهت نگاه بکنه.»
طالب دست بهرام را گرفت. دستش گرم بود و دلگرم کننده.

غرق شدن در خاطرات طالب، گذر زمان را در زندان تسریع می‌نمود. تبسمی روی لبهای بهرام شکل گرفت. سعی می‌کرد کوچکترین جزئیات روابطش با دوستدارش را به یاد آورد و در ذهن مرور کند. نمی‌دانست تا چه مدت در زندان خواهد ماند و به همین دلیل نمی‌توانست از ناچیزترین پاره لحظاتش با او چشم بپوشد. باید بررسی خاطرات محدودش را تا جای ممکن امتداد می‌داد.
به اطراف بند نگاهی انداخت. ورقا چشمانش را بسته بود و دست به سینه دعا می‌خواند. بازداشتی دیگری روی زمین نشسته بود و چهارمی از پنجره بیرون را تماشا می‌کرد. هر دو دانشجوی دانشگاه جندی شاپور و شیفته استاد فیزیکشان بودند.

دانشجوی روی زمین فکر می‌کرد اخراج خواهند شد. دیگری هنوز امیدوار بود.

بهرام دوباره چشمانش را بست و آرزو کرد که می‌توانست مثل سابق همراه طالب در آبادان در منطقه بوارده قدم بزند. با هم از کنار سینما تاج رد می‌شدند و به طرف باشگاه اروند می‌رفتند. جایی که مردان ورزشکار با شلوارکهای کوتاه نرمش می‌کردند و می‌دویدند. بهرام حتی نگاهی گذرا هم به آنها نمی‌کرد. هیچ کدام بدن زیبا و جذابی مثل طالب نداشتند. نسیم، عطر او را به مشامش می‌رساند. بوی یاسمن می‌داد. اگر دلدارش اینجا بود، این زندان بدبو و کثیف هم مثل گلستان می‌شد.

حسام، بازجویی که از او بازجویی می‌کرد، آدم عجیبی به نظر می‌رسید. مهربانیش غیرمنتظره بود. چه هدفی داشت؟ بهرام باید وانمود می‌کرد که از وی خوشش می‌آید تا وقتی که از زندان آزاد شود. قبل از اینکه پاسدار دلیل واقعی بازداشتش را کشف کند.

۱۸ اردیبهشت ۱۳۵۹

سنندج

عاطفه می‌دانست که نفرین شده است. از اتاق تاریک به بیرون نگاه کرد. هیچ نشانی از دانیار دیده نمی‌شد. پرده‌ها را کشید و شعله فانوس را کم کرد. نگران این بود که شوهرش شب برمی‌گردد یا اینکه امروز آخرین روز زندگی مشترکشان است. روزی که کشته می‌شود؟

روز تولد ۲۱ سالگیش بود. قبلا فکر می‌کرد که روز تولد برایش روز مبارکی است. دقیقا سه سال پیش با دانیار ازدواج کرده بود. آن سال به دو مناسبت جشن گرفتند: تولد و عروسی. ولی امسال فرصتی برای پایکوبی وجود نداشت. از رادیو شنیده بود که سحرگاه فرخ‌رو پارسا اولین وزیر زن ایران تیرباران شده است. مرداد سال گذشته، نیروهای نظامی به کردستان حمله کردند و درگیری همچنان ادامه داشت. جنگ مثل یک لاشخور تن شهر را از هم دریده بود. به جای جشن گرفتن، عاطفه در تاریکی، بدنش را مچاله کرده بود تا شاید موفق شود توجه دشمن را به خود جلب نکند. در دل

آرزو می‌کرد که دانیار امروز زنده بماند.

در گذشته دختر خوش اقبالی بود. اتفاقی از راز پسر مادرسالار طایفه مطلع شده بود. با تهدید، او را که بانو نام داشت قانع کرد که پسرش را به تبعید بفرستد و دانیار را در جایگاه وی بنشاند. عاطفه توقع نداشت که نتایج این کار تا این حد شوم باشد. پسر نوجوان در جاده تهران مفقودالاثر شد. عاطفه گمان می‌برد که شاید مردان قبیله از راز ننگ‌آور او باخبر شده و سر به نیستش کرده بودند. یا شاید طی تصادفی در کوهستان کشته شده بود. در هر حال، دانیار جای او را گرفت و عاطفه به مقام عروس بانو دست یافت. ولی این اتفاق برایش چیزی جز بدبختی به همراه نداشت. بر این باور بود که پسر بانو پس از تبعید ناگهانی و شرم‌آورش او را نفرین کرده است.

به زودی پس از ازدواج، باردار شد. همسرش می‌گفت که مهم نیست کودکشان دختر باشد یا پسر. عاطفه هیچ کدام را برایش نیاورد. نوزاد مرده به دنیا آمد. دانیار شکایتی نکرد ولی زن جوان از اینکه همسر محبوبش را نومید کرده بود، غمش دوچندان شد. سپس، شاه از ایران رفت و انقلاب به پیروزی رسید. کردها استقلال می‌طلبیدند ولی دولتی که تازه شکل گرفته بود، به شدت با این خواسته مخالفت کرد. بسیاری از کردها از شرکت در همه‌پرسی سراسری اجتناب کردند. از آنجا که راه دیگری برای مقاومت نداشتند به زودی بر علیه دولت انقلابی اسلحه به دست گرفتند.

ارتش و سپاه پاسداران آنها را با بیرحمی سرکوب کرد. در عرض یک ماه در سال ۵۸، ده‌ها زن و مرد کرد اعدام شدند. تعداد نامعلومی در درگیری جان باختند. ولی یک سال پس از آن، هنوز نیروهای مقاومت پایداری می‌کردند و جنگ همچنان ادامه داشت. مرگ هم همینطور. دانیار به یکی از گروه‌های مسلح پیوست و به دلیل جایگاهش در طایفه، رهبر آن شد؛ مرد جوانی که در یک شهر مخروب زندگی می‌کرد با زنی که برایش بچه نیاورده بود. پس حتما امید چندانی به زندگی نداشت. حداقل این چیزی بود که عاطفه فکر می‌کرد.

عروس جوان دستانش را روی دلش گذاشت. اگر بدنش همکاری می‌کرد و برایشان بچه می‌آورد، شاید می‌توانست شوهرش را راضی کند که از جنگ دست بردارد. یا اینکه با هم از سنندج بروند. دل درد داشت. انگار که کسی بدنش را مثل جامه‌ای خیس می‌چلاند. صدای انفجار دیگری از بیرون به گوش رسید. سپس صدای شلیک چندین تک تیر. دستانش را دور زانوانش گره زد.

در دل از پسر بانو معذرت می‌خواست. تقصیر خودش بود که پسرک نفرینش کرده بود.

صدای شلیک مجدد، پنجره‌ها را لرزاند. سرش را روی زانوانش گذاشت و بدون صدا گریه کرد.

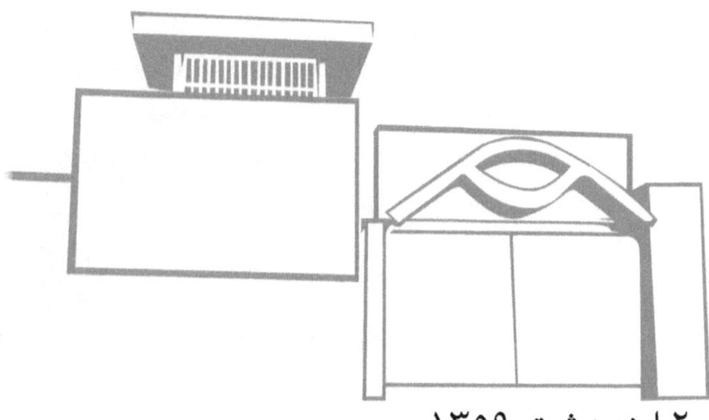

۲۰ اردیبهشت ۱۳۵۹
زندان کارون، اهواز

درِ زندان کارون متشکل بود از دو صفحه فلزی مستطیل شکل. بر فراز هر کدام، یک مثلث متساوی الساقین وجود داشت به طوری که هر صفحه فلزی شبیه قلمی بود که سرنوشت زندانیان را رقم می‌زد. زیر نور آفتاب رنگ سبز در، پریده بود. بالای نوک قلمها، دو خط منحنی به صورتی قرار گرفته بودند که به یک چشم شباهت داشتند، چشمی که در تمام مدت بازداشت، زندانیها را زیر نظر داشت. در سمت چپ، برج نگهبانی به نظاره ایستاده بود.

امروز منصور نگهبان بود. گرچه مسئولیت مهمی به عهده داشت، ولی این کار برایش بسیار کسل کننده بود. می‌خواست که مثل حسام بازجو باشد. ولی به علت تعداد بسیار زیاد بازداشتیها، همه پاسدارها ناچار بودند در سِمَتهای متعددی انجام وظیفه کنند. از دیگر شهرها، چند نفر برای کمک به اهواز اعزام شده بودند ولی تعدادشان آنقدر نبود که تاثیر زیادی در تقسیم کار داشته باشد.

خانواده زندانیان به امید دیدار دلبندشان جلوی درِ زندان ازدحام کرده بودند. برخی از آنها انتظار داشتند که زندانی مورد نظرشان به زودی آزاد شود. اولین موج آزادی دسته جمعی چند روز پیش اتفاق افتاده بود و باعث دلگرمی بسیاری از خویشان بازداشتیها شده بود. ولی با وجود آن، صدها نفر از کسانی که در پی درگیریهای دانشگاه جندی شاپور دستگیر شده بودند، همچنان در پشت میله‌ها محبوس بودند. همینطور به جمعیت جلوی در زندان افزوده می‌شد، پدرها و مادرها از یکدیگر اخبار زندان را می‌پرسیدند. پرسش همه یکسان بود: کی آزادشان می‌کنند؟ پاسخها نیز مثل هم بودند: هیچکس خبر نداشت. کسی جرات نمی‌کرد از بیخبری خشمگین شود. همه باید با آرامش و متانت با نگهبانهای زندان مودبانه صحبت می‌کردند از ترس اینکه مبادا پاسداری عصبانی شود و تاریخ آزادی دلبندشان را از روی کینه به تعویق اندازد. منصور به خوبی می‌دانست که هیچ کس در صدد آن نبود که پرخاشگرانه با او حرف بزند و از این امر خوشحال بود.

زن جوانی به سمت همکار منصور رفت و سراغ یک زندانی را گرفت. نگهبان به عنوان نیروی کمکی از تهران آمده بود ولی منصور اسمش را به یاد نداشت.

نگهبان از زن جوان پرسید: «چی کارته؟»

«پسرمه.»

«چند سالشه؟»

«شونزده.»

نگهبان به منصور نگاه کرد و به مسخره گفت: «می‌گه شونزده سالشه.» سپس به زن جوان رو کرد: «چطوره که تو به این جوونی، بچه شونزده ساله داری؟ در چند سالگی به دنیا آوردیش؟»

زن جوان روسریش را جلو کشید که صورتش را پنهان کند.

منصور به طرف دیگر نگریست و آرزو کرد که کاش در داخل زندان می‌بود. یا در خانه. یا هر جای دیگری غیر از جلوی در زندان.

«پدرش کجاست؟»

«سر کاره. پدرشو واسه چی می‌خواین؟»

«تو جوونتر از اون هستی که بچه شونزده ساله داشته باشی. اگه پدر داره، باید پدرش بیاد.»

«ای خاک عالم! آقا خجالت بکش.»

«حدس می‌زدم بی‌پدر باشه.» به منصور نگاه کرد و چشمک زد.

زن جوان صدایش را بلند کرد. «استغفرالله. شما اینجایی که پاسدار ناموس مردم باشی، نه اینکه بیخودی بهشون توهین کنی.»

«خب راستشو بگو. مادرشی یا صیغه‌شی؟»

رخسار زن جوان سرخ شد و بلافاصله به صورت نگهبان کشیده زد.

منصور برای یک لحظه فکر کرد که باید برای طرفداری از همکارش مداخله کند، ولی حقش بود که سیلی بخورد.

«به به! آتشی هم که هستی. خوشم اومد. می‌خوای صیغه خودم بشی؟» نگهبان لبانش را لیسید.

منصور چندشش شد.

زن جوان دیگری چادر سیاهش را به دنبال می‌کشید و به آنها نزدیک می‌شد. «این چه طرز حرف زدنه بی‌آبرو؟ مگه از حیثیت بویی نبردی؟»

«برو بینم دختر خانم. تو سر پیازی یا ته پیاز؟»

منصور سرش داد زد: «بسه دیگه.» زن دوم را می‌شناخت: عروس ناصر بود. منصور دست روی سینه‌اش گذاشت: «خیلی معذرت می‌خوام خانم عطری. ایشون تازه از تهرون اومده. چیزی نمی‌دونه. ببخشیدش.»

نگهبان به محض اینکه فهمید منصور عصمت را می‌شناسد، عقب نشینی کرد و معترضانه جواب داد: «من اراکی هستم.»

منصور وسوسه شد بگوید که خفه شود ولی نمی‌خواست جلوی همسر رئیسش بی‌ادبی کند.

عصمت به طرف او رفت: «دلیل نمی‌شه به مردم ناسزا بگی. مگه اراکیها آبرو ندارن؟»

«خواهش می‌کنم ببخشیدش.» منصور درِ زندان را برای عصمت باز کرد و به همکارش چشم غره رفت. «معذرت بخواه.»

نگهبان با لکنت زبان عذرخواهی کرد.

«از من نمی‌خواد معذرت بخوای. باید از ایشون معذرت خواهی کنی. به ایشون توهین کردی.» عصمت به زن جوان اشاره کرد.

نگهبان به او رو کرد: «ببخشید.»

زن جوان سرش را پایین انداخت.

عصمت همچنان کنار درِ زندان ایستاده بود و به منصور نگاه می‌کرد. «برادر منصور، لطفا پسر خانم رو پیدا کنین. به خانم بگین پسرش در چه حالیه. مردم حق دارن بدونن.»

«چشم خانم عطری. حتما.» آماده بود که درِ زندان را پشت عصمت ببندد که کس دیگری از میان جمعیت وی را صدا کرد.

«دخترم، نرو. به داد من برس.»

عصمت از در بیرون آمد و در جستجوی وی، به مردم خیره شد.

پیرزنی با روسری عربی به طرف در زندان آمد. ابروهایش با خالکوبی تزیین شده بودند. «نرو دخترم. صبر کن.»

عصمت پرسید: «چی شده خانم؟»

«پسرم چند هفته‌اس دستگیر شده. گناهی نکرده ولی می‌خوان اعدامش کنن. نوزده سالش بیشتر نیست. کاری نکرده. تو رو به خدا کمکم کن.»

عصمت با نگرانی به منصور رو کرد.

پیرزن ادامه داد: «اسمش صالح مقدمه. ولی همه ولید صداش می‌کنن.»

منصور می‌دانست پیرزن دنبال چه کسی می‌گشت. چه افتضاحی! باید این مسئله را به زودی حل می‌کردند. مشکلی که منصور مقصر آن بود. دهانش را باز کرد ولی به سرعت از حرف زدن منصرف شد. قبل از اینکه چیزی بگوید باید از ناصر اجازه می‌گرفت.

عصمت از منصور پرسید: «شما کسی را به نام ولید تو زندان می‌شناسی؟»

به دروغ گفت: «نه والله.»

عصمت دست پیرزن را گرفت: «خانم، همین جا منتظر من باشین. ببینم چی کار می‌تونم بکنم. شما صبر کنین من برمی‌گردم.»

«خدا پشت و پناهت عزیزم. من از اینجا تکون نمی‌خورم.»

«شما اسمتون چیه؟»

«رأفت مقدم.»

«هر کاری از دستم بربیاد می‌کنم. امیدوارم واقعا اینجا باشه.» عصمت دوباره وارد زندان شد.

وقتی منصور در را از خارج بست، به همکارش کنایه زد: «نمی‌تونستی یه ذره دهنتو ببندی؟ دعا کن به ناصر چیزی نگه. وگرنه کارت زاره.»

«کیه این یاروه؟»

«زن ناصره، رئیس جناب عالی.»

«اه؟ خب من از کجا می‌دونستم؟ اصلا واسه چی میاد اینجا؟»

«چه می‌دونستی چه نمی‌دونستی، دلیلی نداشت زبون درازی کنی. مگه مجبورت کردن به مردم بد و بیراه بگی؟»

نگهبان غرولند کنان جواب داد: «این هم شانس ما. اومدیم ماموریت اهواز.»

منصور متوجه رأفت شد که جلوی در ایستاده بود. «خانم، لطفا برین یه کم اون طرفتر. تو پیاده‌رو منتظر باشین.»

پیرزن به جلوی پایش نگاه کرد. خیابان خاکی بود. بدون آسفالت، مشخص نبود که مرز بین خیابان و پیاده‌رو کجاست. ولی به هر حال شکایتی نکرد و چند قدم دور شد.

منصور امیدوار بود که کاش پیرزن اسم ناصر را نشنیده باشد.

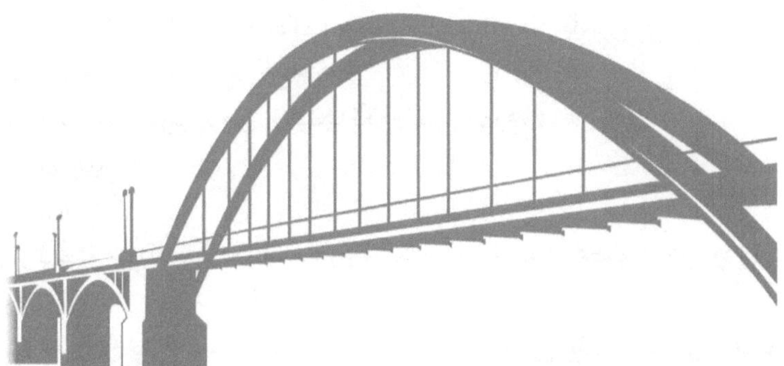

حسام دست به سینه در اتاق قدم می‌زد. در انتظار احمد بود که اولین بازداشتی را برای بازجویی به آنجا بیاورد. همانطور که زندانیان کارون به تدریج آزاد می‌شدند، زندانیانی که در دیگر مکانها محبوس بودند به کارون بازگردانده می‌شدند. اکنون وظیفه حسام این بود که طبق اطلاعاتی که دستگیرشدگان به او می‌دادند، اتهامشان را مشخص کند. این درست برعکس آنچه بود که توقع داشت. وقتی خودش در برابر سفارت ایران در رم در تظاهرات علیه شاه شرکت کرده بود، پلیس وی را بازداشت نکرده بود که بعدا بازجوییش کند و اتهاماتی برایش صادر کند. ولی در اهواز تکلیفش همین بود. اینها به نظرش غیرمنطقی می‌آمد. به علاوه، روزانه تعداد وظایفش افزایش می‌یافت: نگهبانی در زندان، بازجویی از زندانیان، گشت در خیابانها. در حالی که تنها کاری که به آن علاقه داشت آن بود که همراه پسر ساحرش باشد.

در باز شد و احمد با خشونت بهرام را به طرف صندلی هل داد. سپس با سر به

حسام علامت داد که بیرون بیاید. پس به دنبالش از اتاق خارج شد.

«چطوری؟ خوبی؟»

از این سوال جا خورد. همکار میانسالش معمولا بداخلاق‌تر از این بود که حال و احوال بپرسد. «مرسی. بد نیستم.»

«برادر ناصر از من خواسته که کار و بار اینجا رو بهت یاد بدم. زندانی زیاده و زندانبان کم. افراد کمکی از تهران به زودی از اینجا می‌رن و ما هنوز کلی کار داریم. واسه همین، تا وقتی هستن باید نهایت سعی‌مونو بکنیم که برای این نکبت‌ها پرونده باز کنیم. هر چه بیشتر بهتر.»

با وظایفش به خوبی آشنایی داشت. «بله. می‌دونم.»

«آره؟ پس بی‌زحمت تکلیفشونو روشن کن. اینقدر لفت نده.»

از اینکه احمد با او مثل کودکان رفتار می‌کرد خسته شده بود. «دارم همین کار رو می‌کنم.»

«پس کارتو بکن قبل از اینکه ناصر مجبورم کنه واسه بازجویی هم بالا سرت واستم. کار که تموم شدنی نیست.»

«ببخشید؟» صدای حسام بلندتر از آنچه بود که می‌خواست.

«به ناصر ثابت کن که می‌تونی کارتو انجام بدی. وگر نه کارهای تو رو هم باید من چک کنم.» سرش را خاراند.

«من بچه نیستم. نیازی به کمک هم ندارم.»

«حرفش یه چیزه، کارش یه چیز دیگه.»

حسام با خشم به او نگریست و بدون کلامی دیگر به اتاق بازجویی بازگشت. هیچ کس به او اعتمادی نداشت. همکارانش وی را به عنوان یک خارجی ناشی می‌شناختند که کاری از دستش برنمی‌آمد. شاید از اینکه برای نماز به ایشان نمی‌پیوست دلخور بودند. از آن بدتر، حسام نگران بود که کسی متوجه شود که با پسرک دربند بالطافت و مهربانی برخورد می‌کند. نمی‌بایست کسی از این مطلب باخبر شود. باید همه را قانع می‌کرد که ایرانی وطنپرستی است که تحصیلاتش را فدای انقلاب کرده است و با زندانیان با بیرحمی رفتار می‌نماید. باید ثابت می‌کرد که همانند سایر اعضای سپاه است. دستبند زندانی را باز کرد و با کمی خشونت چشمبندش را گشود. انگار می‌خواست به خودش هم ثابت کند که پسرک تنها یک زندانی معمولی است. «سلام.»

«رفیق حسام.»

«اینطوری صدام نکن.» حسام دوست داشت که رفیق خوانده شود ولی می‌ترسید کسی از فعالیتهای سابقش مطلع گردد. به آرامی قلم و کاغذی روی میز صندلی دانشجویی گذاشت. سپس روی میز خودش نشست و پایش را روی میز جلوی زندانی گذاشت. «چطوری؟»

بهرام از ژست او ناراضی به نظر می‌آمد. «مرسی.»

«بنویس چرا بازداشت شدی. چی کار کردی که منجر به بازداشتت شد.»

«اینها رو که بهت گفتم. جلوی شهرداری دستگیرم کردند در حالی که هیچ...»

حسام حرفش را قطع کرد: «بنویس.»

«همه چیز رو که برات تعریف کردم. من اصلا...»

حسام با صدای بلندتری تاکید کرد: «گفتم بنویس.»

بهرام نفس عمیقی کشید و بعد شانه‌هایش را بالا انداخت. «خیلی خب.» خودکار را به دست گرفت و می‌خواست از بالای ورقه شروع به نوشتن کند ولی ورق زیر پوتین حسام گیر کرده بود. به او نگاهی کرد و ابرویش را بالا برد.

حسام پایش را بلند کرد و از اینکه به بهرام تسلط داشت، خشنود بود. در آرامش، از زیبایی وی لذت می‌برد.

ولی وقت زیادی نداشت. اگر کسی پی می‌برد که با بهرام با ملایمت رفتار می‌کند یا اینکه با سازمانهای چپگرا در تماس بوده است، ممکن بود از مقامش عزل شود و به منصب پایینی گماشته شود. در چنین وضعیتی، زندانی جوان به دست بازجوهای سختگیری مثل احمد و ناصر می‌افتاد. پس باید از اینکار جلوگیری می‌نمود و متاسفانه چاره‌اش این بود که کمی با بازداشتی بدرفتاری کند.

وقتی پسر جوان نصف صفحه را پر کرد، حسام خم شد و گفت: «بده ببینم.» فکر می‌کرد پسرک اعتراض کند که هنوز کارش تمام نشده است، ولی بهرام چیزی نگفت و ورق را به بازجو داد.

باید به جوانک می‌فهماند که دنیا دست کیست. به نفع خودش بود که همکاری کند. به نفع هر دوی آنها بود: حسام به همکارانش ثابت می‌کرد که از دست این کار بر می‌آید و بهرام در نهایت آزاد می‌شد، بدون اینکه دوباره زیر مشت و لگد ماموران بیفتد. ولی در عین حال باید از ابراز احساسات جلوگیری می‌کرد. دوست داشت دست زندانی را با لطافت بگیرد و با او به صحبت بنشیند.

حتی از فکر آن هم می‌ترسید. باید همانطور که رئیسش دستور داده بود، عمل می‌کرد. ورق کاغذ را در دست گرفت و بدون اینکه نگاهی به آن بکند، پاره‌اش کرد.

بهرام عصبانی شد. «چی کار داری می‌کنی؟»

حسام از اینکه با بهرام رفتار ناشایستی داشت، شرمنده بود. ولی راه چاره‌ای نداشت. «این چیزها کمکی بهت نمی‌کنه. همین الان هم کلی وقت رو تو تلف کردم. خیلی بهت رو دادم. دیگه فرصتت داره تموم می‌شه. یا بهم بگو چرا دستگیر شدی یا می‌ذارم تو سلول بمونی تا عقلت سر جاش بیاد. شاید ماه‌ها طول بکشه. اینقدر اینجا می‌مونی تا بپوسی.» از شدت تهدیدهای خودش جا خورد.

ورق دیگری برداشت و دستش را به طرف جوانک دراز کرد. ولی بهرام تکانی نخورد و کاغذ روی زمین افتاد. «برش دار.»

زندانی همچنان نشسته بود.

چرا بهرام از او اطاعت نمی‌کرد؟ آیا می‌دانست که حسام دوستش دارد؟

بهرام به او خیره شد.

«گفتم برش دار.»

مجسمه شده بود.

«بچه باهوشی هستی. می‌دونم. ولی این رو بدون که اینجا هر کاری دلم بخواد می‌تونم باهات بکنم. گوش بده وگرنه با صورت ورم کرده و استخونهای شکسته می‌فرستمت بهداری.» از اینکه تهدیدهایش اینقدر بیرحمانه بود، احساس شرمندگی می‌کرد. نمی‌توانست کل قضیه را برای محبوبش توضیح دهد. فقط آرزو می‌کرد که تهدید برای وادار کردن وی به همکاری، کافی باشد. حتی ادعای همکاری هم بسنده بود. می‌بایست زندانی به او اعتماد می‌کرد. باید می‌فهمید که بهتر است به حسام بازجویی پس دهد تا به احمد و ناصر.

بهرام نشسته بود و هیچ واکنشی نشان نمی‌داد. انگار این بار خودش را جادو کرده بود. همانطوری به حسام نگاه می‌کرد که اومبرتو، زمانی که حسام به او خبر داد که به ایران بازخواهد گشت. نگاهی مملو از ناباوری و یأس.

بهرام به آرامی اعلام کرد: «اونقدر باهوش هستم که بدونم این طرز رفتار تو نیست.»

موج سردی از بدن حسام گذشت. دست و پایش پوست مرغی شد. خوب بود که لباس سربازیش آن را پنهان می‌کرد.

بهرام ایستاد و حسام را مجبور کرد پایش را از میز صندلیش بردارد. «تو برام غذا آوردی. از اینکه کتکم زده بودی معذرت خواستی. این رفتار تو نیست.»

پسرک زندانی در برابرش ایستادگی می‌کرد، کاری که اومبرتو هرگز انجام نداده بود. حتی وقتی حسام همه زندگیش را در رم رها کرده و بدون توضیح صادقانه‌ای تنهایش گذاشته بود. ولی در صدای بهرام محبت به گوش می‌رسید، نه مقاومت.

«تو آدم شرافتمندی هستی. نذار که انسانیتت رو ازت بگیرن. بهتر از اونی که اینجوری رفتار کنی.»

گرچه می‌ترسید بهرام چاپلوسی کند، حسام تحت تأثیر این حرف قرار گرفت. زندانی پسر بی غل و غشی به نظر می‌رسید. کسی که به جای اینکه به فکر منفعت خود باشد، نگران این بود که در هرج و مرج انقلاب، حسام خودش را گم نکند. حسام تصویر خودش را در چشمان زندانی دید و از خود پرسید: «بهرام از اونچه هستم، فرد بهتری رو در من می‌بینه؟»

زندانی ادامه داد: «می‌دونم که بر من تسلط داری. ولی نذار این امر سنگدلت کنه.»

حرفهای بهرام جادویش کرد. یا شاید مست چشمهای قهوه‌ایش شده بود. یا شیفته پوستی که در اثر بوسه آفتاب، تیره شده بود. یا موهای لطیف گونه‌هایش. حسام دست او را در دست گرفت و فشرد. بهرام دستش را پس نزد.

نزدیک‌تر شد. در سکوت اتاق، صدای تنفس خودش را می‌شنید که تندتر می‌شد. می‌ترسید پسرک صدای قلبش را بشنود. بی‌اختیار به طرف او کشیده شد و بدون اینکه بفهمد چه می‌کند، لبهایش را روی صورت وی گذاشت. وقتی به خود آمد، جا خورد و به سرعت عقب نشینی کرد.

برای یک لحظه، بهرام خشکش زد. «اگه بذاری برم، می‌تونیم بدون اینکه نگران احمد باشیم، با هم...»

حسام نسبت به آینده‌شان امیدوار شد. نمی‌دانست که آیا پیشنهاد صمیمانه‌ای است یا وعده پوچی برای رهایی. به هر حال وسوسه با او بودن در وجودش رخنه کرد. دستش را دراز کرد و انگشتانش را میان انگشتهای زندانی گرفت. دست دیگرش را پشت کمر وی گذاشت. نفس بهرام، گردنش را نوازش می‌کرد. تنَش بوی صابون سیب می‌داد.

پس از لحظه‌ای تأمل، دستش را پشت گردن بهرام گذاشت و موهایش را با انگشتانش شانه زد. «تو چقدر زیبایی!»

بهرام از خجالت لبخند زد. «ول کن.»

«اینجا بازجو منم. هر کاری بخوام می‌تونم بکنم.»

لبخندش ناپدید شد و به عقب قدم گذاشت.

«نه. منظورم...» ناآگاهانه دوباره تهدیدش کرده بود. تسلط کامل بر جان و تن دیگری در زندان، بازی خطرناکی بود. «اذیتت نمی‌کنم! ببین. بازداشتیهای زیادی تو چند روز گذشته آزاد شدند. حتی دانشجوهایی که به پاسدارها سنگ زده بودند فقط به چند ماه زندان محکوم شدند. البته از دانشگاه هم اخراج شدند. ولی... مهم اینه که اگه تنها جرمت... منظورم اینه که از اونجایی که تنها جرمت اینه که در تظاهرات ضد انقلاب شرکت کردی، آزادت می‌کنند. فقط باید روند قانونی رو پشت سر بذاری.»

«کجا تو تظاهرات ضد انقلاب بودم؟ من از روی کنجکاوی رفتم شهرداری ببینم چه خبره. به جای اینکه واسه‌ام پرونده سازی کنی، بذار برم.»

حسام افسوس می‌خورد که دوباره بی‌احتیاطی کرده بود. سعی کرد وضعیتش را بهتر توضیح دهد. «من اجازه ندارم که همین جوری الکی کسی رو آزاد کنم. چند وقت پیش یه بازداشتی رو گذاشتم بره، کلی دعوام کردند.»

بهرام ساکت بود. انگار مبالغه‌اش را باور نکرده بود.

«به زودی به کارون منتقل می‌شی. ولی من مراقِبِت هستم.»

زندانی به کنایه جواب داد: «واسه مراقبت باید تو قفس نگرم داری؟ پس واسه حمایت از منه که زندانیم کردی؟»

حسام دستش را فشرد. ناخنهایش کمی بلند بودند ولی خوش ترکیب و تمیز. دستش را بوسید ولی ناگهان صدایی شنید. بیدرنگ از زندانی دور شد و پشت میز ایستاد.

احمد در اتاق را باز کرد: «برادر حسام؟ زندونی بعدی رو بیارم؟ هنوز خیلیها موندن.»

چاره‌ای نبود. باید برای بازجویی مجدد از بهرام بهانه دیگری سر هم می‌کرد.

احمد پرسید: «همکاری کرد پسره؟»

حسام نمی‌خواست احمد برای حرف کشیدن از بهرام، او را مورد ضرب و شتم قرار دهد. «همکاری می‌کنه. فقط به وقت بیشتری نیاز داریم.»

«خوبه سر عقل اومده. فهمیده هر چی بیشتر سمج باشه بیشتر اینجا می‌مونه. پس من می‌رم نکبت بعدی رو بیارم.» به بهرام رو کرد: «بیا دیگه الدنگ! خوش گذشته بهت؟»

احمد، او را از اتاق برد و چندی بعد، همراه ورقا به آنجا بازگشت. موی خاکستری و دایره‌های تیره دور چشمان ورقا، توجه حسام را جلب کرد.

«سلام. اسم؟»

«ورقا مبشری.»

«متولد کجا؟»

«دزفول.»

حسام پرونده او را باز کرد. «اینجا نوشته جرم شما هواداری از فرقه ضاله بهاییته.»

«من پیرو دیانت بهایی هستم.»

حسام به یاد آورد که وقتی حدود دوازده سال داشت، در مدرسه‌شان یک پسر بهایی بود. از حسام کوچکتر بود. شاید در کلاس سوم یا چهارم درس می‌خواند. همکلاسیهایش او را مسخره می‌کردند و «سگ بابی» صدایش می‌زدند. ولی حسام در یک خانواده آتئیست بزرگ شده بود و در اذیت و آزار او دست نداشت. یک روز بعد از مدرسه، گروهی از بچه‌ها دور کودک بهایی جمع شدند. یکی از آنها دست پسرک را از پشت پیچاند. دیگری به رویش تف کرد و گفت: «برین گم شین از شهر ما.» طفل بیگناه از درد به گریه افتاد. پسر اولی اضافه کرد: «کسی شما رو اینجا نمی‌خواد.» پسر بهایی را محکم هل داد و به زمین انداخت. «نجسم کردی کثافت.» وقتی آزاردهندگان او را تنها گذاشتند، حسام دید که تمام وسائلش روی زمین پخش شده است. پسرک از زمین بلند شد و با آستینش صورتش را پاک کرد. حسام بیصدا به تماشا ایستاده بود. پسر بهایی کتاب و قلمهایش را از روی زمین جمع کرد و گرد و غبار شلوارش را تکاند. ناگهان حضور حسام را احساس کرد. برگشت و او را دید. حسام خجالت کشید که پسرک فهمیده بود که حسام تمام ماجرا را مشاهده کرده ولی برای حمایت از وی هیچ کاری انجام نداده بود. از شرمندگی به شتاب از پسریچه بهایی دور شد.

هنوز دلش برای آن دانش آموز کوچک می‌سوخت.

روی پرونده ورقا تمرکز کرد و سوال بعدی را از او پرسید. «چرا بازداشت شدین؟»

«پسرم، شما باید به من بگید که چرا بازداشتم کردین. من که جرمی مرتکب نشدم.»

«تو پرونده‌تون نوشته که یکی از جرایم شما جاسوسیه.»

«جاسوس کیه؟ من از کی جاسوسی کردم؟ چطور؟ برای کی؟»

حسام با حاضر جوابی گفت: «برای آمریکا. برای اسرائیل.»

«من زیاد آمریکایی نمی‌شناسم. یه چندتایی می‌شناسم ولی هر کسی که تو شرکت نفت کار می‌کنه چند تا آمریکایی می‌شناسه. مشاورهای ما بودند.»

«تو شرکت نفت چی کار می‌کردین؟»

«مدیر پیمانکار بودم. توجه داشته باشین که من اصلا به اطلاعات مهمی دسترسی نداشتم که بخوام به آمریکاییها بدم.»

«اسرائیل چی؟»

«من کسی که در اسرائیل باشه اصلا و ابدا نمی‌شناسم. این یه سوء تفاهمه که می‌گن چون ارض اقدس بهاییان در اسرائیله، پس جاسوس اسرائیلن. همچین چیزی حقیقت نداره. مگه من در وزارتی چیزی کار می‌کردم که اطلاعاتی داشته باشم که به درد اونها بخوره؟»

«چرا مرکزتون تو اسرائیله؟ این خودش سوال برانگیزه.»

«پیامبر ما رو حکومت وقت از این شهر به اون شهر تبعید کرد. در بغداد و استانبول هم بودند و در شرق دریای مدیترانه زیر سلطه امپراطوری عثمانی فوت کردند. سال ۱۲۷۱ شمسی. اصلا اسرائیلی اون موقع وجود نداشت.»

حسام به فکر فرو رفت و به پرونده نگاهی انداخت. «اینجا نوشته با ساواک هم مساعدت می‌کردین.»

«من آخه چی داشتم به ساواک بگم؟ من مدیر پیمانکار هستم. چیزی از سیاست و این جور چیزا سرم نمی‌شه.»

«چیزی نداشتین بگین؟ کافیه بهشون می‌گفتین که در تظاهرات ضد شاهنشاهی کی شرکت کرده. کی رو دیوارها شعار می‌نوشته. کی اعلامیه پخش می‌کرده.»

«خب من این‌ها رو از کجا باید می‌دونستم؟ من در سیاست و اینها دخالتی نمی‌کنم. پیمانکار هستم و سرم به کارمه. در هیچ تظاهرات و راهپیمایی شرکت نکرده‌ام.»

«یعنی اطلاعات نمی‌دادین که ساواک که مردم انقلابی رو بازداشت و شکنجه کنه؟»

«ساواک هم من رو اذیت می‌کرد. از من راجع به همین چیزها سین جیم می‌کرد. مثل خود شما.»

حسام نفس عمیقی کشید. دیگر چه سوالی باید می‌کرد؟ چیزی به ذهنش آمد. «از سازمانتون بگین.»

«چه سازمانی؟ با چند نفر برای بچه‌هامون کلاس درس اخلاق گذاشته‌ایم که عضو مفید اجتماع بشن.»

«پول جمع می‌کردین و می‌فرستادین تهران؟»

«اعانه جمع می‌کردیم برای کمک به تنگدستان.»

سوال دیگری به فکرش نمی‌رسید. ناگهان مطلبی به خاطرش رسید. «شنیده‌ام پیامبر شما گفته که وطن‌تون رو دوست نداشته باشین.»

«پسرم، شما هر چی شنیدی خواهش می‌کنم باور نکن. این تعبیر اشتباهیه که در مورد یکی از نوشته‌ها وجود داره. پیامبر ما می‌فرمایند که تمام دنیا مثل یک کشوره و همه مردم شهروندانش هستند. حافظه‌ام یاری نمی‌کنه که عین نقل قول رو برات بگم. ولی مفهومش اینه که کل عالم یک وطنه و همه مردم دنیا در واقع هموطن هم هستن.»

حسام مدتی به آن فکر کرد. فرا رفتن از مرزهای مصنوعی کشورها و سرزمینها کمی شبیه اتحاد قشر کارگر برای بهبود همه انسانها بود. «مفهوم قابل احترام و ارجمندیه.»

صدای اومبرتو در ذهن حسام پیچید. زمانی که به او گفته بود که قصد دارد برای خدمت به توده‌ها به ایران بازگردد، اومبرتو با چشمان خیس به او گفت: «تو آدم شرافتمندی هستی. فداکاری برای خدمت به مردم کار ارجمندیه. نمی‌خوام مانع این کارت بشم.» حسام هرگز جرات نکرده بود اعتراف کند که علت واقعی بازگشتش به ایران فرار از احساسات متضادش در رابطه با اومبرتو بوده است.

چشمانش را بست و پیشانیش را در دست گرفت. باید به زندانی روبرویش چیزی می‌گفت. «می‌دونین چیه، آقای مبشری؟ من در مورد ادعاهای شما تحقیق می‌کنم و صبر می‌کنم ببینم نتیجه‌اش چی می‌شه. فقط امیدوارم بهم دروغ نگفته باشین.»

«دروغ نمی‌گم پسرم. دروغ بر خلاف باورهای مذهبی منه.»

حسام دوباره به یاد رخسار رنگ پریده کودک بهایی در مدرسه افتاد که با نومیدی و دلسردی به او نگاه می‌کرد. تصمیم گرفت که این بار نگذارد تعصب دیگران موجب پیشداروی در او شود. این دفعه، داوری به عهده خودش بود.

آبادان

بی‌بی دمپاییهایش را به پا کرد و به حیاط قدم نهاد. سه هفته می‌شد که بهرام را ندیده بود. سراغش را از بیمارستانها، مراکز ژاندارمری و بازداشتگاه‌ها گرفته بود ولی هیچ خبری از او نیافته بود. گمان می‌برد که دستگیر شده باشد. ولی اکنون زندانیان به تدریج آزاد می‌شدند. به برادر زاده‌اش نصرت سپرده بود که به دنبالش باشد. در خانه‌اش تلفن نداشت و به همین جهت مدام خانه پروین خانم می‌رفت که بپرسد آیا نصرت تماس گرفته است یا نه. صدای زنگ حیاط در آمد و شمع امیدی در دلش روشن نمود. بی‌بی به طرف در دوید: «بهرام جان؟ تویی؟ بهرام؟»

صدای بهرام نبود. «منم بی‌بی خانم. سلام.»

«سلام مجید جان. خوبی؟ سلامتی؟»

«متشکر. مرسی. شما چطورین؟»

«خبری از بهرام رسیده؟»

«گمون کردم برگشته، اینجاست.»

بی‌بی اخم کرد.

«صدها نفر آزاد شدن. فکر کردم بهرام هم جزوشون بوده.»

«چرا فکر کردی بازداشت شده؟»

پسر همسایه سرش را پایین انداخت. «بهتون گفتم که، بی‌بی خانم. آخرین بار که کسی دیده‌اش تو دانشگاه اهواز بوده. درست موقع درگیریها.»

«به من گفته بود می‌ره اهواز واسه دیدن دوستش. چیزی از فعالیت سیاسی نگفته بود، نه.» انگشت اشاره‌اش را به سمت مجید بلند کرد. «به هر دوتاتون هشدار داده بودم خودتونو قاطی این مسائل نکنین. سیاست بازی تا حالا به درد کی خورده که شما دومیش باشین؟ این کاغذها چیه تو دستت؟»

«چیزی نیست. یه نشریه است برای بهرام آوردم.»

«چیز سیاسیه؟ ببرش از اینجا. نخواستیم به خدا.»

«بهرام می‌خواد بخونه‌اش. توش...»

بی‌بی اجازه نداد حرفش تمام شود. «نه، مجید جان. اگر توی این خونه از این مجله‌ها هست، اونها رو هم با خودت ببر. به اندازه کافی تو دردسر افتادیم. الان سه هفته‌اس بهرام ناپدید شده حالا تو اومدی مجله آوردی؟ نگرانش نیستی، نه؟»

«برمی‌گرده به زودی. نگران نباشین.»

«نگران هستم، مجید جان. بهرام پشت و پناه منه. قشنگ یادمه وقتی اولین بار ظاهر شد یه شب دم در. چهارده سالش بیشتر نبود. من بزرگش کردم. فکر می‌کنی مردش کردم که بفرستمش زندون واسه یه مشت سیاستمدار از خدا بیخبر؟ بیا بدو. بیا هر چی مجله هست از اینجا ببر.»

«بی‌بی جان، بهرام چند روز دیگه برمی‌گرده. عصبانی می‌شه بفهمه من رفتم تو اتاقش فضولی.»

«عصبانی یعنی چی؟ شما که مثل دست و عصا همیشه با هم هستین. سالهاست که دوست و همسایه‌این. مگه راز و رمزی هم بین‌تون هست؟ من که نفهمیدم، نه. این همه فریب و دروغ و ریا دیگه چیه؟ یه هو می‌شنوم فعالیت سیاسی می‌کنین دوتایی. دیگه بسه. هر چی مجله داره بیا ببر. خونه خودت هم نمی‌خواد ببری، قشنگ بریز تو سطل. کسی محتاج این مشکلات اضافی نیست.»

«بی‌بی جان، خواهش می‌کنم. خیلی ناراحت می‌شه من برم تو وسائلش بگردم.»

سر تا پای مجید را تماشا کرد. «نکنه از بهرام من می‌ترسی مجید جان.»

پسر جوان یکه خورد. «نه. چرا ازش بترسم؟»

«بهرام درسته یه کم قلدری می‌کنه ولی حق داره. از وقتی اومده اینجا، مرد خونه بوده. پدری که بالا سرش نبوده انضباط بهش یاد بده. ولی هیچ وقت بی‌دلیل کسی رو کتک نزده. با این همه اراذل و اوباش اینجا، یه کسی باید جلوشون وا می‌ستاد.» بی‌بی از

خودش پرسید که نکند بهرام برای خودش دشمن تراشی کرده باشد.

پسر همسایه از مکث او استفاده کرد. «با اجازه‌تون من دیگه برم. هر موقع برگشت، لطفا بگین سریع به من خبر بده. گمونم فردا پس فردا بیاد.»

«خدا از دهنت بشنوه، مجید جان.» بیشتر اصرار نکرد که مجله‌های سیاسی را با خود ببرد. تصمیم گرفت خودش اتاق بهرام را تمیز کند و تمام نوشته‌های سیاسی را دور بریزد. «برو. دست خدا.»

مجید نزدیک بود که در را ببندد که دوباره بازش کرد و به داخل سرک کشید. «بی‌بی خانم؟» مطلبی به یاد آورده بود. «ببخشید می‌پرسم، ولی سعی کردین ببینین تو کدوم زندانه؟»

«تو آبادان هر جایی که به فکرم می‌رسید رفتم. نصرت آقا هم تمام زندانهای اهواز رو گشته. حتی به بیمارستانها هم سر زده. هیچ کسی در موردش هیچ چیزی نمی‌دونه. انگار آب شده و رفته توی زمین.»

«من شنیده‌ام که اگه براش پول بفرستین، مامورها بهش می‌دن و ازش رسید می‌گیرن. یعنی اگه رسیدی بهتون پس دادن می‌تونین بفهمین تو کدوم بازداشتگاهه.»

«اگه اونجا نبود چی؟»

«امیدوارم که پول رو پس بدن ولی خب پول نقد...»

«من دیگه اونقدر هم خنگ نیستم که توقع داشته باشم پول رو بهم پس بدن. حتما اشتباهی تو جیبشون گم می‌شه!»

جوانک به موافقت سر تکان داد. «ولی اگه رسیدی با امضای بهرام به دستتون اومد...»

پیرزن مدتی درنگ کرد. «خب این هم یه فکریه. به زحمتش می‌ارزه. حد اقل مجبور نمی‌شم برم پزشکی قانونی. ای خاک به سرم. چی می‌گم من؟» با ادا زبانش را گاز گرفت.

«غصه نخورین بی‌بی خانم. کاری نکرده که واسه‌اش... سر تا پاش اینه که یه نشریه خونده. همین. جرمی نیست که مستحق حبس...»

پیرزن چشم غره رفت. چطور جرات کرده بود از این کلمه استفاده کند؟

«قول می‌دم بری‌ گرده.»

«پس من میام به نصرت آقا زنگ بزنم. مزاحم نشم.»

«خواهش می‌کنم. خونه خودتونه.»

«مادرت خونه‌اس؟»

«بله. هستن.»

«خیلی خب. منم باهات میام. یه زنگ می‌زنم، همین.»

«بفرماین.»

بی‌بی از حیاط خارج شد و در را نیمه باز گذاشت که هنگام بازگشت نیازی به کلید نداشته باشد.

۲۵ اردیبهشت ۱۳۵۹

اهواز

پس از آزادی تعداد دیگری از زندانیان، بهرام و سایر بازداشتیهای خانه سابق ساواک به کارون منتقل شدند. در آنجا آنها را به دو گروه تقسیم کردند: زندانیان عادی و زندانیان سیاسی. گروه دوم شامل بود از سوسیالیستها و کسانی که باور مذهبی نداشتند. افسران و کارمندان نظام شاهنشاهی هم با ایشان در یک بند نگه داشته می‌شدند چرا که هم زندانی سیاسی بودند و هم مسلمان واقعی به شمار نمی‌رفتند. ورقا هم در بین زندانیان آتئیست، اسیر بود. ناصر اعتقاد داشت که مسلمانها نمی‌خواهند با یک کافر نجس در یک بند باشند.

امروز حسام فرصتی به دست آورده بود که بهرام را دوباره بازجویی کند؛ در اتاق کثیفی که بوی رطوبت و عرق می‌داد. ولی بازجویی حقیقت نداشت. فقط بهانه‌ای بود که با هم بنشینند، دست یکدیگر را بگیرند و صحبت کنند. بازجویی به قدری طول کشید که حسام دیگر نمی‌توانست تنها بودن با او را توجیه کند. پس از آن، حسام از بوته خرزهره سر راه، چند گل چید و از آنجایی که نمی‌توانست آن را به دست محبوبش

برساند، به خانه آوردش که او را یاد بهرام بیندازد.

سعید در اتاق نشیمن مشغول تماشای تلویزیون بود و فنجان چای در دست داشت. حسام کنارش روی زمین نشست و گل خزهره را در سینی گذاشت. «چه عطری داره.»

همخانه‌اش نگاهی به او انداخت و دوباره به صفحه تلویزیون رو کرد. «عاشق شدی داداش؟»

صورتش گر گرفت. «نه. ولی گلها منو یاد مادربزرگم می‌اندازن. واسه نوروز گل سنبل می‌کاشت. عطرش تمام حیاط رو پر می‌کرد.» حسام فکر کرد که به اندازه کافی حواس همکارش را از مسئله عاشقی پرت کرده است. «عصرها تو ایوون می‌نشستیم و چای می‌خوردیم با کیک خونگی. تابستونها روی پشت بوم می‌خوابیدیم. به ستاره‌ها خیره می‌شدیم تا وقتی که خوابمون بره.»

«پس دلتنگی یه کم.»

قسر در رفته بود. «آره گمونم. تو اهل تبریزی خودت، نه؟»

سعید سرش را به علامت مثبت تکان داد.

«چطور شد که به این...» حسام نمی‌خواست آنجا را «جهنم» خطاب کند. پس حرفش را تصحیح کرد: «به این سرزمین سوزان مهاجرت کردی؟»

«ماجراش طولانیه. چای می‌خوای؟»

«مرسی.»

«اون یکی فنجون تمیزه. منصور نمی‌خواستش.»

حسام برای خودش چای ریخت.

منصور در حالی که دندانهایش را مسواک می‌کرد و تنها یک شورت باکسر به پا داشت، وارد اتاق نشیمن شد. با دهانی که پر از کف خمیردندان بود، گفت: «می‌رم بخوابم. شیفت شبونه دارم. شلوغ نکنین خیلی، باشه؟» کمی کف از دهانش روی موکت افتاد. با پایش آن را مالید و تمیز کرد. «چیه نگاه می‌کنین؟»

«هیچی.»

حسام اعلام کرد: «گپ می‌زنیم.» امیدوار بود که چیز دیگری از دهان وی نیفتد.

«خیلی خب.» منصور به دستشویی بازگشت.

توجه سعید روی تلویزیون بود. صدایش آنقدر کم بود که به زحمت شنیده می‌شد.

«شب به خیر.» منصور به اتاق خوابش رفت.

حسام جواب داد: «خوب بخوابی.»

سعید به آرامی جواب داد: «گمونم از سر گرماست که جنوبیها اینقدر خودمونی لباس می‌پوشن. طول کشید به این عادت کنم. تو تبریز زشته آدم اینجوری لخت و پتی بگرده.»

«وقتی تابستونها می‌رفتیم خونه مادربزرگم، من می‌رفتم لب حوض حیاط می‌نشستم

و پاهامو می‌ذاشتم تو آب. یه کیفی داشت. ولی روم نمی‌شد شلوارمو خیلی تا بزنم بالا. همیشه تا زانوم خیس می‌شد.»

«حوض اونجوری، واسه وضو خوبه.»

حسام ساکت ماند.

«نماز نمی‌خونی، درسته؟ پس... سوسیالیست هستی؟ یه چیزی باعث شده که دانشگاهت رو تو ایتالیا ول کنی و برگردی ایران. واسه حزب توده این کارو کردی؟»

او آب دهانش را قورت داد و چیزی نگفت.

«حق داری چیزی نگی. همه‌مون یه قسمتهایی از زندگی‌مون رو دوست داریم خصوصی نگر داریم.»

حسام به فکر فرو رفت. «راز تو چیه؟»

مخاطبش اشتیاقی به بازگوی رازش نشان نداد. «یه روزی واسه‌ات تعریف می‌کنم. اگه خدا بخواد.»

«من نمی‌خواستم بیام اینجا. هدفم این بود که برای جنگ با ضد انقلاب برم کردستان. انگار درگیری با عراقیها کافی نبود، حالا باید با هموطنهای خودمون هم بجنگیم. چه معنی داره؟ واسه چی می‌خوان از ایران جدا بشن؟ مگه می‌شه ایران رو واسه هر قومیتی تیکه تیکه کرد؟ من که فکر می‌کنم همه این دسیسه‌ها زیر سر خارجیهاست.» حسام ناگهان متوجه شد که باید با درایت بیشتری صحبت کند. «ببخشید. قصد توهین نداشتم. تو اهل تبریزی. حتما ترک هستی.»

«لازم نیست عذرخواهی کنی. من هم با تو موافقم. یک ایران برای همه ایرانیا. ترک و کرد و عرب، فرق نداره.»

«آره. خلاصه قرار بود بفرستنم کردستان که انقلاب فرهنگی موجب درگیریهای دانشگاهی شد. منو انتقال دادن به اهواز. حالا کارم شده زندانبانی و بازجویی.»

«خب. حداقل احتمال اینکه کشته بشی کمتره.»

«از مرگ نمی‌ترسم.»

«چرا می‌ترسی. من هم می‌ترسم. واسه همینه که زندگیم رو تو تبریز ول کردم و اومدم اینجا. به آرزوی اینکه بتونم یه زندگ ساده داشته باشم. برم سر کار. بیام خونه. ازدواج کنم. و در عین حال برای جامعه یه عضو به درد بخوری باشم. همچین آرزوی بزرگی هم نیست.»

حسام از خود پرسید که چه وقایعی در تبریز موجب مهاجرت دوستش شده است. آیت الله شریعتمداری با اصل ولایت فقیه در قانون اساسی مخالفت کرده بود. در نتیجه، بین طرفداران او و نیروهای انتظامی دولت درگیری ایجاد شد. «دقیقا تو تبریز چه خبر بود؟»

سعید جواب مستقیم نداد. «خوشحال باش که اینجایی. نه تو آذربایجان، نه تو کردستان.» عینکش را با دستمالی تمیز کرد و افزود: «خوزستانیها آدمهای خوبین.

ساده و بی غل و غشن.»

حسام اصرار بیشتری روی سوالهایش نکرد. «ولی مثلا... این زندانی بهایی... من با همکاراش و خانواده‌اش و دوستاش حرف زدم. هیچ مدرکی پیدا نکردم که جاسوسی می‌کرده یا همکار ساواک بوده.»

«می‌خوای از یه بهایی حمایت کنی؟ نابغه‌ای والا.»

«خب چی کار کنم؟ مردم دشمن بهاییا هستن واسه اینکه دینشون...» حسام نمی‌دانست چطور جمله‌اش را تمام کند که به سعید برنخورد. برای خودش آسان بود در مورد آن صحبت کند چرا که باور مذهبی نداشت.

«من هم خیلی خوشم نمیاد ازشون.»

«ما باید ضد انقلاب رو از ریشه بکنیم. مگه نه؟ اونهان که اتحاد ملت رو زیر سوال می‌برن. به بهاییها چه ربطی داره؟»

سعید جوابی نداد.

«می‌گی چی کار کنم؟»

مخاطبش بسته سیگارش را به او تعارف کرد. «نمی‌دونم، داداش. من وقتی یه مشکلی دارم که نمی‌تونم حلش کنم، سیگار می‌کشم.»

«کمکی هم می‌کنه؟»

«می‌خوای امتحان کنی؟»

حسام شانه‌هایش را بالا انداخت. «چرا که نه.»

همصحبتش فندک را جلوی سیگار او روشن کرد و تاکید کرد: «دودشو تنفس کن، بذار یه کم تو ریه‌ات بمونه بعد...»

قبل از اینکه حرف دوستش تمام شود، حسام به سرفه افتاد. سیگار را از دهان در آورد و به آن نگاه کرد، متعجب از اینکه شئ به آن کوچکی آنقدر ریه‌اش را سوزانده است.

جوان عینکی به شدت به خنده افتاد.

همخانه دیگرشان از اتاق داد زد: «ساکت شین. خواب از سرم پرید. زا به راهم کردین.»

از واکنش بیش از حد وی، صدای قهقهه‌شان بلندتر شد.

سعید به شوخی گفت: «زا به راه نشو، عزیزم. دوتایی واسه‌ات لالایی می‌خونیم.»

حسام با دست روی زمین کوبید و اضافه کرد: «پستونک هم می‌خوای؟»

منصور از اتاقش در آمد. «هه هه! رو آب بخندی! سیگارتون رو ببرین بیرون بابا. همه خونه بوی گند گرفت.»

سعید دستش انداخت. «از بوی پاهای تو که بهتره!»

منصور مقابلش ایستاد و پایش را جلوی بینی او گرفت. «ببوس. ببوس ببینم.»

«پاتو بذار زمین داشم. از زیر این لباس مبتذلت، ناموست پیداست!» سعید از شدت خنده سیگارش را روی سینی گذاشت.

منصور مسخره‌اش کرد و گفت: «ندیدی تا حالا خایه مردونه؟ از این دو تا تخم خشخاشی که تو داری خیلی بزرگتره ها!»

«مگه تریاکی هستی که اینقدر با خشخاش آشنایی داری؟»

منصور به شوخی تهدید کرد و گفت: «خوبه با پام بخوابونم تو دهنت.»

«باشه. راست می‌گی. پای تو از گل خرزهره حسام هم خوشبوتره. فقط لطف کن این تخمهاتو از جلو چشم من ببر کنار.»

منصور قدمی به عقب برداشت. «رفتارتون عین بچه دبستانیاست.»

«شما به بزرگی خودتون ببخشین.» سعید با صدای کوتاه‌تری که هنوز منصور می‌شنید ادامه داد: «مال من بزرگتره.»

منصور مثل معلمی که امیدی به تربیت کردن شاگردش نداشته باشد، سر تکان داد و به اتاقش برگشت.

حسام با هر دو دستش جلوی دهانش را گرفت که صدای خنده‌اش به گوش او نرسد.

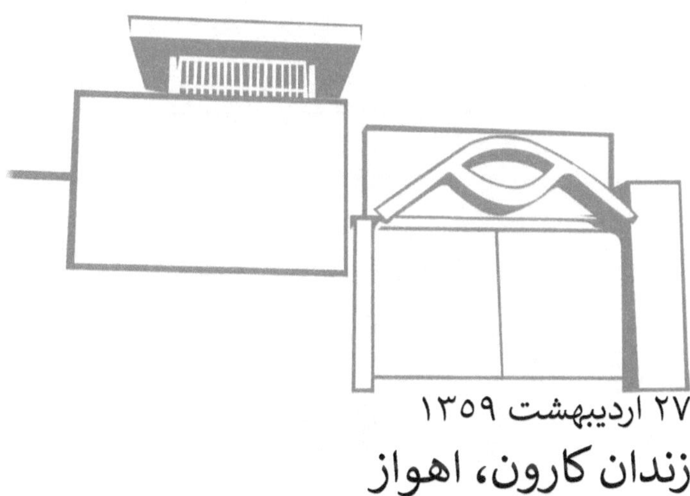

زندان کارون، اهواز

در بند زندانیان سیاسی، بهرام روی تختش در گوشه سلول نشسته بود. نمی‌دانست که آیا پاسدارها از آنکه طرفدار سازمان پیکار است، بویی برده بودند یا نه. گرچه با تمام سیاستهای سازمان موافق نبود، ولی یکی از اندک گروه‌هایی بود که در کردستان فعالیت داشت. زندانی آرزو می‌کرد که کسی به این موضوع پی نبرد.

یاد بازجویش افتاد. حسام وقت زیادی را با او می‌گذراند. دلیلش را نمی‌فهمید تا اینکه در زمان بازجویی، پاسدار او را بوسید. انتظارش را نداشت. ولی این روزها به طور منظم برای بازجویی می‌بردش که بتوانند پنهانی لحظه‌ای با هم باشند. شک داشت حسام تفتیشی در موردش انجام داده باشد. هدف این بود که از پاسدار دلباخته برای آزادیش استفاده کند. احساساتش را برانگیزد و قانعش کند که در خارج از زندان همچنان رابطه‌اش را با او ادامه خواهد داد.

امیدوار بود که مجید سری به اتاق خوابش زده باشد و تمام نشریه‌های پیکار را از

آنجا برده باشد. حتما می‌دانست که در اتاق خواب بهرام نشریه‌ها تلنبار شده بودند. به نظر زندانی نمی‌آمد که پاسدار فرنگی آنقدر صلاحیت حرفه‌ای داشته باشد که خانه بی‌بی را در آبادان پیدا کرده باشد. تا هنگام آزادی می‌بایست با مهر و محبت، حواس او را از پرونده‌اش پرت می‌کرد.

با توجه به سیاستهای دخالتگرانه حکومت در روابط آدمها، زندگی شخصی بهرام بیشتر مسئله‌ساز بود تا نشریه خواندنش. اطلاع داشت که چند نفر به جرم «لواط» اعدام شده بودند. خوشبختانه حسام احساس مشترکی با او داشت و از علاقه او به مردان بر علیه‌اش استفاده نمی‌کرد. در آبادان افراد زیادی از گرایش جنسی او خبر نداشتند و آنهایی که داشتند، جرات نمی‌کردند چیزی بگویند. آن طور که او اسدی را در ملأ عام تحقیر کرده بود، هیچ کسی آنقدر گستاخی نمی‌کرد که درباره‌اش شایعه پراکنی کند.

خطرناک‌تر از فعالیتهای سیاسی و گرایش جنسیش، زندگی سابقش بود. قبل از اینکه در سن چهارده سالگی به آبادان سفر کند. ولی از این جنبه احساس نگرانی زیادی نمی‌کرد. هیچ کس در این مورد چیزی نمی‌دانست. تنها طالب خبر داشت که او و هم خارج از کشور بود. حتی اگر هنوز در آبادان می‌بود، در این باره چیزی به پاسدارها نمی‌گفت. اگر کمی شانس می‌آورد، شیفتگی حسام نسبت به او کافی بود که تحقیق مفصلی در موردش انجام ندهد و قبل از اینکه کار به جای باریکی بکشد، آزادش کند.

امید داشت که بازجو به وعده‌اش عمل کند و او را از زندان رهایی بخشد. برای تسریع این امر، باید برنامه‌ای می‌چید. ولی نمی‌دانست چطور باید کسی را افسون کند. هرگز برای خودشیرینی، عمدا دست به کار نشده بود. اولین تجربه‌اش خود به خود صورت گرفته بود. با طالب هم همه چیز جریان طبیعی خودش را طی کرد. طالب.

بهرام به دیوار تکیه داد و چمباتمه زد. آنجا سرگرمی زیادی وجود نداشت. به همین دلیل، ساعتها به طالب می‌اندیشید.

چه اوقات خوبی را با هم گذرانده بودند. یک بار پس از عشقبازی، در حالی که هنوز دست نوازش طالب را روی پوستش احساس می‌کرد، جلوی آینه ایستاد و با احتیاط چفیه او را دو دستی از روی صندلی کنار تخت برداشت که عقال جابجا نشود. سپس آن را روی سرش نهاد.

طالب که تنها یک پیژامه سفید به تن داشت وارد اتاق شد. «تکدر تلبس الباس بالبدایة، حبیبی. مو قصدي اتشکه.» او چفیه بهرام را باز کرد و دوباره دور سرش پیچید. «ولد عربي حلو.»

بهرام دست یارش را گرفت و به سمت خود کشید. به تصویرشان در آینه خیره شد. دوستدارش گفت: «دوست دارم اینقدر راحتی. تو اتاق من، لخت و برهنه چفیه سرت می‌کنی و بدون شرم و حیا هم زل می‌زنی تو آینه.»

«چرا باید شرمنده باشم؟»

«بعد از اون کاری که ما کردیم، بیشتر پسرها از خجالت آب می‌شن.»

خجالت نمی‌کشید. «من که دوست دارم با تو باشم.»

«آره. من هم همین طور. ایرادی نمی‌گیرم. اتفاقا خوشحالم که نمی‌ترسی تو محل مسخره‌ات کنن.»

با قلدری جواب داد: «لاتم من. یادت رفته؟ کسی نمی‌تونه به من بگه بالای چشمهات ابروئه.»

طالب لبش را گاز گرفت. «حالا لات شدی عزیزم؟ پنج دقیقه پیش داشتم...» به شوخی از باسنش نشگون گرفت.

بهرام از این کار ناراحت شد و پرسید: «ابنه‌ای صدام می‌کنی؟»

«حرف تو دهن آدم می‌ذاری! خوبه که شرمنده نیستی. به نفع منه.»

«خودت چی؟ تو خجالت نمی‌کشی؟»

«من که کاری نکردم! همه مردها همین کار رو می‌کنن.»

«یعنی من زنم؟»

«بابا ما اومدیم از شما تعریف کنیم، نتیجه معکوس گرفتیم.»

«واسه اینکه رو آدم اسم می‌ذاری. نامرد صدام می‌کنی. مگه دوستم نداری؟»

طالب به لکنت افتاد. «من... آخه... کی من همچین حرفی زدم؟ لیش انت کلش ضایج؟ طبعا، اني احبك.»

«راست می‌گی؟»

گونه‌اش را بوسید. «اگه دوستت نداشتم می‌ذاشتم تو اتاقم باشی و چفیه‌ام رو سرت کنی؟ دلمو بردی. عاشقم کردی، پسر.»

بهرام او را بغل کرد. از گرمای تن او نیرو می‌گرفت. «شیرینی خوردی شیرین زبون شدی؟»

لپ بهرام را کشید. «لا، عزیزي. اني بستك وانكلبت دنيتي حلوة. كلش حلو.»

بوی عطرش به مشام بهرام رسید. دستش را بوسه زد. «وقتی عربی حرف می‌زنی، جذاب‌تر می‌شی. ولی خوبه که هر دو فارسی بلدیم. وگرنه نمی‌تونستیم با هم حرف بزنیم. اگه تو فقط عربی بلد بودی و من فقط کردی....»

«بهت عربی یاد می‌دادم. ولی می‌فهمم چی می‌گی. یعنی هم خوبه هم بده. عربها مجبورن برن مدرسه فارسی زبان. اگه بچه‌ها فقط عربی بلد باشن و فارسی ندونن، همکلاسیها و معلمها کلی مسخره‌شون می‌کنن. مگه بچه‌های کرد این مشکلو ندارن؟»

موافق بود که بهتر است هر قومیت بتواند به زبان خودش درس بخواند. مهمتر از آن، اینکه عربهای خوزستان می‌بایست مثل سایر ایرانیان بتوانند از برکتهای نفتی خوزستان بهره‌مند شوند. منابع مالی تهران از خوزستان فراهم می‌شد. ایرانیهایی که برای کار در شرکت نفت به آنجا آمده بودند از منابع طبیعی آنجا سود می‌بردند. خارجیها هم

از درآمد نفتی بی‌بهره نمی‌ماندند. همه از نفت بهره برداری می‌کردند به جز عربهای محلی. در حالیکه منبع مالی تمام آنها، نفتی بود که زیر خاک سرزمین عربهای ایرانی وجود داشت. ولی خبری از آباد کردن زمین و روستاهای آنها نبود.

بهرام در سلول نشسته بود و خشنود بود که کسی از طرز تفکرش خبری ندارد. چنین افکاری می‌توانست رهاییش از زندان را به خطر اندازد. این روزها بیشتر وقتش را صرف مرور خاطره‌ها می‌کرد تا مجبور نباشد به عاقبت رابطه‌اش با حسام بیندیشد.

علاقه‌ای به دوراندیشی در مورد حسام نداشت. آدم خوبی به نظر می‌آمد و بهرام از وقت گذاردن با او لذت می‌برد. ولی در عین حال می‌دانست رابطه‌اش با او برای آینده‌اش مهم است. به این ترتیب، قبل از اینکه بازجو فرصت داشته باشد در مورد زندگی و عقاید سیاسیش در مورد حقوق اقلیتها پژوهش کند، باید او را از زندان آزاد می‌کرد. اگر مسئله تنها دلربایی و خودشیرینی در جهت منفعت خودش بود، بی‌وفایی نسبت به طالب محسوب نمی‌شد. پس از ماه‌ها، هنوز عشق طالب در دلش می‌جوشید. بدنش را در اختیار پسران دیگری گذارده بود، ولی قلبش تنها به طالب تعلق داشت.

صدای زوزه حیوانی، رشته افکار بهرام را از هم گسیخت. به ناله جانوری زخمی می‌مانست. صدای نعره نزدیکتر شد. شاید سگی بود. ولی چرا باید در زندان سگ باشد؟ مگر اینکه ماموران به عمد آن را به زندان آورده بودند که زندانیان را آزار دهند. آیا حیوان را به بند سیاسی می‌آوردند؟ در این صورت، ای کاش شپش نداشته باشد و هار نباشد.

طوری شیون می‌کرد که انگار سگ در تله شکاری فلزی گیر کرده و دندانه‌های تیز آن، در پا و پنجه‌اش فرو رفته باشد. همانطور که صدا نزدیکتر می‌شد، بهرام فکر کرد که زوزه‌اش کمی به صدای انسان شباهت دارد.

یکی از ماموران فریاد زد: «خفه خون بگیر دیگه، جونور.»

درِ بند سیاسی باز شد و زندانبان پسر جوانی را با موهای ژولیده و لباس چروک و کثیف، به داخل بند هل داد و بلافاصله در را بست. دور چشمان زندانی جوان، دایره‌های تیره‌ای دیده می‌شد که چهره‌اش را پیر و مسن جلوه می‌داد.

زندانیان او را «جانور» صدا می‌کردند. بهرام منتظر عکس العمل ایشان ماند. ولی با وجود غرولند همبندها، کسی از جایش تکان نخورد.

تنها ورقا از جا برخواست و او را به داخل سلولشان آورد. «خدای من! ببین با این طفل معصوم چه جنایتی کرده‌ان.»

یکی از زندانیها جواب داد: «ولش کن دیوانه‌اس! مثل سگ زوزه می‌کشه.»

«شاید عقربی چیزی دیده وحشت کرده.» ورقا از تاقچه کنار پنجره، یک لیوان پلاستیکی برداشت. «بیا پسرم. کمی آب بخور، آروم می‌شی.»

جانور دستهایش را پنجه کرد و دست ورقا را پس زد، به طوری که آب لیوان روی زمین ریخت. داد زد: «عوفنی.»

احتمالاً ورقا عربی بلد نبود. بالای سر جانور ایستاد و دستهایش را گرفت تا نتواند مشت بزند. پسرک سعی کرد خود را رها سازد، ولی نتوانست. پس از چند لحظه، آرام شد. ورقا لیوان را دوباره برداشت و کمی به او آب داد.

«آفرین. اسمت چیه پسرم؟»

جانور به اطراف نگاه کرد انگار تعجب کرده بود که ورقا با او حرف می‌زند.

«جاییت درد می‌کنه؟ کسی اذیتت کرده؟»

«ولید.»

ورقا گیج شد. «ولید کیه؟»

«منم.»

مرد بهایی سرش را پایین انداخت. بهرام آهسته رفت طرف آنها که گفتگویشان را بهتر بشنود.

«یک موش صحرایی منو گاز گرفت. خیلی بزرگ بود. اندازه خودت. و دمش... دمش یه مار بود که دور من هی می‌چرخید و وول می‌خورد.»

«کابوس می‌دیدی؟ کی؟ همین الان؟»

چشمان ولید از روی بهرام عبور کرد مثل اینکه نامرئی بود.

«همیشه اینطوری کابوس می‌دیدی یا از وقتی اومدی زندان، شروع شده؟»

جوانک جواب ورقا را نداد. لیوان را برداشت و باز هم آب نوشید. دیگر چیزی نگفت. بهرام حدس زد که سکوتش به این نشانه بود که حرفهای زیادی برای گفتن داشت.

حسام انگشتش را در گوشش فرو کرد تا صدای زوزه‌ای که از بند سیاسی می‌آمد، کمتر آزارش دهد. به شتاب وارد دفتر زندان شد و در را بست. منصور سرش را توی پرونده‌ای کرده بود، انگار دوست داشت قایم شود. ناصر اما، کنار پنجره ایستاده بود و بدون اینکه صدای سرسام‌آور مزاحمش باشد، به بیرون نگاه می‌کرد.

حسام با لحنی معترض پرسید: «چقدر اعصاب خرد کنه. یارو مشکلش چیه؟»

ناصر جواب داد: «جونوره؟»

منصور وارد بحث نشد و پرونده را ورق می‌زد. پیش از آن، حسام ندیده بود که آنقدر روی خواندن چیزی تمرکز کند.

فرمانده پرسید: «می‌دونی تقصیر کیه؟» سپس به منصور اشاره کرد.

حسام منظورش را نفهمید.

سرانجام منصور به حرف آمد. «هیچ هم تقصیر من نیست.»

ناصر سرزنشش کرد: «باید بهش شلیک می‌کردی. مقصود از تیرباران همینه.»

سپس برای حسام توضیح داد: «ماه گذشته در زمان اعدام اشتباهی شد. برادر کوچیک‌مون نتونست به هدف بزنه.»

حسام هنوز متوجه نشده بود موضوع از چه قرار است. «بقیه جوخه اعدام چی؟»

همخانه‌اش از خود دفاع کرد: «جوخه‌ای که در کار نبود.»

ناصر ادامه داد: «منابع ما محدوده، برادر. برای هر مجرم یک نفر بیشتر برای شلیک نداریم. و اون یک نفر هم هدفگیری بلد نبود. خلاصه یارو جون سالم به در برد و از اون به بعد، تو زندونه. معلوم نیست باید چی کارش بکنیم. نمی‌دونستیم اینجوری خل می‌شه.»

«پس بعد از اعدامه که این جوری دچار تشنج می‌شه؟»

منصور پاسخ داد: «نمی‌دونیم چشه. شاید از قبل یه بیماری روانی داشته.»

ناصر پافشاری کرد. «اونچه واضحه اینه که بهتر نمی‌شه. حکمش اعدامه. چرا زنده نگهش داریم که بیشتر عذاب بکشه؟ پیداست که خوب بشو نیست. و این زوزه‌هایی هم که می‌شه همه رو آزار می‌ده.»

سعید وارد دفتر شد و گفت: «اگه خدا زندگیش رو نجات داده، ما که نمی‌تونیم اونو ازش بگیریم.»

ناصر شانه‌هایش را بالا انداخت. «دوباره از حاج آقا می‌پرسم باهاش چی کار کنیم.»

منصور اضافه کرد: «من مقصر نیستم. تا اون موقع هیچ وقت از تفنگ استفاده نکرده بودم.»

حسام سکوت اختیار کرد. نمی‌توانست به تنهایی تمام مشکلات زندان کارون را حل کند. بهترین راه حل چه بود؟ اینکه از دستورهای ناصر اطاعت کند تا ترفیع بگیرد و با به دست آوردن مقام بالاتر، اختیاراتش گسترده‌تر شود؟ یا اینکه با دستورهای ناعادلانه مخالفت کند؟ امری که احتمالا مانع پیشرفتش می‌شد. آیا بهتر می‌بود که برای کمک به این یک نفر که شاید اختلال روانی داشت راهی پیدا می‌کرد یا اینکه صبر می‌کرد قدرت واقعی به دست آورد تا بتواند در آینده از ده‌ها زندانی پشتیبانی نماید؟

منصور هنوز بر بیگناهی خود پافشاری می‌کرد، گویا امیدوار بود کسی با او موافقت کند. «حتما از قبل دیوونه بوده. چطور می‌شه در اثر گلوله‌ای که هیچ آزاری بهش نرسونده دیوونه بشه؟»

ناصر پرخاشگرانه جواب داد: «بسه. ما دردسرهای مهمتری داریم. نیروهای کمکی از تهران به زودی می‌رن و کار ما چند برابر می‌شه. مهمترین وظیفه ما بازجویی از زندانیا و بررسی پرونده‌هاشونه. بر تمام کارهای دیگه ارجعیت داره.»

به گوش حسام واژه نادرستی می‌آمد. منظورش «ارجحیت» بود.

سعید خود را مشغول چای ریختن کرد که دوباره صدای ناله جانور بلند شد.

«تا وقتی حاج آقا تصمیم نهایی رو بگیره، باید باهاش چی کار کنیم؟»

ناصر نفس عمیقی کشید. «نمی‌دونم. تو راه حلت چیه، برادر؟»

حسام حرفی برای گفتن نداشت.

رئیس از دفتر خارج شد.

«تقصیر من نبود!» منصور یادآوری کرد ولی کسی جوابی نداد.

حسام نمی‌دانست برای کمک به جانور چه کار کند. می‌بایست در مورد یکی از زندانیان تصمیم مهمی می‌گرفت. برعکس مداخله در مورد جانور، آن تصمیم برایش مشکلی ایجاد نمی‌کرد. بخشی از روند عادی کار بود. تصمیمی که می‌توانست جان کسی را نجات دهد. برای انجام برنامه‌ای که در نظر داشت، باید رضایت ناصر را جلب می‌کرد.

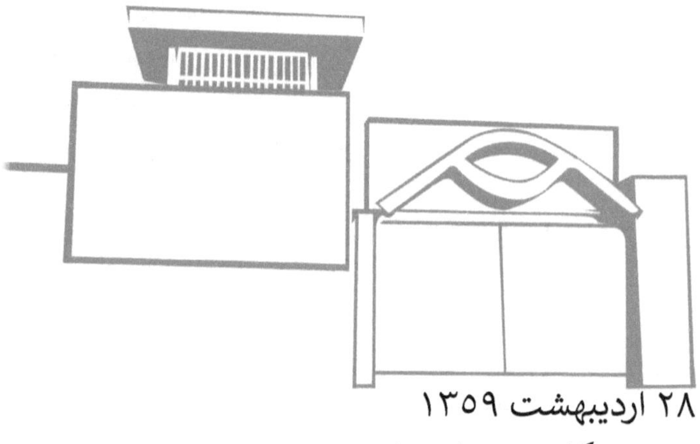

۲۸ اردیبهشت ۱۳۵۹

زندان کارون، اهواز

حسام در مقابل آینه دستشویی ایستاده بود و به تصویرش نگاه می‌کرد. ته ریشش را اصلاح نکرده بود، بلکه موجب خوشنودی ناصر شود. موهایش را با انگشت شانه و پیراهنش را صاف کرد. دندانهایش را وارسی کرد تا مطمئن شود چیزی لای آنها گیر نکرده باشد. قبل از در میان گذاشتن درخواستش با فرمانده، می‌خواست هیچ بهانه‌ای برای رد آن به او ندهد و از انحراف بحث از موضوع اصلی پیشگیری نماید. چیز دیگری به ذهنش نمی‌رسید. متن آنچه را که می‌خواست مطرح کند، به دقت نوشته بود. اعتراضهای رئیسش را تا جای ممکن حدس زده بود و دلایل خودش را برای رفع آنها حاضر کرده بود. اکنون وقت اقدام به عمل بود.

وارد دفتر شد. ناصر تنها و مشغول خواندن پرونده‌ای بود.

«سلام. احوالت؟ خوبی؟»

«برادر حسام. صبح به خیر.» ناصر لحظه‌ای نگاهش کرد و به خواندن ادامه داد.

«چای میل داری؟»

«نه، ممنون.»

خبردار ایستاد و دستهایش را روی شلوارش فشرد تا در اثر تشویش نلرزند. «من روی یکی از زندانیها تحقیق کردم: ورقا مبشری.»

«چه خوب. آفرین.»

«بله، مرسی.» این چه جوابی بود؟ «با همه افراد خانواده‌اش و همکاراش و دوستهاش و همسایه‌هاش... با همه حرف زدم.»

«بارک الله. نتیجه چی شد؟»

نفس عمیقی کشید. «هیچ رابطه‌ای بین اون و ساواک پیدا نکردم. با هیچ کشور خارجی هم در تماس نبوده.»

ناصر بدون توجه پاسخ داد: «برو مرکزشون. بهاییها در امانیه یه مرکزی دارن. کلی اتاق کنفرانس و تجهیزات داره.»

«بله. رفته‌ام. چیزی علیه آقای مبشری پیدا نکردم.»

«بیشتر بگرد.»

«آخه ناصر» حسام جلوی لحن معترضانه‌اش را گرفت. «برادر ناصر، من هیچ مدرک جرمی پیدا نکردم.»

ناصر به او نگاه کرد. «سندی نبود که ثابت کنه پول می‌فرستاده اسرائیل؟»

حسام سرش را به علامت نفی تکان داد. «هر چی اعانه جمع می‌کردن یا همین جا خرج می‌کردن برای کمک به فقرا و این جور چیزها، یا اینکه می‌فرستادند تهران.»

«تهران با پول چی کار می‌کردن؟»

این سوال را پیش بینی نکرده بود. «نمی‌دونم دیگه تا اون حد. ولی به هر حال هر کاری تهرونیها می‌کردن، آقای مبشری رو نمی‌شه مقصر دونست؟»

«یعنی چی نمی‌شه؟ همه‌شون تو یه سازمانند. نشنیدی می‌گن باید پول را دنبال کنی تا مسبب رو بشناسی؟ نمی‌شه که در جستجوت سهل انگاری کنی و بگی بقیه‌اش به تو مربوط نیست.»

«خیلی تفتیش کردم. در هیچ دسیسه‌ای علیه انقلاب دست نداشته.»

ناصر دست به سینه نشست. «خب منظورت از این حرفها چیه؟»

حسام مکث کرد. سپس جواب داد: «هیچ کار غیرقانونی نکرده. دادسرا هیچ سندی نداره که به قاضی تحویل بده.»

فرمانده چشمانش را ریز کرد: «خب منظورت چیه؟»

«فکر کنم باید بذاریم بره.» به جای اعتماد به نفس، در صدایش تردید وجود داشت. کمی از رئیسش می‌ترسید.

«بذاریم بهاییه بره؟»

«من خیلی رو پرونده‌اش کار کردم. قانون شکنی نکرده.»

«برادر حسام، از فرقه ضاله‌شون چیزی می‌دونی؟ اعتقادات شیطانی دارن. می‌خوان ملت مسلمان رو با افکار ننگینشون منحرف کنن. در قانون اساسی، اقلیتهای مذهبی شناخته شده زرتشتیها و کلیمیها و مسیحیها هستن. یعنی اهل کتاب. نشنیدی؟ برو مسجد یاد بگیر. برای بت‌پرستها و کافرها و مشرکها آزادی مذهبی در نظر گرفته نشده.»

«شاید آزادی کامل مذهبی نباشه، ولی صرف اعتقاد به دین دیگری جرم نیست، هست؟ ما در ایران سوسیالیست هم داریم که بدون باور مذهبی هستند ولی از دولت پشتیبانی می‌کنند. اونها هم علیه رژیم طاغوت در انقلاب شرکت کردند. من فکر نمی‌کنم مقصود از این اصل قانون اساسی این باشه که هر کسی رو که مذهبش ذکر نشده باید زندانی کرد.» حسام نمی‌دانست از خودش دفاع می‌کرد یا از ورقا.

«منظورت حزب توده‌اس؟ آره از دولت حمایت می‌کنن ولی ایدئولوژی‌شون مشکل سازه. یه مشت لامذهبن تو کشور اسلامی.»

ترسش از ناصر افزایش یافت. ممنون سعید بود که نصیحت کرده بود وابستگی سازمانیش را پنهان نگه دارد. «برادر ناصر... بدون سند و مدرکی که نمی‌تونیم مبشری رو تو زندان نگه داریم. باید آزادش کنیم.»

فرمانده مدتی سکوت کرد. «کس دیگه‌ای هم هست که بخوای آزادش کنی؟»

آیا منظورش این بود که کم‌کاری کرده است؟ «برادر، من خیلی رو این پرونده پژوهش کردم. هنوز نتونستم به بقیه بازداشتیها برسم. الان فقط مبشری رو... می‌گم آزاد کنیم.»

حسام به فکر بهرام افتاد. هنوز در مورد او هیچ جستجویی انجام نداده بود. پسر زندانی در آبادان زندگی می‌کرد و حسام به آنجا نرفته بود. عجله‌ای هم برای آزاد کردنش نداشت. وقت گزاردن با او تنها چیزی بود که به زندگیش طراوت و دلگرمی می‌بخشید. دوست داشت که در اتاق بازجویی دستش را در دست بگیرد و با او همصحبت شود.

مخاطبش دوباره مشغول مطالعه پرونده شد. «اگه فکر می‌کنی هر سر نخی رو تا آخر دنبال کردی...»

«باور کن خیلی زحمت کشیدم.»

«خیلی خب. من با حاج آقا صحبت می‌کنم.»

«راست می‌گی؟» حسام نتوانست جلوی ابراز هیجانش را بگیرد.

«به نظر می‌رسه تحقیق خوبی کردی. ما قراره با هم کار کنیم و باید به هم اعتماد داشته باشیم. پس به کار تو اطمینان می‌کنم.»

«مخلصم. شرمنده‌ام می‌کنی. خیلی متشکر، برادر.»

ناصر سر تکان داد.

با وجود عدم موافقتشان در مورد اقلیتهای مذهبی، حسام توانسته بود رضایت رئیسش را جلب کند. با خوشحالی از دفتر خارج شد. روز اول که نجیب را بدون اجازه رها کرده بود، از روی دلسوزی این کار را کرده بود. قضیه امروز با آن فرق داشت.

عملکردش از روی همدردی نبود. راهنمایش مدرک و حقیقت بود.

نظامی جوان به دستشویی بازگشت و به چهره خود خیره شد. صدای اومبرتو در سرش طنین انداخت که می‌گفت: «تو آدم شرافتمندی هستی.» تبسم کرد.

ناصر سعی می‌کرد تمرکز کند ولی نمی‌توانست به خواندن پرونده ادامه دهد. فکرش مشغول امر دیگری بود. نمی‌خواست تو ذوق برادر تازه‌کارش بزند. حسام تمام سعیش را برای انجام وظیفه کرده بود. ولی هنوز از نکات ظریف و دقیق کاری خبر نداشت. هنوز با فرهنگ انقلابی به اندازه کافی آشنا نشده بود. نمی‌خواست او را از انجام کارش مایوس و دلسرد کند.

با این وجود، امکان نداشت بتواند مبشری را بدون هیچ عقوبتی آزاد کند. حاج آقا هرگز با چنین کاری موافقت نمی‌کرد. در عین حال، ناصر برای بررسی مجدد در مورد او وقت نداشت. احتیاجی هم به این کار نبود. راه حل را خودش می‌دانست.

در کمیته انقلاب کمپلو کسی را می‌شناخت. گوشی تلفن را برداشت و شماره گرفت. دوستش عبدالله برای سرکوب یاغیان به کردستان اعزام شده بود. ولی فرد جدیدی در کمیته به سمت رهبری دست یافته بود: غلام اسدی.

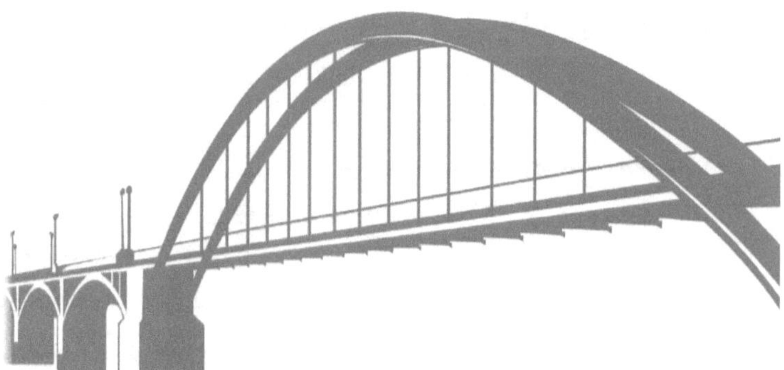

۲۹ اردیبهشت ۱۳۵۹

اهواز

عصمت در زنبیل، بطری شیر تازه و یک بسته بیسکویت مورد علاقه ناصر را حمل می‌کرد و به سمت خانه می‌رفت. وقتی چشمش به در خانه افتاد، ماتش برد. اخطاری برای ناصر روی در خانه نوشته شده بود. قطرات اضافی رنگ روی درِ حیاط به مثابه آن بودند که درِ فلزی گریه کرده باشد. ولی اشکها در این گرما زود خشک می‌شدند و برای پاک کردنشان به ماله بنایی نیاز بود.

روی در با اسپری رنگ نوشته شده بود: «مرگ بر پاسدار مزدور.»

چادرش را گاز گرفت. بوی تینر دماغش را به سوزش انداخت. چند دقیقه پیش که به مغازه رفته بود، در تمیز بود. یعنی نویسنده آن، رفت و آمد عصمت را زیر نظر داشت. با پریشانی کلید را از کیفش در آورد و در را گشود. دهانش را گرفت که جلوی فریادش را بگیرد. نباید شعار نویس می‌فهمید که او را ترسانده است. سرش را از در بیرون آورد تا ببیند کسی او را زیر نظر دارد یا نه. پسرکی را دید که حدود پنج سال داشت و

توی کوچه به دنبال توپ سیاه و آبی می‌دوید. چشمش که به عصمت افتاد، زبانش را درآورد و به راهش ادامه داد.

تازه عروس از خود پرسید که کودکان در چه سنی تبدیل به هیولا می‌شوند؟ آیا یک روز عادی از خواب برمی‌خیزند و بر آن می‌شوند که توپ بازی دیگر راضیشان نمی‌کند؟ که باید هوادار یک سازمان سیاسی بشوند و برای حمله به همسایه‌ها آماده گردند؟ که روی درِ خانه دیگران پیامهای تهدیدآمیز بنویسند؟

دوباره به نوشته زل زد. در شرایط کنونی منشا آن می‌توانست هر یک از چندین گروه سیاسی باشد که با پاسداران مخالف بود. وقتی رضایت داد با ناصر ازدواج کند، توقع داشت که زندگی مشترکشان فراز و نشیب داشته باشد. ولی چنین هشداری را پیش بینی نکرده بود.

پیرزنی را دید که وارد کوچه شد و داشت آرام به طرف خانه آنها می‌آمد. خالکوبی ابروانش آشنا به نظر می‌رسید. انتظار دیدن او را نداشت.

«رأفت خانم؟ سلام.»

پیرزنی که در مقابل زندان کارون دیده بود به او نزدیک می‌شد. «سلام به روی ماهت عصمت جان. لطف می‌کنی یه ذره آب برام بیاری؟»

«حتما. بفرمایید تو.»

چشم رأفت به شعار روی در افتاد. «متاسفم، عصمت جان. این روزها هر کسی علیه هر کسی دست به کار شده. شوهرت می‌تونه با تینر تمییزش کنه.»

فکر خوبی بود. تصمیم گرفت قبل از اینکه ناصر به خانه بیاید، خودش آن را پاک کند. رأفت را به اتاق پذیرایی دعوت کرد. وی روی فرش نشست و به پشتی تکیه داد. عصمت از آشپزخانه آب آورد.

«دستت درد نکنه.»

«حال شما رأفت خانم؟ خوب هستین؟»

«بد نیستم. رفتم زندون. بهم گفتن ولید اونجاست ولی ممنوع الملاقاته.»

«گمونم تا بعد از جلسه دادگاه، اجازه ملاقات ندن.»

«نه نه. محاکمه‌اش تموم شده. گفتن اعدامش می‌کنن.»

«ای خاک به سرم. برا چی؟»

رأفت جرعه‌ای دیگر آب خورد. «نمی‌دونم. ولی گمونم فهمیدند که بیگناهه. اعدامش نکردن. ولید آخه کاری نکرده. اصلا از فعالیت سیاسی بوی نبرده به خدا. ولی خودت می‌دونی زمونه چطور شده. وقتی لوله‌های نفت منفجر می‌شه، می‌گن تقصیر عریهاست. عرب بودن مدرک جرمه.»

زن میزبان موهایش را صاف کرد و آب دهانش را فرو برد. لیوان آب خالی بود. «بازم آب بیارم؟»

«نه عزیزم. دیگه تشنه‌ام نیست. من نمی‌گم همه فارسها از عربها بدشون میاد. ما

قرنها کنار هم زندگی کردیم. ولی الان وضعیت مشکل شده. ولی گمونم یه کسی ولید رو به اشتباه لو داده. شاید هم از روی بد ذاتی.»

«ولی حالش خوبه؟»

«چه می‌دونم؟ امیدم به خداست.»

می‌توانست حدس بزند مقصود از آمدن رأفت چه بوده است. وادار بود تعارف کند و بگوید: «کاری از دست من ساخته‌اس؟»

«خدا عمرت بده. نمی‌خوام مزاحمت بشم. تازه عروس شدی.»

مجبور بود آداب معاشرت را رعایت کند. «نه، خواهش می‌کنم بفرمایید.»

«عصمت جان، نمی‌تونی با ناصر آقا صحبت کنی؟ یه شفاعتی از ولید من بکنی؟ بذارن بچه‌مو ببینم. ولید مجرم نیست. آزارش به هیچ کس نرسیده. می‌تونن بیان از در و همسایه بپرسن، آیا کسی ازش شکایتی داره؟ والا نداره. من مطمئنم اشتباهی گرفتنش.»

«رأفت خانم، شرمنده‌ام. ناصر از کارش با من حرف نمی‌زنه. می‌ترسم عصبانیش کنم.»

پرده‌ای از غم روی صورت رأفت کشیده شد. «می‌فهمم. باشه. اشکال نداره. مردها کارشون همینه. اگه جسارت کنی و چیزی بگی که دیگه واویلا.» رأفت دستش را بلند کرد و به هوا چند سیلی زد. «مردها عصبانی می‌شن، زنا باید آرومشون کنن. مردها مجروح می‌شن، زنا باید ازشون پرستاری کنن. مردها جنگ به پا می‌کنن، زنا واسه صلح قطعنامه صادر کنن.» رأفت دستش را روی زمین گذاشت که از جا برخیزد.

عصمت بی‌اختیار اعلام کرد: «با ناصر حرف می‌زنم.» شاید می‌خواست نشان دهد که شوهرش دست روی او بلند نمی‌کند.

با ذوق‌زدگی جواب داد: «خدا عمرت بده! چقدر خوشحالم کردی.» دستش را روی زانوانش گذاشت.

زن جوان فکر کرد شاید از آرتروز رنج می‌برد. «تشریف داشته باشین رأفت خانم. الان هوا خیلی گرمه. بمونین واسه ناهار.»

«نه عصمت جون. دیگه خیلی زحمتت نمی‌دم.»

«اختیار دارین. منم هنوز غذا نخوردم. یه چیز ساده‌ای درست می‌کنم.»

«عصمت، تو تازه عروس شدی. باید مفصل غذای بخوری. ان شاء الله به زودی بچه‌دار می‌شی. باید به جای دو نفر غذا بخوری.»

«فقط یه غذای سبک می‌خوام. تو این گرما آدم اشتها نداره. تو یخچال ماست داریم. چند تا خیار هم هست. ماست و خیار درست می‌کنیم با نون سنگک.»

«پس من هم کمک می‌کنم. خاک عالم! خودمو دعوت کردم مهمونی ناهار.»

از جا بلند شد. «خواهش می‌کنم رأفت خانم. راحت باشین. خونه خودتونه. نمی‌دونستم تو زندگی مشترک آدم اینقدر احساس تنهایی می‌کنه.»

«تنها چیه، عصمت جون؟ شوهرت هست. تاج سرت هست.» رأفت به عکس روی میز نگاه کرد. «چه لبخند مهربونی هم داره شوهرت. خدا بخواد به زودی چند تا بچه قد و نیم قد همچین تو دست و پات می‌چرخن که دیگه آرزوی این روزهای ساکت به دلت بمونه. هیچ چیز به اندازه بچه قلب زن رو شاد نمی‌کنه. اون طوری که شوهرتو دوست داری، صد برابرش بچه‌هات رو دوست خواهی داشت.»

عصمت او را به آشپزخانه راهنمایی کرد.

«ولید رو هم من به زودی دومادش می‌کنم. ان شاء الله به زودی آزادش می‌کن. اگه دوباره با این بچه‌های محل بگرده، من می‌دونم و اون.» دوباره به هوا سیلی زد. «پسرهای محله هم که به جز ایجاد مزاحمت به هیچ دردی نمی‌خورن. زن که گرفت، دیگه واسه‌اش وقت نمی‌مونه با کسی تو کوچه دوستی کنه. باید به فکر زن و بچه‌اش باشه.»

میزبان از یخچال چند خیار و تربچه برداشت.

«بده من می‌شورم.» مهمان کیسه‌های پلاستیکی را از او گرفت و کنار ظرفشویی گذاشت. «کاری هم نکرده. شاید دوست ناباب داشته. الان نفس کشیدن هم برای عربها جرم شده. خسته شدم از این کینه‌توزی بین فارسها و عربها.»

عصمت در کاسه‌ای ماست ریخت. سپس رنده را در آورد و موضوع بحث را عوض کرد: «ولید یعنی چی؟»

«اسمشه.»

از این توضیح واضحات خنده‌اش گرفت ولی به روی خودش نیاورد.

«اسم عربیشه که ما صداش می‌کنیم. ولی تو شناسنامه اسمش هست صالح مقدم. شاید ناصر آقا با این اسم بشناسش.»

باید به فکر موضوع بعدی می‌بود تا اینکه دوباره کلام به دشمنی فارس و عرب نکشد. «از بچگی ولید بگین. پسرها خیلی شیطونن.»

«اوف نگو مادر. یادم نیار چه جوری این بچه جون منو به لب می‌آورد. پشت دیوار وا می‌ایستاد، بعد یه هو می‌پرید بیرون می‌ترسوندت. یه روز من شیشه ادویه دستم بود، پخ کرد. من ترسیدم فلفل از دستم افتاد و شیشه‌اش شکست. تا کی من فقط عطسه می‌کردم!» پیرزن سبزیجات شسته شده را به عصمت داد. «می‌رفت بیرون بازی و هر روز خدا با یک جراحت تازه برمی‌گشت. من نمی‌دونم چطوری زانوهاش از کار نیفتادند اینقدر که این زخم و زیلی می‌کرد خودشو.» رأفت از یاد آوردن خاطره‌ای به خنده افتاد. «یه روز اومد سر سفره ناهار. نگو قورباغه تو جیبش بود. اینو انداخت جلوی دختر کوچیکم که جیغ و دادش بلند شد. اون روز پدرش تنبیه‌اش کرد. من، هم دلم می‌سوخت هم می‌خواستم خودم بزنمش. شاید اگه بیشتر تنبیه می‌شد، با این بچه‌های شر کوچه نمی‌گشت که این جوری تو دردسر نیفته. ببخشید سرتو درد آوردم.»

«چه قصه بامزه‌ای!» عصمت مشغول رنده کردن تربچه شد.
«واسه‌اش کلوچه درست می‌کنم هفته دیگه، می‌برم زندان.»
زن میزبان نگران این بود که شاید مهمانش انتظار داشت برای او اجازه ملاقات هم
بگیرد. ولی دلش نمی‌آمد ناراحتش کند. حالا که پیرزن خوشحال بود و لبخند می‌زد.
«کلوچه‌های مادر شوهرم معروفند. خدا بیامرزتش. با کشمش و شیره خرما. من
هم از اون یاد گرفتم.»
«چه خوب! پس به من هم یاد بدین.»
«روی چشمم عزیزم. خودم واسه‌ات درست می‌کنم میارم. شیرینی پختن خیلی
وقت می‌گیره. یه مدت دیگه، وقت نمی‌کنی سرت رو بخارونی. حاملگی اول همیشه
آسون نیست. ولی خدا بخواد واسه تو آسون می‌شه. تا دلت بخواد برات کلوچه میارم.»
«دستتون درد نکنه. لطف دارین.»
«تو ولید منو سالم نگه دار، من هر کاری بخوای برات می‌کنم.»
زن جوان خیار و تربچه‌های رنده شده را با ماست مخلوط کرد و ادویه زد.
«عصمت جون، دختر خوبی می‌شناسی؟ باید واسه ولید عروس پیدا کنم. بهترین
دخترهایی که می‌شناختم رو واسه برادرهاش گرفتم. باید یه دختر نجیب و مومن
واسه‌اش پیدا کنم. خوشگل مثل خودت.»
گونه‌های عصمت از خجالت گر گرفت. «باید بهش فکر کنم. بهتون خبر می‌دم.»
اشک در چشمان رأفت حلقه زده بود. «باشه. فکر کن عزیزم. فکر کن.»

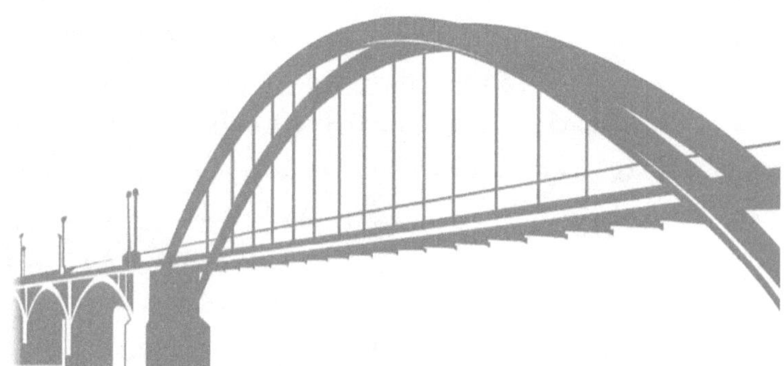

گرچه هدف اصلی ناصر این بود که برادران پاسدار را تشویق کند که با پشتکار تمام به وظایف خود بپردازند، نمی‌توانست با وجدان آسوده بگذارد که یک زندانی بهایی آزاد شود. به خصوص زمانی که زندانیان مسلمان به اتهام جرایم سبک‌تر همچنان در زندان بودند. مثلا آن نوجوان زندانی، بهرام. با وجود بازجویی که در جریان بود، تنها جرمش این بود که از روی کنجکاوی به محل بازداشت دانشجویان در تالار شهرداری رفته بود. این با جرم کفر زمین تا آسمان فرق داشت. باید خودش آموزش حسام را زیر نظر می‌گرفت. تازه از فرنگ برگشته بود و تقصیر نداشت که به اندازه کافی با ارزشهای انقلابی آشنا نبود. در وقت مناسب، ناصر فرق بین گناهکار و بیگناه را به او یاد می‌داد.

خودرو را پشت وانت سفید کمیته پارک کرد و برای اطمینان خاطر، کاغذ تا شده‌ای را که آدرس روی آن نوشته شده بود درآورد و دوباره آن را خواند. همین جا بود. به طرف در ورودی رفت. برادران کمیته لباس شخصی به تن داشتند و سلاح

خود را آشکارا حمل می‌کردند. بیشترشان نوجوان بودند. کفش تابستانی و پیراهن آستین کوتاهی پوشیده بودند که اولین دکمه آن بسته بود و یقه را محکم به دور گردنشان می‌چسباند.

به یکی از آنها گفت: «سلام. دنبال برادر غلام می‌گردم.»

«کی رو می‌خوای؟»

ناصر از لحن عامیانه وی خوشش نیامد. در سپاه چنین طرز حرف زدنی غیرقابل قبول بود. ولی کمیته‌ای‌ها از قانون و مقررات نیروی نظامی پیروی نمی‌کردند. هر کسی می‌توانست در کمیته به خدمت انقلاب بپردازد، بدون اینکه برای سمت و مقام دیگر نیروهای انتظامی ارزشی قائل باشد.

آرامشش را حفظ کرد و جواب داد: «برادر غلام اسدی. جای برادر عبدالله رو گرفته.»

نوجوان مکثی کرد و سپس رو به دیگری کرد: «چی می‌گه؟»

نفر بعدی که زیاد از اولی بزرگتر نبود، با ناصر دست داد. «دنبال کی می‌گردی، برادر؟» حداقل از اولی مؤدب‌تر بود. «برادر عبدالله رفته کردستان با کافرهای کرد بجنگه.»

بردباری ناصر کم کم داشت تمام می‌شد. با این حال، به آرامی تکرار کرد: «می‌دونم، برادر. شنیده‌ام که برادر غلام جایگزینش شده.»

«جدی؟ نمی‌دونم. ما تازه اینجا شروع به کار کردیم. باید برم بپرسم.»

«بفرما. من صبر می‌کنم.» از خود پرسید آیا فهرست تمام کسانی که در کمیته کار می‌کنند، در جایی وجود دارد یا اینکه هر کسی در هر زمان و مکانی می‌تواند عضو آن شود. اعضای نوجوان کمیته از نظر ظاهر با بچه دبیرستانی‌ها فرق نداشتند و می‌توانستند بدون اینکه به چشم بیایند در میان دیگر نوجوانان گم شوند. این برای انجام عملیات زیرزمینی بسیار مفید بود.

«چه خبره؟» جوان سومی ظاهر شد که کلاشنیکف به دست داشت.

«می‌گه اومده دیدن برادر غلام. می‌دونی کیه؟»

او نیز با فرمانده سپاه دست داد. «بفرمایین. من نشونتون می‌دم.»

ناصر دنبالش رفت. از طرز حمل کردن سلاحش پیدا بود که برای استفاده از کلاشنیکف آموزشی ندیده بود. طوری آن را حمل می‌کرد که انگار کیف مدرسه است. وارد ساختمان شدند و جوانک به دری زد و بدون اینکه منتظر جواب شود، آن را گشود. «برادر غلام! مهمون دارین.»

عده‌ای نوجوانان که روی زمین به شکل نیم دایره نشسته بودند. مرد جوانی از میان ایشان بلند شد. موهایش را ماشین کرده بود و ریش پرپشتش از موهایش بلندتر بود. در لباس سربازی، فرسوده و غمگین به نظر می‌رسید، حال آنکه هفده هجده سال بیشتر نداشت. «منتظرت بودم.»

ناصر با صدای ملایم موضوع مورد نظر را با او در میان گذاشت.

ملاقاتشان چندان طول نکشید. کمی بعد ناصر سوار اتومبیلش، داشت به سمت خانه می‌رفت. قرار شد که جزئیات عملیات را روی کاغذ کوچک آبی رنگی بنویسند و به دستش برسانند. نفس راحتی کشید. به این ترتیب می‌توانست بدون انتقاد به حسام و اشتباه ناشیانه‌اش، کار را یک سره کند. باید در آینده روش کار را به حسام یاد می‌داد. ممکن بود که در هنگام تحصیلاتش در غرب، افکارش منحرف شده باشد. می‌بایست خودش نمونه‌ای برای پاسدار کارآموز می‌بود. به تمام کسانی که آماده خدمت بودند نیاز داشت. نیروهای کمکی دیگر شهرها به زودی از اهواز می‌رفتند و هنوز کار زیادی برای تعیین تکلیف این همه زندانی مانده بود.

ولی غلام به او هشدار داده بود که مواظب حسام باشد. «باید ببینی واسه چی می‌خواد سگ بابی رو آزاد کنه. سپاه از نفوذ ضد انقلاب مصونیت نداره. باید حواست رو جمع کنی.» غلام می‌گفت که سپاه هم باید مثل دانشگاه‌ها پاکسازی شود.

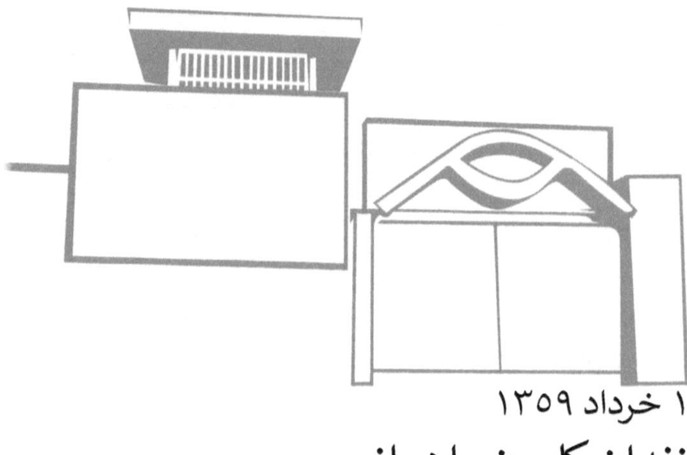

۱ خرداد ۱۳۵۹

زندان کارون، اهواز

پنجشنبه روز ملاقات بود و نصرت همراه دیگر خانواده‌ها جلوی در زندان به انتظار ایستاده بود. ساعت نه صبح، گرمای هوا ۳۵ درجه بود و طبق پیش بینی آب و هوا، بعد از ظهر به ۴۲ می‌رسید. عرق پیشانیش را با دستمال پاک کرد و آن را در جیبش گذاشت. در آن نزدیکی درختی دیده نمی‌شد که زیر سایه‌اش برود و خوشحال بود که قرار است درها به زودی باز شوند.

سربازی دستور داد: «می‌تونین بیاین تو. ولی با نظم و ترتیب. صف ببندین. اگه یک نفر مشکل ایجاد بکنه، ملاقات همه لغو می‌شه. فقط والدین و خواهر برادرها می‌تونن ملاقات کند. اگه عمو، عمه، پسر خاله، یا دوست و آشنا هستین، به خودتون زحمت ندین، برگردین خونه‌هاتون. وقت ما رو هم بیخودی هدر ندین.»

خیلی از آنها، شناسنامه به دست داشتند. نبود شناسنامه اولین مشکل نصرت بود. باید طوری ثابت می‌کرد که با بهرام رابطه پدری دارد. بازداشتیهای زیر بازجویی

ممنوع الملاقات بودند. باید برنامه‌ای در ذهنش می‌چید. باید بدون اینکه ماموران مشکوک شوند، قسمتی از حقیقت را برایشان بازگو می‌کرد.

به پاسداری که عینکی بود و خوش اخلاق به نظر می‌رسید نزدیک شد. دستش را دراز کرد. «سلام علیکم برادر. اسم من نصرته.»

«سعید هستم. اگه برای ملاقات اومدین باید...»

نصرت هیجان‌زده بود: «برای ملاقات اومدم.»

سعید به حرفش ادامه داد: «شناسنامه‌تون رو حاضر کنین، بیاین تو.»

«آخه مشکل اینجاست که...» نصرت مکث کرد.

«بله؟»

«شناسنامه‌ای نداره... بچه یتیم بوده که من به فرزندی قبولش کردم.»

«خب پس سندی که اینو ثابت بکنه...»

نصرت دوباره وسط حرف سعید دوید. «مسئله اینجاست که...»

سعید سر تکان داد. «برادر اگه هیچ سند و مدرکی نداری، نمی‌تونی پسرتو ببینی.»

«حالا نمی‌شه شما بزرگی کنی و یه استثنا قائل بشی؟»

«برادر اگه این طوری بود که صف هیچ وقت تموم نمی‌شد. زندونه، مسافرخونه که نیست. ببخشید ولی باید بگم...»

«حد اقل بذارین واسه‌اش یه کم پول بفرستم. که بتونه تو زندون یه غذایی بخره.»

«واسه خرید از مغازه زندان؟ خب بهتر بود واسه‌اش غذای خونگی میاوردین.»

«خواهش می‌کنم. دستتو می‌بوسم پسرم. منو ناامید نکن. مادرش مریضه. کسی ندارم آشپزی کنه. بذار خیال مادر مریضشو راحت کنم که بچه‌اش تو زندون گرسنه نمی‌مونه.» نصرت دستش را روی سینه‌اش گذاشت و سرش را خم کرد.

«باشه. بفرماین تو. وقتی رفتین تو، سراغ منصور رو بگیرین. بگین سعید فرستاده‌تون. بهتون کمک می‌کنه. ولی به هر حال، غذای فروشگاه زندان خوب نیست.»

«خدا عوضت بده. متشکرم.» نصرت به دنبال دیگر خانواده‌ها به راه افتاد. از چند پله بالا رفت و وارد ساختمان شد. از مقابل چند زندانبان گذشت و وارد سالن انتظار شد. پدر و مادرها صف کشیده بودند و مدارکشان را به ماموری که پشت میز نشسته بود نشان می‌دادند.

به یکی از پاسداران که کنار ایستاده بود نزدیک شد. «سلام. صبح به خیر. خوب هستین؟ دنبال برادر منصور می‌گردم.»

«شما؟»

«نصرت.»

«می‌شناسدتون؟»

«بله. منتظرمه.»

پاسدار به اطراف نگاه کرد و به نصرت گفت که آنجا منتظر باشد. زن سالمندی

شناسنامه‌اش را به مامور پشت میز نشان می‌داد. نصرت از خود می‌پرسید که او و فرزندش را در چه شرایطی خواهد یافت. پشت سر او، پیرمردی به عصایش تکیه داده و در صف ایستاده بود. مامور در دفتر بزرگی در جستجوی اسم زندانی مورد نظر آن زن بود. به او چیزی گفت که پریشانش کرد. زن شروع به بحث و جدال کرد. حرکات مامور متشنج شد. صدای هر دو بلند شد. مشاجره‌شان به گوش نصرت می‌رسید.

مامور داد زد: «چند بار باید بگم؟ اینجا نیست. چرا نمی‌فهمی خانم؟ برو. وقت ملت رو بیخودی تلف نکن.»

«من می‌دونم اینجاست. اینجا بوده چند روز پیش. کجا رفته؟»

«برو بیرون. پسرت اینجا نیست.»

صدای شیون زن درآمد. «اینجا بوده. خودشون گفتن اینجاست.»

«برو ژاندارمری. بگو پسرت ناپدید شده.»

«همین جاست.»

مامور به زندانبان دیگری اشاره کرد که به طرف آنها برود. او به مادر زندانی گفت: «خانم. بفرمایین بیرون.»

«رفته‌ام سراغ پلیس. به بیمارستانها هم سر زدم. حتی رفتم پزشکی قانونی. توسط سپاه پاسداران دستگیر شده. همینجاست. برادر ناصر می‌دونه.»

«برادر ناصر رو می‌شناسین؟»

«بله. زنشو می‌شناسم. خیلی خانم باوقار و مومنیه. می‌دونه در دل یک مادر چی می‌گذره.»

زندانبان دستش را گرفت و به طرف در کشاند. «بیا خانم.»

نصرت به اطراف نگاه کرد که ببیند مامور زنی در آنجا نیست. نمی‌بایست مردی با پیرزن چنین برخوردی می‌کرد. وقتی مادر دلواپس به سمت او رو کرد، دید که روسری عربی به سر دارد و ابروهایش خالکوبی شده‌اند. «اسمش صالح مقدمه. ولی همه ولید صداش می‌کنن. همینجاست. بذارین ببینمش. التماس می‌کنم. به برادر ناصر بگین بیاد.»

زندانبان همینطور که او را به سمت در می‌کشاند، جواب داد: «پسرت ممنوع الملاقاته. اجازه نیست ببینیش.»

«پس اینجاست! کی بیام ملاقات؟»

«بعد از محاکمه.»

«دادگاه رفته یک بار. دوباره محاکمه داره؟»

«باید بری از دادگاه انقلاب بپرسی.»

نصرت می‌ترسید که به دنبال بهرام، مثل آن زن آواره اداره‌ها و زندانها شود. چشمش به پاسدار جوانی افتاد که به او نزدیک می‌شد. «برادر منصور؟»

«بله. شما؟»

دستش را دراز کرد. «برادر سعید گفت سراغ شما رو بگیرم. نصرت هستم.»

«چی کار از دستم برمیاد، آقا نصرت؟»

«یه ذره واسه پسر خوانده‌ام پول آوردم.»

«پسر خوانده؟ پدر واقعیش کجاست؟»

«پدر... بچه یتیم بوده که به فرزندی قبول کردم.»

«مدرکش رو داری؟»

دستپاچه شد. «مدرک دارم ولی... گم کردم. من یه کشاورز ساده‌ام. از مدرک و سند و کاغذ ماغذ....»

پاسدار حرفش را قطع کرد: «چی کار کرده؟»

نصرت داستانی سر هم کرد. «کاری نکرده. اشتباهی دستگیرش کرده‌ان. در محل، دزدی رخ داده بود....»

«چه گل پسری واقعا. هم یتیمه هم دزد.»

نصرت با خجالت کاذب سرش را پایین انداخت.

مامور بازویش را گرفت و زمزمه کرد: «بهتره پول به دستش برسونی قبل از اینکه از بقیه دزدهای تو زندون دزدی کنه.» نیشخند زد.

نصرت دست در جیبش کرد و یک اسکناس ده تومانی بیرون کشید.

پاسدار ایراد گرفت: «این همه زحمت واسه ده تومن؟ با این پول که فقط می‌شه یه سیلی خرید. تو زندون قیمتها از بیرون خب بالاتره.»

«چی بگم؟ یه مستضعف بیشتر نیستم. زندگی اشرافی که ندارم. مگه برای کمک به فقرا نیست که انقلاب کردیم؟»

منصور پول را از دستش گرفت. «اسمش چیه؟»

«بهرام. بهرام کریمی.»

«ببینم چی کار می‌تونم بکنم.»

«دستت درد نکنه. پیر شی.»

منصور وارد حیاط شد و به سمت دفتر زندان رفت. پشت میز نشست و دفتر فهرست زندانیان را باز کرد. دنبال «ک» می‌گشت. چند بار صفحه را بالا پایین کرد ولی میان اسامی خانوادگی که با کاف شروع می‌شدند، خبری از «کریمی» نبود. دفتر دیگری را باز کرد و از خود پرسید که اگر پسرک به اتهام سرقت بازداشت شده است، پس چرا در بند زندانیان سیاسی قرار دارد؟ منصور به فکر فرو رفت. «یعنی هم یتیمه، هم دزد، هم دروغگو.»

از کشو یک برگه رسید برداشت و از دفتر خارج شد. پس از عبور از حیاط، به

بخش زندانیان سیاسی رسید و وارد بند سه شد.

«بهرام کریمی؟»

نوجوان هفده هجده ساله‌ای با چشمهای قهوه‌ای و مژه‌های بلند به طرف او آمد. سر و صورتش تمیز بود و تختش مرتب. به مجرمان معمولی شباهتی نداشت.

«پدرخونده‌ات اومده. واسه‌ات پول آورده.»

زندانی با احتیاط به سمت او قدم برداشت. منصور اسکناس و رسید آن را به او داد. «امضا کن.»

«خودکار دارین؟»

حتی حرف زدنش با خلافکاران فرق می‌کرد.

دست به جیب پیراهنش زد و سپس جیب شلوارش. قلمی در آن بود که به پسر بزهکار داد.

«مرسی.»

پسرک با خط خوبی فرم رسید را پر کرد و آن را امضا نمود. آشکارا تبهکار نبود.

«پدر خونده‌ات رو توصیف کن ببینم؟»

زندانی به او خیره شد. «چی؟»

«اون می‌گه تو واسه دزدی بازداشت شدی. ولی تو که بین زندونیای سیاسی هستی. یا اون به من دروغ گفته یا تو به اون. اگه واقعا باهاش نسبتی داری، توصیفش کن.»

بازداشتی من من کنان جواب داد: «هم‌قد منه، تقریبا. یه کم شکم داره. موهاش ریخته بیشترش. ریش و سیبیلش هم سفیده یه کمی.»

«چی کاره‌اس؟»

«اه... چیزه...»

«جواب بده وگرنه دهنتو خونی مالی می‌کنم.»

«کشاورزه.»

منصور چشم غره رفت و از سلول خارج شد.

نزدیک بود گیر بیفتد. بهرام از آن فکر به لرزه افتاد. کسی که برای ملاقاتش آمده بود، احتمالا فامیل بی‌بی بود که عید نوروز برای بازدید از او به آبادان آمده بود. اسمش چه بود؟ نوذر؟. یا چیزی شبیه آن؟

زندانی اطرافش را پایید. هیچ یک از زندانیان متوجه او نبود که بپرسد چطور ناگهان پدرخوانده پیدا کرده است که برایش پول به زندان بیاورد. یادش آمد. اسم او نصرت بود.

اسکناس ده تومانی هنوز در دستش بود. نصف مبلغی بود که سه سال پیش

موجب آن همه ماجرا شده بود. دعوایی که شایعه‌اش در محل توپید و برای بهرام احترام خاصی به ارمغان آورد.

سه سال پیش، یک اسکناس بیست تومانی دردسر زیادی ایجاد کرده بود. پس از وقایع آن روز، بهرام به عنوان لات محله شناخته شد و دیگر کسی مزاحمش نمی‌شد.

روزی که آقای معتمدی جلوی چشم تمام همکلاسیهایش فلکش کرد، اسدی خیلی مسخره‌اش کرد و به او ناسزا گفت. چند هفته طول کشید تا طالب به او یاد بدهد چطور دعوا کند و دوتایی برنامه‌ای ریختند که دیگر کسی جرات نکند مزاحمش شود.

یک روز کنار یک چایخانه، بهرام اسدی را پیدا کرد که به تنهایی در کوچه‌ای راه می‌رفت. او را تعقیب کرد. بهرام می‌دانست که همسایه‌اش مجید و چند نفر از دوستان او، به دنبالش بودند. انتقام گیری بدون تماشاچی ارزش چندانی نداشت. دعوایی که قرار بود اتفاق افتد، سرگرمی خوبی برای بچه‌های محل بود.

بهرام از دور دست فریاد زد: «آهای! واسا ببینم.»

اسدی برگشت ببیند چه کسی است. «تویی؟ برو گم شو.»

«برگرد اینجا.»

«خفه شو تا خفه‌ات نکردم.»

بهرام پرخاش کرد: «صبر کن ببینم.»

«چی می‌خوای؟ برو خونه‌ات. اینجا جای بچه‌ها نیست.»

دوید که به پای او برسد. «تو چایخونه دیدم یه بیست تومنی دسته.»

«چی؟»

«با چشم خودم دیدم. تو جیبت گذاشتی.»

«به تو هیچ ربطی نداره تو جیبم چی گذاشتم!»

«رد کن، بیاد!»

مخاطبش توقع زبان درازی او را نداشت.

بهرام تکرار کرد: «بیست تومنی رو. بده بهم.»

«دیوونه شدی؟ کتک می‌خوای؟»

«می‌خوام واسه دوستام از چایخونه فالوده بخرم.» بهرام به مجید و چند نفر پشت سرش اشاره کرد. «بده ببینم پول رو!»

«پول می‌خوای برو از بابات بگیر. اوه. یادم اومد. پدر نداری. خب از مادرت بگیر. حتما دیشب توی کاباره یه پولی به دست آورده. مگه از همین کار شبانه‌اش نیست که تو رو به دنیا آورده، هان؟» اسدی پوزخندی زد و پشت به بهرام کرد که به راهش ادامه دهد.

«وقتی باهات حرف می‌زنم به من نگاه کن. چه دختر بی‌ادبیه!»

اسدی کلافه شده بود: «خفه شو ببینم. تو سگ کی باشی که با من این طوری حرف می‌زنی؟»

مجید و همدستانش نزدیک شدند.

اسدی رو به او کرد: «مجید؟ این بچه همسایه‌ات رو قلاده بزن تا لغت نزدم تو پوزش.»

مجید واکنشی نشان نداد. اسدی سراسیمه شده بود.

بهرام با هر دو دست به شانه‌های حریفش مشت زد و مجبورش کرد به عقب گام بردارد.

«دیوونه. مگه مرض داری؟ برو تا جرت ندادم. بچه کونی.» اسدی خشتکش را گرفت.

«چی گفتی؟» بهرام به او حمله کرد و با تمام قدرتش به صورتش سیلی زد.

«چه...»

قبل از اینکه اسدی بتواند چیز دیگری بگوید، بهرام دوباره به او کشیده زد. اسدی سعی کرد به سر بهرام مشت بزند ولی بهرام جا خالی داد. سپس عضله‌های شکمش را محکم کرد و مشتی به طرف اسدی زد. او با دستش جلوی مشت بهرام را گرفت و به دل بهرام ضربه محکمی زد. بهرام که نفسش را حبس کرده بود، تکان نخورد. اسدی با زانو خواست به بیضه‌های بهرام بزند ولی به هدف نخورد. بهرام عقب پرید و نفس گرفت.

اسدی فریاد زد: «چیه؟ اوف شدی؟»

بهرام دست چپش را جلوی صورت اسدی گرفت تا او را جلوی دید و با همه زورش، مشتی نصیب شکمش کرد. اسدی روی زمین افتاد. بهرام به پهلویش لگد زد. اسدی بدنش را در خود مچاله کرد. بهرام موهای او را گرفت و با وجود اینکه اسدی به بازویش مشت می‌زد، رهایش نمی‌کرد و از چپ و راست به او کشیده زد. وقتی از این کار خسته شد، با پا زد توی دل اسدی. پسرک روی زمین غلتید. بهرام پایش را روی سینه حریفش گذاشت و فشار داد. نفسش را گرفته بود.

به عقب نگاه کرد. گروهی از دانش آموزان دبیرستانی به جمع بینندگان اضافه شده بودند. دوستان مجید جلوی دو نفر را که می‌خواستند بهرام را از اسدی جدا کنند، گرفته بودند.

از دیدن تماشاچیان خوشحال شده بود و قصد داشت درس عبرتی به همه آن‌ها بدهد تا دیگر هرگز مزاحمش نشوند. به اسدی نگاه کرد و برای یک لحظه چهره دانیار را دید. کسی که موجب تمام گرفتاریهایش شده بود. کسی که باعث شده بود از خانه بیرونش کنند. باید به او هم یاد می‌داد که باید با احترام با بهرام رفتار کنند.

سر اسدی داد زد: «بهت نشون می‌دم دنیا دست کیه.» در حالی که پشتش به

تماشاگران بود، زیپ شلوارش را گشود و او را خیس کرد. صدای تشویق ناظران در آمد. معلوم بود که به جز بهرام دشمنان دیگری هم داشت که از دیدن سرشکستگی او خوشحال شوند.

وقتی کارش تمام شد به عقب قدم برداشت و لباسش را صاف کرد. از خوار کردن اسدی در برابر تماشاچیان خشنود بود. «حالا کی بچه کونیه؟»

اسدی ناله‌ای کرد و رویش را برگرداند.

بهرام فریاد زد: «کی؟»

اسدی به گریه افتاده بود. «منم. بچه کونی منم.» پسرک دست در جیب کرد و اسکناس بیست تومانی را در آورد. «بگیر و برو.» اثری از کبر و غرور در صدایش باقی نمانده بود.

چند نفر از تماشاچیان برای بهرام سوت می‌زدند.

اسکناس را از دست دشمن قاپید. سپس آن را پاره پاره کرد و روی پسرک ریخت. «پولتو نمی‌خوام.» به طرف مجید به راه افتاد. دانش آموزان تحسینش می‌کردند. نگاهشان مملو از تکریم و تجلیل بود. برای بهرام تازگی داشت. خوشش آمده بود که دیگران به او احترام بگذارند.

صدایش را کلفت کرد: «بریم بچه‌ها تا پاسبونی نیومده.»

تماشاچیها پراکنده شدند. مجید دست روی شانه وی گذاشت: «دلم واسه غلام می‌سوزه یه کم.»

بهرام دستش را گرفت: «دلت نسوزه. تو جزو دار و دسته منی.»

تبسم کودکانه‌ای بر چهره مجید شکل گرفت. دو بار دوستانه به پشت بهرام زد و با هم به راه افتادند. از آن روز به بعد، مجید بهترین دوستش به حساب می‌آمد.

همانطور که در بند نشسته بود، از اینکه ناگهان اسم غلام را به یاد آورده بود، غافلگیر شد. اسم کوچک اسدی را کاملا از یاد برده بود. پس از آن دعوا، شنیده بود که او قصد انتقام گیری دارد. ولی کسی جرات نمی‌کرد علیه قلدر جدید محل، با اسدی دست به یکی کند. شایعه شده بود که کلیه تماشاچیان، هوادار بهرام بودند و حاضر بودند در حمایت از او وارد جنگ و جدال شوند. هیچ یک از لاتهای محل به آن اندازه طرفدار نداشت.

بعد از آن واقعه، هیچ کس به بهرام کریمی ناسزا نگفت.

زندانی اسکناس ده تومانی را در مشتش مچاله کرد. صدایی توجهش را به خود جلب کرد. ورقا زیر لب ترانه‌ای را زمزمه می‌کرد و لباسهایش را در کیسه‌ای می‌گذاشت.

«مژده چیه؟»

مرد بهایی به او رو کرد. «بهم گفتن وسائلم رو جمع کنم. فکر کنم دارن آزادم می‌کنن.»

«به به! خوش به حالتون.»

حسام بازجوی ورقا بود. یعنی حتما حسام در آزادی وی دست داست. پس چرا بهرام را آزاد نمی‌کرد؟

«می‌خوای با خونواده‌ات تماس بگیرم؟»

آنقدر به ورقا اعتماد نداشت که شماره تلفن مجید را به او بدهد. به علاوه، نصرت برایش پول آورده بود و از مکان بازداشتش باخبر شده بود. «نه مرسی. دستتون درد نکنه.»

«مطمئنی؟»

«آره. همین الان پی بی برام پول فرستاد.»

«روز رهایی تو هم به زودی می‌رسه. مطمئن باش.»

بهرام سر تکان داد.

«من که نیستم، مواظب ولید باش.»

«کی؟»

«ولید. جوونی که کج خلقی می‌کنه.»

«اوه. جونوره؟»

ورقا سرزنشش کرد. «این طوری حرف نزن.»

سرش را خاراند. «باشه. هواشو دارم.» بهرام دستش را دراز کرد.

ورقا به جای دست دادن، محکم در آغوشش گرفت.

وقتی مرد بهایی از بند خارج شد، بهرام در دام احساسات مختلفی افتاد. گیج شده بود. البته که خوشحال بود که ورقا از آنجا رهایی یافته است. امیدوار بود که خودش هم به زودی آزاد شود. ولی اگر حسام داشت زندانیان را آزاد می‌کرد، چرا از بهرام شروع نکرده بود؟ آیا به دلیل واقعی بازداشت او پی برده بود؟

ای کاش حسام برای بازجویی بعدی صدایش می‌کرد. در آن صورت می‌توانست سعی کند به طریقی برایش دلبری کند. گرچه وقت گذراندن با حسام آرامبخش و دلگرم کننده بود و از آن لذت می‌برد، اما هدفش تنها سوء استفاده از احساسات حسام نبود. دوست داشت که نوازشش کند و پای حرفهای پرمحبتش بنشیند. توقع نداشت که دلش برای حسام تنگ شود. بعد از طالب، به هیچ کسی اجازه نداده بود که در قلبش رخنه کند.

آیا به ناچار از حسام خوشش می‌آمد؟ تنها به علت اینکه توانایی آن را نداشت که از وی دوری جوید؟ یک دانشجوی فرنگی جذاب و دوست داشتنی بود. با پوتینهایی که از واکس برق می‌زد و عطری که کمی بوی دود می‌داد. جلسه‌های بازجویی با هیجان و

شهوت آمیخته بود. حسام دستش را می‌گرفت، نه آنقدر محکم که موجب آزردگی شود، و نه آنقدر سرسری که به آسانی دستش را رها کند. بهرام هم وانمود می‌کرد که برایش فرق چندانی نمی‌کند. در حالی که مشتاق دیدار بازجویش بود. آیا او حسام را شیفته خود کرده بود، یا بر عکس؟

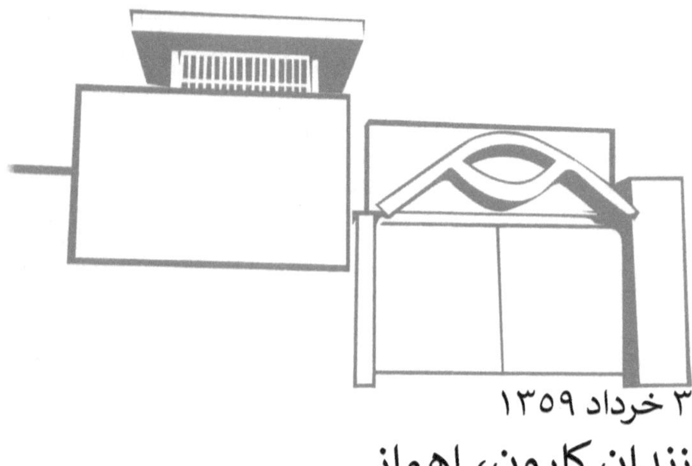

زندان کارون، اهواز

حسام از شوق دیدار مجدد پسر ساحر در پوست نمی‌گنجید. به بهانه بازجویی، می‌توانست بدون اینکه کسی مزاحمشان شود، ساعتها با او تنها باشد. دلش برای زندانی تنگ شده بود. شبهای بی‌خوابش را با اندیشه بهرام سپری می‌نمود. فکر غرق شدن در ژرفای نگاهش و از خود بیخود گشتن در اثر لمس دستانش. همین دیشب تا اوایل صبح به او می‌اندیشید. چه آینده‌ای در انتظار آنها بود؟ می‌توانستند با هم باشند؟ بهرام و حسام. حتی همقافیه‌گی اسمهایشان هم طنین شاعرانه‌ای داشت.

ولی پیش از آن می‌بایست از چند مانع گذر کند. بعد از ورقا، ناصر سفارش کرده بود که دیگر کسی را بدون توبه نامه آزاد نخواهند کرد. بنابراین مجبور بود بهرام را راضی کند که توبه کند. گرچه برای آزادی وی شتاب چندانی نداشت. تنها چیزی بود که به زندگی او به عنوان یک پاسدار نشاط می‌بخشید.

پیش از اینکه بهرام آزاد شود، می‌بایست رابطه‌شان به جایی می‌رسید که خارج از زندان هم ادامه پیدا کند. حتی تصور اینکه روزهایش را بدون او بگذراند برایش غیر قابل

تحمل بود. اگر وی را شیفته خود می‌نمود، به همدل و همدمی مبدل می‌شد که برای دیدنش نیاز به زندان و اجبار و تهدید نباشد. باید راهی پیدا می‌کرد که محبوبش عشق او را در دل احساس کند.

در راهرو با منصور روبرو شد و به او سلام کرد. سپس به دفتر زندان رفت. بند پوتین زیر پایش گیر کرد و نزدیک بود زمین بخورد. وقتی سرش را بالا آورد، به ذهنش رسید که شاید به اتاق اشتباهی و نه به دفتر زندان آمده است. زنی که چادر مشکی به سر داشت کنار میز ناصر ایستاده بود و حواسش جای دیگری بود. پشتش به حسام بود و حسام نمی‌دید که مشغول چه کاری است. چرا زنی در دفتر زندان مردان حضور داشت؟

«سلام. می‌تونم کمکتون کنم؟»

خانم چادری چیزی را روی میز جا به جا کرد و برگشت. «سلام برادر. می‌بخشید مزاحم شدم.»

«مسئله‌ای نیست. چیزی احتیاج داشتین؟»

«کی؟ من؟ نه! عصمت هستم. همسر ناصر عطری.»

یکه خورد. «خوش وقتم.»

«واسه‌اش ناهار آوردم. ولی ندیدمش.»

«نمی‌دونم الان کجاست ولی بهش می‌گم تشریف آوردین.»

عصمت کمی کاغذهای روی میز را کنار زد. «گذاشتمش همینجا رو میز. دیگه باید برم. خیلی ممنون، برادر...؟»

«حسام.»

«برادر حسام. خسته نباشین.»

«خدا نگهدار.»

هنوز برایش عجیب بود که زن جوان برگه‌های روی میز را بررسی کرده بود. توقع داشت که همسر ناصر سنتی‌تر از آن باشد که وارد زندان مردان شود و متدین‌تر از آن که بی‌دلیل نام مرد غریبه‌ای را بپرسد. شاید می‌خواست یادآوری کند که به صلاح نیست سین جیم کند که چرا خانمی تنهایی به دفتر زندان آمده است.

حسام به اوراق روی میز نگاه کرد تا ببیند چه چیزی توجه عصمت را به خود جلب کرده بود. ساعت ۱۰:۵۳ را نشان می‌داد و تا موقع ناهار هنوز خیلی مانده بود. حسام ظروف غذا را برداشت تا در یخچال کوچک گوشه دفتر بگذارد که پرونده‌ای روی زمین افتاد. روی آن نوشته شده بود: «صالح مقدم، نام مستعار سازمانی: ولید.»

ظروف را کنار گذاشت و مشغول مطالعه پرونده شد. چند برگ بیشتر نداشت. متعلق به مرد جوان عربی بود که به خرابکاری و انفجار لوله نفت متهم شده بود. سرخط دیگری در آن وجود نداشت. حسام خوشحال بود که مسئول آن پرونده نیست؛ باید بازرسی از نو شروع می‌گردید و با تمام شواهد مصاحبه می‌شد. ساعت‌ها کار

بود. وقتی پوشه را می‌بست، چشمش به صفحه آخر افتاد: «دادگاه انقلاب او را به اعدام محکوم می‌کند.» حسام از خود پرسید «با چه مدرکی؟»

صدایی غافلگیرش کرد. «فکر می‌کردم تا حالا رفته باشی اتاق بازجویی.» سعید پشت سرش ظاهر شده بود.

«آره. دارم می‌رم.» برای یک لحظه شک کرد که نکند سعید بویی برده باشد که حسام مدت بسیار طولانی را همراه زندانیش می‌گذراند.

سعید عینکش را جلو کشید و از زیر آن به همکارش خیره شد. «عسل چشم منتظرته.»

حسام خبر نداشت که همخانه‌اش نیز برای پسر ساحر اسم ساخته است. «رفتم. اجازه بده اینو بذارم تو یخچال.» غذا هنوز روی میز قرار داشت.

«چی هست؟ غذا درست کردی؟»

«چقدر از خودت متشکری! خانم ناصر براش آورده.»

«اونقدر بخوره که می‌ترکه! بیا ببینیم چی هست.»

حسام تردید داشت.

سعید اصرار کرد: «چیه؟ بالاخره وقتی بخواد بخوره، یه تعارفی که می‌کنه. ما ایرونی هستیم، مستر حسام. آداب معاشرت سرمون می‌شه. نه مثل شما و هم‌ولایتی‌های ایتالیایی‌تون.»

خنده‌اش گرفت. «اگه اینقدر مقیدی، خب مجبور نیستی یواشکی دستبرد بزنی به غذای مردم.»

«دستبرد چیه؟ ما که هنوز نمی‌دونیم آبگوشت حلزونه یا کباب وزغ! اول باید یه بویی کرد. یه کم چشید. نابغه‌ای واقعا! از کجا معلوم تازه عروس به این زودی آشپزی یاد گرفته باشه؟»

«باشه. من زندانی رو بازجویی می‌کنم، تو غذای رئیست رو.»

«خیلی به بچه خوشگله سخت نگیر! نکنه بیش از حد داری بازجوییش کنی؟»

حسام خشکش زد. ممکن بود که همکارش چیزی بداند؟ نباید عکس‌العملی نشان می‌داد. باید به شوخی می‌گرفت. برگه کاغذی از روی میز برداشت، آن را مچاله و به طرفش پرت کرد. «خوشمزگی می‌کنی؟»

جوان عینکی آن را از زمین برداشت. «ببخشیدا! اینا مال بیت‌الماله که داری حروم می‌کنی. عجب. اموال مستضعفها رو از بین بردی.»

دستهایش را به علامت تسلیم بالا برد. «تو خودتو ناراحت نکن، داداش. پیر می‌شی.»

دوستش به کنایه جواب داد: «پیر شدیم رفت، حسام خان! پیر شدیم رفت!»

«شنگولی امروز. چی شده؟»

«خوشحالم یه کم. مزاحم که نمی‌شم؟»

«نه. بفرمایین. شما پایکوبی کنین، من می‌رم سرکار.»

حسام به اتاق بازجویی رفت. هنوز برایش روشن نبود که سعید شوخی می‌کرد یا اینکه منظوری داشت. همانطور که بیرون در ایستاده بود، دریچه کوچک در را باز کرد و به داخل اتاق خیره شد. طبق معمول، زندانی روی صندلی دانشجویی نشسته بود. دستهایش با طناب بسته شده بود. سربلند و با کمر صاف نشسته بود. هرگز مثل یک کودک ترسو قوز نمی‌کرد. تکه پارچه‌ای که روی چشمان درخشانش را پوشانده بود، از زیباییش نمی‌کاست.

وارد اتاق شد و سلام کرد. کاش می‌توانست «عزیزم» یا «جانم» صدایش کند. ولی نمی‌شد بی‌احتیاطی کرد. می‌ترسید اگر بیش از حد سفره دلش را باز کند، مخاطبش را از خود براند. دستبند و چشمبندش را گشود.

«چطوری؟»

«بد نیستم.»

ای کاش می‌توانست بگوید که تمام دیشب خواب به چشمش نیامده و تنها در انتظار دیدار وی بوده است. به اشتیاق آنکه دستش را بگیرد و به لبانش بوسه بزند. ولی بیحرکت ایستاده بود و تماشا می‌کرد.

«ورقا آزاد شد. پس منو کی آزاد می‌کنی؟»

حس کرد که روده‌هایش به هم گره خوردند. بهرام تنها به فکر آزادی بود و علاقه‌ای به دیدن او نداشت. با کنایه، به سوالی که مطرح نشده بود، جواب داد: «من هم خوبم. مرسی.»

زندانی از نگاه کردن به او اجتناب می‌کرد. انگار که حسام حتی شایسته نگاهی گذرا هم نبود. چرا؟ مگر عشق نشان عجز و ضعف بود که موجب حقارت شود؟

می‌خواست بگوید که او هم به اندازه پسر ساحر، محبوس است؛ که راه حلی برای خودش هم در دست ندارد؛ اختیارش دست ناصر است و دلش دست بهرام؛ که اگر کلام نامناسبی می‌گفت یا رفتار خطایی ازش سر می‌زد، محبوبش را از دست می‌داد. انگار خودش هم در بند بود.

ولی به جای اعتراف، سکوت کرد و روی صندلی جلوی پسر جوان نشست. دستش را در دست گرفت. گرم بود و محکم. فشار انگشتان پسرک را روی دست خود احساس کرد. پشت گردن زندانی را گرفت و نزدیکتر شد. نفس او را روی صورتش حس می‌کرد. می‌خواست که بوی تن او بیشتر به مشامش برسد. از عطش خود خجالت کشید و سر به زیر انداخت. پیشانیش را روی پیشانی بهرام گذاشت.

جوانک لحظه‌ای بازویش را نوازش کرد و بعد عقب نشینی نمود.

حسام می‌خواست در آغوشش بگیرد. بگوید که نمی‌تواند بدونش حتی نفس بکشد. ولی تنها توانست بگوید: «بهرام، من....» اگر جمله‌اش را تمام می‌کرد، تمام مهر و دلبستگیش را جلوی او به نمایش می‌گذاشت. پس چیزی نگفت.

چشمانش به نگاه بهرام افتاد. بدون درنگ، زندانی به سمت دیگری رو کرد و

دستش را از دست زندانبان گسیخت.

حسام در دل التماس می‌کرد بهرام به او اجازه بدهد که اعتراف کند که دوستش دارد. انگار که فکرش را خوانده بود، پسر جوان زمزمه کرد: «اگه اینجا نبودیم، شاید راهی برامون می‌بود.»

ناتوان از اینکه جلوی خودش را بگیرد، دستش را با احتیاط به سوی او دراز کرد ولی دستش را پس کشید.

بهرام توضیح داد: «اینجا نمی‌شه. تو می‌بری، من می‌بازم.»

حسام فکر کرد که «اگر عشق من موجب شکست تو می‌شود، بهتر است دوستت نداشته باشم.» ولی نمی‌خواست ناتوانیش را تا آن حد نمایان کند. با صدای بلند گفت: «تصمیم آزادی تو با من نیست. روندش طول می‌کشه. صدها نفر توقیف شده‌ان. بیشترشون در طی ماه گذشته. وقت می‌گیره تا همه رو ول کنن.»

نوجوان، مایوس و گرفته، تکیه داد و دست به سینه نشست.

«ولی اگه می‌خوای به پرونده‌ات اولویت بدی...»

زندانی با سختی جواب داد: «باهات نمی‌خوابم. تن من وثیقه آزادیم نیست.»

به حسام برخورد که یارش عواطف صادقانه‌اش را به شکل معامله می‌بیند. «من تازه اعزام شدم و فقط چند هفته‌اس که به عنوان کارآموز اومدم اینجا. تو فکر می‌کنی من رئیس زندانم؟»

«ولی تونستی ورقا رو بذاری بره.»

«بله. اما تحقیقاتش خیلی طول کشید. با کلی آدم مصاحبه کردم. به هر حال، ناصر یه سیاست تازه معین کرده که فقط کسانی که توبه کنن آزاد می‌شن.»

«توبه کنن؟»

«یعنی از سازمانشون اظهار انزجار کنن. فقط یه ورقه است که باید امضا کنی. تعهد بدی از جمهوری اسلامی حمایت می‌کنی.»

«من عضو سازمانی نبودم که بخوام ازش منزجر بشم.»

«چه بهتر. پس کافیه بگی پشتیبان دولت هستی.»

«واسه چی باید همچین کاری بکنم؟ مگه تو راه میفتی تو خیابونها از مردم می‌خوای واسه‌ات تعهدنامه بنویسن؟»

«دلیلی نداره از مردم خارج از زندان بپرسم از دولت طرفداری می‌کنن یا نه. معلومه که می‌کنن.»

زندانی صدایش را بلند کرد: «برای بازداشت من هم دلیلی در کار نبود. اینجا برای هیچ چیزی دلیلی وجود نداره.»

حسام از صمیم قلب می‌خواست اعتراف کند که دلیلش این بود که عاشقش شده است. ولی آن هم نوعی معامله می‌شد. گیج شده بود. «بهت ثابت می‌کنم که می‌تونی به من اعتماد کنی.»

«آفرین. اولین مرحله اینه که بذاری برم.»

«می‌خوام یه شب رو با تو بگذرونم.»

«فکرش رو هم نکن.»

«هیچ کاری نمی‌کنم. فقط واسه اینکه نشون بدم...» دوست داشت توضیح دهد که عشق با شهوت یکی نیست. ولی کلمه‌ها در ذهنش نمی‌گنجیدند.

بهرام کلافه شده بود. «تو هم که گیر می‌دی حسابی.»

پاسدار دلباخته می‌ترسید که شاید بیش از حد پافشاری کرده است. اگر بهتر همدیگر را می‌شناختند، احتمال سوء تفاهم کمتر می‌بود. باید بیشتر به پای صحبت او می‌نشست و با او گپ می‌زد. از زندگیش برای او تعریف می‌کرد. از دانشگاه. از ایتالیا. نه، از ایتالیا نه. خاطرات آن با یاد اومبرتو درآمیخته بود. هنوز آمادگی آن را نداشت که از اومبرتو بگوید.

بهرام سرزنشش کرد: «یادت رفته مجازات لواط اعدامه؟ باید بدونی. عدالت انقلابی خودته.»

حسام از آن واژه متنفر بود. چه کلمه زشتی برای چیزی چنین زیبا و لطیف و عاشقانه. گمان می‌کرد که شاید چنین مجازاتی وجود داشته باشد، ولی می‌ترسید که در این باره از کسی سوال کند. مبادا حقیقت داشته باشد. «قصد بدی نداشتم. می‌خوام دوستت باشم.»

«من هم می‌خوام ولی...»

زندانبان دوباره دست زندانی را گرفت. حلقه انگشتان حسام دور مچش باعث شد که نبضش را احساس کند. با هر تپش قلب، مهر بهرام در وجودش تازه می‌شد.

«می‌تونی به من اعتماد کنی. قول می‌دم.»

ناصر با لبخند به همسر عزیزش فکر می‌کرد که برایش غذا به زندان آورده بود. در عین حال راضی نبود چشم این همه مرد نامحرم به او بیفتد. نکند فکر ناپاکی به ذهن پاسداری خطور کند. گرچه عصمت همیشه حجاب کامل را رعایت می‌کرد. باید با او حرف می‌زد و می‌گفت که زندان جای او نیست. حکمت نیست دوباره به آنجا بیاید.

از کنار اتاق‌های بازجویی رد می‌شد که چیزی توجهش را جلب کرد. دریچه در یکی از اتاق‌ها نیمه باز بود. نزدیک شد ببیند چه خبر است. ناگهان چندشش شد.

برادر حسام دست زندانی سیاسی را در دست گرفته بود. چشمبند نداشت و بازجو به جای داد زدن، به آرامی و لطافت با او صحبت می‌کرد. حسام همان طور به پسرک نگاه می‌کرد که ناصر به عروسش: نگاهی مملو از محبت و عاطفه.

حالش بهم خورد. دریچه را به آهستگی بست و از آنجا دور شد. باید برای این عمل منزجر کننده تنبیه مناسبی در نظر می‌گرفت.

۶ خرداد ۱۳۵۹

اهواز

عصمت روی صندلی نشسته بود و بی‌اختیار پایش می‌لرزید. انگار پایش به دنبال ضرب موسیقی پریشانی بود که به گوشش نمی‌رسید. دستش را روی رانش فشار داد که لغزش پایش را متوقف کند. ولی به محض اینکه دستش را برداشت، پایش دوباره به جنبش افتاد. دلیلی نداشت که به خودش دروغ بگوید: نگران بود.

معمولا ناصر مستقیم پس از کار به خانه برمی‌گشت. ولی هفته گذشته، برای اولین بار بعد از ازدواج، یک شب دیر کرده بود. گفت برای ملاقات دوستی به کمپلو رفته است. ولی رفتارش غیرعادی بود. انگار که چیزی را از وی قایم می‌کرد. وقتی وارد خانه شد، از او تعریف و تمجیدی نکرد و حتی پس از شام، بدون تشکر از سر سفره پا شد. عصمت تمام جزئیات آن شب را به خاطر داشت. در زندگی مشترک، دنیایش کوچک شده بود و هر کنش و واکنش شوهرش در ذهنش حک می‌شد.

امشب، باید مطلبی غیرعادی را با او در میان می‌گذاشت.

بوی لیمو عمانی و آلو خشک از آشپزخانه به مشام می‌رسید. خورش قیمه و سیب زمینی سرخ کرده حاضر بود. عصمت حتی ظاهر خودش را به دقت آماده نموده بود. علاوه بر ماتیک و خط چشم که آرایش همیشگیش بود، ریمل هم زده و با سایه چشم صورتی و آبی، بزک کرده بود. می‌خواست طوری جلوی ناصر ظاهر شود که ناخودآگاه در برابرش تسلیم شود.

همسرش وارد اتاق نشیمن شد. لباس خانه به تن کرده بود: تی شرت سفید و پیژامه طوسی. بدون لباس سربازی، قیافه‌اش عوض می‌شد. خدمت در سپاه پاسداران مثل پوست کهنه‌ای بود که در خانه آن را از تن درمی‌آورد. بدون سلاح و پیراهن نظامی، شخصی بود معمولی. بی‌دفاع و پابرهنه. فردی خوش اخلاق و خوش برخورد که همسرش را دوست می‌داشت. تلویزیون را روشن کرد و روزنامه در دست روی زمین نشست.

عصمت به آشپزخانه رفت و سری به اجاق زد. سپس قنددان را پر کرد و دو فنجان چای ریخت. عازم اتاق نشیمن شد و سینی چای را جلوی همسرش گذاشت.

ناصر درخواست کرد: «می‌شه لطفا تلویزیون رو خاموش کنی؟»

«همین الان که روشنش کردی.»

روزنامه را به کنار گذاشت. «ترجیح می‌دم با تو حرف بزنم.»

تلویزیون را خاموش کرد و کنار شوهرش نشست. فنجان را به او داد.

«چه خبر؟ هنوزم بعضی وقتها حوصله‌ات سر می‌ره؟»

«خدا رو شکر. گله‌ای ندارم. روزها رو با کار خونه پر می‌کنم. کم کم دارم با همسایه‌ها آشنا می‌شم.»

«می‌تونیم بریم دیدن پدر مادرت. جمعه آینده ان شاء الله. نمی‌خوام احساس تنهایی کنی.»

«تنها نیستم. تو رو که دارم. راستی لباسهات رو اتو کردم. تو کمدن.»

دستش را روی دست زنش گذاشت. «دستت درد نکنه. چقدر من خوش شانسم که با تو عروسی کردم.»

عصمت لبخند زد که نگرانیش را پنهان کند. «واسه‌ات ناهار آوردم زندان، خوشت اومد؟»

«خیلی خوشمزه بود. عالی.»

«نوش جان.» فنجان را بلند کرد ولی ننوشید.

ناصر متوجه شد. «چی شده؟ مسئله‌ای هست؟»

«نه. مسئله‌ای نیست. جلو زندون، با یه پیرزنی آشنا شدم که دنبال پسرش می‌گشت.»

همسرش فنجان را روی سینی گذاشت. «عصمت، شاید بهتر باشه دیگه زندون نیای. الان که اوضاع همه جا قر و قاطیه. بهتره یه کم محتاط باشیم. ضد انقلاب دست به هر توطئه‌ای می‌زنه.»

«نگران نباش، ناصر جان. خدا بزرگه. ولی اگه صلاح نمی‌دونی نمیام. من که زن نافرمانی نیستم.» می‌بایست ناصر حس کند که مرد خانه است. حرف آخر را او باید می‌زد. به این ترتیب خیالش راحت می‌شد و احتمال اینکه با درخواست زنش موافقت کند بیشتر می‌شد.

ناصر معترضانه گفت: «نه، نه، نه! تو زن تحصیل کرده‌ای هستی. قرار نیست اسیر خونه و کار خونه بشی. زنهای امروزی که اختیارشون دست خودشونه. ولی مجبور نیستی غذا بیاری زندان. امن نیست.»

«باشه. من زودتر از خواب بیدار می‌شم که وقتی می‌ری سر کار، غذا آماده باشه. بتونی خودت ببری.»

«نه. چه کاریه؟ من می‌تونم اضافه مونده‌های توی یخچال رو ببرم. لازم نیست که هر روز سه وعده غذا بپزی.»

نفس عمیقی کشید و ادامه داد: «هر چی تو بگی. خلاصه پیرزنه دنبال پسرش می‌گشت. بیچاره قیافه‌اش اینقدر فرسوده شده بود. می‌گفت مدتهاست بچه‌اش دستگیر شده ولی خبری ازش نیست. هفته‌هاست که می‌گرده. ماه‌ها شاید.»

«وقتی بازداشتی زیر بازجوییه، اجازه ملاقات نداره. بهش بگو صبور باشه.»

«تو کارون نیست پسره؟ اسمش صالح مقدم هست. اما ولید صداش می‌کنن.»

ناصر رو به آن طرف کرد و جرعه‌ای چای نوشید.

عروس جوان گذاشت که آن سکوت ناآرام مدتی در فضا معلق بماند. شاید ناصر به حرف می‌آمد.

فنجانش را زمین گذاشت و به زنش رو کرد. «امشب خیلی قشنگ شدی.»

«چشمت قشنگ می‌بینه.» لحنش آزرده بود.

ناصر به دیوار تکیه داد و آهی کشید. «ناراحتت کردم.»

«پیرزن بیچاره مثل یه نوزاد گریه می‌کرد. دلم واسه‌اش کباب شد. پسرش مفقودالاثر شده. نوزده سالش بیشتر نیست. تازه اول زندگیشه.»

داماد دستی به ریشش کشید. «می‌شناسمش. خرابکاره. به اتهام منفجر کردن لوله‌های نفت بازداشت شده. حکمش اعدامه.»

جلوی دهانش را گرفت. «خاک به سرم. خدا رحمتش کنه.»

ناصر توضیح داد: «نه. زنده‌اس. قرار بود دو ماه پیش تیرباران بشه. ولی برادر پاسدار تیراندازی بلد نبود، به هدف نزد.»

زن جوان نفس راحتی کشید. «خواست خداست. یعنی گناهش بخشیده شده.»

او پرونده ولید را دیده بود و می‌دانست مدرک و شاهدی برای اثبات جرم وجود نداشته است. ولی دلیلی نداشت به ناصر می‌گفت. همین بسنده بود که این حسن تصادف را به عفو ملکوتی شبیه کند. ولی با احتیاط. باید شوهرش احساس می‌کرد که بر قضیه تسلط دارد. «ببخش ناصر. نمی‌خواستم تو کارت دخالت کنم.»

ناصر با عذرخواهی گفت: «خیلی نمی‌تونم از کارم حرف بزنم.»

عصمت به موافقت سر تکان داد و دستش را از روی پای همسرش برداشت. ولی نمی‌توانست اعتراض نکند. «اگه خدا زندگیشو نجات داده، پس باید آزادش کنن.»

پس از لحظه‌ای درنگ، همسرش ادامه داد: «شاید حق با تو باشه. مسئله اینجاست که...» سرش را خاراند. «دیوونه شده. مثل حیوون وحشی نعره می‌کشه. تمام زندونیا از دستش سرسام گرفتن. این جوری که نمی‌شه آزادش کرد. حتی تو زندون هم نمی‌شه مواظبش بود. جیغ و داد می‌کنه. مشت و لگد می‌زنه. حالش خوب نیست. باید رئیس زندان یا دادستان یا قاضی... یه کسی باید تکلیفشو روشن کنه. تا اون موقع هم ممنوع الملاقاته.»

عصمت همانطور که قول داده بود، اصرار کرد: «کاملا واضحه که خدا بخشیدتش. وگرنه چطور ممکنه که کسی از اعدام جان سالم به در ببره؟ اصلا معجزه‌اس.»

ناصر چیزی نگفت. سکوتش به معنای پایان گفتگو بود.

عروس جوان موضوع را عوض کرد. «وقتی رفتیم خونه مامانم اینا، چرخ خیاطیم رو از اونجا با خودم میارم. اگه رفتیم... جمعه دیگه.»

«حتما. سرگرمی بسیار خوبی هم هست. مجبور نمی‌شی دیگه با فکر زندون و زندونی خودتو ناراحت کنی.»

عصمت به هدفش نزدیکتر شده بود و از اوضاع پسر عرب اطلاع یافته بود. یواشکی لبخند زد.

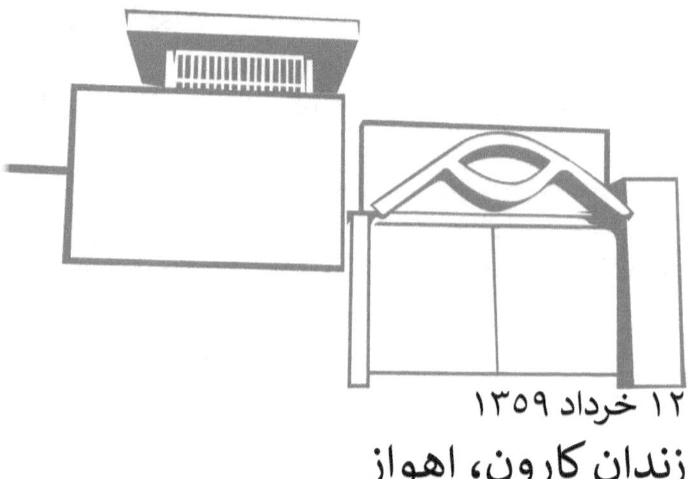

زندان کارون، اهواز

حسام با آشفتگی در طول اتاق ملاقات قدم می‌زد و به رفتار بازدیدکنندگان نظارت می‌کرد. زندانیان پشت یک پنجره شیشه‌ای بودند و با تلفن با خویشاوندان خود صحبت می‌کردند. به ساعت مچیش نگاه کرد. ساعت ۱۰:۲۵ بود. هنوز پنج ساعت و نیم دیگر باید به همین کار کسالت‌بار ادامه می‌داد. یاد گرفته بود که بدون اینکه با کسی بدرفتاری کند، برخورد خشکی با آنها داشته باشد تا هر کسی نخواهد قانعش کند که خویشاوند در بندش به اشتباه بازداشت شده و جرمی مرتکب نشده است.

با کمک سعید، فهرست ملاقاتیها را آماده کرده بود. منصور و یک مامور دیگر، زندانیان را به نوبت به سالن ملاقات می‌آوردند.

همین عمل بارها و بارها تکرار می‌شد و در عین حال فرصت دیدار پسر محبوب را از حسام می‌گرفت. کنار دیوار دست به سینه ایستاد و پایش را به آن تکیه داد.

هنوز با یاد چند روز پیش که دوستدارش را دیده بود، دلش شاد بود. لمس موهای

لطیف ساعد او و گرمی دستش. نفس عمیقی کشید و چشمانش را بست. در خیالش، بهرام دستش را به طرف خود می‌کشید و نوازشش می‌کرد.

صدایی او را از تصوراتش بیرون کشاند. «نه. خجالت نکش. شما یه چرتی بزن من تنهایی از پس همه کارها برمیام.» سعید مقابلش ایستاده بود.

با ترش‌رویی معذرت خواست.

«نابغه‌ای دیگه! چی کارت می‌شه کرد؟»

«وقت ملاقات هنوز تموم نشده؟»

«این قدر غر نزن. ول کن! ببین. یه مسئله‌ای پیش اومده.»

هنوز نشنیده، از بابت آن کلافه شد. «چی؟»

«یه پیرزنی اومده دیدن زندونی تو. بهرام. فامیلش هم یادم رفت.»

«مادرشه؟»

موهایش را از جلوی عینکش کنار زد. «می‌گه بچه یتیمه ولی خونه اون زندگی می‌کرده.»

حسام به فکر افتاد. «ولی اون که هنوز محاکمه نشده و زیر بازجوییه.»

«می‌دونم. ولی از راه دور اومده. از آبادان.»

باید وانمود می‌کرد که از محل سکونت مرد جوان بیخبر است، چرا که برای تحقیق در مورد آن، عملی انجام نداده بود. «آبادان؟»

همخانه‌اش مشکوک شد. «مگه تو مسئول پرونده‌اش نیستی؟»

«چرا. حتما گفته و من فراموش کردم. کار ما که یکی دو تا نیست. از کجا فهمیده اینجاست؟»

«قصه‌اش یه کمی عجیب غریبه. یادته حدود دو هفته پیش یه مردی اومده بود واسه عسل چشم تو پول آورده بود؟ یارو می‌گفت پدرخوانده بهرامه و تو اهواز زندگی می‌کنه. حالا این خانمه که از اون مسن‌تره، می‌گه مادرخوانده‌اشه و از آبادان اومده. رسید پول دست پیرزنه‌اس. چطور همچین چیزی ممکنه؟»

بهرام این ماجرا را برایش تعریف نکرده بود. «شاید طلاق گرفتن ولی هنوز خیلی... واسه حل مشکلات خانوادگی با هم همکاری می‌کنن!»

«مگه آلمانین اینقدر منظم و منطقی باشن؟»

حسام خنده‌اش گرفت. «آبادانیا خیلی مترقی و پیشرفته‌ان.»

لبخند شیطنت آمیزی روی چهره سعید ظاهر شد. «به به. اولین باریه جوک خنده‌دار می‌گی. ای والله. به هر حال، مزاح جناب عالی به درد این خانم نمی‌خوره. دلم می‌سوزه واسه‌اش. با این سن و سال تو این گرمای دیوونه کننده از آبادان اومده اینجا گل‌پسرش رو ببینه. گناه داره.»

آیا واقعا منظورش همان بود که حسام حدس می‌زد؟ می‌شد به او اجازه داد که بهرام را ملاقات کند؟ انجام این کار باعث می‌شد که اعتماد زندانی را به خود جلب کند.

ناگهان ناصر ظاهر شد و فریاد زد: «برادر حسام، بیا دفتر باهات کار دارم. برادر سعید مواظب اینجا هست.»

«بله قربان.» به دنبال افسر ارشدش به راه افتاد. سعید به علامت نهی سر تکان داد. ممکن نبود که در حضور ناصر بتوانند بر خلاف مقررات زندان، بهرام را به اتاق ملاقات ببرند.

ناصر پشت میز نشست. «تا حالا چند تا توبه نامه جمع کردی؟»

«آه... هنوز دارم روش کار می‌کنم.»

«یعنی استنطاق من درسته که هیچی توبه نامه از زندونیها نگرفتی؟»

حسام اخم کرد. منظور وی «استنباط» بود، نه «استنطاق». به روی خود نیاورد.

«متاسفانه... برداشت‌تون صحیحه. هنوز دارم روش کار می‌کنم، برادر.»

«روی توبه نامه نباید کار کنی. چه حرف ابلهانه‌ای! باید رو زندونیا کار کنی.»

پیش از آن هرگز چنین توهینی از رئیسش نشنیده بود. باید کوتاه می‌آمد تا خشم او فروبنشیند. «ببخشید قربان.»

«می‌تونی برادر صدام کنی.»

دست روی سینه‌اش گذاشت. «چشم.»

«با تشویق همراه با تنبیه، می‌تونی قانعشون کنی توبه کنن و برن پی کار و زندگیشون. مگه تا کی می‌تونیم این همه بازداشتی رو نگر داریم؟»

«حق با شماست.»

«تا هفته آینده باید از نصف زندونیهات توبه نامه بگیری.»

«ببخشید؟»

«بارها بهت گوشزد کردم که توانایی نگهداری این همه آدم رو نداریم. بیا ببین صف ملاقات تا کجا رسیده. نیروی کمکی هم که از تهران به زودی برمی‌گرده. باید کارتو جدی بگیری.»

حسام سر تکان داد.

«توبه که کردند، می‌ذاریم برن. اگه دوباره دست از پا خطا کنن، مدرک رسمی داریم که خودشون اعلام کردن که از دولت حمایت می‌کنن. اگه زیر قولشون بزنن، برای محاکمه بعدی مدرک داریم.»

انگار که بحث پایان گرفته بود. «چشم برادر. هر چی شما امر کنین.»

«می‌تونی بری.»

خبردار، آماده شد که برود.

«برادر حسام؟»

دوباره به او رو کرد.

«اون پسر سمجی که اولین بار با هم بازجوییش کردیم... بهرام. توبه کرده؟»

«نه هنوز، برادر ناصر.»

«کتکش بزن.»

«ببخشید؟» توقع آن را نداشت که ناصر او را به یاد داشته باشد.

«باید وادارش کنی امضاء کنه. اون هم از اون اوباشهای درجه یکه. باید اینقدر بزنی توی سرش، که سر خم کنه. اگه دستت خسته شد، منو صدا کن. با هم لت و پارش می‌کنیم.» ناصر دستش را مشت کرد.

نمی‌توانست چیزی بگوید. سر تکان داد.

«یه چیز دیگه.»

«در خدمتم.» صدایش گرفته بود. باید وانمود می‌کرد که با این دستور مشکلی ندارد.

«تو با برادر سعید و منصور زندگی می‌کنی.»

«بله با اجازه‌تون.»

«از برادر سعید الگو بگیر. در ایمان و دینداری نمونه عالییه. در فرنگ زندگی کردی، سنتهای ملی رو فراموش کردی. وقتشه که تدین و پاکدامنی رو دوباره یاد بگیری. یادت باشه که شرمی نداره که دوباره نماز خوندن یاد بگیری. از برادر سعید خواهش کن ببرت مسجد. نماز بخون. اینجا کشور اسلامیه.»

نمی‌دانست چه بگوید.

«مرخصی. می‌تونی بری.»

زمزمه کرد: «چشم.» اضطراب عجیبی به او دست داده بود. چرا ناصر آنقدر خشمگین بود؟

به سالن ملاقات بازگشت. در آنجا منصور به او خبر داد که سعید در مقابل در زندان منتظرش است. پس به آنجا مراجعه کرد.

«همه چی رو به راهه؟»

حسام به دروغ پاسخ داد: «آره.»

«خانمه نمی‌ره!»

حسام گیج شده بود. «کی؟»

«عمه‌ات! مادر بهرام کریمی دیگه. مادرخوانده‌اش. حالا هر کی که هست. می‌گه نمی‌ره تا وقتی با یه کسی حرف بزنه.»

«نمی‌شه بذاریم بهرام رو ببینه! ناصر الان اعصابش خیلی شیش در چهاره.»

«نه. اجازه ملاقات نمی‌تونیم بدیم. حد اقل یه آبی چیزی بهش بده. باهاش حرف بزن. یه کم آرومش کن. می‌ترسم زیر آفتاب اینجا از حال بره. پیره بیچاره.»

«می‌تونم بَرِش گردونم آبادان.» به این ترتیب می‌توانست در مورد بهرام اطلاعات به دست آورد و زمینه را برای رهاییش از زندان آماده کند. وقتی چهره ناخشنود سعید را مشاهده کرد، تصریح نمود: «بعد از اینکه وقت ملاقات تموم شد.»

«خیلی خب. یادت باشه اگه ناصر چیزی پرسید بگی داری به شدت روی پرونده

کار می‌کنی. به نظر میاد صبرش داره تموم می‌شه.»

چرا ناگهان همه به فکر بهرام بودند؟ حسام موافقت کرد و به اتاق ملاقات بازگشت.

پس از پایان وقت ملاقات، حسام سراغ بی‌بی رفت و کمکش کرد که سوار جیپ شود. در طول راه، بی‌بی مشغول پرسیدن همان سوالات قبلی شد: «چرا دستگیرش کردین؟ کاری که نکرده، نه. من بچه‌مو می‌شناسم. هیچ وقت بیخودی کسی رو کتک نزده. چاقوکش هم نیست.»

«کسی نگفته با چاقو به کسی حمله کرده. به جرم فعالیت سیاسی تو زندونه.»

«چه فعالیتی؟ خیلی وقت پیش، یه مجله‌ای چیزی خونده. همین. ولی من جلوشو گرفتم. عضو هیچ حزب و سازمانی هم نیست. این روزها همه جوونها مجله می‌خونن. مگه تو خودت نخوندی تا حالا؟ همه می‌خونن. جرم که نیست.»

«واسه چی اومده اهواز؟ شما که تو آبادان زندگی می‌کنین.»

«اومده دیدن پسر داییش. پسر برادر من، نصرت.»

حسام یاد مکالمه‌اش با بهرام افتاد. نوجوان اصرار کرده بود که برای یافتن کار به اهواز آمده است. دقیقا آن را به خاطر داشت چون گمان می‌کرد که اقتصاد آبادان از اهواز بهتر است. به علاوه، نصرت خود را پدرخوانده او معرفی کرده بود، نه داییش.

«چطور شد که به فرزندی قبولش کردین؟»

«والا چی بگم؟ یه شب جلو در ظاهر شد. چقدر هم ناز بود. حالا نگاه نکن که مرد شده، اون موقعی که بچه بود اصلا دل آدم رو می‌برد. با اون چشاش. الهی قربونش برم من. گفت جایی نداره بره. نمی‌تونستم بذارم تو خیابون ول بگرده.»

برای حسام این سوال پیش آمد که چند سال پیش بهرام به خانه‌اش آمده است، ولی بی‌بی بدون وقفه به داستان خود ادامه می‌داد.

«از همون موقع، بی‌بیش شدم. بچه‌های خودم مدتها بود بزرگ شده بودن و رفته بودن سر زندگی خودشون. بچه همیشه واسه آدم برکت و شادابی میاره. خودت پدر شدی می‌فهمی. گفت اگه بهش جا بدم، واسه‌ام کار می‌کنه. من که نمی‌ذاشتم به جای مدرسه بره سر کار. ولی به هر حال بعد از کلاس، کار می‌کرد. گفتم تو آخه از کجا اومدی؟ ماجرات چیه؟ عین مترسک به من زل می‌زد و از لام تا کام هیچی نمی‌گفت. اینقدر پرسیدم که زبونم مو در آورد. آخرش هم هیچی نگفت. منم دیگه اذیتش نکردم.»

«شما خیلی مهربون هستین.»

«ثروتمند که نیستم، نه. واسه مردم رخت شوری می‌کنم، خیاطی می‌کنم که به قول معروف امرار معاش کنم. اینجوری بود که بزرگش کردم.»

ناگهان توقف کرد و دور زد. «ببخشید. باید می‌پیچیدم. حواسم پرت بود.»

بی‌بی غر زد و گفت: «حواست نیست. این علائم راهنمایی رو نمی‌خونی، نه. به آبادان یه راه بیشتر نیست. خودم نشونت می‌دم. هر چی می‌خوای از بهرام برات می‌گم که بفهمی چه جور آدمیه. قانون‌شکن نیست. ولش کنین برگرده سر درس و مشقش.»

از روی احترام باید تعارف می‌کرد. «روی چشمم.»

بی‌بی تعریف کرد که چطور بهرام بعد از مدرسه در خانه آمریکاییهای کارمند شرکت نفت، چمن‌زنی می‌کرده و از همین راه در شرکت نفت شروع به کارگری کرده است. «از بچگی کار می‌کرد. تن پرور که نبود، نه. نمی‌ذاشت من لباساشو بشورم. گفتم بهرام جان، رخت شوری که کار مرد نیست. گفت بی‌بی، مردی که تو خونه کمک نکنه که به دردی نمی‌خوره. دیدم راست می‌گه. مگه نباید مرد به زن کمک کنه؟ اینها رو باید از بچگی به پسرها یاد داد. وگر نه بزرگ که شدن می‌شن کاهل و جاهل. من اگه از قبل این فکرها به مغزم می‌رسید که به پسرهای خودم هم یاد می‌دادم بیشتر کمک کنن. ولی اونها هم شکر خدا، زرنگ و زحمت کشن. بهرام از من باهوش‌تر بود. تو هم دیگه خیلی نذار تو زندون اذیت بشه. ولش کن دیگه. من ضمانت می‌کنم دیگه مجله نخونه.»

«نگران نباشید مادر. به زودی آزاد می‌شه.»

«آخ نفسم باز شد. حالا که قول دادی خیالمو راحت کردی. خدایا، صد هزار مرتبه شکرت.»

قول نداده بود که آزادش کند. هنوز امید داشت که زندانی هم به او علاقمند شود.

«باید تضمین کنی آزاری بهش نمی‌رسه.»

«کسی کارش نداره بی‌بی خانم.» در دل اعتراف کرد: «اذیتش که نمی‌کنم هیچی، کلی خاطرخواهش هم هستم.» با صدای بلند ادامه داد: «فقط باید پرونده‌اش روند معمولی رو طی بکنه.»

«خب کارتو انجام بده دیگه. این همه وقته که تو هلفدونی انداختین بچه مردم رو.»

حسام بهانه همیشگی را تکرار کرد. «باید ازش چند تا سوال دیگه بپرسیم.»

«خب بپرس. من که هستم. سوالهاتو بپرس و بذار بیاد خونه.»

«نگران نباشید. تا چشم به هم بذارین برگشته.»

«خدا عوضت بده. اجرت با خدا.»

حواسش را روی جاده جمع کرد: ۱۳۰ کیلومتر با خرمشهر فاصله بود و ۱٤۰ کیلومتر تا آبادان. روی علامت راه، زیر کلمه آبادان کسی نوشته بود: «برزیلته».

هرگز قبلا به آبادان نرفته بود. ولی داستانها در موردش شنیده بود. مرکز پیشرفت و توسعه ایران به حساب می‌آمد. شهری که در آن مردم جدیدترین لباسهای مد خارجی را می‌پوشیدند و با تازه‌ترین ترانه‌های اروپایی می‌رقصیدند. از استخرهای باشکوه شنیده بود و دیسکوتکهای مجلل. پایش را روی گاز فشرد که زودتر به شهر جادویی برسد.

آبادان

جاده اهواز – آبادان در جوار کارون می‌خزید. وقتی رود می‌چرخید و به خود می‌پیچید، جاده در امتداد یک خط ادامه پیدا می‌کرد و فاصله‌اش با رود کش و واکش می‌آمد. مثل دو دلدار که از اولین نگاه شیفته هم می‌شوند و همدیگر را در آغوش می‌گیرند. دمی از هم دور می‌شوند که باعث دلتنگی است و دوباره به هم می‌پیوندند. وقتی کارون دوباره از پنجره پیدا می‌شد، به حسام امید می‌داد. انگار نشانه‌ای بود از اینکه بهرام دل به او خواهد بست.

به پیشنهاد بی‌بی رادیو را روشن کرده بود و از حسن تصادف ترانه «رودخونه‌ها» با صدای رامش پخش می‌شد. معلوم شد که هر دو رامش را دوست دارند. بی‌بی از او خواست که صدای رادیو را بلند کند و به گوش نشست. گرچه راننده جوان دوست داشت بیشتر از زندگی یارش مطلع شود، ولی این زنگ تفریح دلپذیری بود.

می‌خواست ببیند که محبوبش کجا زندگی می‌کند. اوقات فراغت خود را چگونه

می‌گذراند و شبهایش را چطور سپری می‌کند. دوست داشت که از این طریق بیشتر به او نزدیک شود.

در دور دست، یک قایق کوچک ماهیگیری و تعدادی نخل سرافراز دیده می‌شد. از پل قدیم عبور کرد و به مرز شرقی خرمشهر رسید.

به آرامی سرعتش را کم کرد که مناظر را بهتر ببیند. رود کارون به دو شاخه منشعب گردید و از آن نهر بهمنشیر تولد یافت. همین طور که به آبادان نزدیکتر می‌شدند، به فاصله دو رودخانه افزوده می‌شد و انواع بیشتری درخت و بوته به چشم می‌خورد. به همین علت، رنگهای سبزی که دیده می‌شد متنوع‌تر بود. خودروهای بیشتری در جاده وجود داشت. بامو و شورلت. حتی پیکانهای آبادان هم که از آنهایی که در خیابانهای اهواز رفت و آمد داشتند، جدیدتر و تمیزتر بودند. کنار جاده، علامتی به سمت یک دامداری و رستوران ناز اشاره می‌کرد. وقتی علامت رستوران را دید، سرعتش را باز هم کم کرد. گرسنه بود. اتومبیل بنزی که سقفش را جمع کرده بود و با سرعت زیاد به سمت آنها می‌آمد، بوق بلندی زد و او را غافلگیر کرد.

بی‌بی توصیه کرد: «یه هویی ترمز نکن. تصادف می‌کنی.»

از فلکه‌ای رد شد. جاده دیگری به سمت فرودگاه، باشگاه سوارکاران و زمین گلف می‌رفت. توقع آن همه تجملات غربی را نداشت. بی‌اشتیاق ولی به ناچار به سرعتش افزود. جاده تازه آسفالت شده از اتومبیلها پذیرایی می‌کرد. به ذهنش آمد که با بنزی که رد شده بود، مسابقه دهد. جیپ به همان خوبی بنز بود. شاید بهتر.

بی‌بی دوباره ایراد گرفت: «حسام جان، من خودم پیرم. واسه مردن به کمک احتیاج ندارم. سرعتتو کم کن یه ذره. مسابقه اسب سواری که نیست.»

به تعداد زیاد خودروها در جاده افزوده شد و خیلی زود با ترافیک مواجه شدند. از مقابل چند هتل رد شد. اولینشان هتل کاروانسرا بود که اسمش لبخندی بر لب حسام آورد. دوست داشت شب را در آبادان سپری کند، ولی از زیبایی هتل پیدا بود که قیمتش زیاد است.

بی‌بی توضیح داد: «اسم این منطقه هست بریم. کارمندهای شرکت نفت اینجا زندگی می‌کنن. هر چی بخوای اینجا هست. از شیر مرغ تا جون آدمیزاد. زمین فوتبال دارن. استخرهای آنچنانی دارن. توی کلوپهای اینجا، بهترین خواننده‌ها برنامه اجرا می‌کنن. رامش اومده بود. من خیلی دوست داشتم ببینمش. قسمت نبود. اما بهرام من یه روزی همین جا زندگی می‌کنه. پسر زحمت کشیه. زرنگه. قبلا فکر می‌کردم این یه آرزو بیشتر نیست. ولی بعدا حالیم شد که بهرام می‌تونه این آرزو رو برآورده کنه.»

خانه‌های زیبایی به چشم می‌خوردند. جلوی آنها حیاطی از چمن وجود داشت که بینشان پرچینهایی بود متشکل از بوته‌های سبز که با دقت هرس شده بودند. در میان رنگ سبز آنها، گلهای کاغذی سرخ و صورتی توجه را به خود جلب می‌کردند. گیاهان دیگری هم بودند که حسام قبلا ندیده بود. حتی در اهواز که آب و هوای مشابهی داشت.

بی‌بی گفت: «هوا که خوب باشه، زن و مرد میان جلو خونه‌هاشون آفتاب می‌گیرن. خدا قوتشون بده. من که خجالت می‌کشم لخت و پتی بیام دراز بکشم جلوی در. یکی از همین مردها کمک کرد بهرام تو شرکت نفت کار پیدا کنه.»

سمت راست، محل توقف کشتیهای کوچک بود که بادبانشان از خیابان دیده می‌شد. بوی شن خیس می‌آمد.

سپس از پالایشگاه رد شدند. لوله‌ها و دودکشهای عظیم سفید و قرمز که بازدم خاکستریشان در آسمان اوج می‌گرفت. مکان زیبایی نبود ولی بودجه زیباسازی شهر را فراهم می‌کرد.

وقتی به دوراهی رسیدند، بی‌بی راهنمایی کرد که به سمت چپ بپیچد. در وسط شهر بودند و رودخانه دیگر دیده نمی‌شد. رودی که حتی اسمش موجب مشاجره شده بود: اروند رود یا شط العرب. حسام قبلا همانند دیگر فارسها آن را اروند رود می‌نامید. ولی تصمیم گرفت منتظر بماند و ببیند بی‌بی آن را چطور می‌خواند.

در همین اندیشه بود که جیپ تکان خورد. از روی چاله کوچکی در خیابان رد شده بودند.

بی‌بی اعلام کرد: «از اینجا به بعد باید مواظب باشی. داریم به منطقه کارگرها نزدیک می‌شیم.»

پس از پشت سر گذاشتن پارک شهر که آن طرفش کلیسایی قرار داشت، چهره شهر، مثل چاله و چوله خیابان، چین خورد و اخم کرد. حسام باید بااحتیاط از کنار حفره‌های آسفالت رد می‌شد. پرچینها جایشان را به دیوارهای آجری و درهای فلزی دادند. خیابانها نه اسم، بلکه شماره داشتند. انگار کسی خلاقیت آن را نداشت که رویشان اسم بگذارد. اینجا احمدآباد بود. پس از چندی، بی‌بی گفت که جلوی خانه‌ای پارک کند.

«دستت درد نکنه پسرم. اجرت با خدا. من که دیگه قوت نداشتم سوار اتوبوس بشم.»

«خواهش می‌کنم. متاسفم که بهرام رو ندیدین.»

«از تو فقط یه چیز می‌خوام. بذار بیاد بیرون. قول دادی. آدم باید رو حرفش بمونه.»

«بی‌بی خانم، من...»

اجازه نداد حرفش تمام شود: «با اسلحه و تفنگ نیست که احترام مردم رو به دست میارن. باید امین باشی و متین.»

«حق با شماست بی‌بی خانم.»

بی‌بی پیاده شد. حسام مشتاق بود ببیند یارش در کجا زندگی می‌کند ولی نمی‌خواست مزاحمت ایجاد کند. «خیلی خوشحالم باهاتون آشنا شدم. با اجازه برگردم که قبل از اینکه خیلی تاریک بشه برسم به اهواز.»

«چی می‌گی؟ الان دو ساعته که داری رانندگی می‌کنی. باید استراحت کنی. شب همین جا بمون. اتاق بهرام خالیه.»

حسام مشتاق این بود که در تخت معشوقش بخوابد.

«چرا وایستادی؟ از من که نمی‌ترسی، نه!»

«خواهش می‌کنم. مطمئنین مزاحم نمی‌شم؟»

«مزاحم چی؟ برو از در و همسایه‌ها هر چی می‌خوای بپرس که بهرام منو ول کنی برگرده بیاد خونه. بیا تو.» بی‌بی در را باز کرد. وارد حیاط کوچکی شدند که موزاییک شده بود. جلوی در خانه، گلدانهای شمعدانی و مریم وجود داشت. حسام پوتینهایش را درآورد.

«بیا تو. بفرما. اتاق بهرام همین جاست.»

به دنبال بی‌بی به آنجا رفت. در آن تخت خواب و میز تحریر و صندلی وجود داشت. پوستری روی دیوار بود که زیرش نوشته شده بود «موزه آبادان.» ساختمان زیبایی بود. عکس داریوش اقبالی روی دیوار بود و کنار آن، عکسی از بهرام در وسط دو پسر نوجوان دیگر. یکی از آنها پوست تیره‌ای داشت و موهای فرفری قشنگی. آن طرف، دست بهرام دور کمر دوستش بود که چفیه به سر داشت. چهره یارش جوانتر می‌نمود یعنی که عکس مدتی پیش گرفته شده بود. هر سه نفر مثل مانکن‌های مرد ایتالیایی زیبا بودند.

لیوان آب به دست، بی‌بی وارد اتاق شد. «دوستاشن. همه پسرهای خوبین. هیچ چیز خلافی اینجا پیدا نمی‌کنی. ببین.» در کمد را گشود. «لباسه. سلاح و نارنجک نیست.»

«مرسی بی‌بی خانم. احتیاجی نیست تو لباسهاش بگردم.»

«مگه نیومدی تحقیق کنی؟»

حسام از مهمانداری او خجالت کشید. «شرمنده‌ام. نمی‌خوام مزاحم بشم. زحمتو کم می‌کنم.»

«اصلا و ابدا چنین کاری نمی‌کنی. واسه‌ات شام درست می‌کنم، ولی قبلش باید یه کاری رو تموم کنم. تو تحقیقت رو بکن. اگه چیزی لازم داشتی بگو.»

«چشم.»

بی‌بی از اتاق خارج شد. حسام روی تخت خواب نشست. وسوسه شد ملافه را بو کند. ولی نکرد. چفیه‌ای روی صندلی پشت میز دیده می‌شد. درست شکل چفیه توی عکس. آن را بلند کرد و دید که دور چند مجله پیچیده شده بود.

از دیدن نشریه‌ها خشکش زد. تمام تنش پوست مرغی شد. نشریه‌ها چیزی نبود جز نشریه سازمان پیکار در راه آزادی طبقه کارگر. افراطی‌ترین سازمان سیاسی که مخالف جمهوری اسلامی بود و در جنگ کردستان علیه نیروهای انتظامی فعالیت داشت. حسام دکمه یقه‌اش را باز کرد تا بتواند بهتر نفس بکشد.

وقتی از رم به ایران آمده بود، قصد داشت که به سپاه پاسداران بپیوندد و به جنگ کردستان اعزام شود. ولی بهرام، پسر زیبا و شیرینی که در قلبش جای گرفته بود، وقتش را با خواندن تبلیغات سیاسی پیکاریها می‌گذراند.

پس توجیه ناهماهنگی‌های قصه‌اش همین بود: کل داستان دروغ بود. گفته بود که برای پیدا کردن کار به اهواز آمده بود، در حالی که بی‌بی اظهار داشت دلیل سفرش، دیدار پسر داییش بود. می‌گفت که در برابر شهرداری به اتهام مشکوک بودن دستگیر شده است. درست بعد از اینکه میان دانشجوهای چپگرا و پاسداران در محوطه دانشگاه درگیری پیش آمده بود. دانشجویانی که خلاف دستور دولت بنا بر تخلیه دانشگاه‌ها از دفترهای سازمانهای مخالف، عمل کرده بودند. طبق شواهد موجود، بهرام هوادار سازمان پیکار بود و به همکاران حسام حمله کرده بود.

پاسدار جوان لیوان آب را برداشت و فهمید که دستش می‌لرزد. بقیه آب را خورد و به این اندیشه افتاد که اگر در جبهه کردستان با بهرام روبرو می‌شد، به هم شلیک می‌کردند. چرا زندانی باید از تجزیه‌طلبان کرد پشتیبانی می‌کرد؟ این عین خیانت بود. چه دلیلی برای یورش به سپاهیان در دانشگاه وجود داشت؟ بهرام حتی به سن دانشجویی هم نرسیده بود.

به پتویی که رویش نشسته بود مشت می‌زد. زمانی که او شبهای بی‌خوابی را با تفکر به پسرک اسیر به صبح می‌رساند، بهرام تنها فریب و نیرنگ تحویلش می‌داده است. یک لحظه آرزو کرد که زندانی اینجا بود تا رفتارش را توجیه کند. ولی مگر توضیحی وجود داشت که گناهش را برطرف کند؟ حسام نمی‌توانست او را ببخشد.

از شدت عصبانیت، نفسش بند آمده بود. از خانه خارج شد و به حیاط رفت. در هوای باز، بهتر می‌توانست نفس بکشد. سعی کرد خودش را آرام کند و منطقی به موضوع بیندیشد. عاشق فرد دروغگویی شده بود که دشمن به حساب می‌آمد. بهرام یک زندانی سیاسی مخالف نظام بود که تنها برای آزادی از زندان، از مهر و محبت وی سوء استفاده می‌کرد. سزاوار کشیده‌ای بود که حسام فکر می‌کرد اشتباهی به صورتش زده بود.

مرد جوان دچار احساسات ضد و نقیض شده بود: شرم و خشم و دلشکستگی. کاملا سر در گم شده بود.

چه کار باید می‌کرد؟ باید نشریه پیکار را به ناصر نشان می‌داد؟ خواندن آن جرم شناخته نمی‌شد. یا می‌شد؟ پیکاری‌ها همراه شورشی‌های کرد علیه ارتش و سپاه اسلحه به دست گرفته بودند. یعنی اگر برای حمایت از آنها کاری انجام داده بود، باغی و محارب به حساب می‌آمد. به علاوه، بهرام سوسیالیست بود. باور مذهبی نداشت. همین کافی بود که کافر نامیده شود. برچسبی که می‌توانست به قیمت جانش تمام شود. باید در زندان می‌ماند تا وقتی که توبه نامه را امضا کند. ولی حتی اگر عشق بین حسام و بهرام دوجانبه نبود، آیا حسام حاضر بود جان بهرام را به خطر بیندازد؟

کمرش ضعیف شده بود و تحمل وزنش را نداشت.

شاید باید مطلب را با سعید در میان می‌گذاشت. حتما او می‌دانست چه کار باید کرد. این سعید بود که پیشنهاد کرده بود که بی‌بی را ملاقات کند. همخانه تبریزی سرش به کارش بود ولی در عین حال انسانیتش را فدای شغلش نمی‌کرد.

امیدوار بود که بی‌بی ناگهان در حیاط پیدایش نشود. نباید در چنین وضعیتی حسام را می‌دید. باید خودش را آرام می‌کرد. با نفس عمیق، هوای داغ آبادان را وارد ریه‌اش کرد و متوجه شد که نشریه‌ها را هنوز در دست دارد. چشمش به اولین تیتر افتاد: **«کشتار و سرکوب زحمتکشان، قسمتی از برنامه هیئت حاکمه.»** به نشریه دیگری نگاه کرد: **«قتل عام روستای قه‌لاتان به وسیله ارتش و پاسداران.»** زیر لب غرولند کرد: «چه مقاله مزخرفی که به عنوان خبر به خورد جوونهای ملت می‌دن. سر تا پا جفنگه.» نشریه‌ها را با عصبانیت در چفیه پیچید.

صدای مردانه‌ای از پشت در بلند شد: «بی‌بی خانم؟ مجید هستم. بهرامو پیدا کردین؟»

حسام در را باز کرد.

مجید با خشونت پرسید: «تو دیگه کی هستی؟ اینجا چی کار می‌کنی؟»

بلافاصله پسر سیاه پوستی را که عکسش روی دیوار اتاق خواب بهرام بود، شناخت. باید از او اطلاعات می‌گرفت.

مجید پرسید: «پاسداری؟» لباس یونیفورم او را تشخیص داده بود.

«چقدر داد می‌زنی! خودی‌ام.»

«خودی یعنی چی؟»

با احتیاط زمزمه کرد: «یعنی سوسیالیست.»

«بی‌بی کجاست؟» مجید سینه سپر کرده بود و به طرف حسام قدم برمی‌داشت و او به اجبار به عقب می‌رفت.

«داخله. شرایط اضطراری که نیست. آروم بگیر.»

«تو کی هستی؟ چی می‌خوای؟»

«صداتو بیار پایین لطفا. اسمم حسامه. دوست بهرامم. اومدم بهش کمک کنم.»

«کمک؟ چطوری؟»

«باید هر چی سند و مدرک علیه‌اش هست، پیدا کنم...»

همین طور که مجید به طرف او می‌آمد، حسام به عقب می‌رفت تا اینکه پشتش به دیوار خورد.

دروغی ادامه داد: «و از بین ببرم.»

«نمی‌فهمم منظورت چیه. چه سندی؟ بهرام که کاری نکرده.»

حسام دسته مجلات را به مجید نشان داد. «خودی‌ام.»

«پیکاری هستی؟ چرت نگو. من تا حالا اسمتو نشنیدم.» مجید دهانش باز ماند.

خودش را لو داده بود.

«نترس. گفتم که. دوستم. نه دشمن.»

«پس چرا لباس پاسدار تنته؟»

فی البداهه داستانی سر هم کرد. «سازمان به کسی احتیاج داره که از درون کار کنه. سرم به کار خودم بود که با بهرام آشنا شدم. اگه پاسدارها بفهمن پیکاریه، می‌گن کافره و اعدامش می‌کنن.»

«از کجا بدونم می‌شه بهت اعتماد کرد؟»

پاسدار لحظه‌ای درنگ کرد و بعد مجله‌ها را به مجید داد. «بیا. این نشریه‌ها رو تو اتاقش پیدا کردم. تو ببر و سر به نیستشون کن. جای تعجبه که اینها را تا حالا نبردی. مگه دوستش نیستی؟»

مجید جواب نداد.

حسام حدس می‌زد که مجید رابط بهرام با سازمان پیکار باشد. از خود پرسید که آیا باید او را هم بازداشت می‌کرد. بی‌درنگ تصمیم گرفت که نباید این کار را می‌کرد. تا همینجا هم به اندازه کافی مشکل داشت. دلیلی نداشت مشکل تازه‌ای به آن اضافه کند.

«از زندگی شخصیش، کسی چیزی می‌دونه؟»

مجید سر تا پای او را نظاره کرد. «منظور؟»

«شواهدی هست که بشه از اونها علیه‌اش استفاده کرد؟»

«چی مثلا؟»

حسام یقین داشت که مجید بیهوده خودش را به آن راه می‌زند. «فکر کنم یه... گرایشهای به خصوصی داره!»

مخاطبش به طرف او یورش آورد و به دیوار چسباندش. آرنجش را روی قفسه سینه مامور زندان می‌فشرد. به در حیاط و در خانه نگاه کرد که اطمینان حاصل کند کسی آنها را زیر نظر ندارد. «دهنتو ببند! مگه مغز خر خوردی؟»

به سختی نفس کشید و پاسخ داد: «چقدر قلدری می‌کنی! باید محتاط باشم. اگه کسی چیزی می‌دونه، باید مطمئن بشیم چیزی نمی‌گه.»

«من نمی‌دونم تو از پشت کدوم کوهی اومدی! ولی جوش نزن. کسی چیزی نمی‌گه. یه بار یه پسری گستاخی کرد و بهرام اونقدر کتکش زد که نزدیک بود از حال بره.»

با حالت تمنا گفت: «باشه. ولی دلیلی نیست منو خفه کنی. من که دشمنت نیستم.»

مجید آرنجش را بلند کرد. «ولی قیافه‌ات به دوست هم نمی‌خوره.»

حسام لباسش را صاف کرد. «مگه غیر از اینه که من مدارک رو دادم دست نابود کنی؟»

«نترس. کسی چیزی نمی‌گه.»

«گفتی بهرام کسی رو حسابی لت و پار کرده؟»

«یعنی یه کم گوشمالیش داد که یارو زبون درازی نکنه.»

«تا حد بیهوشی؟»

مجید به او زل زد و ساکت ماند.

«پس... دوستش چی؟» تیری در تاریکی بود ولی می‌خواست از روابط شخصی بهرام مطلع شود.

مجید انگشت اشاره‌اش را روی لب گذاشت و خط قرمز را معین کرد. «دوستش از کشور خارج شده. بقیه‌شون هم... باید به فکر احترام و آبروی خودشون باشن. کسی چیزی نمی‌گه!»

حسام دوست داشت بپرسد که مگر چند نفر در کار هستند، ولی نمی‌شد چنین سوالی کرد. احساسات خودش را لو می‌داد. نمی‌بایست مجید را بیش از این نسبت به خودش بدگمان کند. «شاهدی هم هست؟ کسی که... شرکت نداشته ولی... خبر داره.»

«پیداست حالت خوب نیست با این سوال‌هات. فکر می‌کنی کسی واسه این کار تماشاچی جمع می‌کنه؟»

با پرخاشگری اعتراض کرد: «پس تو چرا از همه چی خبر داری؟»

«سال‌هاست که ما با هم رفیقیم. اگه کسی نیست علیه‌اش شهادت بده واسه اینه که من سال‌هاست هواشو دارم.»

«چی شد که دوستش از ایران رفت؟»

«دیگه داری کلافه‌ام می‌کنی.»

«من که نشریه‌ها رو دادم بهت. هویت اصلیم رو هم که لو دادم. دیگه از من چی می‌خوای؟»

مجید دست در جیبش کرد و پاکت سیگاری در آورد. «این چه ماموریتیه که واسه‌اش نفوذ کردی تو سپاه؟»

اگر کسی در اهواز از این داستان آگاهی می‌یافت، برای حسام بسیار مشکل آفرین می‌شد. «نمی‌تونم بهت بگم.»

«هر کاری هست، باید زود تمومش کنی تا پاکسازی نشدی.» مجید دود سیگار را به صورت حسام دمید. «دوستش داری؟»

حسام آب دهانش را قورت داد.

لبخند زد. «حدس می‌زدم. ما سال‌هاست دوستیم. دیگه می‌تونم تشخیص بدم کی خاطرخواه شده. ولی من و اون فقط دوستیم. من تو کلی دردسر افتادم که محفوظ نگهش دارم. زیادی بعضی وقتها کله شقی می‌کنه. بیش از حد نترسه. حتی در شرایطی که باید بترسه.»

حسام بدون اینکه فکر کند، جواب داد: «من ازش مراقبت می‌کنم.» ناخودآگاه و از صمیم قلب این حرف را زد، به طوری که خودش غافلگیر شد. پس از چند لحظه مکث، افزود: «فقط باید توبه نامه امضا کنه.»

مجید چشم غره رفت. «هرگز چنین کاری نمی‌کنه.»

«راه چاره‌ای نیست.»

«تو که گفتی خودی هستی. چی شد؟ واسه چی می‌خوای وادارش کنی همچین چرندیاتی به هم ببافه؟»

«واسه اینکه بدون اون، کسی رو آزاد نمی‌کنن.»

«اگه چیزی امضا کنه، احتمال داره در آینده از اون به عنوان مدرک علیه‌اش استفاده کنن.»

«خب باید بفهمه تا چه حد در خطره. خودت الان گفتی که بیش از حد شجاعت به خرج می‌ده. اگه دوباره دستگیر بشه، شاید دیگه کاری از دست من برنیاد.» گرچه دروغ‌های بهرام آزرده‌اش کرده بود، ولی هنوز هوای او را در دل داشت.

بی‌بی به حیاط آمد: «مجید جان، دیدی کی منو رسونده خونه؟»

«سلام بی‌بی خانم. پس دل به دریا زدین و رفتین اهواز.»

«بله. بازجویش رو هم پیدا کردم. قول داده که بهرام رو به زودی آزاد کنه.»

مجید با لحن کنایه آمیزی جواب داد: «شنیده‌ام.»

«مجید جان. این چیه تو دستت؟ نوشته سیاسی دیگه نیاری تو این خونه! مگه به اندازه کافی گرفتار نشدیم؟ دیونه‌ام کردی تو با این کارات.»

«رفیق حسام اومده که هر چی مدرک علیه بهرام هست سر به نیست کنه.»

حسام یواشکی به او اشاره کرد که ساکت شود. مدت‌ها بود کسی رفیق صدایش نکرده بود. از آن لقب خوشش می‌آمد. حتی اگر بر سر مسائل ایدئولوژیکی با هم اختلافات زیادی داشتند. اومبرتو هم وقتی سر به سرش می‌گذاشت، همینطور صدایش می‌کرد. بی‌ریایی جوان پیکاری و عزم راسخش برای مواظبت از بهرام، به دل حسام نشسته بود. ای کاش در شرایط دیگری همدیگر را ملاقات می‌کردند.

بی‌بی رو به حسام کرد. «راست می‌گه؟ پس چرا به من نگفتی؟»

برای اینکه تنها قصه‌ای بود که اعتماد مجید را به خود جلب کند. حسام از اینکه به هر دوی آنها دروغ گفته بود، خجالت می‌کشید. پس باید همانطور که گفته بود رفتار می‌کرد. بهرام باید آزاد می‌شد و به خانه‌اش برمی‌گشت. چه حسام را دوست می‌داشت، چه نه.

بی‌بی با آغوش باز به سمت وی قدم برداشت و رشته افکارش را از هم گسیخت. «الهی پیر شی که اینقدر خوشحالم کردی. اجرت با خدا. چقدر دعا کردم که بچه‌ام سالم برگرده. فدات شم که مژده آوردی.» گونه‌های حسام را در دست گرفت و رویش را بوسید. «تو هم مثل پسرم می‌مونی. باید زودتر بهم می‌گفتی. قلبم داشت از کار می‌افتاد. من که دیگه جوون نیستم، نه. این همه نگرانی واسه‌ام خوب نیست.»

مجید لبخند زد و به سیگار کشیدنش ادامه داد.

«خدایا، جوونهای امروزی رو باش. مثل ماهی دودی، سیگار می‌کشن. خدا به من

صبر بده که شماها دیوونه‌ام نکنین. ولی خب خدا رو شکر. امروز یه مشکلمون حل شد. فردا می‌ریم سراغ مشکل بعدی. باید واسه همه‌تون زن پیدا کنم. اگه زن و بچه داشتین تو این همه دردسر گیر نمی‌کردین. سه تا دختر خوب و خوشگل. شاید خواهر باشن که شما سه تا رو سر عقل بیارن.»

«بی‌بی خانم، شما اجازه بدین ما واسه آرامش خاطر، یه سیگاری بکشیم. واسه زن پیدا کردن فعلا عجله‌ای نیست.»

«زود هم نیست، نه. روزگار که وای نمی‌ایسته. من هم آرزو به دل موندم که تا زنده‌ام بچه‌های تو و بهرام رو ببینم. زن و بچه به زندگی معنی می‌ده. که دیگه نیای تو حیاط همسایه، واستی سیگار به لب و جفنگ نامه به دست.» بی‌بی از حرف خودش خنده‌اش گرفت.

«چشم بی‌بی خانم. می‌برمشون.» مجید به طرف در حیاط رفت. بعد به حسام رو کرد: «تو هم میای؟»

حسام به بی‌بی نگاه کرد.

«برو پسرم. برو. من یه کاری دارم که باید تمومش کنم. هر دو تون واسه شام برمی‌گردینا!»

حسام تعارف کرد: «نه. زحمت نمی‌دیم.»

«واسه شام منتظرم. جر و بحثی هم در کار نیست.»

مجید دست روی سینه‌اش گذاشت: «چشم بی‌بی خانم.»

حسام هم تکرار کرد. «چشم بی‌بی خانم.» پوتین‌هایش را از دم در برداشت و به پا کرد.

«برو. دست خدا.»

هر دو خارج شدند و مجید در را پشت سرشان بست.

حسام پرسید: «کجا می‌ریم؟»

«اولین باره اومدی آبادان؟»

سر تکان داد.

«بریم لب آب. اگه شانس بیاریم قبل از غروب می‌رسیم. امیدوارم کسی منو با تو نبینه، با این یونیفورمت.»

حسام به شوخی گفت: «شما به بزرگی خودت ببخش.»

«شماره جدید پیکار رو دیدی؟»

به علامت منفی سر تکان داد.

«چه جوری می‌خوای ماموریتت رو انجام بدی بدون اینکه بدونی برادرهای پاسدارت چی کار می‌کنن؟»

«مگه چی کار می‌کنن؟»

مجید نفس عمیقی کشید. «حالا بیا و درستش کن. خبر نداری تو شهرداری اهواز

چه جنایتی کردن؟ باید ببینی که اگه به جز بهرام، رفیق دیگه‌ای هم بازداشت شده، آزادشون کنی.»

حسام از ماجرای شهرداری چیزی نمی‌دانست. اگر سازمان پیکار منبعِ خبر باشد، احتمالا حقیقت ندارد.

«همین جا صبر کن. الان واسه‌ات میارم.» مجید به سمت یکی از خانه‌ها رفت و وارد آن شد. مدتی بعد، در حالی که عینک ری‌بن به چشم داشت، برگشت. نسخه دیگری از نشریه پیکار را در چفیه پیچیده بود که به حسام داد.

«مرسی. بعدا می‌خونم که حضور ذهن داشته باشم.» آن را به داخل ماشین انداخت، ناراحت از آنکه دوباره صاحب آن مجله شده بود. «تیپ کردی، داداش.»

مجید با لبخند جواب داد: «چی کار کنیم دیگه؟ خوش تیپ درستمون کردن!»

صمیمیت مجید و تلاشش برای محافظت از بهرام، برای حسام تحسین برانگیز بود.

«چقدر ناشیانه کار می‌کنی. شانس آوردی تا حالا اخراجت نکرده‌اند.» مجید چفیه را از روی صندلی کنار راننده برداشت و زیر آن پنهانش کرد. سپس نشست.

در راه، از ناحیه بورده عبور کردند. وقتی به ساحل رودخانه رسیدند، مردم برای دیدن غروب آفتاب جمع شده بودند. کاش حسام می‌توانست دست بهرام را در دست بگیرد و همراه او به تماشای آن منظره بنشیند.

می‌توانستند با هم از راه ماهیگیری امرار معاش کنند. دوست هم باشند و از مشکلات سیاسی و انقلابی دوری جویند.

مردی روی کلک، در رودخانه دیده می‌شد.

مجید توضیح داد: «قبل از انقلاب، مردم به راحتی بین ایران و عراق رفت و آمد می‌کردن. ولی دیگه اینطور نیست. برادرهای پاسدارت دائما به هر کی از اینجا رد بشه، گیر می‌دن.»

دو سرباز مسلح از کنارشان رد شدند.

چیزی توجه مجید را جلب نمود. حسام را به سمت یک دست فروش راهنمایی کرد. «تا حالا سمبوسه واقعی خوردی؟ غذای مورد علاقه بهرامه.»

مجید دو سمبوسه خرید و گفت که باید به آن سس فلفل قرمز بزند. از آنچه حسام انتظار داشت، تندتر بود. دهانش سوخت. مجید یک بطری کوکاکولا به او داد.

کسی داد زد: «ایست!»

حسام به اطراف نگاه کرد. دو پاسدار، اسلحه‌شان را به طرف مرد روی کلک، گرفته بودند. او مطیعانه به طرف مرز عراق بازگشت.

مجید یادآوری کرد: «بهت گفتم. دیگه امن نیست بخوای از مرز رد بشی. شاید بهتره از اینجا بریم.»

حسام موافق بود.

صبح روز بعد، حسام از خواب بیدار شد و لباس پوشید. همانطور که آماده بازگشت به اهواز می‌شد، سنگینی مشکلاتی را که با آن مواجه بود روی دوشش احساس می‌کرد. این سفر به آبادان مانند یک روز تعطیلات و دوری از زندگی روزمره بود. با بهترین دوست بهرام آشنا شده بود، غذای مورد علاقه‌اش را چشیده بود و شب را در اتاق او گذرانده بود. ولی اکنون هنگام بازگشت به دنیای واقعی بود. دنیای واقعی زندانی و زندانبان. کسی که دوستش می‌داشت فریبش داده بود. حسام زیر دست رئیسی کار می‌کرد که اصرار داشت با محبوبش بدرفتاری کند. جوانی که طرز فکرش کاملا متضاد حسام بود.

با او چگونه باید رفتار می‌کرد؟ اگر اعتمادی به یکدیگر نداشتند، آیا ممکن بود جایی برای دلبستگی بینشان باشد؟ یا اینکه حماقت بود که به خاطر پسر مخالف نظام، حرفه و مقام خود را به خطر بیندازد؟ آیا می‌توانست کسی را که از تجزیه‌طلبی کردستان

حمایت می‌کرد، دوست بدارد؟ اگر در کردستان با هم رو در رو می‌شدند، دشمن می‌بودند. در آبادان، می‌توانستند یار و یاور هم شوند. ولی در اهواز، هر دو به نحوی اسیر بودند.

چه زندگی ضد و نقیضی داشت! پاسدار آتئیست و توده‌ای و حامی جمهوری اسلامی که مسئولیت بازجویی از یک نوجوان سوسیالیت و مخالف را به عهده داشت. نوجوانی که فرزندخوانده پیرزنی بود که هر دوی آنها به طبقه کارگر تعلق داشتند. قشری از اجتماع که تمام سازمانهای انقلابی می‌خواستند از ایشان دفاع کنند. ولی مدتی پس از سقوط رژیم شاهنشاهی، سازمانهای متعدد علیه یکدیگر دست به کار شده بودند و اکنون تنها وجه مشترکشان این بود که همه به مردم عادی آسیب می‌رساندند. مردمی که چند سال پیش، برای کمک به آنها قیام کرده بودند. همه گیج و منگ بودند.

به اهواز نزدیک می‌شد. از آنجا مشعلهای شهر را می‌دید. دورتر، گله‌ای بز از جاده عبور می‌کرد. مردی به وسط جاده پرید و با اضطراب دست تکان می‌داد. حسام ماشین را متوقف کرد و پیاده شد. «صبح به خیر. چی شده؟»

چند نفر همزمان شروع به صحبت کردند. واژه «قتل» به گوشش رسید.

«نفهمیدم. چی شده؟»

نوجوانی جلو پرید: «یه مردی کشته شده.»

حسام به دنبال او رفت. کسی بزی را کیش کرد و از میان گله، راه را برایشان گشود. به محل حائه رسیدند. مردی روی شکمش روی زمین دراز کشیده بود. خاک اطراف بدنش از خون قرمز شده بود. لباس خواب به تن داشت. یک پایش دمپایی بود و لنگه دوم آن، روی زمین افتاده بود. بوی خون اذیتش می‌کرد.

«فرستادین آمبولانس بیاد؟»

کسی اعتراض کرد: «آمبولانس چیه؟ باید پزشکی قانونی خبر کنیم.»

«کی پیداش کرده؟»

نوجوانی که او را راهنمایی کرده بود، جواب داد: «من. حدود یک ساعت پیش پیداش کردم.» چهارده یا پانزده ساله بود و دشداشه به تن داشت.

«با مامورها تماس گرفتین؟»

«یک کسی رفته تلفن کنه. شما با بی‌سیم نمی‌تونی شهربانی رو خبر کنی؟»

حسام احتمال می‌داد که وظیفه مصاحبه با شهود و جمع کردن استشهاد بر عهده ژاندارمری باشد. «تصدیقی... شناسنامه‌ای همراهش نیست؟»

پسرک جواب داد: «کجا؟ تو تنبونش؟»

مرد جوانی به سر نوجوان زد و عرقچین او را انداخت: «ساکت شو! بی‌ادب!»

پسرک کلاهش را تکاند و دوباره بر سر گذاشت.

حسام به جسد نزدیک شد. روی بدنش زخم چاقو دیده می‌شد. بوی خون بیشتر شد. به چهره او نگاه کرد. ناگهان حالت استفراغ به او دست داد. به سرعت از جنازه

دور شد و حالش به هم خورد.

کسی کنایه زد: «چه پاسدار نازک نارنجی‌ای.»

نوجوان به حسام دستمال داد.

به خودش که آمد، از آنها پرسید: «کسی می‌شناسه‌اش؟»

همه سکوت کردند.

حسام ادامه داد: «اسمش ورقاست. ورقا مبشری. چند وقت پیش از زندان آزاد شده. هیچ کسی نمی‌شناسه‌اش؟»

مردی جواب داد: «پس بزهکاره که این جوری خودش رو به کشتن داده.»

«نه. جنایتکار نیست. بهاییه.»

نوجوان پرسید: «یعنی چی؟»

دیگری سوال کرد: «چی می‌گه؟»

حسام گفت: «بهاییه. دینشه.»

«هان؟»

پسرک به اشتباه جواب داد: «می‌گه وهابیه!»

حسام سعی کرد توضیح دهد: «نه!»

مرد دیگری حرفش را قطع کرد: «تو روستای ما همه شیعه‌اند. وهابی نداریم.»

کس دیگری گفت: «حتما از اهواز اومده.»

حسام به فکر فرو رفت. چرا ورقا کشته شده بود؟ آیا قتل او با حبسش در زندان کارون رابطه‌ای داشت؟ آیا کسی او را شبانه از خانه ربوده و به آنجا آورده بود؟

مردی اعلام کرد: «رسیدند!»

آمبولانس کنار جاده پارک کرد و دو نفر از آن بیرون پریدند. حسام به آنها گفت: «متاسفانه دیگه دیره. فوت شده.»

آنها برانکار آوردند و روی بدن ورقا را با پارچه سفیدی پوشاندند.

حسام می‌خواست در اسرع وقت از آنجا دور شود. به آنها گفت که باید به اهواز بازگردد.

چه بلایی سر زندگیش آورده بود؟ از تحصیل در رشته پزشکی انصراف داده بود که شاهد قتل هموطنانش شود؟

با تشویش زیاد، به زندان کارون رفت. ناصر در دفتر نشسته بود و بر خلاف همیشه، لباس نظامی به تن نداشت. حسام به طرز شکسته بسته، ماجرای کشته شدن ورقا را برای او تعریف کرد. ولی رئیسش واکنشی نشان نداد. حسام اصرار کرد که باید در مورد قتل تحقیق کنند.

ولی ناصر مخالف آن بود. «من که بهت گفتم نباید آزادش کنی. باید تو زندون می‌موند. واسه خودش هم بهتر بود.»

حسام پرسید: «پس باید چی کار کنیم؟»

«هیچی. مهم نیست. تقصیر خودته که یه بهایی رو آزاد کردی. اینها مثل سلول سرطانی می‌مونن که باید از جامعه جداشون کرد. برادرهای مسلمان حاضر نیستند در بین کافرها زندگی کنند. برای همین، مسئله رو در دست خودشون گرفتند. برای اینکه تو پاسدار در انجام وظیفه‌ات سهل انگاری کردی.»

«چه سهل انگاری؟ ساعتها رو این پرونده کار می‌کردم.»

«مهم نیست. اینجوری واسه خودش هم بهتره. هر چه عمرش کوتاه‌تر باشه برای گناه کردن وقت کمتری داره.»

«پس قاتلها چی می‌شن؟»

«برادر حسام، من بارها گفته‌ام که پاسداری کار آسونی نیست. مستزلم اینه که دعا و نیایش کنی و از خدا بخوای راه راست رو بهت نشون بده.»

حسام تصحیح کرد: «مستلزم.»

ناصر از اینکه حسام اشتباهش را گوشزد کرده بود، خشنود نبود. بی‌اعتنا ادامه داد: «قتلی انجام نگرفته که قاتلی وجود داشته باشه. یه کافر از میان برداشته شده. خدا رو شکر. ریختن خون بهایی مباحه.»

«مباح؟»

«یعنی جایز.» ناصر که از ناآشنایی حسام با مفاهیم اسلامی کلافه شده بود، با عصبانیت ادامه داد: «به هر حال من اونقدر وقت ندارم که تمام مباحث مذهبی رو برات توضیح بدم. باید بری مسجد یاد بگیری. دیگه برو سر کارِت. توبه نامه گرفتی از زندانیا؟ دستورش رو قبلا بهت داده بودم. دیگه داره صبرم تموم می‌شه.»

حسام دوست داشت مشتی به دهانش بزند. ولی برای آزادی بهرام به ناصر احتیاج داشت. از دفتر خارج شد. در چنین شرایطی توان دیدار بهرام را نداشت. حوصله دست و پنجه نرم کردن با نیرنگهای او را هم نداشت. از زندان بیرون آمد و سوار جیپ شد. خیلی زودی روی سینه‌اش قطرات عرق به شره افتاد. ای کاش تمام بدنش آب می‌شد و او از این کار و پیشه نجات می‌یافت.

به این فکر بود که باید به تنهایی در مورد قتل ورقا تحقیق کند. آدرس او در پرونده‌اش موجود بود. ولی نه. بایستی صبر می‌کرد. اگر خیلی زود دست به کار می‌شد، ممکن بود قبل از اینکه خانواده مبشری از کشته شدن ورقا مطلع شوند، به خانه‌شان می‌رسید. نمی‌خواست کسی باشد که مجبور است این خبر را برای آنها ببرد. ممکن است گمان کنند که به عنوان یک پاسدار در قتل او نقش داشته است. بدتر از آن اینکه اگر خیلی زود عمل می‌کرد شاید توجه آدمکشهای واقعی را به خود جلب می‌نمود. سر درد گرفته بود. باید مدتی به انتظار می‌نشست.

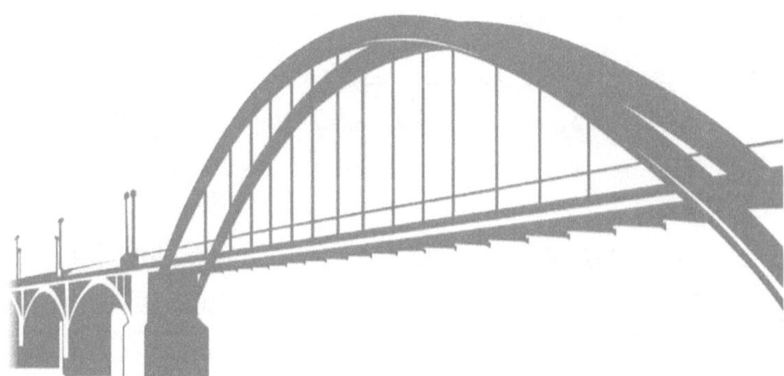

عصمت بدنش را کش و قوس داد و خمیازه کشید. چشمش به ساعت کنار تخت افتاد. ساعت ۸:۴۴ صبح بود. از تخت بیرون پرید و به اطراف نگاه کرد. ناصر خانه نبود ولی لباس یونیفورمش هنوز روی صندلی قرار داشت. معمولا حدود یک ربع به هشت به سر کار می‌رفت. خواب آلود، با دست موهایش را صاف کرد و شوهرش را صدا زد. کسی جواب نداد.

جلوی میز آرایش نشست و برس مو را برداشت. چشمش به تکه کاغذ آبی رنگی افتاد که از جیب پیراهن کار ناصر بیرون زده بود. روی آن، آدرسی در امانیه نوشته شده بود و «ساعت چهار». یعنی چه؟ این چه چیزی بود و به چه دردی می‌خورد؟

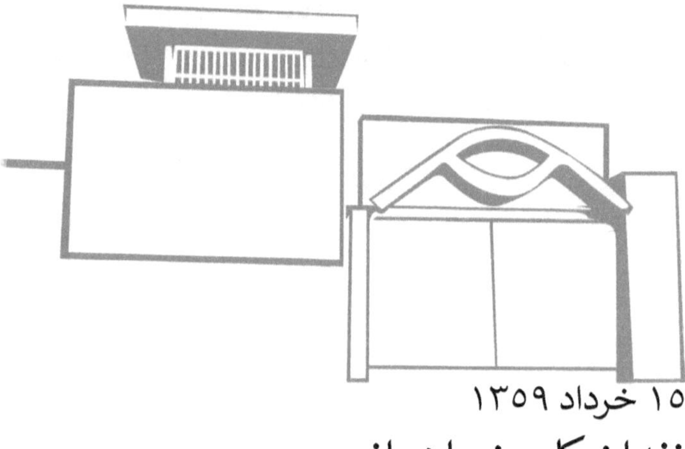

۱۵ خرداد ۱۳۵۹

زندان کارون، اهواز

بهرام به اطراف سلول نگاه کرد. ولید روی زمین ساکت نشسته بود. وقتی اوقات تلخی می‌کرد، به هوا مشت و لگد می‌زد و آه و ناله می‌کرد. اگر این نشانه تشنج بود، پس به پزشک روانکاو نیاز داشت. از خود می‌پرسید که آیا همیشه مشکل روانی داشته یا اینکه پس از اعدام ناموفق دچار آن شده است. کاری از دست بهرام برنمی‌آمد. حداقل، ورقا به او اسم ولید را یاد داده بود که «جانور» صدایش نزند.

کاش با مجید در مورد زندانیان سیاسی صحبت کرده بود. شاید می‌توانست از او چیزی بیاموزد که در زندان به کار بیاید. تصمیم درستی بود که همه چیز را انکار کند؟ یا بهتر بود همانطور که حسام می‌گفت توبه نامه را امضا کند و از آنجا رهایی یابد؟ رفتار حسام هم غیرقابل پیش‌بینی بود. یک روز به عشق و عاشقی اعتراف می‌کرد و روزی دگر فرمهای بازجویی را پاره پاره می‌نمود. واقعا دوست به شمار می‌آمد یا فقط می‌خواست از بهرام برای ارضاء نیازهای جسمیش استفاده کند؟

گرچه از او خوشش می‌آمد، ولی نمی‌توانست به او اعتماد کند. زندگیش در دست حسام بود. با نوشتن چند کلمه در پرونده‌اش، حسام می‌توانست آزادش کند یا اینکه باعث شود سالها در زندان بماند. اگر همبسترش می‌شد تمام قدرت نفوذ خود را از دست می‌داد.

باید فکر چاره‌ای می‌کرد. کنار دیوار سلول، یک پیرمرد عرب نشسته بود. او در بند زندانیان سیاسی چه کار می‌کرد؟ معمولا جوانان بودند که فعالیتهای سیاسی می‌کردند. در چند سال اخیر هر زن و مرد جوان و نوجوانی هوادار یکی از گروه‌های سیاسی شده بود.

در میان تمام گروه‌ها و سازمانها، هیچ کدام حق و حقوق برای اقلیتهای جنسی و جنسیتی در نظر نگرفته بودند. سازمانی که نسبتا از دیگران بهتر بود، پیکار بود: با نظام مخالفت و از کردها پشتیبانی می‌کرد. مجید طرفدار پیکار بود و پس از دردسرهایی که بهرام برای او درست کرده بود، احساس می‌کرد که مدیونش است. از همین رو، طرفدار پیکار شد.

پیرمرد عرب به سرفه افتاد و با آستین دهانش را پاک کرد. چفیه‌اش کج شده بود و بهرام می‌خواست صافش کند.

طالب همیشه چفیه‌اش را با دقت کامل به سر می‌بست. برای لباس سنتی، احترام ویژه‌ای قائل بود. بهرام عادت داشت چفیه‌اش را به سر بگذارد تا از زیبایی آن بی‌برکت نماند. احساس می‌کرد با این کار به محبوبش نزدیکتر می‌شود. یک روز در تابستان ۵۷ دشداشه او را به تن کرد ولی دگمه‌هایش را باز گذاشت. طالب پشت سرش ایستاد. دستش را زیر لایه تن‌پوش برد و سینه بهرام را به خود فشرد.

طالب صورتش را بوسید و زمزمه کرد: «تخلّي كلشي سكسي. شراح اسوي ويّاك؟»

لبخندی به صورتش نشست و دست طالب را گرفت.

«عندي شي اكوله الك.»

بهرام دستش را بوسید. «شنو؟»

به فارسی جواب داد تا مطمئن شود بهرام به خوبی حرفش را می‌فهمد. «جدی می‌گم. احتمال داره ناراحتت کنه... اگه دوستم داری؟»

لبخند از صورت بهرام پرید. صدای طالب سخت و جدی شده بود. منظورش از «اگر» چه بود؟ آیا محبت وی را زیر سوال می‌برد؟ از لطافت لمس دستش چیزی باقی نمانده بود.

«بهرام؟» حس کرده بود که او اشتیاقی برای گوش دادن نداشت.

از آنچه محبوبش در آستانه گفتنش بود، می‌هراسید. حس می‌کرد که تنش زیر دست طالب آب می‌رود و کوچک می‌شود. در عین حال، از اهمیتش کاسته می‌شود. از

مهر طالب نیز همینطور. چشمانش را بست و وانمود کرد که از پریشانی آن لحظه، بویی نبرده است.

«فواد؟» سردی صدای طالب ملموس بود.

گرچه طالب، اسم واقعیش را می‌دانست، طبق خواسته او، تا آن زمان هرگز از آن استفاده نکرده بود. این تغییر ناگهانی، اضطراب بهرام را دوچندان کرد.

طالب دستش را روی شانه بهرام گذاشت و او را به سوی خود گرداند. «تحبنی؟»

بهرام می‌خواست بگوید که از اولین دیدارشان، دوستش می‌دارد. ولی سنگینی معلق در هوا اجازه نمی‌داد.

نگاه طالب در ژرفای وجودش رسوخ می‌کرد. هر دو در انتظار خبری بودند که به زودی زندگیشان را زیر و زبر می‌کرد. همانند سکوت سنگینی که قبل از وقوع طوفان به زمین می‌نشست.

سرانجام طالب اعتراف کرد: «انی هم احبک، فؤاد.» لحن طالب به مرثیه‌خوانی می‌ماند که حسرت زندگی به دلش مانده بود.

پوست تن بهرام مورمور شد. این اعتراف، خبر بدی را به دنبال داشت. آنقدر اتاق ساکت بود که صدای تپش قلب خودش را می‌شنید.

«نمی‌دونم باهات چی کار کنم. خیلی باوقار و باوفا بودی. بیش از حد. خیلی به پام نشستی و وفاداری می‌کنی.»

بهرام احساس کرد که بهایش ارزان شده است. از وقتی که با هم آشنا شده بودند، همیشه مشتاق دیدن یارش بود. با کوچکترین نشانی، به دیدار او می‌شتافت. شاید زیادی در دسترس او بوده که حالا برایش مشکل‌ساز شده است. و هم اکنون وقت آن فرا رسیده بود که دور انداخته شود. مثل چیزی که دیگر به کار نمی‌آید. مثل جورابی که سوراخ بوده باشد. یا پوسته‌ای که پس از نمو، نیازی به آن نباشد.

«نمی‌دونم چطور بهت بگم که ناراحت نشی.»

بهرام پرخاشگرانه جواب داد: «بگو دیگه. هر چی هست، قدرتشو دارم باهاش مواجه بشم.»

«فواد من...» آب دهانش را قورت داد. «دارم ازدواج می‌کنم.»

انگار بهمن روی سرش آوار شد.

«بین ما چیزی عوض نمی‌شه. هنوز هم میام دیدنت.»

بدن بهرام به لرزه افتاده بود. انگار که زیر کوهی از برف مدفون شده باشد. هرگز کسی را به اندازه طالب دوست نداشته بود و حاضر نبود او را با کسی قسمت کند. به خصوص با زنی که حتما خود را مالک جان و مال وی می‌پنداشت. همه نیرویش را صرف آن کرد که جلوی او به ناله و شیون نیفتد.

طالب حرفش را تصحیح کرد: «هنوز هم میام دیدنت ولی نه به اندازه قبل.»

با اندک نیرویی که برایش باقی مانده بود، به سردی پاسخ داد: «خب. مبارک باشه!»

«ازدواج نمی‌کنم که تو رو اذیت کنم. داریم بزرگ می‌شیم و دیگه نمی‌تونیم تمام وقت... با هم باشیم.»

تمام وقت؟ مگر با او بودن کار شاق به حساب می‌آمد؟ بدون پرده برداری از دل‌شکستگیش، نمی‌توانست حرفی بزند. تنها پرسید: «عروسیت کیه؟»

«چند ماه دیگه.»

بغض کرده بود و می‌ترسید اشکش سرازیر شود. نمی‌خواست طالب ببیند تا چه حد دوستش دارد.

طالب دلداریش داد و گفت: «تو هم چند وقت دیگه ازدواج می‌کنی. شاید زنامون با هم دوست بشن. با هم شایعه‌پراکنی کنن که کدوممون مردانگی‌مون بیشتره.» چشمک زد.

حوصله شوخی نداشت. می‌خواست داد بزند که «تو مال منی. نمی‌ذارم زن بگیری.» به جای آن، سوال کرد: «چطور شده یه هو یاد زن گرفتن افتادی؟»

طالب اخم کرد. «یه هو؟ من پسر اول خانواده‌ام. از زمان تولدم، والدینم به فکر ازدواج من بودند. الان هم که همچین مرد رشید و دلیر و نیرومند و خوشگل و...» بهرام را نوازش کرد و ادامه داد: «دوست‌داشتنی و شهوت انگیزی شدم که بیا و ببین.»

این هم لبخندی به لب بهرام نیاورد. دیگر نمی‌توانست جلوی خودش را بگیرد. به محض اینکه پلک زد، اشکی روی گونه‌اش غلتید. «مبروک.»

صورتش را با دستش پاک کرد. «لا تبجي. انت حبیبي. وروحي وحیاتي.»

«کافي.»

طالب یادآوری کرد: «محد مات.»

«حبنا.»

«ما مات. بس دیاخذ شکل جدید.» به فارسی تکرار کرد. «عشقمون نمرده. فقط شکلش عوض می‌شه.» بر لبانش بوسه زد. بوسه‌ای شکننده و ناپایدار.

بوسه‌ای که بهرام را بیشتر آزار می‌داد. چراکه شاید آخرین بوسه بود. هق‌هق کنان گفت: «نمی‌خوام هیچی عوض بشه.»

«ادري.» طالب او را در آغوش گرفت. «ولی هر دومون می‌دونستیم که همچین روزی فرا می‌رسه.»

از زمان اولین دیدارشان، آنقدر غرق رویای طالب بود که فکر نکرده بود روزی او را از دست خواهد داد.

«نمی‌تونیم این جوری ادامه بدیم.» دستش را روی کمر بهرام گذاشت و فشار داد. «ولی بعضی چیزها عوض نمی‌شه‌ها! هر چقدر هم که بزرگ بشی، به هر حال واسه طالبت که وقت داری. مگه نه؟»

به بهرام برخورد. انگار که تنها به درد برطرف کردن امیال وی می‌خورد. از زمان تبعیدش تا کنون، هرگز چنین نرنجیده بود. خواست خود را از او جدا کند.

طالب بازوانش را دور او پیچیده بود و اجازه نمی‌داد از آغوشش خارج شود. بهرام کوتاه آمد و سرش را روی سینه یارش گذاشت.

«همه چی درست می‌شه.» موهای او را نوازش کرد. «حبیبی فؤاد.»

بهرام چفیه را از سرش برداشت و به او داد.

«نه. نگهش دار. اجازه نیست فراموشم کنیا! به محض اینکه زنم رو آبستن کردم، میام سراغت.»

آن روز شوخیهای طالب اصلا خنده‌دار نبود. «صنار بده آش.» او را هل داد و از خود دور کرد.

«نوکرتم، فواد من! هر کاری بخوای، می‌کنم. همیشه در خدمتم. دوست دارم خوشگله. احبک.»

آنقدر محبوبش افسونگر بود که نمی‌توانست در برابرش مقاومت کند. به زور لبخندی زد. ولی همچنان غمگین و دل‌شکسته بود. آن همه لطافت و محبت به زودی از بین می‌رفت. تا چند وقت دیگر، صمیمانه‌ترین عشقی که در دل داشت، ناپدید می‌شد.

موجی از حزن بیکران، بر وجودش چیره شد. روی تخت زندان نشسته بود. می‌بایست قبل از اینکه جلوی سایر زندانیان اشکش سرازیر شود، ذهنش را مشغول امر دیگری می‌کرد.

هرگز چفیه طالب را پس نداده بود. حتی موقعی که از ایران رفت. هنوز باید چفیه در اتاق خوابش باشد.

چشمانش نمناک شده بود. اگر حسام آنجا بود، چشمانش را می‌بوسید و دلداریش می‌داد. دلش برای حسام تنگ شده بود. گرچه شاید حضور حسام تنها به این درد می‌خورد که حواسش را از طالب پرت کند.

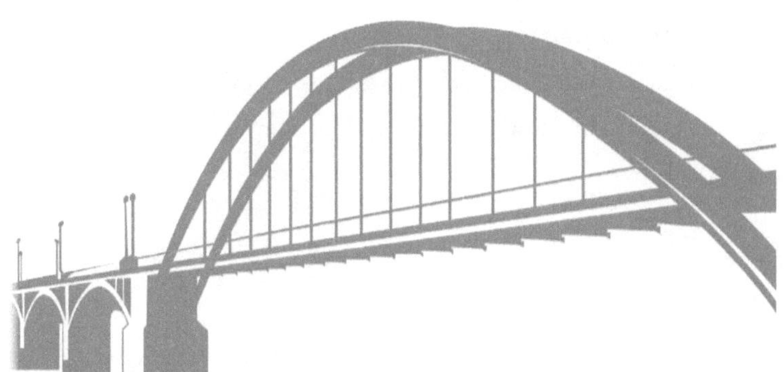

۱۶ خرداد ۱۳۵۹

امانیه، اهواز

عصمت پول راننده تاکسی را پرداخت و از ماشین خارج شد. نشانی را می‌دانست. سه روز پیش به آنجا آمده بود. درست ساعت چهار آنجا بود به امید اینکه سر در بیاورد که ناصر مشغول چه کاری است. ولی کسی پیدایش نشده بود.

به همین علت، امروز دوباره آنجا آمده بود. صبح که ناصر برای نماز جمعه به مسجد می‌رفت، عصمت به دروغ گفت که از سر درد شدید رنج می‌برد. شاید امروز می‌توانست از عملکرد شوهرش خبردار شود. اگر شانس می‌آورد چیزی نصیبش می‌شد که بتواند با استفاده از آن، ناصر را راضی کند که ولید را از زندان رها سازد.

در خیابان بوعلی به سمت راست پیچید و به طرف ساختمان چهار طبقه رفت. از پشت سر، صدای بچه‌هایی که با هم بگومگو می‌کردند به گوشش می‌رسید.

«خودت که پشمک داشتی. می‌خواستی نندازیش زمین.»

عصمت در ورودی ساختمان را هل داد. بر عکس سه شنبه، قفل بود. اسمهای نوشته شده کنار زنگها را دوباره خواند. آپارتمان ۳ متعلق به خانواده مبشری بود. زنگ زد.

کسی جواب نداد.

صدای کودکان نزدیکتر شد. دوباره زنگ زد و منتظر جوابی از اف‌اف ماند.

«تقصیر من نیست. خودش افتاد زمین.»

«از بس چلفتی هستی.»

مادرشان سرزنششان کرد و آنها را که با هم جر و بحث می‌کردند از هم جدا کرد کرد: «ساکت بشین. با هر دو تاتونم.» سپس رو به عصمت کرد و از او پرسید: «سلام. دنبال کسی می‌گردین؟»

عصمت به دروغ جواب داد: «بله. دنبال دوست دوران دبیرستانم می‌گردم. سهیلاست اسمش. سالهاست همدیگه رو گم کردیم.»

«اسم کاملش چیه؟»

«سهیلا قیصر.»

«تو این مجتمع کسی به اسم قیصر نیست.»

به آیفون اشاره کرد: «آره. می‌بینم. بهم گفته‌اند تو آپارتمان ۳ هست. ولی اینجا یه اسم دیگه نوشته. شاید تازه کسی اسباب کشی کرده.»

یکی از پسریچه‌ها سر دیگری داد زد: «بده بهم. بسته دیگه.»

مادر بچه‌ها پشمک را از دست پسرش گرفت و تکرار کرد: «ساکت! حالا که اینطور شد هیچ کدومتون پشمک نمی‌خورین.»

پسر ناله سر داد: «مامان!»

«هیششش...» کلید را از کیفش در آورد و در را باز کرد. «بدوین برین تو. جیکتون هم در نیاد!»

پسرها با بدخلقی وارد ساختمان شدند و از پله‌ها بالا رفتند. یکی به سر دیگری زد و فرار کرد. دومی دنبالش دوید.

مادرشان رو به عصمت کرد. «متاسفم. تو این ساختمون سهیلا قیصری نیست. بهتون آدرس اشتباه دادن.»

وانمود کرد که هنوز گیج است. «آپارتمان ۳. گفتن آپارتمان ۳ هست.»

«من اگه جای شما بودم زنگشونو نمی‌زدم.»

«چرا؟ شاید اونها از سهیلا خبری داشته باشن.»

صدایش را پایین آورد. «عزادارن خانم. پدر خانواده... خاک به سرم. پدر خونواده به قتل رسیده.»

«ببخشید؟» چادر عصمت مثل بادبان کشتی شکسته‌ای موج خورد و روی زمین افتاد. وقتی خم شد برش دارد، کیفش باز شد و محتویاتش بیرون ریخت. صورتش گر گرفته بود.

مادر جوان کمکش کرد وسائلش را جمع کند. «اسمش ورقا مبشریه. چند روز پیش، کله سحر، یه سری ریختن خونه و بردنش. جنازه‌اش همون روز تو جاده آبادان پیدا شد.»

یادداشت ناصر ناگهان معنا پیدا کرد. منظور از ساعت چهار، صبح سحر بود، نه چهار بعد از ظهر. به همین دلیل بود که سه شنبه، وقتی برای اولین بار به آنجا آمده بود، کسی را ندیده بود. دوازده ساعت دیر کرده بود. سعی کرد جلوی خودش را بگیرد و از یادداشت همسرش نتیجه گیری بیشتری نکند.

مخاطبش ادامه داد: «من از خواب بیدار نشدم. این بچه‌ها اینقدر خسته و کوفته‌ام می‌کنن که خوابم خیلی سنگین شده. مگه یکیشون بیاد جلو تخت خواب، و شروع کنه زار زدن. که اون هم اتفاق میفته. پسر بزرگ کردن، آدم رو پیر می‌کنه.»

«خدا حفظشون کنه.» در اثر کشف معنای نوشته، افکار پریشانی به ذهن عصمت یورش آورد: شوهرش صاحب یادداشتی بود که آدرس محل ارتکاب یک قتل را در برداشت. چادرش را روی چهره‌اش کشید و بلند شد.

«خیلی ناراحت شدین! نباید بهتون می‌گفتم.»

عصمت جواب داد: «خدا بیامرزدش.»

«به هر حال دوستتون سهیلا اینجا نیست.»

«بله.» صدایش می‌لرزید.

«ببخشید. من باید برم. نمی‌شه بچه‌ها رو تنها بذارم.»

«باشه. مرسی.»

«آب می‌خواین؟»

دهانش خشک بود ولی می‌بایست قبل از اینکه آرامشش را از دست بدهد، از آنجا می‌رفت. «نه. لطف دارین. خدا آخر و عاقبت همه‌مونو به خیر کنه.»

«به سلامت.»

عصمت احساس کرد که زبانش را گاز گرفته است. چادر را در دهان گرفت و آن را گاز گرفت. به سرعت به راه افتاد. باید تاکسی می‌گرفت.

سنندج

عاطفه با احتیاط پرده‌ها را کنار زد و بیرون سرک کشید. بوی گرد و خاکِ آنها آزارش می‌داد. قسمتی از جهیزیه‌اش بودند و دیگر خاکستری شده بودند. همیشه می‌خواست چنین پرده‌های توری سفید با لبه‌های گلدوزی شده داشته باشد. ولی دیگر خوشحالش نمی‌کردند. دیگر برایشان ارزشی قائل نبود. فقط می‌خواست که شوهرش سلامت و تندرست به خانه بازگردد.

مدتها پیش، زندگی مشترکشان به او شادابی بسیار می‌بخشید. رئیس طایفه، بانو، با او خوش رفتاری می‌کرد. دانیار به مقام پسر وی، فواد، ترفیع یافته بود. ولی در اثر جنگ و به دلیل مرتبه‌اش در طایفه، دانیار به رهبر یکی از گروه‌های مسلح مبدل شده بود که خودمختاری می‌طلبیدند. می‌خواستند که کودکانشان در مدرسه کردی درس بخوانند. می‌خواستند خودشان مسئولیتهای اداری استان را به عهده بگیرند. فرماندار فارس نمی‌خواستند که از دیگر نقاط کشور عازم سرزمینشان شود.

اگر عاطفه موجب تبعید فواد نشده بود، دانیار رتبه رهبری گروه را به دست نمی‌گرفت و شاید هم اکنون همراه عاطفه در خانه می‌بود. شاید پس از شروع جنگ، به تهران مهاجرت می‌کردند.

چشم انتظار، صورتش را در میان پرده‌ها گرفت و از گرد و غبار آن به عطسه افتاد. سرش را در میان دستانش گرفت که صدایش بلند نشود. صبح آن روز، صدای شلیک گلوله به گوش می‌رسید و عاطفه نمی‌خواست توجه کسی را جلب کند. دائما باید مواظب می‌بود. هر لحظه ممکن بود که پاسدارها به خانهشان بریزند.

کسی در زد. «عاتفه، درگا بکه‌ره‌وه، ئه‌وه منم.»

عاطفه در را باز کرد و جیغ کشید.

«بێده‌نگ به، ده‌ته‌وێ بماندۆزنه‌وه؟» دانیار لنگان لنگان وارد خانه شد. پای چپش خون آلود بود. دستش را دور شانه‌های زنش گذاشت. «یارمه‌تیم بده تا به قه‌نه‌فه‌که ده‌گه‌م.»

عاطفه دندانهایش را به هم فشار داد و وزن همسرش را روی شانه احساس کرد. روی مبل نشاندش و بند پوتینش را باز کرد.

دانیار توضیح داد: «زۆر خراپ نییه، گوللّه‌که‌م به ر نه‌که‌وت، ته‌نیا قاپی پێم رووشاوه.»

عاطفه پوتینش را درآورد و پاچه شلوارش را لوله کرد و بالا کشید. قسمتی از ماهیچه ساق پایش کنده شده و خون لخته، جای آن را پوشانده بود. شروع به گریه کرد.

«مه‌گری من زیندووم. برۆ مه‌رکۆرۆکرۆمه‌که بێنه.»

بلند شد و از کمد اتاق خواب، باندار و یک بطری کوچک آورد. سپس کنار دانیار روی زمین نشست و هشدار داد: «ئازارت پێ ده‌گات.»

«له هه‌وکردن باشتره.» حق با او بود. درد موقت بهتر از آن بود که زخمش عفونت کند.

عاطفه در بطری را باز کرد.

«بوه‌سته.» دانیار از کنار خود، یک کوسن برداشت و بر روی دهانش فشرد.

پنبه آغشته به مرکورکروم را روی زخمش مالید. شوهرش از درد فریاد می‌زد. وقتی کارش تمام شد، با آستین اشکهایش را تمیز کرد و در دل از فواد خواهش می‌کرد که گناهش را ببخشد. به آهستگی اشک می‌ریخت و جراحت همسرش را پانسمان می‌کرد.

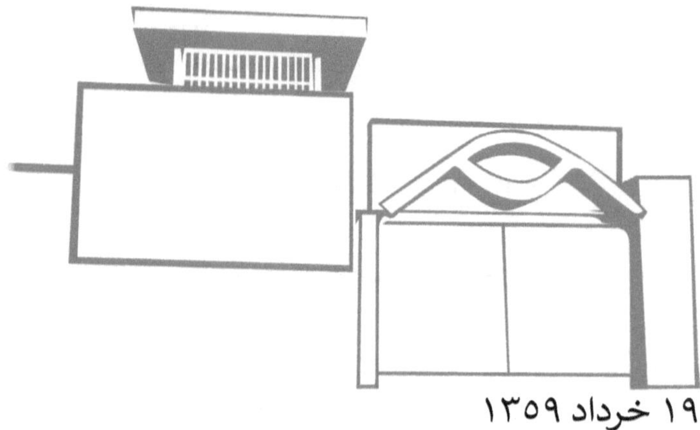

زندان کارون، اهواز

بهرام بالش را محکمتر روی گوشش فشار داد. کمکی نمی‌کرد. آن شب، سه بار ولید شروع به داد و فریاد کرده بود. دفعه اول، برای آرام کردنش، سعی کرده بود مثل ورقا به او آب دهد. ولی زندانی ناآرام با مشت به دهانش کوبید. با زبان جای زخم را در داخل دهانش لمس کرد. خونش بند آمده بود ولی از ترس اینکه در زندان به دندان پزشک احتیاج پیدا کند، دیگر نمی‌خواست به پسر آشفته سر بزند.

ولید دوباره دچار تشنج شده بود و نعره می‌کشید. چهار زانو روی زمین نشسته بود و به هوا سیلی می‌زد.

یکی از زندانیان اعتراض کرد: «یکی خفه‌اش کنه دیگه!»

منصور که آن شب نگهبانی را به عهده داشت، پیدایش شد و گفت که ساکت شود.

زندانی دیگری مسخره کرد: «اگه گوش می‌داد که خودمون هم بلد بودیم بگیم ساکت بشه.»

دیگری افزود: «این جونوره دیوونه است. باید ببرینش تیمارستان.»

پاسدار با عصبانیت جواب داد: «لازم نیست به من دستور بدی.»

صدای شیون ولید دوباره بلند شد.

منصور سرش داد زد: «مگه کری؟ گفتم خفه شو!»

«چه نگهبان تیزهوشیه! چه فکر بکری کرده بگه یارو ساکت بشه. به ذهن ماها که نمی‌رسید.»

منصور پرخاشگرانه جواب داد: «آهای! یک کلمه دیگه از دهنت در بیاد، یه هفته می‌اندازمت تو انفرادی، آب خنک بخوری.» سپس وارد سلول شد و به صورت ولید کشیده زد. «خفه خون بگیر دیگه! مگه حیوونی اینجوری زوزه می‌کشی؟» دوباره به او سیلی زد و به آرامی با پا به سینه‌اش زد.

ولید چشمانش را باز کرد و به چیزی در کنار منصور خیره شد.

بهرام آنجا چیزی نمی‌دید.

«آدم شدی؟» منصور به طرف در رفت.

ولید هر دو دستش را روی زمین گذاشت که به هوا لگد بزند ولی خودش روی زمین افتاد.

ناصر که دست بزنی داشت وارد شد. «برادر منصور؟ چه خبره؟»

«می‌خوام ساکتش کنم لعنتی رو!» هفت تیرش را در آورد و به ولید نشان داد. «دهنتو می‌بندی یا نه؟»

فرمانده پاسداران پاسخ داد: «برادر منصورا! بسه! برو بیرون.»

«از این جونوره خسته شدم.»

ناصر با دست به در اشاره کرد و داد زد: «برادر منصورا! بیرون!»

با شنیدن مشاجره پاسدارها، ولید دوباره مشغول داد زدن شد. ناصر کنارش چمباتمه زد. پسر زندانی سعی کرد با مشت و لگد او را از خود دور کند. ولی اصابت نکرد.

«آروم بگیرا!» ناصر خواست دستهایش را بگیرد. همان کاری که بهرام سعی کرده بود انجام دهد. ولید با مشت به پهلوی او زد.

صدایی شبیه صدای رعد، بند را لرزاند. از هفت تیر منصور دود بیرون می‌آمد. ولید ساکت شد. تا چند لحظه طنین صدا در محیط زندان ادامه داشت.

منصور تهدید کرد: «دفعه دیگه خودت رو می‌زنم.»

ناصر عصبانی شده بود. «منصورا! برگرد به دفتر. این یک دستوره!»

ولید به ناله افتاد. ناصر با دستش دهان زندانی را گرفت ولی به او سینه پاسدار لگد زد و پرتش کرد کنار.

صدای شلیک دیگری در بند پیچید. گوش بهرام زنگ زد. بدنش به لرزه افتاد، انگار که عقرب نیشش زده باشد. ولید برای همیشه ساکت شده بود.

ناصر فریاد زد: «مگر دیوانه‌ای؟!»

سعید پدیدار شد و به دنبالش پاسدار دیگری. «چه خبره؟»

منصور به ناصر پرید: «مگه نمی‌گفتی که نشونه گیری بلد نیستم؟ مگه همه‌تون منو مقصر نمی‌دونستین، هان؟ خودم مشکلو حل کردم. دیگه خیالتون راحت باشه.»

ناصر او را به میله‌های بند کوباند و ساعدش را روی گلوی وی فشار داد.

سعید به کمک منصور دوید. «برادر ناصر!»

ناصر مکث کرد و دستش را از گلوی همکارش بلند کرد.

منصور به زندانیان نگاه کرد و هشدار داد: «هر کی یک بار دیگه به من بی‌ادبی کنه، نفر بعدیه.»

سعید منصور را از سلول بیرون کشید.

«به من دست نزن. خودم می‌تونم راه برم.» منصور از آنجا خارج شد.

ناصر برگشت. پیراهنش کاملا خون آلوده شده بود.

یکی از زندانیها از او پرسید: «برادر؟ تو هم زخمی شدی؟»

با صدای بلند نفس می‌کشید. «حالم خوبه.» به نگهبان سومی اشاره کرد: «یکی بیارین جنازه رو از اینجا ببره.» همانطور که از سلول خارج می‌شد، چشمش به بهرام افتاد. «به چی نگاه می‌کنی؟ بتمرگ تا نزدم توی دهنت.»

بهرام اطاعت کرد. تهدید ناصر را باید جدی می‌گرفت. بوی باروت و خون حالش را بد کرده بود. ترشی معده‌اش را در گلو احساس می‌کرد.

حسام دید که منصور با عصبانیت به دفتر باز می‌گشت. به دنبالش راه افتاد. «صدای شلیک شنیدم.»

«جونور وامونده رو راحت کردم. خدا بیامرزش.»

«چی؟»

منصور داد کشید: «خسته‌ام کردین. مگه نمی‌گفتین تقصیر منه که خل شده؟ مسخره بازی هم حدی داره! الان ماه‌هاست مثل خر تو گل موندین. هی این پا و اون پا می‌کنین. از وقت اعدام، دیوونه شده بود. خوب بشو هم که نبود! همون بهتر دیگه نتونه اینقدر مزاحم آدم بشه.»

ناصر به دفتر آمد و در را به هم زد. «منصور، به خدا قسم می‌خوام همین الان بکشمت.»

منصور مسخره کرد: «هه هه! ترسیدم!»

حسام سعی کرد او را به خود آورد. «منصور!»

ناصر هشدار داد: «فکر می‌کنی می‌تونی به هر کسی دلت خواست شلیک کنی؟»

«چرا که نه؟ فقط تهرونیها می‌تونن؟ ماه گذشته به یه دختری جلو کانون رزکان

تیراندازی کردن و کشتندش. کسی هیچ ایرادی ازشون نگرفت.»

ناصر چنان داد زد که انگار دیوارها به لرزه افتاده بودند. «دهنتو ببند! برو خونه و تا وقتی سر عقل نیومدی، بر نگرد.»

«با کمال میل.»

«هفت تیرت رو هم بذار اینجا.»

منصور چشم غره رفت. سلاحش را روی میز گذاشت و از دفتر خارج شد.

حسام رو به ناصر کرد. «برادر، یونیفورمت پر خون شده.»

فرمانده پیراهنش را در آورد و نگاه کرد ببیند زیرپیراهنیش هم خون آلوده شده است یا نه. شده بود. «برادرها خسته‌اند. کلافه‌اند. زندان ظرفیت این همه بازداشتی رو نداره. باید بذاریم برن. چند بار بهت گفتم باید توبه نامه بگیری؟ که نصف زندانی‌هات باید آزاد بشن، هان؟ از دستورات من دائما نافرمانی می‌کنی.»

«دارم روشون کار می‌کنم.»

«مزخرف نگو!» صورت ناصر به اندازه لکه‌های خون روی لباسش سرخ شده بود. «بهت گفتم باید قانعشون کنی. چی کار کردی؟ هیچی! الان پسره رو دیدم. بهرام نکبت. حتی یه ورم رو صورتش نیست. چطور می‌خوای قانعش کنی؟ با رو بوسی؟»

ضربان قلبش بالا رفت. آیا ناصر بویی برده بود؟

«یا مدرکی علیه این کثافتها پیدا کن که تحویل دادگاه بدیم، یا مجبورشون کن توبه کنن و گورشون رو گم کنن از اینجا.»

مدرک علیه بهرام پیدا کرده بود. نشریه‌های پیکار. چه خوب که از شر آنها خلاص شده بود. وگر نه به حبس طولانی محکوم می‌شد.

«دفعه دیگه که بهرام رو ببینم، بهتره صورتش زخم و زیلی باشه.»

چیزی نگفت.

ناصر دوباره به او توپید. «وانستا مثل مجسمه. برو کمک سعید، جنازه رو جمع کن.»

۲۱ خرداد ۱۳۵۹

اهواز

عصمت آبکش را روی میز گذاشت. از وقتی از خانه آقای مبشری بازگشته بود، تمرکزش را از دست داده بود. دنبال چیزی می‌گشت که فکرش را به خود مشغول کند. از همین جهت تصمیم گرفته بود امروز را صرف آشپزی کند. از سبزی فروشی تره، اسفناج، جعفری، گشنیز و شنبلیله خریده بود. آنها را پاک کرده بود و شسته بود. وقت آن بود که آنها را خرد کند و سپس روی اجاق تفت دهد. بعد نوبت به تمیز کردن گوشت می‌رسید. امیدوار بود که آماده کردن قورمه سبزی، بیشتر روزش را پر کند.

کسی نداشت که بتواند با او در مورد قتل آقای مبشری و یادداشت درون جیب ناصر صحبت کند.

سبزیها را دسته کرد و روی تخته گوشت گذاشت. آماده خرد کردن بود که روی پایش قطره‌ای چکید. یادش رفته بود که زیر آبکش بشقاب بگذارد. حوله‌ای لازم داشت که میز را خشک کند. از آشپزخانه خارج شد و به حیاط رفت که حوله‌های

آشپزخانه را از روی بند بیاورد. حالا که بند خالی شده بود، تصمیم گرفت باز هم لباس بشوید. از سبد لباسهای کثیف، آنها را در آورد و در ماشین لباسشویی انداخت: پیراهنها، زیرپوشها و یونیفورمها را.

دستش به سطح چیز سفتی خورد. آن را بیرون کشید. روی پارچه، چیزی ریخته بود و خشک شده بود. به آن نگاه کرد. ناگهان از جا پرید و فریاد کشید. بی‌اراده دهانش را گرفت که کسی صدایش را نشنود. گرچه تنها بود. دوباره به یونیفورم ناصر نگریست. تمام جلوی لباس، خون آلود بود.

با دیدن آن منظره، افکاری که با کوشش فراوان مهارشان کرده بود، دوباره به مغزش بازگشتند. دیگر نمی‌توانست از اندیشیدن به آن خودداری کند. آیا خون آقای مبشری بود؟ یادداشت را روز سه شنبه هفته پیش پیدا کرده بود و هر شب جمعه، لباس می‌شست. یعنی بعد از قتل آقای مبشری، یک بار تمام لباسهای کار ناصر را شسته بود. پس این، خون فرد دیگری بود.

یونیفورم را روی زمین انداخت و به اتاق خواب رفت. چشمش به تخت خواب افتاد. تخت زناشویی. وحشت غریبی وجودش را در بر گرفت. دستش را روی شکمش گذاشت.

سعی کرد نفس عمیق بکشد ولی انگار ریه‌هایش پر از سیمان شده بود. هوا در آنها جای نمی‌گرفت. به حیاط دوید. گرمای مرطوب هوا به صورتش خورد. لحظه‌ای به خورشید نگاه کرد تا تصویر پیراهن خون آلود ناصر از برابر چشمانش دور شود. بی‌اختیار رویش را برگرداند. دیگر فقط با یک سوال مواجه بود: اگر حامله بود چی؟
قطره‌ای روی گونه‌اش چکید. عرق بود یا اشک؟
اگر در بدنش بچه‌ای در حال رشد بود، پدر طفل معصوم یک آدمکش بود.
روی زمین مچاله شد و چشمانش را با دست پوشاند.

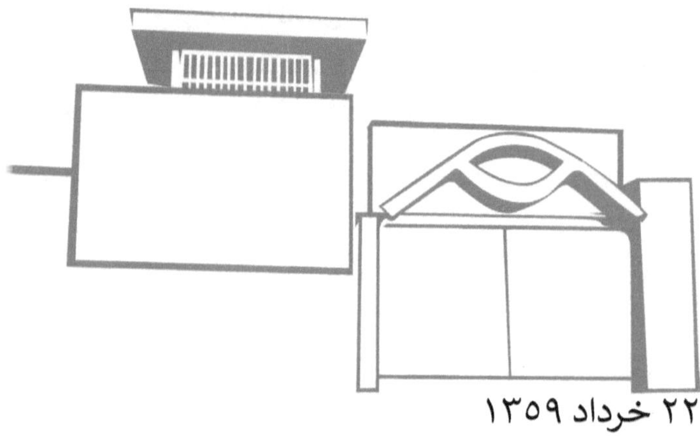

۲۲ خرداد ۱۳۵۹

زندان کارون، اهواز

حسام پرونده را جلوی جیبش گرفت که جعبه‌هایی را که از آن بیرون زده بود، قایم کند. هنوز اطمینان نداشت که بتواند برنامه‌اش را پیاده کند ولی چاره بهتری برای حفظ بهرام به نظرش نمی‌آمد. ناصر مشکوک شده بود که چرا او با زندانیان با ملایمت برخورد می‌کند. فرمانده علاقه عجیبی به آزار و اذیت بهرام نشان می‌داد و این برای حسام عجیب بود. چرا اینقدر به شکنجه پسر ساحر تاکید داشت؟

امیدوار بود که طرز کار اومبرتو را هنوز به خوبی به یاد داشته باشد.

سعید زندانی را به اتاق بازجویی آورده بود.

حسام وارد شد. «سلام، بهرام. منم.» چشم‌بندش را باز کرد. قبل از اینکه دستانش را آزاد کند، زندانی دستش را گرفت و فشرد.

«سلام.» ته ریش لطیفی رخسارش را پوشانده بود.

در برابر وی، حسام احساس ناتوانی می‌کرد. ای کاش هر دو آزاد بودند.

زندانی ناله کنان گفت: «منصور به ولید تیراندازی کرد. درست جلو چشم من.»

حسام سرش را پایین انداخت.

هنوز دست او در دستش بود. «من می‌ترسم. نبودی ببینی، رفیق حسام.»

«من هم همینطور. باید بگم رفیق بهرام؟»

چشمهای زندانی گرد شد.

دیگر حسابش را با او تصفیه کرده بود و از راز وی خبردار شده بود. سعی کرد دستش را بکشد ولی زندانی محکمتر گرفتش.

«البته مطمئن نیستم رفیق باشی، بهرام. تو که طرفدار دشمنی!»

«نمی‌فهمی چی می‌گی! من عضو هیچ سازمانی نیستم.»

حسام دیگر نمی‌توانست دروغهای او را تحمل کند. مسئله عضویت مطرح نبود و جوانک آن را می‌دانست. روی میز نشست. دیگر بر زندانی تسلط کامل داشت. «دیگه لازم نیست قصه بسازی. نشریه پیکار رو تو اتاقت پیدا کردم. رفتم خونه‌تون.»

«چی؟»

«بی‌بی اومده بود ملاقاتت.»

«کی؟»

«گفت اومده بودی اهواز که پسر دایی‌تو ببینی.»

«پس چرا نذاشتی بیاد ملاقات؟»

می‌خواست بگوید که آن روز ناصر او را به شدت زیر نظر داشت. ولی لازم نبود توضیحی بدهد. «من برگردوندمش آبادان. اتاقتو دیدم. نشریه‌های پیکارت رو هم دیدم.»

بازداشتی به آن طرف نگاه کرد. پایش می‌لرزید.

«اوه، داشت یادم می‌رفت. چفیه دوست پسرت هم اونجا بود.»

سرش را به دو طرف تکان داد. «هر کی این چیزها رو بهت گفته، چرند گفته.»

«پس می‌گی مجید دروغگوئه؟»

نگرانی در چشمان زندانی موج می‌زد. «با مجید چی کار کردی؟»

«هیچی. راستشو بهش گفتم. خوبه امتحان کنی، راست بگی بعضی وقتها.»

«چی بهش گفتی؟»

حسام کلافه شده بود. «تو منو... فقط منو فریب دادی. همین.»

«آره؟ پس تو هم هفت تیرت رو در بیار و شلیک کن. همونطور که منصور ولید رو کشت.» صدایش هم می‌لرزید. «سیگار داری؟»

می‌خواست بگوید که سیگار برایش بد است ولی قیافه هراسان زندانی دلش را به رحم آورد. بسته وینستون را به دستش داد.

«مجید حالش خوبه؟»

حسام به علامت مثبت سر تکان داد.

«اذیتش نکن.» پکی زد و اصرار کرد: «خواهش می‌کنم. از دست من ناراحتی. سر اون در نیار.»

تغییر رفتار زندانی، حسام را شگفت‌زده کرد. آن جوان مغرور و زیبای هفده‌ساله جایش را به یک پسرک پریشان و شکست‌خورده داده بود. دیواری که از جسارت دور خود ساخته بود، بر سرش خراب شده بود. ولی حسام احساس نمی‌کرد که در این میان برنده شده است.

«حالا چی می‌شه؟»

اقتدار پسر محبوبش را شکسته بود و از این بابت افسوس می‌خورد. «اگه نشریه‌ها رو بدم دست ناصر، پرونده‌تو می‌فرسته دادگاه.» از سنگدلی آنچه می‌گفت عذاب می‌کشید ولی باید وخامت موقعیت را به زندانی می‌فهماند. «توی درگیری با نیروهای انتظامی در دانشگاه دست داشتی؟»

پسرک دهانش را باز کرد.

«راستشو بگو.» حسام هشدار داد و نوک پوتینش را به دست بهرام که روی میز صندلی قرار داشت زد. هنوز آماده نبود چیرگیش را در برابر زندانی از دست دهد.

«نه. درگیر نشدم با هیچ کس.»

«پس چی شد؟»

«راستش... واسه دیدن پسر داییم نبود که اومدم اهواز. واسه کار پیدا کردن هم نبود. اومده بودم به بچه‌های پیکار کمک کنم که دفترشونو تو دانشگاه باز نگر دارن.» مکث کرد. «باز هم سیگار می‌دی؟»

دلش را نداشت که رد کند. سیگار دیگری به او داد.

«وقتی رسیدم، دیگه نمی‌شد رفت توی دانشگاه. قشنگ محاصره‌اش کرده بودند. شنیدم یکی از بچه‌ها دستگیر شده و بردنش شهرداری. رفتم اونجا پیداش کنم که خودم رو گرفتن.»

حسام چشمانش را ریز کرد.

«به خدا راست می‌گم.»

«خیلی خب.»

«فقط یه کاری واسه‌ام بکن.»

«در وضعیتی نیستی که چیزی مطالبه کنی.»

«حسام، خواهش می‌کنم. تقصیر مجید نیست که من دروغ گفته‌ام. آزاری بهش نرسون.»

حتما مجید فعالیت سیاسی جدی می‌کرد که آنقدر بهرام نگرانش بود. حسام بحث را عوض کرد. «عاشق اون هم هستی؟»

«نه. مثل من و تو نیست.»

حسام از اینکه پسرک بازی را باخته بود، احساس خوشحالی نمی‌کرد. دوست

داشت که مثل سابق مقاوم و پر رو باشد. دیگر توان آن را نداشت که اذیتش کند. «نشریه‌هات رو دادم دست مجید. دیگه علیه تو مدرکی وجود نداره.» ناگهان به یاد آورد که مجید نشریه دیگری را برایش آورده بود که هنوز در ماشین زیر صندلی کنار راننده قرار داشت. باید آن را نیز سر به نیست می‌کرد.

درخششی در چشمان بهرام ظاهر شد. «راست می‌گی؟»

«به ناصر نمی‌گم که پیکاری هستی.»

«خیلی هم پیکاری نیستم. فقط چند تا مجله خوندم.»

حسام ساکت ماند.

«جون بهرام؟ نشریه‌ها رو دادی مجید؟»

«آره.»

زندانی ریه‌هایش را از دود تنباکو خالی کرد. «چرا؟»

برای اینکه بهرام را دوست می‌داشت. ولی می‌دانست عشق دوجانبه‌ای بینشان نیست. «هنوز طالب رو دوست داری؟»

اشک در چشمانش حلقه زد. «طالب نابودم کرد.»

مثل هم شده بودند: دو عاشق تنها و دل شکسته.

بهرام به سیگار کشیدن ادامه داد. شعله به پنبه فیلتر رسید و خاموش شد. ته سیگار را روی زمین انداخت. «بی‌بی چطوره؟»

حسام لحن بی‌بی را تقلید کرد و گفت: «فکر نکردی نگران می‌شه، نه؟»

بهرام لبخند زد.

«می‌خواد واسه همه‌مون عروس پیدا کنه.»

«همه‌مون یعنی چی؟»

«من و تو و مجید.»

«بابا ای والله رفیق حسام. ترمز کن یه ذره. هنوز نیومده داری می‌ری! در عرض چند ساعت عضو خانواده شدی.»

«ما اینیم دیگه!»

«عروس می‌خوای چی کار؟ مگه من مردم؟» نگاه وحشت‌زده‌ای در چشمان بهرام پدیدار شد. انگار قبل از اینکه آن را سنجیده باشد، حرف زده بود.

حسام دوست داشت خیالش را راحت کند و بگوید که بزرگترین آرزویش است که با هم ازدواج کنند، ولی پندار مسخره‌ای به نظر می‌آمد. می‌ترسید زندانی یادآوری کند که تنها شوخی کرده است و دوباره او را مایوس کند. «گفت واسه سه‌تایی‌مون، سه تا خواهر می‌خواد پیدا کنه.»

«حالا بیا و درستش کن!» پس از یک ثانیه، لبخندش ناپدید شد. بار دیگر، نگرانی در صورتش موج می‌زد. «منصور ولید رو جلوی چشم من کشت. انگار زندگیش هیچ ارزشی نداشت.»

بازجو بلند شد و در آغوشش گرفت. کاش می‌توانست درد را با چلانیدن از بدنش خارج کند. «اگه من اونجا بودم، شاید می‌تونستم جلوشو بگیرم.»

«می‌ترسم.»

«آره. می‌دونم.»

«حالا باید چی کار کنم؟»

شانه‌های زندانی را گرفت و به او نگاه کرد. در چنین وضعیتی، می‌توانست به آسانی قانعش کند که توبه نامه را امضا کند. ولی می‌ترسید همان بلایی سرش بیاید که سر ورقا آمده بود. باید می‌فهمید چرا مرد بهایی به قتل رسیده بود. روی میز نشست و پایش را روی دسته صندلی زندانی گذاشت.

«بند کفشت بازه.» بهرام بندهای پوتین بازجویش را کشید و گره زد.

شاید برای ابراز قدردانی از این بود که حسام او را لو نداده بود. برای پسر جسوری مثل بهرام، بستن بند کفش مرد دیگری نشانه دلبستگی بود. حداقل حسام این طور فکر می‌کرد.

«بهرام؟ می‌دونی چرا ناصر اینقدر اصرار می‌کنه که باید به تو صدمه برسه؟»

«یعنی چی؟»

«به من گفته که تو رو بزنم. انگار که دشمنی شخصی باهات داره.»

«همون جناب محترمی که از من به عنوان کیسه بوکس استفاده می‌کرد؟ مریضه! واسه همین.»

«یه فکری به سرم زده. کمی غیر عادیه. عصبانی نشو. ولی من اینها رو آورده‌ام.» حسام دست در جیبش کرد و جعبه‌های ماتیک را بیرون آورد.

زندانی با لحن مشکوکی پرسید: «می‌خوای امشب عروست بشم؟»

«چرت نگو! می‌خوام با آرایش یه قیافه‌ای برات درست کنم که انگار حسابی کتک خوردی.»

«که چی بشه؟»

«که وقت بیشتری داشته باشیم بفهمیم چرا ناصر اینقدر رو تو زوم کرده. ببینیم چطوری می‌شه از اینجا نجاتت بدیم.»

«چطوری؟ مگه تو آرایشگری بلدی؟»

حسام ماه‌ها شاهد آن بود که چطور اومبرتو برای تمرین کلاس نمایش آماده می‌شد. شوخی کرد. «راست می‌گیا! برای اینکه تو زشت بشی، یه گریمور واقعی لازم داریم!» جعبه‌ها را روی میز متعلق به صندلی زندانی گذاشت. برس کوچکی برداشت و روی رنگ قهوه‌ای کشید. سپس آن را با قرمز مخلوط کرد. «چشماتو ببند.» برس را به آرامی روی پلک او کشید.

«بعد از این، می‌ذاری برم؟»

«وقتی امن بود، آره.»

«یعنی چی وقتی امن بود؟ مگه نذاشتی ورقا بره؟ چرا من نه؟»

حسام برس آرایش را کنار گذاشت. «ورقا کشته شده.»

«چی؟»

نفس عمیقی کشید. «وقتی داشتم از آبادان برمی‌گشتم، تو راه پیداش کردم.»

بهرام آهی کشید و سرش را در دست گرفت. «خدایا! حتما دنبال من هم میان.»

«واسه همین می‌ترسم بلافاصله آزادت کنم. باید بفهمم قاتل کیه. چرا این کارو کرده. من کلی چونه زدم که ناصر بذاره ورقا آزاد بشه. آخرش هم...» به زندانی نگاه کرد. ترسیده بود. «نگران نباش. من مراقبتم.»

«تو مراقب خودت هم نمی‌تونی باشی. خیلی احساس شکست ناپذیری بهت دست می‌ده. ولی تو توی سپاه، برادر نداری. واسه اونا، تو فقط یک کافر سوسیالیست...»

قبل از اینکه بهرام بتواند کلمه زشتی را به زبان آورد که علیه همجنسگرایان از آن استفاده می‌شد، حسام حرفش را قطع کرد. «نگو اسمشو.»

«تو هم مثل منی. راه فراری نداری.»

«بهرام؟ عزیز من؟ تو الان شوکه شدی. می‌فهمم. ولی به من اعتماد کن. یه راهی پیدا می‌کنم. قول می‌دم. یه کم بیشتر بهم وقت بده.» حسام دوباره به آرایش او پرداخت. «فقط سعی کن رو اعصاب پاسدارها جفتک نندازی.» رژ لب را برداشت. «از این باید استفاده کنم. واسه اینکه مجروح به نظر بیای، سایه چشم کافی نیست.»

«تو فکر می‌کنی این یه بازیه.»

«بهرام! اعتماد به نفستو حفظ کن. پس اون همه قلدری و گردن کلفتی چی شد؟ الان وقت عقب نشینی نیست. باور کن حرف منو. نمی‌ذارم بلایی سرت بیاد.» با انگشت شست کنار صورت او را مالید که آرایشش طبیعی به نظر بیاید. «این جعبه‌ها رو می‌ذارم واسه تو. یکی دو روز دیگه، از رنگ آبی استفاده کن که انگار چشمت ورم کرده.»

«بلد نیستم آرایش کنم.»

«اگه می‌خوای سر ناصر کلاه بذاری، باید یاد بگیری. نترس! درست می‌شه.»

«حسام؟»

«جان؟» کلمه بی‌اختیار از دهانش پرید.

«مرسی. تو آدم شرافتمندی هستی.»

این حرف، به دل حسام نشست. درست همان واژه‌ای بود که اومبرتو استفاده می‌کرد. شاید نشان آن بود که بهرام هم مثل اومبرتو او را دوست می‌داشت. باید حسام به او ثابت می‌کرد که لیاقتش را دارد.

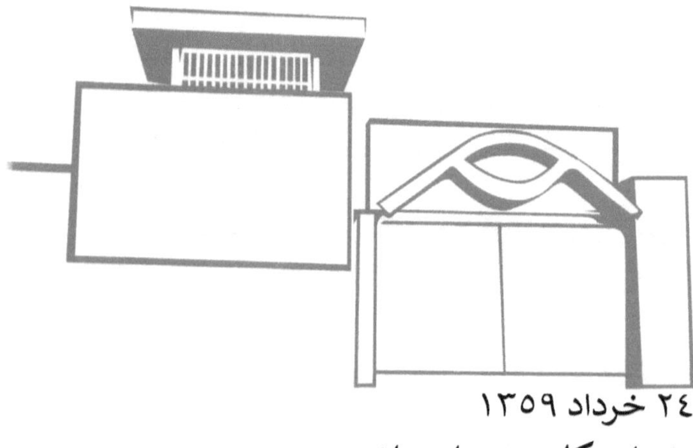

زندان کارون، اهواز

رأفت از ماموران هیچ خبری از ولید به دست نیاورده بود. تنها چیزی که می‌دانست این بود که تعداد زیادی از زندانیها عفو شده و در آستانه آزادی بودند. نمی‌دانست چه کسی در چه تاریخی آزاد خواهد شد ولی از دیگر خانواده زندانیان شنیده بود که اولین روز آزادی، امروز است. به همین علت، از ساعت شش و نیم صبح آمده بود و جلوی در زندان به انتظار ایستاده بود تا هنگام خروج فرزندش، او را پیدا کند. حتما مسئولان فهمیده بودند که ولید مرتکب جرمی نشده است و قرار بود آزادش کنند.

از اواخر فرودین، که ولید دستگیر شده بود، تا کنون او را ندیده بود. چند روز پس از بازداشت، مامورها گفته بودند که به جرم ضد انقلاب بودن به اعدام محکوم شده است. وقتی رأفت از این حکم باخبر شد، به تمام مقامات و اداره‌ها و مسجدهایی که می‌توانست، مراجعه کرد. از آنها درخواست نمود که مداخله کنند و جلوی اجرای حکم اعدام را بگیرند. یکی از روحانیون، با خونسردی به او گفت: «غصه نخور خواهر. اگه

بی‌گناه باشه و اعدام بشه، می‌ره بهشت. اگه گناهکار باشه و اعدام بشه، حد اقل فرصت بیشتری برای گناه کردن نداره.» اگر به احترام عمامه‌اش نبود، رأفت با کشیده به دهانش می‌خواباند.

خورشید در آسمان اوج می‌گرفت و هوا را گرمتر می‌کرد. روز آزادی پسرش بود. در کیفش کلوچه به همراه داشت. کلوچه شوشتری با شیره خرما و کشمش که به پیشنهاد مادر شوهرش به مواد لازم اضافه می‌کرد. هنگام آمدن به زندان، پسر بزرگش جمال را بیدار نکرده بود که همراهش بیاید. خودش زن و بچه داشت و سرش شلوغ بود. نیازی نبود که جمال هم به زندان بیاید.

چندی بعد، درهای زندان باز شدند و چهار نگهبان دیگر به دربانها پیوستند. لحظه آزادی بود.

چقدر به این درها خیره شده بود! می‌توانست از روی حافظه آنها را نقاشی کند. سر در زندان شبیه چشمی بود که به او زل زده بود. رأفت از این چشم شوم متنفر بود. ساعتهای بسیاری را آنجا، زیر آفتاب سوزان و خیس عرق در انتظار گذرانده بود. به قدری که شمار آنها از دستش در رفته بود.

ولی امروز با روزهای دیگر تفاوت داشت. زمان آزادی جگرگوشه‌اش بود. هر آن ممکن بود رها شود.

ناصر وارد سلول زندانیانی شد که قرار بود امروز آزاد شوند. از پاسدارهای زیر دستش راضی بود. این، واقعه مهمی به شمار می‌آمد. مشکلات زیادی را پشت سر گذاشته بودند: از ممنوعیت فعالیتهای سازمانهای مخالف در دانشگاه‌ها گرفته تا درگیریهای کوی دانشگاه تا وقایع ساختمان شهرداری که مایه تاسف بود. همه خسته بودند. کارون ظرفیت نگهداری این همه زندانی را نداشت. ولی با وجود ازدحام شدید زندان و تشویش و اضطراب کاری، پاسداران توانسته بودند به وظیفه‌شان عمل کنند. هم اکنون، با آزادی بازداشتیهایی که تنها به علت مشکوک بودن دستگیر شده بودند، از ناآرامی بیشتر در شهر پیشگیری می‌کردند و در عین حال کار از حجم کار خودشان کاسته می‌شد. خلافکارها از کسانی که قابل بهسازی بودند، جدا شده بودند و گروه دوم رهایی می‌یافتند.

ناصر از اینکه نمونه خوبی برای حسام شده بود، احساس خرسندی می‌کرد. به کارآموزی بیشتری نیاز داشت تا تبدیل به یک پاسدار درجه یک شود. با آزادی ورقا، حسام دچار اشتباه بزرگی شده بود ولی حداقل در راه بهبود عملکرد خود تلاش می‌کرد. از دستورالعمل‌های ناصر با دقت پیروی می‌نمود. امروز چند نفر از بازداشتیهای زیر نظر حسام آزاد می‌شدند و پسرک گستاخ بدجوری لت و پار شده بود. ناصر از دیدن

زخمهای روی چهره او خوشحال بود. حسام به وظیفه‌اش عمل کرده بود و درس خوبی به پسرک بزهکار داده بود تا به توبه وادارش کند.

ناصر لیست زندانیانی را که توبه کرده بودند، مجددا بررسی کرد. امروز ده‌ها زندانی رها می‌شدند و دیگر لازم نبود همگی شبانه روز کار کنند. حسام و سعید گروه‌های پنج نفره را از بند می‌آوردند و به طرف در زندان می‌بردند. حتی منصور هم پس از بازگشت از مرخصی اجباری، آرامتر شده بود.

می‌بایست ناصر در مورد «جانور» که منصور هفته گذشته به او شلیک کرده بود، داستانی سر هم کند. جنازه‌اش را قبلا به پزشکی قانونی تحویل داده بود و باید گواهی فوت را صادر می‌کرد. ولی برای آن، می‌شد چند روزی صبر کرد.

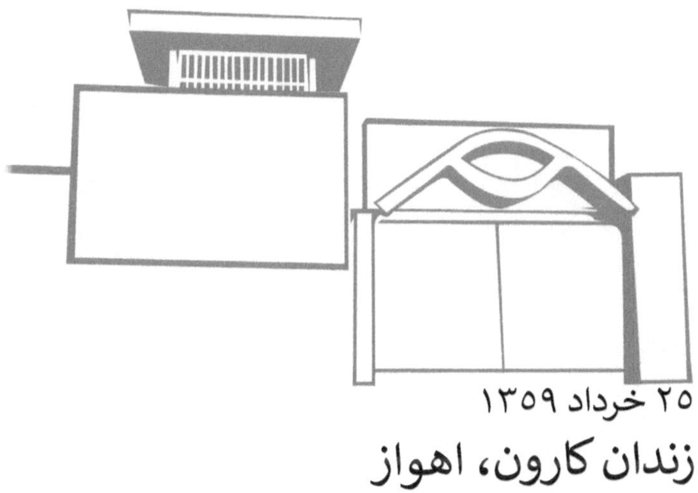

زندان کارون، اهواز

نیرنگ حسام، موفقیت‌آمیز بود. سعید جراحت بهرام را باور کرده بود و از حسام انتقاد کرد که چرا با زندانی «عسل چشم» چنین بیرحمانه برخورد کرده است. گرچه حسام از این بابت خوشحال بود، در عین حال خجالت می‌کشید که دوستش گمان می‌کرد که فرد ستمگری است. صدای همخانه‌اش در سرش می‌پیچید. جوابش داده بود که «دیگه نمی‌زنمش. انفرادی کافی‌شه.» اکنون که تعداد زیادی از بازداشتی‌ها رها شده بودند، دیگر در زندان کمبود جا نبود. به طرف سلول بهرام می‌رفت. شاید دچار پارانویا شده بود، ولی می‌ترسید که کسی پسرک را در بند سیاسی به قتل برساند. به همین دلیل و به بهانه فشار دوچندان به زندانی، او را به انفرادی منتقل کرده بود.

منصور پیشنهاد کرده بود که اگر «به کمکی احتیاج دارد» خبردارش کند که او هم جوانک را مورد ضرب و شتم قرار دهد. ولی انفرادی بهانه‌ای شده بود که دیگر کسی نخواهد به بهرام آزاری برساند.

به سلول اول نگاه کرد. خالی بود. به اتاق سمت راست، سرک کشید. مردی را که آنجا محبوس بود نمی‌شناخت. در سلول سمت چپ هم، خبری از بهرام نبود.

امشب می‌خواست که همه دردسرهایش را فراموش کند و چند ساعتی را با یارش بگذراند. قصد شهوانی نداشت. زندانی آشکارا نشان داده بود که چنین چیزی برایش قابل قبول نیست. امشب به وی ثابت خواهد کرد که علاقه‌اش تنها وجه جسمانی ندارد. اگر اعتمادش را جلب می‌کرد، شاید به کمک هم کشف می‌کردند که برای فرار از این مخمصه چه کاری باید انجام دهند.

به سلول بعدی رفت. بهرام روی زمین نشسته و به دیوار تکیه داده بود. پیژامه خط خطی خاکستری به پا داشت و تیشرت یقه هفت آبی پوشیده بود. از شوق دیدار زندانی، دلگرم شد.

بهرام حضورش را احساس کرد و نگاهی به او انداخت. آرایش آبی و بنفش جراحت چشمش را حقیقی می‌نمود.

در را گشود و زمزمه کرد: «سلام. گریمور شدی!»

تنها جواب زندانی لبخند بود.

«چطوری؟»

«خوشحالم اومدی دیدنم.» دستش را روی موکت زد به علامت اینکه کنارش بنشیند.

بازجو نشست و پای راستش را پشت زندانی گذاشت و پای دیگرش را مقابل او. وقتی زانویش را خم کرد، بهرام دستانش را دور آنها پیچید و سرش را روی زانوهایش گذاشت.

«بذار آرایشت رو پاک کنم.»

بهرام از زیر پای او، تیشرتش را بیرون کشید. «پوتینهاتو در نمی‌آری؟»

«باید وانمود کنم که اومدم اذیتت کنم. نباید کسی فکر کنه اومدم مهمونی.» حسام لیوان پلاستیکی قرمز را برداشت و روی تیشرت آب ریخت که با آن آرایش پسرک را تمیز کند.

جوانک هشدار داد: «مواظب باش همه‌شو پاک نکنی. طول می‌کشه زخمهای خیالی من خوب بشن.»

«آره. می‌دونم.» صورتش را نوازش کرد. «اصلاح کردی.»

«نصرت برام لباس تمیز و ریش تراش و این جور چیزا آورد. سعید اجازه داد که به دستم برسه.»

«بچه خوبیه سعید.»

بهرام موافق بود.

«ببخش که نشد نصرت رو ملاقات کنی. زندانیهای تحت بازجویی، ممنوع الملاقاتن. وگر نه ناصر مشکوک می‌شه.»

«چقدر عوضیه این ناصر هم.»

«چیزی به فکرت اومد که با تو چه خصومتی داره؟»

«چه می‌دونم؟ یه ریگی به کفشش هست. مگه بقیه‌شون خیلی درستکارن؟»

«باید مواظب باشیم.»

«من می‌ترسم.»

«آره. می‌دونم. من هوا تو دارم.»

زندانی، لحن شکست خورده‌ای داشت. «هر کی رو دلشون خواست، بهش شلیک می‌کنن. هیچ مجازاتی هم براشون وجود نداره. فهمیدی مشکلش با ورقا چی بوده؟»

«مطمئن نیستم که ناصر پشت این کار باشه.»

«دیگه کی؟ منصور که عقلش نمی‌رسه چنین برنامه‌ای بچینه.»

«شاید یکی خارج از سپاه بوده باشه.»

«همچین کسی از کجا فهمیده که ورقا کی آزاد شده و کجا می‌شه پیداش کرد؟»

حسام چانه او را با دست کشید که آرایش را تمیز کند. «نمی‌دونم. شاید یکی از همسایه‌هاشه.»

«اوف. سنباده می‌کشی؟ این پوسته آقا. تیکه چوب که نیست.»

سر به سرش گذاشت. «ببخش عزیزم. یادم رفت چقدر نازک نارنجی هستی!»

پسرک اعتراض کرد: «برو بابا! من لات گردن کلفتم.»

«معذرت می‌خوام جناب آقای لات. یه کم گیج شدم که بین پاهام نشستی.»

بهرام سرش را دوباره روی زانوی زندانبان گذاشت. «مسخره بازی در نیار. لات‌ها همه خشن رفتار نمی‌کنن. باور کن. بعضی‌هاشون درست مثل من و تو هستن.»

«هر چی تو بگی. انگار خیلی تجربه داری. مجید گفت که خیلی خاطر خواه داشتی.»

«چه فرق می‌کنه؟ چرا اینقدر مهمه که قبل از تو چند نفر بودن؟»

«واسه این مهمه که من هنوز جزوشون نیستم.»

زندانی سرش را بلند کرد و با جدیت به او نگریست. «امشب هم جزوشون نمی‌شی!»

«می‌دونم. قشنگ توضیح دادی قبلا. فقط می‌خوام کنارت باشم. دست از پا خطا نمی‌کنم.»

لبخندی غم انگیز روی صورت بهرام ظاهر شد. «مسئله اینه که اگه در چنین شرایطی تن به اجبار بدم...»

حسام حرفش را قطع کرد: «هیچ اجباری در کار نیست. حتی دست بهت نمی‌زنم مگه اینکه خودت بخوای.»

«باشه.»

«ولی دیگه باید التماس کنی.»

زندانی خندید. «فکر کردی خیلی تحفه‌ای؟»

«البته که هستم. می‌خوای نشونت بدم؟»

زانویش را بوسید. «مهم نیست که چقدر از نظر جسمانی جذاب باشی. مهم شخصیتته.»

حسام موهای بهرام را با دست شانه کرد. «دوستت دارم. اگه لازم باشه تا ابد هم برات صبر می‌کنم.»

«تو آدم خوبی هستی، حسام. چطور اینقدر حماقت کردی که سر از سپاه در آوردی؟»

«خودمم این سوال برام پیش میاد. شاید واسه این که تو رو پیدا کنم.»

«از این خرابه نجاتمون بده. می‌تونیم یه زندگی عادی داشته باشیم.»

«بی‌بی داره واسه‌مون دنبال سه خواهر می‌گرده.»

«هر سه تاشونو می‌دیم مجید.»

بازجو دست زندانی را بوسه زد. «با من عروسی می‌کنی؟»

«یه روزی، من هم چنین آرزویی داشتم.»

زندانی را نوازش کرد. «پس با هم آرزو کنیم. یعنی می‌خوام ببینم خدا قدرتشو داره که عاشق زیبایی تو نشه؟»

«مگه شما سوسیالیستها به خدا اعتقاد دارین؟»

«به تو اعتقاد دارم.»

«شاعری ها!» نجوا کنان ادامه داد: «منم دوستت دارم.»

حسام محبوبش را در آغوش گرفت.

ناصر بدون داشتن مقصد خاصی رانندگی می‌کرد. نمی‌خواست که دوباره با عصمت بگومگو کند. چند روزی بود که رفتار زنش تغییر کرده بود. ناصر بیشتر وقتش را با مردها می‌گذراند: در محل کار، در مسجد، در میان قوم و خویش. برایش گیج کننده بود که همسرش آشکارا از چیزی دلخور باشد ولی نگوید که مسئله چیست. نمی‌دانست در چنین وضعیتی چطور باید رفتار کند. عصمت کارهای خانه را مثل همیشه انجام می‌داد، ولی چیزی فرق کرده بود. ناصر هم نمی‌دانست که چطور از زیر زبانش بکشد که مشکل چیست. برای همین از خانه بیرون آمده بود.

ناخودآگاه خود را در راه زندان یافت. ساعت ۹:۳۷ شب بود. هنوز برای بازگشت به خانه خیلی زود بود. قصد داشت حوالی ساعت یازده- دوازده به منزل برود که عصمت خواب باشد و فرصتی برای مشاجره پیش نیاید.

کمتر می‌شد که شب هنگام به زندان برود. برای همین زمان مناسبی بود برای نظارت به کار زندانبانان شیفت شب. پشت میز نشست و نگاهی به روزنامه خوزستان

انداخت. قبلا عادت داشت که هر شب در راه خانه روزنامه بخرد و بعد از شام، آن را مطالعه کند. ولی پس از ازدواج، روزنامه‌ها کنار اتاق نشیمن تلنبار شده بودند و وقتی برای خواندنشان نبود.

روزنامه را کنار گذاشت و مشغول بررسی لیست زندانیها شد. بعد از عفو دسته جمعی، باید لیست را تصحیح می‌کرد. دو فهرست متفاوت وجود داشت که با یکدیگر هماهنگی نداشتند. هر دو را به دست گرفت و به سمت بند سیاسی راه افتاد.

نگهبان گفت: «سلام علیکم، برادر ناصر. کمکی از دست من برمیاد؟»

«باید لیست زندانیان رو درست کنم. اینجا محل نگهداری دو تاشون ذکر نشده.»

«بله. بفرمایین.»

ناصر فهرست را به او نشان داد. «اینجا کیه؟»

«توی انفرادی؟ تو این دو سه روز گذشته، یه زندانی جدید به اینجا منتقل شده. گمونم اسمش هست بهرام کریمی. با اجازه‌تون، من هنوز وقت نکردم که...»

وسط حرفش پرید: «مهم نیست. خودم درستش می‌کنم. یکی دو روز طول می‌کشه همه لیستها رو تصحیح کنیم.»

فرمانده وارد بند انفرادی شد. صبر کرد تا چشمش به تاریکی عادت کند. اولین سلول خالی بود. طبق لیست، می‌بایست آنجا کسی باشد. دو سلول بعد، مشغول بودند. سلول چهارم تاریکتر بود. چشمانش را مالید. هنوز به خوبی نمی‌دید که چه کسی آنجاست. چند بار پلک زد.

جوانی به پهلو خوابیده بود و زانوهایش را خم کرده بود. مثل طرز خوابیدن اطفال. تنها جامه‌اش شوارکی بود. شبیه بهرام بود. پشت سرش، مردی خوابیده بود و دستش را دور سینه جوان تبهکار حلقه زده بود.

از تماشای اینکه دو مرد در آغوش هم خوابیده‌اند، چندشش شد. می‌خواست تف کند و نگهبان شب را به آنجا بیاورد. ولی اندیشه دیگری به ذهنش خطور کرد. می‌بایست بهرام تا زمان امضای توبه نامه در انفرادی بماند. ناصر باید مطلع می‌شد که به جز او، چه کسی در چنین کردار کثیف و شنیعی دست دارد و چگونه وارد اتاق انفرادی شده است.

به دریچه درِ اتاق نزدیک شد. مرد دوم، پوتین به پا داشت و لباسش شبیه یونیفورم سپاه بود. ناصر قصد داشت او را به شدت مجازات کند. اینجا زندان دولت اسلامی بود، نه خانه فساد. کدام یک از نگهبانان شب، اینقدر بی‌آبرو بود که چنین کاری بکند؟ همانطور که مرد داخل سلول تکان خورد، ذره نوری بر صورتش تابید و چهره حسام پدیدار شد.

تن ناصر لرزید. دستش به دنبال سلاحش رفت. ولی جلوی خود را گرفت. باید راه چاره بهتری پیدا می‌کرد. حدس زده بود که رفتار حسام با زندانی غیرعادی است. آن طور که پاسدار کارآموز دست زندانی را گرفته بود و به او می‌نگریست، پیدا بود کاسه‌ای

زیر نیم‌کاسه است. ولی ارضای میل جنسی با یک پسر... آن هم در زندان، جنایتی بود علیه طبیعت. علیه تمام باورهای ناصر. حتما زندانی به اجبار تن به این کار داده بود. به هر حال، او نیز باید مجازات می‌شد. چنین پدیده منزجر کننده‌ای نمی‌توانست در زندان ادامه یابد.

می‌بایست دوباره با برادر غلام از کمیته انقلاب کمپلو تماس بگیرد.

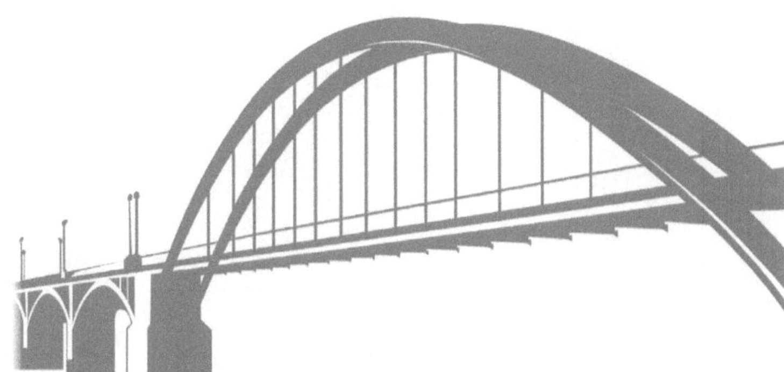

۲٦ خرداد ۱۳۵۹

اهواز

شب گذشته، عصمت باز هم نتوانسته بود شام بخورد. به هر کجا نگاه می‌کرد، خون می‌دید، حتی توی بشقاب غذایش. ناصر متوجه شد که رفتارش غیر طبیعی است و پرسید که چرا چند روز است که غذا نمی‌خورد. ولی عصمت نمی‌دانست چه بگوید. پس جوابی نداد. امری که باعث ناراحتی شوهرش شد تا حدی که از خانه بیرون رفت. دیر وقت که بازگشت، عصمت خودش را به خواب زده بود که مجبور نباشد با او حرف بزند. حالا که ناصر فهمیده بود که مشکلی در کار هست، نمی‌توانست آن را انکار کند. می‌بایست دلیلی برای آزردگیش بتراشد.

به محض اینکه صبح همسرش به سر کار رفت، به دکان سر کوچه مراجعه کرد تا روزنامه آن روز را بخرد. سپس به خانه بازگشت، چادرش را به کناری انداخت و روزنامه را روی زمین اتاق نشیمن پخش کرد. مستقیم رفت سراغ صفحه حوادث. به دنبال خبر بخصوصی می‌گشت.

اخبار امروز شامل بود از پیرمرد نابینایی که گم شده بود، کسی که در یک تصادف در جاده شوش مجروح شده بود و نیز فردی که اعلام می‌کرد که متعلق به «فرقه ضاله بهاییت» نیست. هیچ کدام از اینها برایش مهم نبودند. درست مثل روزهای پیش، هیچ چیزی پیدا نکرد. ولی باید پی می‌برد که ماجرا از چه قرار است.

زنگ در حیاط به صدا در آمد. بلافاصله کسی شروع کرد با دست به در زدن و همزمان پشت سر هم زنگ زدن. صدای زنی شنیده می‌شد.

وارد حیاط شد و داد زد: «کیه؟ اومدم!»

«در رو باز کن. بچه‌ام هلاک شد. در رو باز کن.»

چادرش را به سر کرد و به طرف در دوید.

رأفت، مادر ولید، پشت در ایستاده بود. «عصمت جان؟ بچه‌مو کشتن! بدبخت شدم!»

آنقدر در چند روز گذشته فکرش مشغول لکه‌های خون روی یونیفورم ناصر بود که یادش رفته بود در مورد ولید از او چیزی بپرسد.

رأفت به سر خود می‌زد. «ولیدمو کشتن!»

«رأفت خانم؟ بیاین تو. حالتون خوش نیست.»

«دیگه هیچ وقت حالم خوش نمی‌شه. پسرمو اعدام کردن. خدا مرگشون بده!»

زن جوان او را به داخل حیاط کشید و نگاهی به بیرون انداخت. امیدوار بود که کسی چنین مهمانی را جلوی در خانه‌شان ندیده باشد. «دروغ می‌گن! خدا جونشو نجات داده. دارن کاغذبازیشو انجام می‌دن که آزادش کنن!»

پیرزن اعتراض کرد. «چی می‌گی، عصمت؟ بیرون زندان منتظر عفوشده‌ها بودم. قرار بود آزادش کنن ولی کشتنش. من از پزشکی قانونی میام!»

«چی؟»

«با چشمهای خودم دیدمش. به شکمش شلیک کردن.»

چنین چیزی نمی‌توانست حقیقت داشته باشد.

رأفت فریاد می‌زد: «خدایا! من هم بکش و راحتم کن! دیگه نمی‌تونم. بچه‌مو کشتن. قربونیش کردن!»

صاحب خانه او را به اتاق نشیمن آورد.

رأفت شیون می‌کرد: «خدایا! خدایا! گناهم چی بود؟ چرا بچه‌مو ازم گرفتی؟ منو هم بکش. دیگه طاقت ندارم.»

«شما خودتون دیدینش؟»

«تو سردخونه. اینقدر که لاغر بود. پوستش خاکستری شده بود. خدایا، چی کار کنم؟» رأفت روی روزنامه‌ها افتاد و شروع به گریه کرد. عصمت کنارش نشست.

«بهم گواهی فوت دادن. پسرمو زنده و سالم گرفتن و حالا به جاش اینو دادن

دستم.» مشتش را باز کرد و ورقه مچاله شده‌ای را نشان داد.

عصمت آن را به دست گرفت و مشغول خواندنش شد: «ولید مقدم، با نام مستعار سازمانی صالح...»

رأفت توضیح داد: «حتی اسمش هم اشتباه نوشتن. اسمش تو شناسنامه صالحه. ولید اسمیه که ما صداش می‌کردیم. عضو هیچ سازمانی هم نیست.»

عصمت به خواندن ادامه داد. «در اثر اصابت گلوله در تاریخ ۲۰ خرداد ۱۳۵۹ فوت کرد.»

«اعدامش کردن. آدمکشهای از خدا بیخبر.»

«روز بیستم کسی اعدام نشده. من همه روزنامه‌ها رو...» قبل از اینکه جمله‌اش را تمام کند، جلوی خودش را گرفت.

«اعدام شده. بچه‌مو با چشمهای خودم تو پزشکی قانونی دیدم. نمی‌تونن اسم خودشونو مومن بذارن ولی جوونهای بیگناه رو به قتل برسونن. قاتلهای بیشرم.»

عصمت محکم بغلش کرد، بلکه بتواند از لرزیدنش جلوگیری کند. دیگر همه چیز برایش روشن شده بود. ولید در اثر یک اعدام قانونی کشته نشده بود. نه در طول دو هفته گذشته. اعدامهای قانونی در روزنامه‌ها اعلام می‌شدند. عصمت تمام روزنامه‌ها را به دقت زیر و رو کرده بود. به علاوه، اعدام در چنین فاصله نزدیکی انجام نمی‌شد که خون قربانی روی لباس جلاد بپاشد. اشک در چشمانش حلقه زد. «رأفت خانم، تسلیت می‌گم.»

«حالا پول هم می‌خوان.»

«یعنی چی؟»

«می‌گن جنازه‌شو پس نمی‌دن مگر اینکه ۱۰۰ تومن پول گلوله بدیم و ۱۰۰ تومن هزینه نگهداری تو سردخونه.»

از ستم بینهایت ماموران، خون عصمت به جوش آمد.

«باید ۲۰۰ تومن بدم که بدن بیجان پسرم رو از دولت بخرم. این چیزیه که انقلاب برامون آورده.»

هر کلمه مثل طناب دور سینه‌اش می‌پیچید و نفس کشیدن را مشکل می‌کرد. «پسر بزرگ‌تون کجاست؟»

«جمال؟ سر کاره. چطور بهش بگم که برادرشو سلاخی کردن؟ منتظر بودیم آزاد بشه. نور چشمم! ولیدم!»

«واسه‌تون آب میارم، رأفت خانم.»

روی سرش می‌زد. «هیچی نمی‌خوام! خدایا، گناه من چی بود؟ چرا بچه‌مو ازم گرفتی؟» به عصمت گفت: «خدا گناه‌هاتو ببخشه. که واسه گناه‌های من بچه‌مو ازم گرفت.»

«واقعا متاسفم.» عصمت بلند شد و کیفش را برداشت.

پس خون روی لباس ناصر متعلق به ولید بود. تقاص گناه ناصر به گردن عصمت می‌افتاد. باید کاری می‌کرد که قصاص قتل ولید را پس دهد. در غیر این صورت، بیست سال دیگر به همان مصیبتی گرفتار می‌شد که به سر رأفت آمده بود. فقط دعا می‌کرد که حامله نباشد.

رأفت همچنان ناله می‌کرد: «خدایا! خدایا مرگم بده و راحتم کن.»

عصمت می‌بایست حداقل ۲۰۰ تومان در کیفش می‌گذاشت. باید به جمال هم خبر می‌داد. پرسید: «شماره جمال چیه؟»

فکر می‌کرد که بدترین روز عمرش روزی بود که پیراهن خونی ناصر را پیدا کرده بود. ولی امروز که صرف سوگواری با خانواده مقدم شده بود، از آن هم سخت‌تر بود. آنها عزادار بودند و هیچ کدام حضور ذهن نداشتند که بپرسند رأفت عصمت را از کجا می‌شناسد. او در میان خویشان گریان نشست و مشغول برنامه ریزی شد. مشکلات زیادی وجود داشت که باید آنها را حل می‌کرد. هزینه‌هایی که باید پرداخت می‌شد. این کمترین کاری بود که برای جبران قتل فراقضایی فرزندشان، از دست عصمت برمی‌آمد.

جمال، پسر بزرگ رأفت، قبول کرد که عصمت پرداخت مخارج به خاکسپاری او را به عهده بگیرد، ولی آن را از مادرش مخفی نگه داشت. رأفت پافشاری کرد که بدن بیجان پسرش را ببیند. جمال با آن مخالف بود ولی سرانجام رضایت داد، با اینکه می‌دانست دیدن ولید بیشتر مادرش را رنج خواهد داد.

عصمت به ساعت نگاه کرد. ۴:۳۰ بعد از ظهر بود. هنوز نیم ساعت تا آمدن ناصر وقت داشت. با عجله به خانه بازگشت، دوش گرفت و یک پیراهن سبز پوشید. با خط چشم و ریمل و سایه چشم، صورتش را بزک کرد. سپس عینک آفتابی بزرگ ری‌بن زد که آرایشش را پنهان کند. دوباره بیرون رفت و از کبابی نزدیک خانه، کباب برگ گوساله، نان سنگک، سبزی خوردن و دو بطری کوکاکولا خرید.

به خانه که برگشت، چادرش را روی زمین انداخت و دوباره پشت میز توالت نشست. وقتی رژ پررنگ قرمز به لب می‌زد، صدای ناصر از جلوی در به گوشش رسید.

«ناصر جان، رسیدی؟ سلام.»

«سلام. چطوری؟»

«الحمدلله.»

شوهرش به او خیره شد. «چقدر خوشگل کردی.»

«ناصر جان، منو ببخش. متاسفم دیشب بد اخلاقی کردم. این روزها اصلا اشتها ندارم.»

«مسئله‌ای نیست. اوضاع رو به راهه؟»

«من خیلی خوشبختم که با تو ازدواج کردم. می‌خوام اینو بدونی.»

ناصر نیشش باز شد. «اختیار داری. همه دنیای من تویی. خوشحالم که حالت خوبه. نگرانت بودم.» شروع کرد به باز کردن دکمه‌های پیراهن کارش. آن را درآورد و به عصمت داد. «زندان عجب جای کثیفیه! شرمنده‌ام از اینکه با چنین آدمهایی سر و کله می‌زنم.»

«مگه چی شده؟»

«قول بده که دیگه نمیای زندان. نمی‌خوام نجاست اونجا رو ببینی.»

«چرا اینقدر ناراحتی؟»

«حتی از گفتنش خجالت می‌کشم.»

«ناصر، من همسر توام. امیدوارم حس کنی که می‌تونی هر موضوعی رو با من در میون بذاری. تو شوهر منی.» دستش را روی شانه وی گذاشت. «جلو من نباید اینطوری از چیزی شرمنده باشی.»

«چی بگم؟»

بازوی همسرش را نوازش کرد.

«دیشب شاهد یه منظره بسیار زننده بودم. دو تا مرد بودن که...»

«چی؟»

«با هم خوابیده بودن.»

عصمت سرش را تکان داد. «استغفرالله. عجب دنیایی شده! ولی تو که نباید شرمزده گناه اونها باشی.»

«آخه یکیشون پاسداره. زیر دست من کار می‌کنه.»

«خب مطمئنم برایش تنبیه مناسبی در نظر می‌گیری.»

«تو فرنگ دانشگاه می‌رفته. از همونها حتما یاد گرفته.»

«آره. ایرانیها از این معقول‌تر عمل می‌کنن. چه رفتار ننگ آوری! می‌خوای چی کارش کنی؟»

«والا... باید طوری رفتار کنم که برادرها روحیه‌شونو نبازن. نمی‌خوام بفهمن که یکی از خودهاشون لواط می‌کرده. اگه دو تا زندانی این کار رو با هم می‌کردن، روز بعد هر دو اعدام می‌شدن. ولی گمونم که زندانی به زور تن به تجاوز داده.»

«واقعا متاسفم که مجبوری با چنین حیواناتی کار کنی.»

«اشکال نداره. یه چاره‌ای پیدا می‌کنم. باید با برادرهای کمیته مشورت کنم.»

«امشب که نمی‌ری؟»

«چطور؟»

«شام حاضره. می‌خواستم به خاطر دیشب ازت معذرت بخوام.»

ناصر لحظه‌ای تردید کرد. ولی سپس راضی شد. «خیلی خب. باشه. یه وقت دیگه می‌رم.»

عصمت یونیفورم را روی صندلی گذاشت.

«شلوار خونه‌ام کجاست؟»

«شستمش. شاید رو بند باشه. صبر کن، الان میارم.»

«راستش، خیلی گرمه. اگه اجازه بدی، من همینطور...» شلوار کارش را در آورد. رانهای برهنه‌اش دیده می‌شد.

«اجازه بدم؟ ناصر، وقتی کنار تو هستم، فکر می‌کنم غریزه، پاکدامنی منو امتحان می‌کنه.»

لبخند بزرگی روی چهره ناصر ظاهر شد.

تا کنون، هرگز با شوهرش این چنین صحبت نکرده بود. «تو هم اجازه بده که من یه چیزی رو اعتراف کنم.»

«چی شده؟»

نفس عمیقی کشید. «علت اینکه دیشب بدخلق بودم اینه که... ناصر... گمونم بچه‌دار شدم.» شک داشت که این امر حقیقت داشته باشد، ولی بهانه خوبی بود.

«راست می‌گی؟ خدایا شکرت!»

«آره. گمونم. همیشه می‌خواستم واسه‌ات یه پسر بیارم.»

«بچه‌مون چه پسر باشه چه دختر، فرق نمی‌کنه. به همون اندازه دوستش خواهیم داشت. خبر از این بهتر نیست.» ناصر او را در آغوش کشید.

عصمت چشمانش را بست. قبل از اینکه پیراهن خونی همسرش را پیدا کند، زندگی مشترک با مردی که دوستش می‌داشت و فرزندی در راه، آرزوی وی بود. برایش دلیل ازدواج، چنین زندگی بود. ولی ناصر با کشتن ولید، تصمیم گرفته بود که خودش باید سرنوشت زندانیان را رقم بزند، نه حکم و حاکم و احکام مذهبی. در واقع با این کار، نقش پروردگار را به عهده گرفته و زندگی عروس جوانش را تباه کرده بود.

«مادرت خبر داره که حامله شدی؟»

«هنوز نه. نمی‌خوام به کسی چیزی بگم تا وقتی مطمئن بشم.»

«پس شام امشب برای جشن گرفتن بچه‌دار شدنه؟»

«شام خیلی خوبیه. همون غذاییه که دوست داری.» خود را از آغوش شوهرش به آرامی بیرون کشید. گمان کرد که روی زیر پوشش خون دیده است. «برم بیارم تا سرد نشده.» به آشپزخانه رفت و بشقابها و سینی کباب را آورد.

ناصر سفره را پهن کرد. «عصمت؟»

«چیه ناصر جان؟»

«این روزنامه امروزه؟»

دست عصمت لرزید. «آره. واسه تو خریدم. می‌دونم دوست داری بعد از شام، روزنامه بخونی.»

ناصر به روزنامه اخم کرد و آن را روی کپه سایر روزنامه‌ها گذاشت. «امشب

دوست دارم یه کار دیگه بکنیم.» به او چشمک زد.

«ناصر، تو همه دار و ندار منی. ولی... شاید بهتر باشه در برابر وسوسه‌های طبیعت مقاومت کنیم. نمی‌خوام به بچه‌مون آسیبی برسه.» دستش را روی دلش گرفت.

انگار می‌خواست اعتراض کند ولی گویا بهانه همسرش را باور کرده بود. صورت او را بوسید. «آه... باشه. خدایا من دارم پدر می‌شم.»

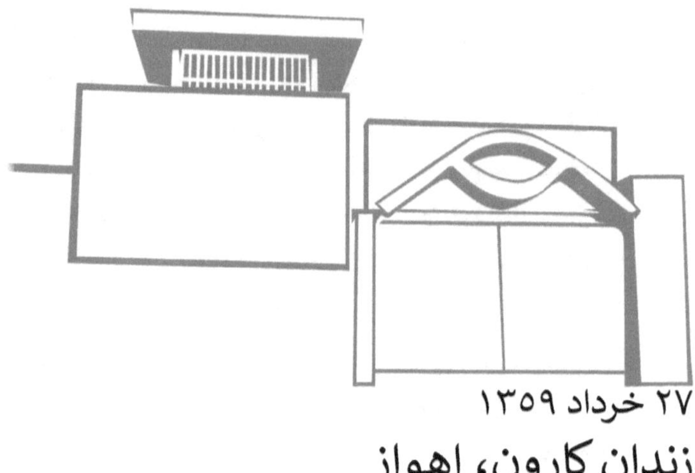

حسام در ماشین جیپ نشسته بود و به ساعتش نگاه می‌کرد. ۵:۴۹ عصر. شیفتش یک ساعت پیش تمام شده بود. ولی دنبال بهانه‌ای می‌گشت که در زندان بماند و شب را با محبوبش سپری کند. دیگر چه عذری برای این کار می‌توانست سرهم کند؟ تا حالا دو بار وانمود کرده بود که باید فهرست زندانیان انفرادی را تصحیح نماید. نمی‌توانست بهرام را به اتاق بازجویی ببرد. چراکه در این صورت مجبور بود برای اینکه وادارش سازد که توبه کند، دوباره او را به دروغ کتک بزند.

بدون حضور ذهنن، سوییچ ماشین را به هوا می‌انداخت و در هوا آن را قاپ می‌زد. برای دیدار پسرک زندانی باید ابتکار به خرج می‌داد. سوییچ را دوباره بالا انداخت ولی نتوانست آن را بگیرد. زیر صندلی کنار راننده افتاد.

غرولندی کرد و خم شد تا کلید را از زیر صندلی بردارد. دستش به تکه پارچه‌ای

خورد و آن را بیرون کشید. چفیه‌ای بود که در اتاق بهرام در آبادان پیدا کرده بود. درون آن، نشریه پیکار پنهان بود. کاملا از یاد برده بود که مجید مجله دیگری را برایش آورده بود که مطالعه کند و از بحران شهرداری اهواز در آغاز انقلاب فرهنگی مطلع شود.

تای چفیه را باز کرد و نشریه را از لای آن بیرون کشید: مجله فتوکپی شده بود و جوهر کمرنگ آن به زحمت دیده می‌شد. نگاهی گذرا به آن انداخت و به خود لرزید.

حسام با عصبانیت مجله را در چفیه پیچید و زیر صندلی انداخت.

چرا خودش را در چنین شرایطی قرار داده بود؟ چه خطایی کرده بود که به خاطر آن، زندگیش تا این حد خطرناک شده بود؟ چند ماه پیش، در رشته پزشکی تحصیل می‌کرد. تنها از راه مطالعه نشریات سیاسی از فعالیتهای انقلابی و خونریزی و درگیری خبردار می‌شد. در مجله خوانده بود که در ایران افراد زیادی اعدام می‌شدند و در کردستان جنگ داخلی رخ داده است. چند نفر دانشجوی مشکوک و ناشناس، سیاستمداران آمریکایی را گروگان گرفته بودند. در طول تمام این وقایع، اومبرتو ناراحت بود که چرا وی تمام وقتش را صرف پیروی از اخبار ایران می‌کند. او که دانشجوی رشته هنر بود، ترجیح می‌داد حسام تمام وقت خود را به او اختصاص دهد تا با هم در مورد مجسمه‌ها و نمایشها و نقاشیها بحث کنند.

شاید حسام خودش را فریب داده بود که اگر به ایران بازگردد می‌تواند اثر مثبتی روی زندگی روزمره ایرانیان بگذارد. شاید دلیل واقعی این بود که از عشقی که اومبرتو به او عرضه کرده بود، می‌ترسید.

پس، از بهانه انقلاب فرهنگی استفاده کرد که دوستش را ترک کند و عازم وطن شود.

و اکنون در جیپ نشسته بود و آرزو می‌کرد که بتواند لحظه‌ای همراه معشوق تازه‌اش باشد و بتواند او را از تهدید کشتارهای نابسامان سیاسی محفوظ نگه دارد.

برخلاف اومبرتو، بهرام خیلی به او اتکا نمی‌کرد. انگار که نیاز چندانی به او نداشت. بالعکس، حسام می‌بایست دائما به زندانی ثابت می‌کرد که مهر و محبتش ارزش پذیرفته شدن را دارد. باید با دوست پسرهای سابق وی رقابت می‌کرد و نشان می‌داد که از آنها بهتر است.

جان بهرام در خطر بود و هنوز نمی‌دانست از کدام سو. تنها حسام بود که می‌توانست از او در برابر حبس دراز مدت محافظت کند، یا حتی در برابر سرنوشت بدتر از حبس.

دوباره به ساعتش نگاه کرد. ۵:۵۷ بود. برای دیدار بهرام طاقت نداشت.

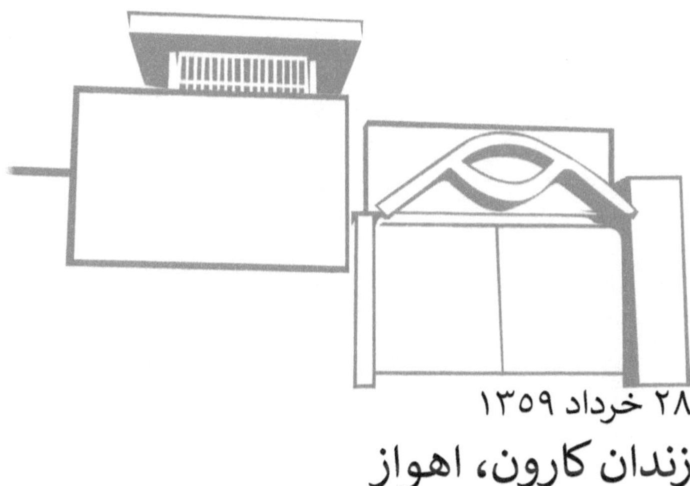

زندان کارون، اهواز

از شبی که بهرام آن را در سلول انفرادی در کنار حسام گذرانده بود، دو هفته می‌گذشت. هنوز لطافت آغوش او را حس می‌کرد. نمی‌دانست چه مدت او در انفرادی به همراهش مانده بود. بهرام در حالی که دست یارش دور سینه‌اش حلقه شده بود، به خواب رفت. صبح روز بعد که بیدار شد، دیگر او آنجا نبود.

طالب در تخت خواب نمی‌ماند. حتی در آرامش خانه خود، کنار بهرام دراز نمی‌کشید. ولی حسام دلبستگیش را به صراحت اظهار می‌کرد. گذراندن شب کنار بهرام، برای خود حسام نیز بسیار خطرناک بود.

ای کاش که الان هم در انفرادی کنارش حضور داشت. شاید می‌بایست حقیقت را با او در میان می‌گذاشت. یک دوستی واقعی نیازمند راستی و درستی بود. اگر این کار را می‌کرد، می‌توانست به حسام نزدیکتر شود به طوری که کسی نتواند جانش را تهدید کند. شاید با وجود تمام مشکلها، حسام راهی پیدا می‌کرد که او را از اسارت نجات دهد.

باید با هم فرار می‌کردند و جایی می‌رفتند که بتوانند در آزادی زندگی کنند.

ولی اگر در مورد حسام اشتباه می‌کرد، اعتماد کامل به او ممکن بود به قیمت جان بهرام تمام شود. نمی‌توانست خودش را قانع کند که اختیار کلیه تصمیم‌گیرها را به عهده حسام بگذارد و امیدوار باشد که حسام به نفع بهرام رفتار کند. علاوه بر آن، از کجا می‌توانست اطمینان حاصل کند که خارج از زندان، حسام همچنان دوستش خواهد ماند. شاید تنها جذبه‌اش برای حسام همین بود که کاملا به بهرام تسلط داشت. زندانی احساس آسیب پذیری می‌کرد. نمی‌شد حقیقت را به حسام بگوید.

طالب تنها کسی بود که از تمام راز و رمزهای بهرام خبر داشت. زندانی سعی کرد که دردناکترین خاطره‌اش را از طالب را از ذهنش دور کند. ولی نتوانست. مهر ماه ۱۳۵۷ بود، دو ماه پس از ازدواج طالب. همدیگر را کمتر و کمتر می‌دیدند ولی رابطه‌شان هنوز کاملا قطع نشده بود.

دستش را دراز کرد که دست طالب را بگیرد. نه مثل کودکان که هنگام احساس خطر، محکم دست مادرشان را می‌گیرند. تنها لمس سرانگشتان دلبندش برایش کافی بود. ولی او دستش را پس کشید و مگسی را کنار زد که بهرام آن را ندیده بود. شاید اصلا مگسی وجود نداشت. با فاصله نیم متر از همدیگر راه می‌رفتند. جریان آب رودخانه آنقدر آهسته بود که گویی به زحمت حرکت می‌کرد. انگار که هر لحظه ممکن است رودخانه تصمیمش را عوض کند و در همان جا لنگر انداخت. هر ثانیه، در حالی که هوا به زمین سنگینی می‌کرد، احتمال داشت که رود به مرداب مبدل شود. کارون که از فراز زاگرس با شوق و شتاب سرچشمه می‌گرفت، تا وقتی که منشعب می‌شد و به شط العرب می‌پیوست، غلیظ و گل آلود شده و به رنگ خاک در آمده بود.

آن روز عصر، بهرام سنگینی متفاوتی را احساس می‌کرد. نیم ساعت پیش، تصمیم گرفته بود که حرف دلش را به طالب بگوید. ولی اکنون دودل شده بود. می‌خواست مطمئن شود که محبوبش هنوز به او مهر می‌ورزد. هنوز از او طرفداری می‌کند. دهانش خشک شده بود. عزمش را جزم کرد و پرسید: «فکر می‌کنی بتونیم یه روزی آشکارا...»

طالب به او نگاه نکرد. همچنان به پاهایش می‌نگریست در حالی که از میان گیاهان خاردار رد می‌شد. عکس العمل سردش، از اراده بهرام کاست. دیگر تمایلی به پیگیری حرفش نداشت. شاید اصلا آقای داماد صدایش را نشنیده بود.

«چی؟»

پس شنیده بود. طالب به راحتی می‌توانست بپرسد «جانم؟» یا «چیه عزیزم؟» ولی تنها به یک کلمه بسنده کرده بود.

بهرام در دام حرف خودش افتاده بود. دوست داشت بداند که آیا هرگز به فکر

دلدارش خطور کرده است که روزی آشکارا عشقش را نسبت به او اعلام کند. «بگی که...»

گاهی صدای سکوت کرکننده بود. وقت مناسبی بود که ماهیگیری از آنجا عبور کند، کودکانی به دنبال هم از کنارشان بگذرند، یا دست نیرومند باد در چشمانشان شن بپاشد. ولی هیچ کدام نشد. هیچ چیزی نبود که از این باتلاق لفظی نجاتش دهد. هنوز سکوت سلطنت می‌کرد.

طالب منتظر پاسخ او ماند.

برای عقب نشینی دیر شده بود. دلش را به دریا زد. «بگی که دوستم داری... بدون اینکه بخوای از بقیه اینو مخفی کنی.»

دلبندش به خنده افتاد. «شتقصد؟ حلو بس مخبل!»

بهرام خوشحال بود که «زیبا» صدایش کرد و بی‌اختیار لبخندی روی چهره‌اش شکل گرفت. طالب به شوخی به او تنه زد طوری که انگار او را در آب خواهد انداخت. لمس پوستش برای بهرام لذت بخش بود. دستش را دور کمر طالب گرفت، ولی طالب با نگرانی دستش را پس زد و از او فاصله گرفت.

«خل شدی؟ مگه از قتل ناموسی چیزی نشنیدی؟»

شنیده بود. «کسی که نمی‌کُشَدت.»

«اگه آبروی کل طایفه رو ببرم، البته که می‌کشنم. مگه خونواده تو...» فهمید که حرف نابجایی زده است. دهانش را بست و سرش را پایین انداخت.

لبخند بهرام بخار شد. نفس عمیقی کشید. «نکشتنم که.» ای کاش طالب می‌پرسید که چه اتفاقی برایش افتاده است. دوست داشت تمام داستان غم‌انگیزش را برای او بازگو کند.

ولی نپرسید.

در سکوت به پیاده‌روی ادامه دادند. فکر می‌کرد که حتی شن زیر پایشان برایش دلسوزی می‌کند.

طالب دلداریش داد: «داری بزرگ می‌شی. به زودی می‌خوای به پسرهای کوچکتر چیره بشی. چشم به هم بزنی، خودتم ازدواج کردی. می‌تونی حتی بعد از عروسی هم به این کار ادامه بدی. ولی باید حواست باشه. وگرنه ممکنه خانواده پسره به فکر قتل ناموسی بیفته.»

بهرام جوابی نداد.

طالب با اشتیاق ناگهانی پرسید: «می‌دونی جالب چیه؟»

در آن لحظه هیچ چیزی برایش جالب نبود.

«تو از زنم هم خوشگل‌تری.» اگه دختر بودی، صیغعات می‌کردم.» از شوخی خودش خنده‌اش گرفت. «به عنوان زن دوم، می‌گرفتمت. زن اولم ازت متنفر می‌شد ولی من همه توجه و شیطنتم رو واسه تو می‌ذاشتم.»

بهرام خشمگین شد. «از کجا معلوم؟ شاید دست به یکی می‌کردیم که به توی عوضی یه درسی بدیم.»

«چقدر آتیشی شدی! شوخی کردم بخندی.»

بهرام دست در جیبش کرد و پاکت سیگارش را در آورد.

با لطافت، درخواست کرد: «به من نگاه کن.»

بهرام آشفته بود ولی هنوز توان آن را نداشت که در برابر طالب مقاومت کند. به او نگریست.

به آهستگی پرسید: «دلت رو شکستم؟»

شکسته بود. ولی بهرام دوست نداشت اعتراف کند که تا چه حدی جوانک بذله‌گو بر وجودش حکمفرما بوده است. چطور طالب می‌توانست به این آسانی از شکستن قلبش بگوید؟ نگاهش را از مردی که عشقشان را انکار می‌کرد، دزدید. نمی‌خواست که در چنین وضعیت آسیب پذیری دیده شود. به سیگارش پک زد و سرش را به سمت دیگر برگرداند. دود سیگار در هوا محو می‌شد و مثل عطوفتی که روزی در میانشان برقرار بود، در فضا ناپدید می‌شد.

حسام مردی بود که از ابراز علاقه‌اش به او هراسی نداشت. کاش می‌توانست به رخ طالب بکشد که عاشق جدیدش تا چه حد دوستش دارد. چشمانش مرطوب شد و یادش آمد که باید سایه چشم بزند. هنوز باید مجروح به نظر می‌رسید.

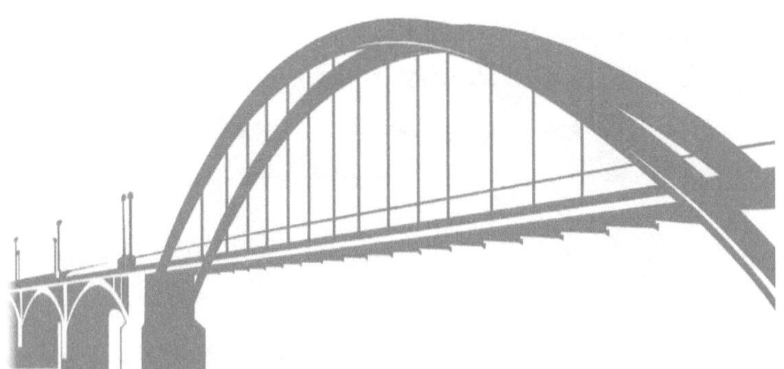

۳۰ خرداد ۱۳۵۹

اهواز

قبل از اینکه نماز جمعه تمام شود، ناصر با شتاب از جا برخاست و از ساختمان مسجد خارج شد. همان طور که کفشهایش را می‌پوشید، دید که غلام در حیاط دست به سینه در انتظارش ایستاده است. ناصر به سمت او رفت و دستش را دراز کرد. «سلام علیکم، برادر.»

«حال شما؟»

«الحمدلله.»

وقت زیادی برای خوش و بش نبود. «برا چی منو اینجا صدا کردی؟»

ناصر به پشت سر نگاهی کرد. کسی در اطراف دیده نمی‌شد. خطبه در آستانه اختتام بود و نماز گزاران به زودی به حیاط سرازیر می‌شدند. باید قبل از آن، گفتگویش با برادر کمیته به پایان می‌رسید.

«کسی رو می‌شناسم که... باید حذف فیزیکی بشه.»

اخم غلام بیشتر شد. «کیه؟»

«موضوع حساسیه، برادر. بعضی از پاسداران این آدم رو دوست به حساب میارن. نمی‌خوام به روحیه برادرها لطمه‌ای بخوره.»

«باشه. ما ترتیبشو می‌دیم. ولی باید بدونم کیه.»

شاید نیاز به تاکید بیشتری بود. «نه. اون به من بی‌حرمتی کرده. واسه همین، باید خودم این کار رو بکنم.»

«پس از کمیته چه کمکی برمیاد؟»

«تمیزکاری.»

«برنامه چیه؟ قراره تصادف کنه؟»

«تو تصادف شاید زنده بمونه. باید یه اتفاقی بیفته که... خلاص بشه.»

«با چاقو؟»

«با کلت.»

«صدا خفه کن بذار که توجه کسی جلب نشه.»

از داخل ساختمان صدای صلوات پس از پایان خطبه به گوش می‌رسید. باید به سرعت، تصمیم گرفته می‌شد. «فقط لازمه ناپدیدش کنین.»

«نگران نباش. اون کارش با ما. اگه مطمئنی که...»

باید تصریح می‌کرد که اشتباهی در کار نیست. «مطمئنم. با چشم خودم دیدم که مرتکب جرم شده.»

«یک تکه کاغذ آبی روی میزت پیدا می‌کنی. اطلاعات لازم توش هست. مثل دفعه قبل. نگران جسدش نباش.»

نمازگزاران وارد حیاط شدند و همهمه‌شان فضا را گرفت. ناصر سرش را به علامت مثبت تکان داد و به جمعیت مردانی که از مسجد بیرون می‌رفتند، پیوست.

پرونده‌هایی که حسام از زندان به خانه آورده بود، جلویش باز بود. باید حدس می‌زد که آیا شباهتی بین پرونده بهرام و ورقا وجود دارد یا نه. ناصر مخالف رهایی مرد بهایی بود. اکنون هم رئیسش به شکنجه جوان زندانی علاقه شگفت‌آوری نشان می‌داد. حتما با آزادی او هم مخالفت خواهد کرد.

سعید در حالی که کتابی در دست داشت، کنارش نشست. «نمی‌دونستم این روزها کارتو میاری خونه.»

«باید کاغذ بازی این پرونده‌ها رو تموم کنم.»

سعید با صدای بلندتر پرسید: «منصور؟ داداش، یه چایی درست می‌کنی؟»

«بله، عالی جناب! می‌خوای کیک هم برات بپزم!» منصور از آشپزخانه به طرفشان

آمد. «خسته شدم از بس شما دو تا بهم امر و نهی کردین. چای می‌خوای، برو درست کن! به من چه؟ مگه نوکرتم؟»

سعید جا خورد و رو به حسام کرد.

حسام پچ پچ کنان گفت: «ما کی بهش امر و نهی کردیم که من خاطرم نمیاد؟»

سعید یادآور شد: «از موقع اون سانحه تو زندون، دوستمون عصبی شده.»

حسام مشغول مطالعه پرونده‌ها شد.

سعید از جا برخاست. «چشم! خودم چایی درست می‌کنم. واسه تو هم میارم. مشکلی نیست.»

منصور روی زمین نشست و از حسام خواست: «بی‌زحمت این تلویزیون رو روشن کن! دستت درد نکنه!»

حسام تلافی کرد: «مگه حضرت عالی کسالت دارین؟ نمی‌تونین بلند شین؟»

منصور فریاد زد: «پات می‌شکنه یه کار مفیدی هم بکنی؟ تن لش!»

سعید به اتاق نشیمن دوید و تلویزیون را روشن کرد. «امر دیگه‌ای؟»

منصور با بد اخلاقی از او تشکر کرد.

«البته کتاب من، تشک شما که روش نشستی.» سعید کتابش را از زیر باسن او بیرون کشید.

حسام پرونده‌ها را کنار گذاشت. «منصور؟ می‌خوای با ما حرف بزنی؟ پیداست که اعصابت خورده.» به سعید نگاه کرد که سرش را به علامت نفی تکان می‌داد.

«نه که نمی‌خوام باهات حرف بزنم! می‌خوام تلویزیون نگاه کنم. خوبه تو هم خیلی حرف نزنی و سرت به کارت باشه.»

سعید شانه‌هایش را بالا انداخت و به آشپزخانه رفت.

منصور از روی لجبازی صدای تلویزیون را زیاد کرد. گوینده اخبار اعلام می‌کرد: «بیست و هفت سرباز صبح امروز در تهران به اتهام همکاری با رژیم بعث بازداشت شدند.»

صدای اخبار آنقدر بلند بود که حسام نمی‌توانست تمرکز کند.

«این در حالی است که دولت عراق به تجاوز به ارض امت مسلمان ما ادامه می‌دهد. هفته گذشته، هواپیماهای جت بعثی، در فضای هوایی جمهوری اسلامی، بر فراز شهر آبادان دیده شده‌اند. به گزارش واحد مرکزی خبر...»

حسام توان تحمل آن را نداشت. «منصور، صداشو کم کن. سرسام گرفتم. نمی‌فهمم چی می‌خونم.»

«برو تو اتاقت چیز بخون.»

حسام پرونده‌ها را بست و بلند شد. همانطور که به طرف اتاقش می‌رفت، تلویزیون را خاموش کرد.

چهره منصور سرخ شد و از جا پرید. «مگه مرض داری؟ کتک می‌خوای؟ دوست داری مث پسره تو زندون لت و پارت کنم؟»

سعید به سمتشان دوید. «چی شد دوباره؟ باز شما دو تا مثل سگ و گربه به جون هم افتادین؟»

«حسام سگه! داشتم تلویزیون تماشا می‌کردم، خاموشش کرد.»

سعید حوصله نداشت. «حالا هر چی. خسته‌ام کردین. من می‌رم بیرون یه گشتی بزنم.» سوئیچ اتومبیلش را برداشت و از خانه خارج شد.

حسام به منصور نگریست و از خود پرسید که این موقعیت متشنج تا کی ادامه خواهد داشت.

منصور فهمید که به او خیره شده بود. «چیه؟ شناختی؟»

حسام به اتاقش رفت که دعوایشان پایان یابد. حداقل منصور هم باور کرده بود که جراحت صورت بهرام واقعی است.

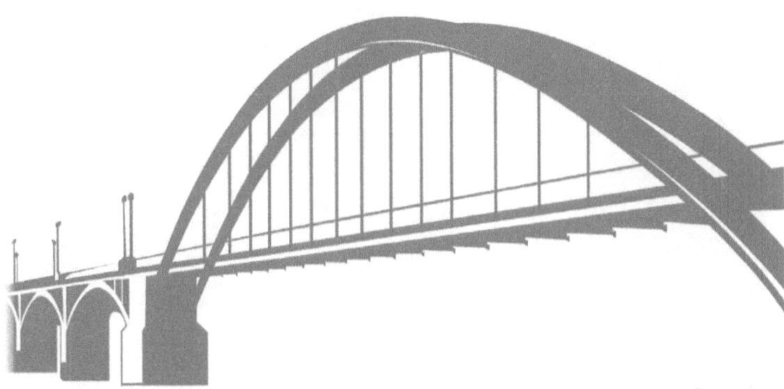

۱ تیر ۱۳۵۹

اهواز

عصمت نمی‌توانست آن تصویر را از ذهن بیرون کند: رأفت در وسط اتاق نشیمن روی زمین افتاده بود، به سرش می‌زد و مثل طفلی بیمار گریه می‌کرد. دیگر زن جوان همه چیز را فهمیده بود. لکه‌های خون را روی پیراهن یونیفورم شوهرش دیده بود. هزینه باز پس گرفتن پیکر بیجان ولید را پرداخت کرده بود. شاهد بود که چطور مقامات به خانواده مقدم اجازه نداده بودند که برای مراسم خاکسپاری خویشان خود را دعوت کنند. اجازه سوگواری در گورستان به آنها داده نشده بود.

شعارهای تهدیدآمیز روی در خانه، ناراحتش کرده بود ولی قابل تحمل بود. هراس از اینکه ممکن بود همسرش در هنگام انجام وظیفه کاری کشته شود و هرگز به خانه بازنیاید، آزارش می‌داد. ولی می‌توانست با آن بسازد. احتمال داشت به زودی پس از ازدواج، بیوه شود. زنی که با مردی ازدواج کرده بود که در قوای انتظامی کار می‌کرد، همیشه ته دل چنین ترسی را احساس می‌کرد. این خطری بود که از آن آگاهی داشت.

حاضر بود با تمام این مسائل دست و پنجه نرم کند، ولی هرگز و به هیچ وجه حاضر نبود کودکی به این دنیا آورد که پدرش قاتل است.

دوش گرفتن ناصر وقت زیادی نمی‌گرفت، ولی زمان کافی در اختیارش می‌گذاشت. وقتی صدای آب حمام در آمد، به سرعت سراغ یونیفورم او رفت. جیبهای شلوارش را گشت. چند تا اسکناس پیدا کرد. سپس پیراهنش را برداشت. جیب اول خالی بود. در جیب دوم اما کاغذی وجود داشت: ورقه آبی که به یادداشت اولی بی‌شباهت نبود.

هنوز صدای آب می‌آمد. نفس عمیقی کشید و تای کاغذ را باز کرد. برعکس یادداشت مربوط به ورقا مبشری، تنها ساعت و تاریخ روی آن نوشته شده بود، بدون ذکر مکان. دهانش را گرفت که فریاد نزند. دو بار دیگر هم آن را خواند. آب دهانش را قورت داد و ورقه کوچک را دوباره تا کرد و در جیب لباس گذاشت. جلوی میز آرایش نشست. دیگر نمی‌توانست انکار کند که همسرش چه طور آدمی است. گرچه در خانه، شوهر مهربانی بود ولی بیرون از آنجا چهره دیگری را نشان می‌داد.

به تصویر خودش در آینه خیره شد. می‌ترسید که برای همیشه تنها شود، ناخواستنی و مورد ترحم و دلسوزی دیگران.

صدای شیر آب حمام قطع شد.

دستی به گونه‌هایش کشید و چشمهایش را خشک کرد. زمان آن رسیده بود که برنامه‌اش را عملی کند. به حمام رفت و در را باز کرد.

ناصر در حالی که حوله‌ای دور کمرش داشت، جلوی آینه ایستاده بود. شگفت زده شد. «عصمت؟»

«چیزی نیست. نباید از من خجالت بکشی.» کنارش ایستاد و با دست موهای شوهرش را صاف کرد. قطره‌های آب روی شانه‌های عریانش می‌چکید. شانه‌اش را بوسید و دستش را روی موهای سینه او کشید. منقبض و منبسط شدن قفسه سینه‌اش را لمس کرد. در آن لحظه، یقین داشت که همسرش قلبی داشت که در حال تپش بود و توانایی آن را داشت که کسی را دوست بدارد. «چقدر قشنگی!»

«چشمتون قشنگ می‌بینه.»

«ناصر، بیا از اینجا بریم.»

«دلت برا پدر مادرت تنگ شده؟»

«دلم برای تو تنگ شده.»

به او رو کرد. «من که همین جام.»

عصمت در آغوشش گرفت و شروع به گریه کرد. «می‌خوام بیشتر اینجا باشی.» ناصر شانه‌های او را گرفت. «چرا گریه می‌کنی؟»

«بذار از اینجا بریم. هر جایی تو بگی. من بهترین زن ایران می‌شم. همه زندگیمو به پای تو می‌ذارم. تو و بچه‌هایی که خواهیم داشت. مجبور نیستیم اینجا بمونیم. یه کار دیگه پیدا کن. می‌تونیم نونوایی باز کنیم. هر کاری تو بگی من انجام می‌دم.»

«عصمت، چی شده؟»

«می‌خوام با من باشی. می‌خوام از این شهر که مثل زندون می‌مونه، بریم.»

«اینقدر از شغل من ناراضی هستی؟»

عصمت به او نگریست و مکث کرد. «یه کسی رو درِ خونه شعار نوشته بود... چند وقت پیش.»

«چی نوشته بود؟»

«مهم نیست.»

«بگو بهم. چی نوشته بود؟»

«مرگ بر پاسدار مزدور.»

«چرا قبلا به من نگفتی؟»

«نمی‌خواستم نگران بشی.»

«تو رو امن نگه می‌دارم. ناراحت نباش.»

«من نگران توام. خواهش می‌کنم، بیا از اینجا بریم.»

ناصر حوله دیگری برداشت و شانه‌هایش را پوشاند. «نمی‌تونم عصمت. ضد انقلاب همه جا داره نفوذ می‌کنه. الان وقت جنگیدنه، نه فرار کردن.»

«اجباری که نیست پاسدار باشی.»

ناصر موهایش را بوسید. «چرا هست. باید کاری بکنیم که شهر برای همه مردم امن بشه. برای ما و بقیه مردم. که کسی دیگه نیاد عروس جوونی رو تهدید کنه. رو در خونه‌اش شعار بنویسه.»

زن جوان محکم همسرش را بغل کرد.

پاسدار، آرام نوازشش می‌کرد. «خیلی بی‌انصافیه که عوضیها تو خونه خودت تهدیدت کنن. متاسفم که همچین اتفاقی افتاده. تو برای من خیلی عزیز و گرانبهایی. مخصوصا الان.» دستش را روی شکم زنش کشید.

عصمت زمزمه کنان اصرار کرد: «می‌خوام از اینجا بریم.»

«می‌دونم. شاید بهتر باشه چند روزی بری خونه والدینت.»

«می‌خوام با تو باشم.»

«در حال حاضر نمی‌تونم مرخصی بگیرم. باید تو یه عملیات ویژه شرکت کنم.»

عصمت هم از همان می‌ترسید. «مجبور نیستی چنین کاری بکنی. کار خدا رو واگذار کن به خدا.»

ناصر سر تکان داد. «ضد انقلاب و فسادشون باید از میان برداشته بشه. وگرنه همه اجتماع رو فاسد می‌کنن. باید ما هم سهم‌مون رو ادا کنیم.»

«پس واسه‌ات مهم نیست من چی فکر می‌کنم؟»

«البته که هست، عزیزم. کاری که من می‌کنم برای توئه... و خدا بخواد، برای بچه‌هامون. فداکاری فعلی به پاداش در آینده می‌ارزه.»

«همچین آینده‌ای رو نمی‌خوام!»

«به نسل بعد فکر کن. تصور کن دیگه مجبور نباشیم با گناه و پلیدی سر و کار داشته باشیم. مفسد فی الارضی در کار نباشه. دیگه خبری از لواطکار و سوسیالیست لامذهب و عالِمان دروغی غربزده نباشه. کار من برای بهبود بچه‌های آینده ماست و سایر بچه‌های ایران.»

عصمت دستش را روی ریش او کشید و به چشمهایش زل زد. وقتی این طور حرف می‌زد، به شوهرش نمی‌مانست. عقاید عجیبی داشت. انگار که افکارش همانند یک گلوله کاموا به هم پیچیده و گره خورده بود. منطق عصمت بر او اثری نداشت. نمی‌توانست نظرش را عوض کند. ولی باید قبل از اینکه فرزندش تقاص گناه‌های ناصر را بدهد، راه حلی پیدا می‌کرد.

به یاد جمال، برادر ولید افتاد. شماره تلفنش را از بر بود.

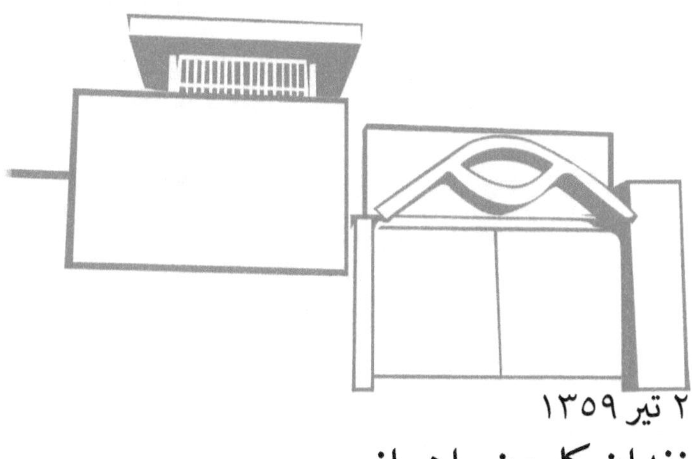

۲ تیر ۱۳۵۹

زندان کارون، اهواز

یک روز دیگر هم گذشت و حسام هنوز هم نتوانسته بود که بین پرونده ورقا و بهرام وجه مشترکی پیدا کند. ورقا بهایی بود و بهرام سوسیالیست. گرچه ناصر در مورد بهرام چیزی نمی‌دانست. ورقا به دلیل دینش بازداشت شده بود و بهرام به علت مشکوک بودن. ناصر خبر نداشت که چرا بهرام مشکوک به نظر می‌رسیده است. شاید حسام بیش از حد در این باره تعمق می‌کرد و دنبال رابطه‌ای می‌گشت که وجود نداشت. ته خودکار را گاز گرفت.

سعید وارد دفتر شد. «حسام؟ چی شده؟ پکری.» از روی میز دستمال کلینکس برداشت و عینکش را تمیز کرد. چشمش به پرونده جلوی همکارش افتاد. «این دیگه چیه؟ پرونده ورقا مبشری؟»

حسام سر تکان داد.

«مگه چند وقت پیش آزاد نشد؟»

«چرا.»

«بعد از آزادی، هنوز داری تحقیق می‌کنی؟ نابغه‌ای واقعا! بیخود نیست اینقدر کارت زیاده که پرونده‌هاتو میاری خونه.»

«می‌خوام ببینم همه اطلاعات تو پرونده نوشته شده یا نه.»

«خیلی خب. من دارم می‌رم خونه. تو هنوز اینجا می‌مونی؟»

«آره یه کمی.»

«باشه. پس خونه می‌بینمت.»

ناصر وارد شد. «حسام؟»

پرونده را بست و کنار گذاشت. «بله؟»

«باید باهات حرف بزنم. به طور خصوصی.» به سعید نگاه کرد.

«من داشتم می‌رفتم. خدا نگهدار.» سعید از آنجا خارج شد.

ناصر روی میز جلوی حسام نشست. «زندانیت رو خوب زدی. پیداست داری روش کار می‌کنی.»

«کی؟ اون پسره بهرام؟ آره. بعد هم گذاشتم تو انفرادی.»

«صورتش زخم شده. آفرین.»

از تشویق رئیسش به اعمال خشونت ناراحت شد. ولی به روی خود نیاورد. «از شما یاد گرفتم.»

«واسه یه عملیات ویژه بهت احتیاج هست.»

حسام به پشتی صندلی تکیه داد.

فرمانده ادامه داد: «پس از ماه‌ها کارآموزی، فکر کنم دیگه حاضر باشی.»

«مخلصیم برادر ناصر.»

«بیا امشب جای مشعل‌ها.»

«مشعل‌های خارج شهر؟» حسام آنها را دوست می‌داشت. مثل شمع‌های غول پیکری که حومه شهر را روشن می‌کردند.

«آره. خارج پالایشگاه. تو بولوار نفت.»

«می‌دونم کجا رو می‌گی.»

«امشب اونجا باش. ساعت ۱۰.»

«ببخشید، متوجه نشدم.»

«مشعل‌ها. امشب ساعت ۱۰.»

«این چه جور عملیاتیه؟»

«همین الان گفتم داری کارتو یاد می‌گیری. حالا میای رئیستو می‌بری زیر سوال؟»

«نه. یه کم غیرعادی به نظر می‌رسه، همین.»

«اینقدر فرنگ بودی که فارسی یادت رفته. عملیات ویژه مطمئنا غیرعادیه. وگرنه بهش می‌گفتن عملیات معمولی.» ناصر برخاست. دوباره بد اخلاق شده بود.

«باشه.»

«از ماشین پیاده شو و جلوی درب ماشین منتظر باش.»

حسام می‌خواست گوشزد کند که واژه درست «در» است. ولی پاسخ داد: «باشه. همون جا منتظرتون می‌شم.»

«لازم نیست به همه اهل عالم هم خبر بدی. عملیات محرمانه است.»

«چشم.»

ناصر سر تکان داد و از دفتر خارج شد.

حسام پیش از این از عملیات محرمانه چیزی نشنیده بود. ولی اگر همه چیز به خوبی پیش می‌رفت، شاید اعتماد ناصر را به خود جلب می‌کرد و می‌توانست بالاخره محبوبش را آزاد کند.

رانندگی با سرعت بسیار در شب برای حسام آرام کننده و لذت بخش بود. سرعت سنج ۱۴۵ کیلومتر در ساعت را نشان می‌داد. چه احساس خوبی داشت. باید بیشتر این کار را انجام می‌داد. نور مشعل‌ها دیده می‌شد. شنیده بود که در هنگام پالایش نفت، گازهای طبیعی آزاد می‌شود که سوزاندنشان ارزان‌تر است تا اینکه بکوشند مهارشان کنند و مورد استفاده قرار دهند. نمی‌دانست که آیا این نظریه حقیقت دارد یا نه. ولی تماشای آن، زیبا بود. مشعل‌های اهواز یکی از جاذبه‌های توریستی آن شهر به شمار می‌آمدند.

بولوار فنی حرفه‌ای به بلوار نفت تبدیل شد. دیگر شعله‌ها به خوبی دیده می‌شدند. همانطور که به سمت راست می‌پیچید، وارد یک جاده دو باندی شد که به دو طرف مشعل‌ها می‌رفت.

ماشین‌های زیادی در آنجا دیده نمی‌شدند. پس پیدا کردن ناصر آسان بود. بالاخره چراغ‌های قرمز پشت خودرویی در برابر جیپ ظاهر گردید. از دور دست، کامیونی به طرف او می‌آمد. نور چراغ‌های جلوی آن، چشم‌هایش را آزار می‌داد. احساس ماجراجویی به او دست داد و از روی بازیگوشی، وارد باند چپ جاده شد. جیپ با سرعت زیاد و در لاین ناصحیح، به طرف کامیون حرکت می‌کرد.

حسام به خنده افتاد و قبل از اینکه زیاد به کامیون نزدیک شود، به سمت راست جاده بازگشت که راننده کامیون را هول نکند. ولی این بار، کامیون وارد باند او شد. حسام بوق زد ولی کامیون در سمت خلاف جاده باقی ماند و مستقیما جلوی او قرار داشت.

هنوز چراغ‌های قرمز پشت خودرو دیده می‌شد. احتمالا کنار جاده پارک شده بود. حسام دوباره دستش را روی بوق گذاشت و چندین ثانیه دستش را بلند نکرد. کامیون بدون تغییر مسیر به حسام نزدیک و نزدیک‌تر می‌شد.

سرعت جیپ آنقدر زیاد بود که حسام نمی‌توانست به خاکی بزند. پایش را از روی گاز برداشت ولی می‌ترسید که اگر ناگهان ترمز کند، ماشین چپه شود.

کامیون باز هم نزدیکتر می‌شد. یا باید با کامیون تصادف می‌کرد، یا اینکه کنار می‌کشید و به خودرویی که پارک کرده بود، می‌زد. وحشت برش داشته بود. ماشین دیگری که در همان جهت کامیون حرکت می‌کرد، در لاین صحیح جاده از کنارش رد شد. به فکرش رسید که باید از سمت چپ جاده، به خاکی بزند. سرعتش به ۱۳۰ کاهش یافته بود ولی هنوز نمی‌شد ناگهانی ترمز کند.

به باند چپ رفت. کامیون بوق زد و حسام دستپاچه شد. خود به خود، ترمز کرد و صدای تایرها درآمد. به شیهه اسب شباهت داشت. نور چراغهای کامیون کور کننده بود. جیپ شروع کرد به طور افقی دور خود چرخیدن. یک لحظه باند چپ بود و یک لحظه باند راست. دیگر نمی‌دانست کجاست. همه چیز به سرعت اتفاق افتاد. نور. گرد و غبار. جاده. چرخش.

صدای یک انفجار را شنید و موجی از گرما او را در بر گرفت. دیگر چیزی نمی‌دید. از حال رفت.

بهرام نمی‌توانست بخوابد. احساس نگرانی می‌کرد که مبادا اتفاق بدی در حال رخ دادن است. نکند بی‌بی بیمار شده بود. آیا این ماه، توانایی پرداخت هزینه‌های روزمره را داشت؟ حتما مجید مرتب به او سر می‌زد. مگر آنکه خودش هم بازداشت شده باشد. ممکن بود که مجید زیر شکنجه از بهرام اسمی برده باشد. نکند مدارک و شواهد جدیدی علیه او کشف شده باشد! شاید حسام به محل دیگری منتقل شده بود. شاید علاقه‌اش را به او از دست داده بود.

شاید در اثر گرما، دچار اوهام شده بود. روی پتوی نازکی که به عنوان تشک از آن استفاده می‌کرد، نشست. خیس عرق بود، گرچه تنها شورت باکسر به تن داشت. زیرپوش رکابی را از روی زمین برداشت و سینه و پیشانیش را خشک کرد. بوی بدی به مشامش خورد. بوی رطوبت سلول بود یا بوی عرق خودش. یک هفته بود که اجازه حمام به او نداده بودند. آخرین بار، زمانی بود که حسام برای دیدنش به انفرادی آمده بود.

ای کاش حسام آنجا بود. در حضور او، احساس امنیت می‌کرد. پاسدار دلباخته برایش آب و غذا می‌آورد. به او سیگار می‌داد و از آبادان برایش خبر می‌آورد. به او اجازه می‌داد که دوش بگیرد. نشریات پیکار را از خانه‌شان بیرون برده بود. شاید راست می‌گفت که قصد دارد آزادش کند.

لیوان پلاستیکی قرمز را برداشت و کمی آب نوشید.

ترس جدیدی بر او چیره شد: نکند عقربی آنجا باشد! حسام می‌توانست با پوتینش عقرب را له کند. ولی بهرام با دمپایی پلاستیکی نرم، کاری از دستش برنمی‌آمد. ای کاش حسام آنجا بود.

کلید حل تمام مشکلات در دست حسام بود. خودش هیچ قدرتی نداشت.

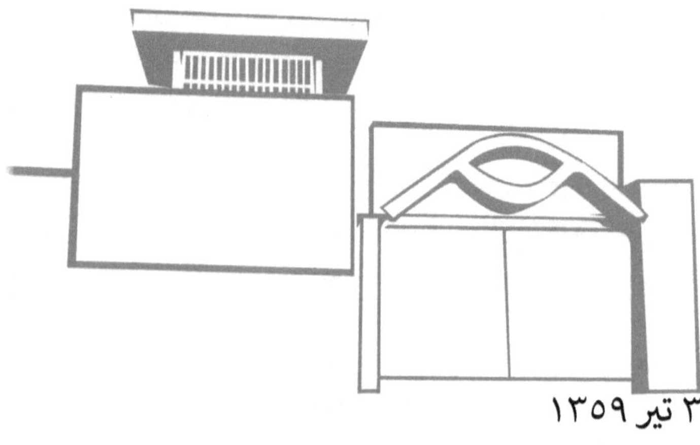

۳ تیر ۱۳۵۹

زندان کارون، اهواز

سعید در حال چای خوردن بود که شنید که همه ماموران باید در حیاط زندان جمع شوند. حتما حادثه مهمی اتفاق افتاده بود. منصور را در گوشه حیاط پیدا کرد و با او دست داد. «چه خبره؟»

منصور نمی‌دانست.

«ناصر نیست اینجا.»

«حسام هم نیست. فکر می‌کنی کجا باشه؟»

عینکش را صاف کرد و گفت: «تو جیبم!»

«ول کن تو هم. دیشب نیومد خونه.»

سعید حرفش را تصدیق کرد.

«پس کجاست؟»

«چه می‌دونم؟ من که وکیلش نیستم.»

مرد جوانی که قبلا ندیده بودندش روی پله‌های ساختمان ایستاد. دستش را بلند کرد که چیزی اعلام کند ولی همهمه پاسداران ادامه یافت.

منصور پافشاری کرد: «هفته پیش هم یه شب نیومد خونه. موضوع چیه؟»

«خیلی کار می‌کنه.»

منصور ابرویش را بالا برد: «شاید واسه خودش یه زن بدکار پیدا کرده.»

«حرفایی می‌زنی‌ها!»

منصور به مرد جوان روی پله‌ها نگاه کرد. «این یارو دیگه کیه؟»

«شاید یه همکار تازه‌ست.»

«امیدوارم یکی از اون...»

مرد جوان فریاد زد: «برادران!» این بار همه ساکت شدند. «من اومدم اینجا که شهادت یکی از همکاران سابق رو به شما تبریک و تسلیت بگم. برادر ناصر عطری.»

منصور با آرنج به سعید زد. «چی گفت؟»

«ساکت باش ببینم چی می‌گه.»

«از دست دادن برادر و رهبر پاسداران مستقر در زندان کارون، جای ناراحتی داره. ولی کسی که در راه حق شهید بشه، جاش تو بهشته. برادر ناصر در سرکوب آشوبگران دانشگاه نقش مهمی بازی کرد. و الان، من حاضرم به جای اون، در نقش فرمانده پاسداران زندان، همراه شما به خدمت بپردازم. غلام هستم.»

منصور با عصبانیت به سعید سقلمه زد. «قراره ما از این آقا پسر دستور بگیریم؟ هنوز ریش درست حسابی هم در نیاورده. چند سالشه فکر می‌کنی؟ هیفده؟ هیژده؟»

«ساکت باش.»

غلام داد زد: «برادر اون گوشه! حرفی برای گفتن داری یا اینکه دچار تشنج شدی؟»

منصور دستش را روی سینه‌اش گذاشت. «ببخشید.»

«اسمت؟»

«منصور. منصور بیات.»

«برادر منصور؟ از شجاعت و عزم راسخ شما شنیده‌ام. گمونم گوش نکردن به حرفهای فرمانده از نقطه ضعفهات باشه.»

«ببخشید برادر.»

«می‌تونی فرمانده غلام صدام کنی.»

«بله قربان.»

غلام لحظه‌ای درنگ کرد و سپس ادامه داد: «گرچه فرمانده شما هستم، همان طور که اسمم نشون می‌ده، غلام و خادم ملت مسلمان و ستمدیده هستم. کار من اینه که به شما کمک کنم به وظایف مذهبی و معنوی خودتون عمل کنین.»

چند نفر از پاسداران جواب دادند: «ان شاء الله.»

«علیرغم سن کمم، سالها تجربه انقلابی دارم. همراه شما در راهپیمایی علیه طاغوت شرکت کرده‌ام. اعلامیه‌های رهبر عزیزمون رو پخش کرده‌ام. و این اواخر در کمیته انقلاب کمپلو مشغول خدمت بودم. از من به عنوان یک نمونه استفاده کنین که از همدیگه یاد بگیریم چطور به وظایف انقلابیمون عمل کنیم.» غلام به پاسداران نگاهی پیوسته و عمیق کرد. «مرخص هستید.»

پاسداران پا به زمین کوبیدند و در برابر فرمانده جدیدشان، لحظه‌ای خبردار ایستادند.

جلوی در خانه ماشین را پارک کرد. قبلا تنها یک بار به اینجا آمده بود ولی اطمینان داشت که همینجا بود. زنگ زد و منتظر شد. کسی جواب نداد. امیدوار بود که ساکن خانه از مسئله مطلع شده باشد. باز هم زنگ زد. این بار از پشت در صدای پای کسی آمد.

صدای زنانه‌ای پرسید: «کیه؟»

«در رو باز کنین. لطفا.»

عصمت در را گشود. «برادر حسام؟» هنوز اسمش را به خاطر داشت.

حسام دید که چشمان زن جوان قرمز بود. موهایش از زیر روسری دیده می‌شد.

«نمی‌خواستم مزاحم بشم. ولی... من با ناصر کار می‌کنم... می‌کردم. می‌خواستم ببینم حالتون چطوره.»

عصمت به سمت دیگری نگریست.

«ناصر یکی از دوستان خوب من بود. واقعا متاسفم.»

عصمت چادرش را در هم کشید و اخم کرد. «مرسی. از دست من از چه کمکی بر میاد؟»

حسام دندانهایش را به هم فشار داد. امیدوار بود که دعوتش کند وارد خانه بشود. هنوز گیج بود. همه چیز به سرعت اتفاق افتاده بود.

دیشب زمانی که به خود آمد صدای کامیون را شنید که دور می‌شد. خودروی خودش که بارها دور خود چرخیده بود، رو به سمتی بود که از آنجا می‌آمد. وقتی گرد و غبار کمی نشست، خودروی دیگر را دید که قبلا کنار جاده پارک شده بود. اکنون ولی وارونه شده بود. آن را بلافاصله تشخیص داد. ماشین بنز ناصر بود. سقفش مچاله شده بود. در حال منگی، حسام درِ جیپ را باز کرد. ولی نمی‌توانست تکان بخورد. سرش گیج می‌رفت و نمی‌فهمید چه شده است.

لحظه‌ای بعد، بنز منفجر شد. از آن فاصله زیاد، حرارت آن پوستش را می‌سوزاند. بالاخره توانست بایستد ولی هنوز قدرت نداشت قدم بردارد. حتی اگر ناصر پس از

تصادف زنده مانده بود، اکنون پس از انفجار ماشین، جان باخته بود. حسام فکر کرد بهتر است قبل از اینکه کسی او را در حوالی خودروی شعله‌ور ببیند، از آنجا فرار کند.

و الان در مقابل در خانه ناصر ایستاده بود و سعی می‌کرد راهی بیابد تا از همسر وی بپرسد که آیا اطلاعاتی در مورد عملیات شب گذشته دارد یا نه.

عصمت به هر دو طرف نگاه کرد. «بیاین تو. دم در بده.» حسام را به خانه راهنمایی کرد و دعوتش کرد که روی فرش دست‌باف بنشیند. «می‌رم چای بیارم.»

«نمی‌خوام زحمت بدم.»

«خوبه یه کم حواسم پرت بشه.»

جنوبیها هرگز مهمان نوازی را از یاد نمی‌بردند. صدای باز شدن شیر آب آشپزخانه شنیده شد. حسام به اطرافش نگاه کرد. روی میز کوچک تلفن، دفتر و قلم قرار داشت. چند تکه کاغذ روی آن پراکنده بود. گوشه اتاق، کپه‌ای از روزنامه قرار داشت.

عصمت برگشت و روی زمین نشست. «آب رو گذاشتم جوش بیاد.»

«واقعا نمی‌خواستم...»

عصمت حرفش را قطع کرد. «زحمتی نیست. شما اولین کسی هستی که برای تسلیت اومده. پدر و مادرم بعد از ظهر می‌رسن. خودم یکی دو ساعت پیش خبردار شدم.»

«خیلی متاسفم. می‌تونم حدس بزنم تو دلتون چی می‌گذره.»

«ناصر گفت با یه خارجی کار می‌کنه.»

«من که خارجی نیستم.»

عصمت با لحنی سرزنش‌آمیز گفت: «مرد مجرد که نمیاد دیدن زنی که نمی‌شناسه. زنی که چند ساعت پیش بیوه شده.»

«ببخشید. الان می‌رم.»

«اشکال نداره. می‌رم چای بیارم. راحت باشین.»

حسام صدای باز و بسته شدن کابینتهای آشپزخانه را می‌شنید. سپس صدای استکانها در آمد. به پشتی تکیه داد و منتظر شد. یک تکه کاغذ آبی به چشمش خورد. عصمت از آشپزخانه گفت: «ناصر چای دوست داشت. همین دیشب براش چای درست کردم. گفت زود برمی‌گرده.»

در همان زمان که او از آشپزخانه می‌آمد، حسام کاغذ را در دست گرفت.

«اومدین واسه تسلیت گفتن یا واسه بازرسی؟»

«ببخشید. شبیه آشغال به نظر میومد.»

«مگه شما آشغالی هستی؟» صدایش آرام بود. سینی را روی زمین گذاشت و نشست. «بگو دیشب چی شد.»

حسام لحظه‌ای مکث کرد، سپس توضیح داد: «ناصر به من گفت که در یک عملیات محرمانه شرکت کنم. وقتی رسیدم، یک کامیون اونجا بود که توی باند خلاف

جاده حرکت می‌کرد. نمی‌ذاشت من از کنارش رد بشم. من کنترل ماشین رو از دست دادم و بیهوش شدم. وقتی به حال اومدم، ماشین ناصرو دیدم که چپه شده بود.»

«پس کامیون...؟» عصمت حرفش را تمام نکرد.

«به نظرم عمدا این کار رو کرد. اگه اطلاعاتی در مورد این عملیات دارین، باید بهم بگین.»

عصمت استکانش را بلند کرد و به لب آورد. دستش می‌لرزید و روی سطح چای موج‌های کوچکی به وجود می‌آورد.

«شما چیزی می‌دونین.» خودش هم از این نتیجه گیری تعجب کرد. «در مورد عملیات چیزی به شما گفته؟»

میزبان استکانش را روی سینی گذاشت و مکث کرد. «ناصر خطرناک شده بود. یه کسی باید جلو شو می‌گرفت.»

«یعنی چی خطرناک شده بود؟ با شما... خشونت آمیز رفتار می‌کرد؟»

«اگه به این سادگی بود که ترکش می‌کردم.»

«پس چی؟»

عصمت به او خیره شد. «باشه. بهت می‌گم. یادداشتی که تو دست شماست... اولین یادداشتی نیست که پیداش کردم. اولین یادداشت آدرس کسی روش بود به نام ورقا مبشری.»

مهمان با بهت زدگی تکرار کرد: «ورقا؟»

«می‌شناختیش؟ می‌دونی ناصر مسئول آدم ربایی و قتل اون بوده؟»

«ناصر؟ آخه برای چی؟ جسد ورقا رو من پیدا کردم. من بودم که ناصر رو قانع کرده بودم اون رو از زندان آزاد کنه.»

«پیداست که خیلی قانع نشده بوده.» لحن زن جوان طنین غریبی داشت. انگار که از زیر آب حرف می‌زد.

حسام صورتش را با دستانش پوشاند. «دیشب چی؟»

«یادداشت که تو دسته.»

دوباره آن را خواند. «این که چیزی رو ثابت نمی‌کنه.»

«رو لباسش خون ریخته بود. حتما قربانی دوم رو هم می‌شناسی: صالح مقدم.»

مرد جوان او را به یاد می‌آورد. در زندان «جانور» صدایش می‌کردند. «به اعدام محکوم شده بود ولی اجرای حکمش ناموفق بود.»

«اما ناصر تصمیم گرفت که یک نفره حکم رو بدون بررسی مجدد اجرا کنه. حتی اسمشو تو زندان کسی نمی‌دونست. اسمش ولید بود.»

«شما می‌شناختینش؟»

عصمت چشمانش را با دستمال خشک کرد. «دیشب، قصاص شد.»

خشمگین شده بود. «چه کسی به شما حق داده که طلب قصاص کنین؟»

عصمت آرامشش را حفظ کرد. «حق من نبود. حق خانواده مقدم بود.»

حسام به دیوارها نگاه کرد که انگار هر ثانیه به او نزدیکتر می‌شدند. باید به او می‌گفت که منصور قاتل ولید بوده است. «چرا این حرفها رو به من می‌زنین؟ من می‌تونم تحویل دادستان بدمتون؟»

«همچین کاری نمی‌کنی.»

«همچین مطمئن نباشین!»

عصمت طوری به او نگاه کرد که ترس در دل حسام افتاد. انگار که از تمام راز و رمزهای او خبر داشت. «چیزی نمی‌گی برای اینکه وضعیت تو از من بدتره.»

«من؟ من که کاری نکرده‌ام. من...»

وسط حرفش دوید: «شما لواط کار هستی.»

«چی؟»

«ناصر خبر داشت.»

باید حاشا می‌کرد. «نمی‌فهمم از چی حرف می‌زنین.»

عروس جوان ادامه داد: «برای همین هم می‌خواست سر به نیست‌ت کنه.»

حسام متوجه شد که با دست زانوهایش را به چنگ گرفته بود. پایش سوزن سوزن می‌شد. اتاق کوچک و کوچکتر می‌شد و هر آن بود که خفه‌اش کند. عرق سردی روی پیشانیش نشسته بود.

«ناصر خبر داشت. هدف از عملیات این بود که...»

«غیر ممکنه. من هیچ وقت...» حسام به لحظاتی اندیشید که آن را در کنار بهرام گذرانده بود. همیشه تنها بودند. نبودند؟

«چای‌تون رو نوش جان کنین.» زن میزبان سینی را به طرف او کشاند.

حسام قدرت آن را نداشت که استکان را بلند کند. ناصر. رئیس و همکارش. کسی که کار را به او یاد می‌داد، در عین حال قصد کشتن او را داشت. پس برای همین بود که می‌خواست دائما بهرام را کتک بزند.

عصمت توضیح داد: «این کار زشتیه. گناه کبیره‌ایه که ناصر هرگز حاضر نبود ببخشه.»

حسام دست به پیشانیش کشید و سپس با شلوارش دستش را خشک کرد. «شما هم همین طور فکر می‌کنین؟»

میزبان نفس عمیقی کشید. «من مسئول مرگ شوهرم هستم. مشکلات من بزرگتر از اونی هستن که نگران گرایش جنسی شما باشم.» جرعه‌ای چای نوشید.

«من به ناصر به عنوان الگو نگاه می‌کردم. ولی اون برای مرگ من برنامه ریزی کرده بود؟»

روسری عصمت از سرش افتاد. با دست موهایش را شانه کرد. دیگر روسری را روی سرش نگذاشت. انگار که دیگر حسام را مرد نامحرم حساب نمی‌کرد. شاید به چشم او حسام اصلا مرد نبود.

«ناصر خیلی از ضد انقلاب متنفر بود. بیش از حد. نمی‌دونم چرا اینقدر سرسختی می‌کرد. من همیشه فکر می‌کردم که مرد مؤمنیه. ولی معلوم شد که دنبال چیز دیگه‌ای بود. دوست داشت نقش پروردگار رو بازی کنه. خدا گناه ولید رو بخشیده بود. ناصر ولی ترحمی برای گناهکارها قائل نمی‌شد.» صدایش لرزید. «از نظر ناصر، مجازات شما هم مرگ بود.»

حسام نمی‌دانست چه بگوید. خودش هم مثل میزبانش بغض کرده بود.

«باید بدونین که خیلی از پاسدارهای همکارتون هم همین طور فکر می‌کنن. بدون این که چشم به هم بزنن می‌تونن...» جمله‌اش را تمام نکرد. «این کار در ایران اصلا قابل قبول نیست.»

به نظر زن جوان نیز، همجنسگرایی از واردات غربی و مصداق غربزدگی بود. بیشتر از آنچه فکر می‌کرد در خطر بود. ولی در عین حال، زندگیش را مدیون عصمت بود. هر دو از اسرار هم خبر داشتند.

«می‌دونی چه چیزی وضعیت من رو سخت‌تر می‌کنه؟»

نمی‌دانست.

«من ناصر رو خیلی دوست داشتم.»

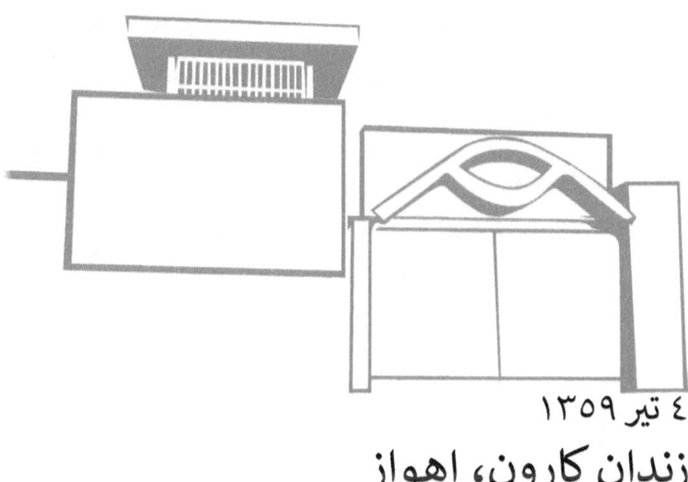

زندان کارون، اهواز

آشفته و خشمگین، بهرام در سلول قدم می‌زد. اندازه آن ٢ در ٤ متر بود. در هر جهت بیش از چند قدم نمی‌توانست حرکت کند. زندانیان انفرادی در روز دو وعده غذا دریافت می‌کردند و چند روز بود که تنها یک بار اجازه داشتند از سرویس بهداشتی استفاده کنند. آن روز درخواست کرده بود که بگذارند به دستشویی برود. گفته بودند باید صبر کند. دوباره به در کوبیده بود ولی این بار حتی جوابش را هم ندادند.

مدتها بود که خودش را در آینه ندیده بود. آیا هنوز هم خوش قیافه بود؟ اگر حسام او را در چنین وضعی می‌دید، بیزار می‌شد؟ اصلاح نکرده بود و ریش روی چانه و گردنش می‌خارید. بدنش بو می‌داد. نه روز بود که تنش را نشسته بود. در این گرما، به شدت عرق می‌کرد. تنش را تنها یک شورت پوشانده بود. تحمل پوشیدن لباس بیشتر را نداشت. دیگر نمی‌توانست صورتش را آرایش کند چرا که دائم باید عرق چهره‌اش را خشک می‌کرد. امیدوار بود که زندانبانان فکر کنند که جراحتش خوب شده است. مثانه‌اش درد می‌کرد.

اگر حسام بود، اجازه می‌داد به حمام برود. دلش برای بازجویش تنگ شده بود. برای لبخندش. برای فشردن دستش در دستان خود.

صبرش تمام شده بود. دوباره به در مشت زد. «باید برم دستشویی!» کسی جواب نداد. دیگر قدم زدن کمکی نمی‌کرد. شاید به جای توالت باید از درز بین زمین و در سلول استفاده می‌کرد. ولی نمی‌دانست شیب زمین به کدام طرف است. شاید پیشاب به داخل اتاق روان می‌شد. شاید ماموران از این کار عصبانی می‌شدند و او را «حیوان» صدا می‌کردند.

چیز دیگری به فکرش نمی‌رسید. تنها یک چاره داشت. لیوان پلاستیکی قرمز را برداشت و شورتش را پایین کشید. چقدر تحقیر شده بود. بوی ادرار عذابش می‌داد. بدتر از آن، این بود که وقتی در را باز می‌کردند با همان لیوان، باید آب به سلول می‌آورد. اگر جهنمی در کار بود، همین جا بود.

چطور شد که زندگی او را به اینجا رسانده بود؟ چهارده سال بیشتر نداشت که روح و جسمش را در اختیار پسر بزرگ‌تری گذاشت که جذاب و دوست داشتنی بود. در محل زادگاهش، سنندج. وقتی کنار او دراز می‌کشید، زیباترین تجربه عمرش بود. هنوز نفس نفس می‌زدند. قطره‌های عرق روی پیشانی دوستش ظاهر شده بود. تا چند روز احساس می‌کرد که روی ابرها گام برمی‌دارد. خورشید نورانی‌تر شده بود و باد طراوت‌بخش‌تر می‌وزید. وقتی آب تنی می‌کرد، لطافت پوست دانیار را به یاد می‌آورد. ولی به زودی زندگیش در هم ریخت. کسی از رازشان باخبر شده بود و آنها را به خانواده‌اش لو داده بود. بعد از ظهر آن روز سرنوشت‌ساز، چشمان پدرش به رنگ آتش درآمده بود. بهرام را کتک نزد. انگار که اگر می‌زد، دستش کثیف می‌شد. او را در اتاقش حبس کرد. پسرک گمان می‌کرد که به زودی خشم والدینش می‌خوابد. ولی توقع داشت که کتک مفصلی بخورد. می‌توانست آن را تحمل کند.

پس از آنکه هوا تاریک شد، دانیار را به خانه‌شان احضار کردند. بانو، مادرش که سالار خاندان بود با دانیار صحبت می‌کرد. بهرام از پشت در اتاقش، به جز همهمه‌ای گنگ، چیزی نمی‌شنید.

سپس در باز شد و دانیار وارد اتاقش گردید. به زور، روی او لبخند زد. رخسار دانیار مثل گچ سفید شده بود. دانیار حالش را پرسید. جوابی نداد. دانیار تشکر کرد که به والدینش دروغ نگفته بود. «سپاستان ده‌که‌م که به‌وانتان نه‌گوت که کاری... به‌زۆرییه.»

«من درۆ ناکه‌م، دایکم ئاوای فێر کردووم.»

دانیار می‌ترسید که بهرام به او تهمت تجاوز بزند. اگر به اجبار تن به این کار داده بود، پس خودش مجازات نمی‌شد. این فکر حتی به ذهن بهرام خطور هم نکرده بود. هرگز حاضر نمی‌شد چنین ادعایی بکند.

دانیار گفت: «تۆ گیانی منت پاراست.»

حق با او بود. بهرام با این کار، جان او را نجات داده بود. عمل منافی عفت به آسانی بخشوده نمی‌شد، به خصوص علیه پسر رئیس خاندان.

دانیار ادامه داد: «مۆ هەموو هەوڵی خۆم دا تا ئەم کارەت بۆ جێبەجێ کەم.»

بهرام توضیح داد که مادرش برای صداقت اهمیت بسیاری قائل است و پس از مدتی حبس و تنبیه، همه چیز به وضعیت عادی باز خواهد گشت.

دانیار سرش را پایین انداخته بود و به پاهایش نگاه می‌کرد. پاسخ داد که از آنجایی که خودش موجب این آبرو ریزی بوده، بانو مسئولیت جبران آن را نیز به عهده او گذاشته است. توضیح داد که باید از ناموس طایفه دفاع می‌کرد. سپس درنگ کرد و آب دهانش را بلعید.

بهرام هیچ وقت تهدید قتل ناموسی را جدی نگرفته بود. تنها فرزند بانو بود و انتظار داشت روزی خودش سالار طایفه بشود. والدینش او را برای رهبری بزرگ کرده بودند.

دانیار بالاخره زبان باز کرد. «من تۆزێک ڕازیم کردن. بەڵام ئەوان دەیانەوێ تۆ لێرە دوور بخەنەوە.»

پس از تهدید به تبعید، بهرام دیگر چیزی نشنید. دانیار هنوز حرف می‌زد ولی پسرک نمی‌فهمید چه می‌گفت. با ناباوری مشاهده کرد پسری که با تمام وجود به او عشق می‌ورزید، دستانش را با طناب گره زد و او را از خانه خارج کرد.

قرار شد به تهران بفرستندش تا با یکی از خویشاوندان زندگی کند. تصور می‌کرد که قصد بانو از اینکه دانیار را مجبور به این کار کند، این بود که به بهرام بفماند اگر عاشق مردی شود، آن مرد در اولین فرصت، به او خیانت خواهد کرد و امنیت خود را به مهر و محبتشان ترجیح خواهد داد. چند وقت بعد، طالب هم همان کار را کرده بود. ولی هنوز هم، بهرام نمی‌توانست جلوی خودش را بگیرد. هنوز گرایشش همان بود که بود.

آن شب، ماشین پیکان لکنته‌ای مقابل خانه‌شان در سنندج ظاهر شد. پیرمردی که ریش سفید و دندان طلایی داشت، منتظر بود که او را شبانه به تهران ببرد. بهرام به التماس و تمنا افتاد. مادرش برای بدرقه نیامد. پدرش کنار در ایستاده بود و مثل شبح او را تماشا می‌کرد.

دانیار به راننده سفارش کرد تا هنگام «تحویل» او به فامیل در تهران، اجازه ندارد ماشین را متوقف کند. واژه «تحویل» بهرام را آزار می‌داد. انگار که نوجوان کالای بازرگانی بود. سخنانش مثل دشنه، دل بهرام را مجروح کرد. ساعتها در ماشین بد بو و قراضه، گریه کرد.

حوالی سحر، راننده برای خرید نان و پنیر برای ناشتایی، در مقابل چایخانه‌ای در راه ایستاد. بهرام به زحمت ماشین را در دنده خلاص گذاشت. خودرو در اثر شیب تپه، به عقب می‌رفت و موجب آن شد که در جاده آشوبی بر پا شود. قبل از اینکه راننده به خود بیاید و پی ببرد ماجرا از چه قرار است، بهرام فرار کرده بود. از یک وانت سواری

کمک گرفت و سر از ترمینال اتوبوس تهران در آورد.

از ترس می‌لرزید که صدای خوش آهنگ و دلپذیر کسی توجهش را جلب کرد.

راننده اتوبوس می‌خواند: «آبادان؟ آبادان!» و مسافران را دعوت می‌کرد. روی گونه و پیشانیش چین و چروکهای عمیقی وجود داشت. یک زوج جوان سوار اتوبوس شدند.

«آبادان؟ آبادان! نبود؟ بریم.» راننده هم سوار شد.

بهرام به دنبال آن دوید و فریاد زد: «صبر کنین! من هم دارم می‌رم آبادان.» هر چه اسکناس و سکه در جیب داشت، گریه‌کنان به او داد. پولش کافی نبود ولی راننده دلش برای او سوخت و گذاشت که سوار شود. ساعتها در راه بودند. از شهرهایی عبور کردند که تنها اسمشان را شنیده بود: بروجرد، خرم آباد، اهواز.

وقتی رسیدند، هوا تاریک شده بود. گرم بود و نخلها از کارت پستالهایی که دیده بود، بلندتر جلوه می‌کردند. بدون مقصد مشخصی، در خیابانها قدم می‌زد. وقتی از شدت گرسنگی و خستگی دیگر توان راه رفتن نداشت، به دری زد و از پیرزن صاحب خانه خواهش کرد که به او جایی بدهد. در عوض حاضر بود برایش کار کند. اینچنین بود که با بی‌بی آشنا شد. به او گفت که یتیم است. امری که عملاً حقیقت داشت.

آبادانیها، فارس و عرب و سیاه پوست و آمریکایی بودند. دیسکوهای مجلل داشتند و استخرهای بزرگ. سمبوسه‌های تند و تیز که هندیها با خود آورده بودند و موسیقی دهل و داربوکا و نی انبان. زنان خارجی که در حیاط آفتاب می‌گرفتند. پیشرفته‌ترین شهر ایران. نفت، مردمان مختلف را دور هم جمع کرده بود.

دیری نپایید که زندگی دوباره از هم پاشید. پس از ازدواج طالب در مرداد ۱۳۵۷، صدها نفر در آتش سوزی سینما رکس جانشان را از دست دادند. از آن پس، آبادان دیگر هرگز مثل قبل نشد. آخرین شهر بزرگی بود که به تب انقلابی دچار گردید.

قبل از سال نوی مسیحیان، یک مهندس آمریکایی که در شرکت نفت کار می‌کرد، توسط اشخاص ناشناسی در اهواز ترور شد. پس از آن، خارجیها رفتند. طالب هم. با زنش به کویت مهاجرت کرد.

پس از سقوط حکومت شاهنشاهی، عربها امید داشتند که خودمختار شوند. زبان خود را در مدرسه بیاموزند و مثل دولت مرکزی، از عواید نفتی بهره مند گردند. دولت جدید این درخواستها را به شدت سرکوب کرد. لوله‌های نفت منفجر شدند و چندین مرد عرب بدون مدرک و شاهد، محاکمه و اعدام شدند.

بهرام، دلشکسته از مهاجرت محبوبش، دیگر به کسی دل نبست. با چند نفر روابط کوتاه مدتی داشت، ولی به هیچ کدامشان عشق نمی‌ورزید. ولی حالا بازجویش فریفته او شده بود. روزنه کوچکی از امید.

دلش برای حسام تنگ شده بود. این چند روز کجا بود؟

اشتیاق داشت به آبادان بازگردد. تنها در این صورت بود که اوضاع به شرایط

عادی برمی‌گشت. در آبادان می‌توانست هر کجا می‌خواهد برود. هر کاری که می‌خواهد بکند. هر چند باری که می‌خواهد دوش بگیرد. هر چه لیوان پلاستیکی قرمز که پیدا می‌کند، دور بریزد. دوباره احترام به دست آورد.

می‌بایست حسام را متقاعد می‌کرد که همراه او به آبادان برود.

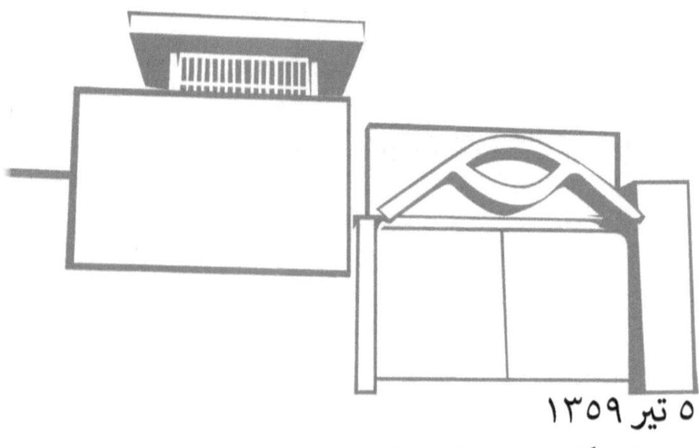

زندان کارون، اهواز

حسام بسیار مشتاق دیدن بهرام بود، اما هراس داشت که کس دیگری نیز از علاقه‌اش به زندانی آگاه شود. اگر ناصر توانسته بود به این آسانی، به این مطلب پی ببرد، دیگران هم می‌توانستند. حسام برنامه جدیدی ریخته بود. دیگر ناصر نبود که از او توبه نامه طلب کند. فهرست شش نفر زندانی را برای آزادی حاضر کرده بود. بهرام جزو آنها بود. لیست هر شش نفر را با همزمان تحویل رئیسش می‌داد که مشکوک نشود.

به دفتر رفت که فرمانده غلام را ببیند. لیست را برای تایید به او نشان داد.

«این چیه؟»

«همون فهرستی که در موردش صحبت کرده بودیم. زندانیانی که باید از شرشون خلاص بشیم.»

«اعدامیها؟»

فریاد زد: «نه!» صدایش را کم کرد. «زندانیهایی که باید آزاد بشن.»

«اوه. چه خوب گفتی. وگر نه با هم قاطی می‌شدند.» غلام نگاهی به مدرک در

دستش انداخت.

حسام سعی کرد لحن عادی باشد: «مگه قراره کسی اعدام بشه؟»

«آره. یه مشت مجرم و ضد انقلاب و مفسد. راستی، فردا جزو جوخه اعدامی.»

«ببخشید؟»

«لازم نیست این همه زندانی رو نگر داریم. وقتی حکم اعدام صادر می‌شه باید بلافاصله کلک‌شونو بکنیم. کثافتها باید از بین برن.»

خبر نداشت که حکم مرگ جدیدی صادر شده است. چنین احکامی بدون امکان استیناف اجرا می‌شد. حسام جواب داد: «حق با شماست. ولی... من نمی‌تونم تو اعدام شرکت کنم.»

«چرا؟»

باید به سرعت دلیلی می‌تراشید. «بیماری قلبی دارم.»

«بیماری قلبی؟»

«ضربان قلب نامنظم. اگه خیلی دچار تشویش بشم، ممکنه سکته کنم.» امیدوار بود که داستانش باور کردنی باشد.

«چه بد! پاسدار مرده که به درد نمی‌خوره.»

«نه.»

«خیلی خب. پس برو به حاج آقا بگو که اسمتو از جوخه اعدام برداره.»

به سمت در به راه افتاد. «همین الان می‌رم.»

از دفتر خارج می‌شد که ناگهان غلام فریاد زد. «امکان نداره!»

برگشت و منتظر شد ببیند منظور فرمانده چیست.

غلام با اشتیاق پرسید: «برادر حسام؟»

«بفرمایین.»

«این بهرام کریمی کجاییه؟»

«آه... دقیقا یادم نیست. باید پرونده‌شو نگاه کنم.» سرش را خاراند که طبیعی جلوه نماید.

«اصلا به خاطر نداری؟»

«گمونم از خرمشهره. یه همچین چیزی.» نگران شد که چرا فرمانده جدید هم روی دلبندش حساسیت نشان می‌دهد.

«ممکنه آبادانی باشه؟»

«شاید... دو تا شهر که خیلی به هم...»

غلام حرفش را قطع کرد. «اصلا باورم نمی‌شه.» سرش را به علامت نفی تکان می‌داد. زهرخند وحشتناکی روی چهره‌اش پدیدار شد. فهرست زندانیان را امضا کرد.

«بیا بگیر. لیست رو تایید کردم.» ورقه کاغذ را در هوا گرفت.

حسام کاغذ را از او گرفت. نزدیک بود از شادی گریه کند.

«همه رو آزاد کن.»

«مرسی.» سعی می‌کرد که خوشحالیش را پنهان کند.

«همه به جز بهرام کریمی. اون اینجا می‌مونه.»

حسام به فهرست در دستش نگاه کرد. فرمانده روی اسم بهرام خط کشیده بود. اعتراض کرد و گفت: «نمی‌فهمم.»

«کریمی تو زندان می‌مونه. واسه یه مدت بسیار دراز.» دستهایش را به هم می‌مالید انگار که نقشه شومی برای پسرک می‌کشید. «برو با حاج آقا صحبت کن تا دیر نشده.»

به اجبار جواب داد: «چشم.»

از دفتر خارج شد در حالی که حس می‌کرد قلبش به قفسه سینه‌اش مشت می‌زند. چرا بهرام اینقدر دشمن داشت؟ ناصر می‌خواست به او آزار برساند برای این که گمان می‌برد همجنسگرا باشد. چرا غلام بر علیه او دست به کار شده بود؟

آرزو کرد که ای کاش برای رفتن به کردستان بیشتر پافشاری کرده بود. حداقل آنجا مشخص بود که چه کسی دوست است و چه کسی دشمن. شاید هنوز امکان انتقال وجود داشته باشد. با انگشت به در دفتر رئیس زندان زد.

حاج آقا گفت که داخل شود و روی صندلی بنشیند.

حسام با بی‌میلی از او اطاعت کرد. «فرمانده غلام گفتن که راجع به اعدامهای فردا با شما صحبت کنم.»

«آفرین. شما سریاز انقلاب هستی و حافظ ملت. شنیده‌ام به فرنگ رفته‌ای.»

«بله، حاج آقا. در ایتالیا بیولوژی می‌خوندم.»

«یعنی می‌خواستی دکتر بشی؟»

«با اجازه‌تون.»

«چی شد که برگشتی؟»

«اومدم که به ملتم خدمت کنم.» نباید می‌گفت برای خدمت به توده‌ها. به جای آن از کلمه «ملت» استفاده کرد.

«سرزمین اسلامی به مردان جوان و دلیری مثل تو نیاز داره. خودت خوب می‌دونی که چقدر ملت برای انقلاب فداکاری کرده. باید ما این راه رو ادامه بدیم. مقام خون شهیدان بسیار بالاست و حفاظت از دستاوردهاشون به عهده ما. چه خونها که طاغوتیها در اقصی نقاط کشور به زمین نریختن. باید در دفاع از انقلاب پایدار و استوار باشیم. آماده این کار هستی؟»

«بله، حاج آقا. برای همین به ایران برگشتم.» حسام از خود می‌پرسید که تا کی باید به موعظه رئیس زندان گوش دهد. با تمام نیرو از نگاه کردن به ساعت دیواری پشت میز حاج آقا خودداری می‌کرد.

«انقلاب از همان بدو وجود، تحت حمله واقع شد. برای انحطاطش دسیسه‌ها چیدن. همین الان که ما مشغول صحبت هستیم، شیطان بزرگ و رژیم صهیونیستی

در حال برنامه‌ریزی برای سرنگونی انقلابن. کار ما اینه که جلوشونو بگیریم. باید شجاعت به خرج بدی. اینجا خبری از تجملات زندگی فرنگی نیست.»

زندگی حسام در ایتالیا آغشته به تجمل نبود ولی نیازی به ناراحت کردن مخاطبش وجود نداشت. نباید کسی را که تصمیم حضورش در جوخه اعدام را در دست داشت، به خاطر جزئیات ناچیز می‌رنجاند.

«حاج آقا من حاضرم. برای همین کار به سپاه ملحق شدم. امیدم این بود که...» حسام حرفش را خورد. اگر به بهانه بیماری قلبی قرار بود از شرکت در اعدام طفره برود، واجد الشرایط آن نبود که در جنگ شرکت کند. دیگر امکان انتقال به کردستان هم از دست می‌داد. «حاج آقا، من برای هر کاری که لازم باشه، آمادگی دارم. تا جایی که بیماریم اجازه بده.»

«بیماری؟»

گلویش را صاف کرد. «حاج آقا، متاسفانه نمی‌تونم در اعدام شرکت کنم. من مرض قلبی دارم و در شرایط اضطراب احتمال داره دچار حمله قلبی بشم.»

به پشتی صندلی تکیه داد انگار که خطبه بعدی در آستانه اجرا بود. «پس اینطور.» مدتی به حسام زل زد انگار با اندکی درنگ بیماری قبلی او خود به خود شفا می‌یافت. پس از چندی، گفت: «وقتی من کوچک بودم از دست مرد هر کاری برمیومد، هر چیزی که مذهب ایجاب می‌کرد. مردهای امروزی خیلی لطیف و حساس شدن. برای فرمانهای خداوند حد و حدود قائل می‌شن. ما اگر اعدام می‌کنیم برای مجازات مجرمهاست. برای این است که ملت رو از فساد في الارض نجات بدیم. برای خالی کردن دق دلی‌مون که نیست. اعدام در راه انجام وظیفه است. مثل نماز واجبه.»

«باور کنین من حاضرم هر کاری که لازم باشه انجام بدم. فقط باید از شلیک گلوله و همچنین موقعیتهایی که موجب اضطراب می‌شن دوری کنم.»

«سربازی که از شلیک بترسه، به چه دردی می‌خوره؟ قلب سرباز از آهن درست شده! باید با دشمن قاطعانه رفتار کنه. عقب نشینی شایسته یک نظامی نیست.»

تنش گر گرفته و خیس عرق شده بود. باید برای قانع کردن او بیشتر تلاش می‌نمود.

«اگه عزم راسخ داشته باشی می‌تونی به ضعف جسمی چیره بشی. اگه تو خیابون درگیری بشه که نمی‌تونی به قلبت اشاره کنی و تقاضا کنی که ضد انقلاب تسلیم بشه. باید از برادرهات محافظت کنی. این طوری که نمی‌شه!»

حسام حرف دیگری برای گفتن نداشت. سنگینی نگاه حاج آقا را روی خود حس می‌کرد.

«شلاق می‌تونی بزنی؟»

جا خورد. «ببخشید؟»

«نشنیدی؟ منو ببخش پسرم. من دیگه پیر شدم و صدام می‌لرزه.» طعنه می‌زد که حسام در انجام وظیفه دچار تعلل و شک شده است.

ادامه داد: «شاید نشونه اینه که باید به زودی وظایفم رو بسپرم به دست مردان جوان دلاور و مومن. پرسیدم می‌تونی در راه انجام تکالیف الهی، مجرمینی که علیه ملت و دولت مرتکب جنایت شده‌اند رو شلاق بزنی؟»

پاسدار جوان انگشتانش را در هم گره زد و به شدت روی پایش فشار می‌داد که از لرزش آنها جلوگیری کند. به رئیس زندان اطمینان داد که حاضر است دشمن را شلاق بزند. می‌دانست که احتمال این که مجبور به این کار شود، زیاد نیست. به علاوه، می‌بایست به هر قیمتی او را قانع کند که نمی‌تواند در جوخه اعدام حضور داشته باشد.

«خیلی خوب. یادت باشه که با برادرها باید با ترحم رفتار کنی و با دشمنان با سرسختی.»

«بله. درست می‌گین.»

مرد سالمند مدتی به او خیره شد. «با ناصر کنار می‌آمدی؟»

شاید ناصر در مورد او چیزی به حاج آقا گفته بود. «بله. کاملا. روش کارها رو برادر ناصر به من یاد می‌داد. خیلی ازش چیز یاد گرفتم. درگذشت اون برای همه ما، خسارت زیادیه.»

«شهدا به بهشت می‌روند. خدا رحمتش کنه. می‌ذارمت زیر دست برادر غلام به کارآموزی ادامه بدی. تا می‌تونی ازش چیز یاد بگیر.»

«چشم.»

دیگر چیزی نگفت. حسام این را به نشانه خاتمه گفتگویشان در نظر گرفت. بلند شد و سر خم کرد.

«در راه انقلاب به مردانی مثل تو احتیاج هست. شجاعت داشته باش. خدا هدایتت می‌کنه.»

حسام از دفتر خارج شد. در راهرو ایستاد و نفس راحتی کشید. دیگر بنا نبود فردا در اعدام کسی شرکت کند. ولی الکی قول داده بود که زندانیان را شلاق بزند. امیدوار بود که پیرمرد حافظه خوبی نداشته باشد و آن را از یاد ببرد.

در راهرو به غلام برخورد و تعریف کرد که لازم نیست در جوخه اعدام باشد و در عوض باید کسی را شلاق بزند. وقتی غلام نیشش را باز کرد، از گفتن این حرف پشیمان شد. عادت نداشت که دائما به اطرافیانش دروغ بگوید.

«شلاق زدن رو از بهرام کریمی آغاز کن.»

«چی؟»

«پاهاشو ببند به میله تخت و این قدر شلاق بزن که دستت خسته بشه. بعد، یه لحظه استراحت کن و دوباره شلاقش بزن.» غلام چشمک زد.

«بله قربان.»

فرمانده به کنایه گفت: «دلت واسه‌اش نسوزه. اولین بارش نیست.»

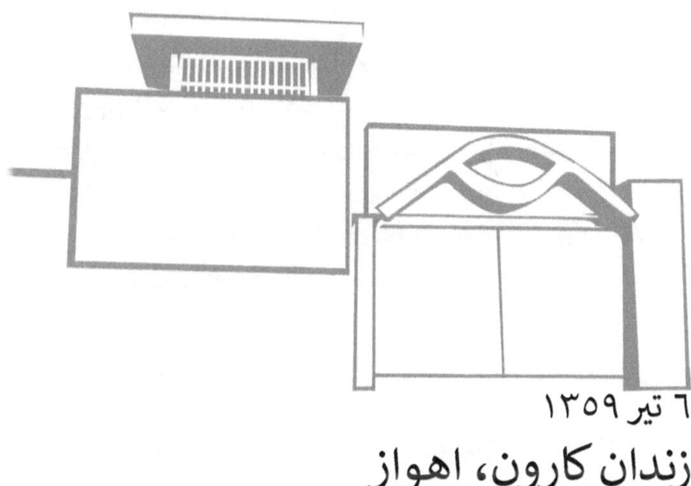

۶ تیر ۱۳۵۹

زندان کارون، اهواز

سعید به این بهانه که دیر از خواب بیدار شده بود، با تاخیر به سر کار آمد. حقیقت آن بود که شب گذشته اصلا نخوابیده بود. در تخت دراز کشیده بود و به تصمیماتی می‌اندیشید که او را به آنجا کشانده بودند.

سعید در پی درگیریهای بین نیروهای طرفدار رهبر و هواداران حزب جمهوری خلق مسلمان که در دی ماه ۱۳۵۸ پیش آمده بود، از تبریز به اهواز مهاجرت کرد. آیت الله شریعتمداری با اصل ولایت فقیه در قانون اساسی مخالف بود. هزاران تن از هواداران وی در تبریز علیه قانون اساسی دست به تظاهرات زدند. چند هفته درگیریهای متعددی بین پاسداران و پیروان او ادامه داشت. صدها نفر زخمی و چند تن کشته شدند. بلافاصله، یازده تن از سران حزب اعدام گردیدند.

بر این باور بود که در میان آن همه سازمان و گروه سیاسی، جهان‌بینی هر دو طرفِ وقایع تبریز، شباهت زیادی به هم داشت. ولی این روزها دیگر چندان مطمئن نبود. به

امید این از تبریز آمده بود که بتواند در جهت بهبود مردم کشورش گام بردارد. ولی کم کم دچار تردید شده بود که بدون پشت پا زدن به عقایدش، بتواند به کار در سپاه ادامه دهد.

امروز برای این دیر به زندان آمده بود که هنگام اجرای حکم اعدام، در آنجا حضور نداشته باشد. هشت نفر به دست جوخه اعدام سپرده شده بودند: سه زن و پنج مرد که یکی از آنها، پزشک محترمی بود. به جرائم مخلتفی محکوم شده بودند: از فحشا گرفته تا کمک برای فرار زندانیان از ساختمان شهرداری. یکی از آنها، هوادار سازمان پیکار بود.

زندانیان به اسم خداوند محکوم به مرگ شده بودند. در دلش به این امر اعتراض داشت. او به خدایی عقیده داشت که بخشش را به قهر ترجیح می‌داد. نجات جان هموطنانش برای او مهمتر از سرکوب مخالفان در جهت محافظت از گردش چرخ‌دنده‌های دستگاه نظام بود.

به همین علت، نمی‌خواست در کشتار کسی دست داشته باشد. به اندازه کافی در سال گذشته در خیابانهای تبریز خونریزی دیده بود. در میان مسئولان زندان، رتبه‌اش چندان بالا نبود که بتواند سیاستهای جدیدی وضع کند. ولی امید داشت که بتواند در راه التیام حال زندانیان کارون، کار کوچکی انجام دهد. به جای اینکه دستش آلوده به خون شود، دوست داشت به کسی کمک کند. پیش از این، نهایت تلاشش را می‌کرد که ترفیع بگیرد و مقامش بالا برود. اما هنگامی که غلام ناگهان فرمانده شد، دیگر امید چندانی به ترفیع نداشت.

برای تطهیر روحش می‌خواست که کار مثبتی برای کسی بکند.

به فکر حمام زندان افتاد و چند وسیله بهداشتی را روی سکوی آنجا گذاشت: شامپو، ناخن‌گیر و ریش تراش. حتی یک بطری گلاب هم آنجا قرار داد.

در بند انفرادی به منصور برخورد. «سلام. اینجا چی کار می‌کنی؟»

«فربد مریضه. شیفت اون رو گرفتم.»

«خیلی خب. در رو باز کن.»

«مطمئنی؟ دارن تنبیه می‌شن.»

«تنبیه برای چی؟»

«نمی‌دونم. ولی اجازه رفت و آمد ندارن.»

«به دستور کی؟»

«من چه می‌دونم!»

سعید کنار ایستاد و به در اشاره کرد. مخاطبش شانه بالا انداخت و در را گشود. سلول اول خالی بود. به طرف دومی رفت. مرد میانسالی روی زمین خوابیده بود. از اتاق سوم گذشت و به چهارمی رسید. جوانی روی زمین چمباتمه نشسته بود. چند ثانیه طول کشید تا تشخیص دهد «عسل چشم» است. ریشش بلند ولی کم‌پشت بود.

چهره‌اش رنگ پریده بود و نژند. به پسر زیبا و جسور سابق نمی‌مانست. زیرپوشش کثیف بود و زیر بغلش لکه‌های زرد دیده می‌شد. از پشت در، بوی عرق و ادرار می‌آمد.

«صبح به خیر. می‌خوای بری حموم؟»

زندانی به تاخیر عکس العمل نشان داد. انگار که نشئه باشد. به نجوا پرسید: «اجازه می‌دی لباسهامو بشورم؟»

سعید سرش را بالا پایین کرد. دلش برای نوجوان می‌سوخت. حسام به شدت کتکش زده بود و او را به انفرادی انداخته بود.

بهرام بلند شد و لیوان پلاستیکی قرمزی را از روی زمین برداشت. آنقدر با احتیاط و انزجار آن را حمل می‌کرد که سعید می‌توانست حدس بزند محتویات آن چیست. هیچ کس نباید تا این حد تحقیر شود. چرا پسرک بازداشت شده بود؟ حسام مدتها بود که روی پرونده او کار می‌کرد. شاید مدرکی علیه وی پیدا کرده بود. شاید امیدوار بود که حبس در بند انفرادی مجبورش سازد که اعتراف کند.

زندانی به آهستگی از سلول خارج شد در حالی که لیوان را از خود دور گرفته بود. سعید صبر کرد که چند قدم دور شود. بوی بد او، آزارش می‌داد.

از کنار منصور که رد شد، دربان شکایت کرد: «چه بوی گندی می‌دی؟ به خودت گند زدی؟»

بهرام سرش را پایین انداخت و به راهش ادامه داد.

سعید در حمام را برایش باز کرد. زندانی بلافاصله چشمش به لوازم بهداشتی افتاد. با ناباوری و سپاسگزاری، به او نگاه کرد.

«نیم ساعت وقت داری.»

زمان دوش گرفتن معمولا پنج دقیقه بود.

بهرام با لکنت گفت: «خ... خیلی ممنون.»

سعید جواب داد: «لیوانت رو بندار بیرون. برات یکی دیگه میارم. یه لیوان سبز.»

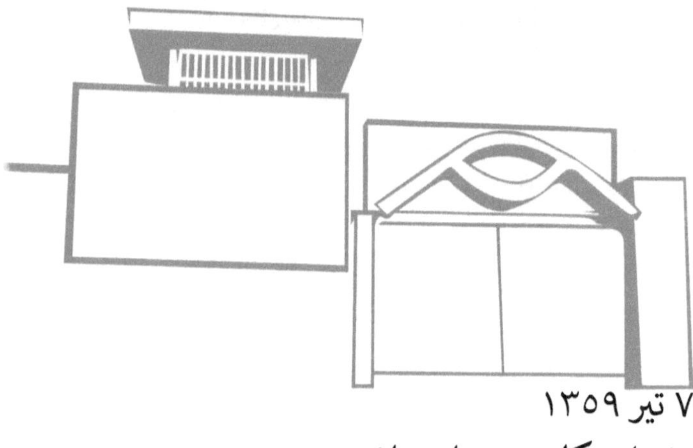

زندان کارون، اهواز

بهرام روی صندلی نشسته بود. چشمبند داشت و دستهایش با طناب بسته شده بودند. دو هفته می‌شد که حسام به دیدارش نیامده بود. نوجوان هنوز در انفرادی به سر می‌برد و برای مدتهای طولانی به آب و غذا دسترسی نداشت. به ندرت به او اجازه می‌دادند به دستشویی برود. حسام هم نبود که از او حمایت کند. دیروز چند نفر اعدام شدند. صدای تیرباران را شنیده بود. ولی حسام به هر حال به ملاقاتش نیامده بود. در اتاق بازجویی از خود می‌پرسید که آیا دوباره او را خواهد دید یا اینکه او دیگر علاقه‌ای به دیدنش ندارد.

در باز و بسته شد. کسی به کنارش آمد و به آرامی چشمبندش را باز کرد. در نهایت حسام پیدایش شده بود.

برعکس همیشه، لبخند نمی‌زد. عجله‌ای هم برای بازکردن دستهایش نشان نمی‌داد. با لحنی جدی پرسید: «چطوری؟»

زندانی به اطراف نگریست. این اتاق بازجویی همیشگی نبود. میز بازجویی وجود نداشت. مقابلش تنها یک صندلی بود. کنار دیوار، یک تخت فنری بدون تشک قرار داشت. به معنی آن بلافاصله پی برد.

«دلم برات تنگ شده بود.»

با تلخی و رنجشی که در سیزده روز گذشته روی‌هم شده بود، جواب داد: «واسه همین اینقدر زیاد میای دیدنم؟»

مخاطبش روی صندلی نشست. «باید یه چیزی بهت بگم.»

چیزی توجه زندانی را جلب کرد. از جیب شلوار حسام، کابل برق بیرون زده بود و حدسش را تصدیق می‌کرد. «می‌خوای شلاقم بزنی؟»

به علامت نفی سر تکان داد. «یه اتفاقی داره میفته که من دلیلشو نمی‌دونم. به کمک تو نیاز دارم.»

«باشه! شلاق بزن به حرف بیام!»

حسام به پشت سر زندانی نگاه کرد، گویا چک می‌کرد که کسی آنها را زیر نظر دارد یا نه. لبانش را به هم فشرد و به جلو خم شد. «ناصر از رابطه من و تو خبر داشت.»

باورش نمی‌شد. «یعنی چی؟»

«می‌دونست که دوستت دارم. می‌خواست منو بکشه.»

زندانی سعی کرد دست محبوبش را بگیرد ولی دستهایش با طناب بسته شده بود.

«قبل از اینکه من متوجه این موضوع بشم، توی یه تصادف رانندگی از بین رفت.»

«ناصر مرده؟ صبر کن ببینم. کس دیگه‌ای در مورد ما چیزی می‌دونه؟»

«مطمئن نیستم. برای همین نیومدم دیدنت. می‌ترسم کس دیگه‌ای هم به ما ظنین بشه.»

بهرام دستش را تکان داد به نشان اینکه می‌خواست حسام دستهایش را باز کند.

حسام توضیح داد: «شاید کسی ما رو زیر نظر داشته باشه. باید خیلی مراقب باشیم.»

«تو قول دادی آزادم می‌کنی.»

«می‌خواستم همین کارو بکنم که به یه مانع تازه برخوردم. اسم تو رو همراه پنج نفر دیگه نوشتم و دادم به فرمانده جدیدمون که همه رو با هم آزاد کنیم. ولی یارو تو رو می‌شناسه. اسم همه رو تایید کرد به جز تو. باهات یه مشکل شخصی داره.»

«کی هست؟»

«فرمانده غلام.»

چنین کسی را نمی‌شناخت.

«حواستو جمع کن. زندگی هر دومون شاید به این بستگی داشته باشه. اهل آبادانه.»

نام وی برایش آشنا نبود. «نمی‌شناسمش.»

«می‌دونه که تو عضو پیکاری؟»

«عضو پیکار نیستم. چند تا نشریه خونده‌ام.»

«ممکنه یه جوری مطلع شده باشه که تو با پیکاریها می‌گشتی؟ شاید دشمن مجیده.»

بهرام نمی‌دانست از کجا می‌بایست دشمنان احتمالی مجید را شناسایی کند. «من از کجا بدونم؟»

«شاید با دوست پسر سابقت رابطه‌ای داره.»

«طالب؟ هیچ کس از ما چیزی نمی‌دونست. به جز مجید.»

حسام سرش را در دست گرفت. «نمی‌دونم چطور بهت کمک کنم مگه اینکه تو به من کمک کنی ببینیم مشکلش چیه.»

«خب من چی کار کنم؟ من کسی به اسم غلام نمی‌شناسم.»

بهرام به این فکر افتاد که قرار بود شلاق بخورد. به روزی اندیشید که در کلاس فلک شده بود. آیا درد شلاق خوردن از آن بیشتر بود؟ کابل بیشتر از چوب باعث جراحت می‌شد؟ واقعا حسام چنین قصدی داشت؟

«اسم تو رو بلافاصله شناخت. می‌دونه که اهل آبادانی. خوب فکر کن. می‌خواد بهت درس عبرت بده. غلام. قبلا تو کمیته انقلاب کمپلو کار می‌کرده.»

طاقت و تحمل بازجویی را نداشت. «من الان دو ماهه که تو زندونم. دو هفته است که منو انداختی تو انفرادی. چه جوری توقع داری به سوالات جواب بدم؟»

«گفتم که. می‌خواستم آزادت کنم. ولی غلام اسم تو رو از توی لیست خط زد. گفت بهرام کریمی باید تو زندون بمونه. یادت بیار ببین کیه.»

پسرک به تخت فلزی نگاه کرد. «پس شلاق بزن که یارو رو خوشحال کنی. من که هراسی از کابل ندارم.»

حسام آرنجش را روی زانو گذاشت. هنوز منتظر جواب بهتری بود.

بهرام شماتت کرد. «بزن! چیزیم نمی‌شه. بار اولم که نیست.»

حسام آهی کشید. «فکر کردی همه چی شوخیه. دیروز یه هوادار پیکار تیرباران شد. تو...» به فکر فرو رفت و اخم کرد. «منظورت چیه که بار اولت نیست؟ غلام هم دقیقا همین رو گفت.»

بیهوده به نظر می‌رسید. ولی برای اثبات آن توصیف کرد: «چند سال پیش تو کلاس فلکم کردن. دردش زیاد نیست.»

حسام هیجانزده شد. «پس حتما از مدرسه می‌شناسیش. اسمش غلامه. غلام اسدی.»

بهرام حس کرد که پوستش آب رفت. عضلاتش منقبض شدند به طوری که بی‌اختیار پا را به زمین کوبید و صندلی را محکم تکان داد.

از واکنش او، حسام فهمید که فرمانده را به یاد آورده است. «کیه؟»

زندانی با اضطراب اطرافش را پایید که در برابر حمله از خودش دفاع کند. «اسدی! اون می‌خواد منو بکشه. حسام باید نجاتم بدی.»

«کیه؟ بگو دیگه.»

به خوبی او را به یاد داشت. «یه عوضی از دبیرستان. از من بد جوری کینه به دل داره. نمی‌ذاره آزادم کنی.»

«چی کارش کردی؟»

«ماجرای مدرسه‌اس.»

«که چی؟»

بهرام به سرعت توضیح داد که تازه در دبیرستان ثبت نام کرده بود و کسی را نمی‌شناخت. تعریف کرد که چطور جلوی سایر دانش آموزان فلک شده بود و چطور اسدی در مقابل همه به او توهین می‌کرد. چطور از طالب یاد گرفته بود که دعوا کند و به شدت وی را کتک زده بود. برای اینکه جلوی آن را بگیرد که دیگران هم اذیتش کنند، اسکناس ۲۰ تومانی را پاره کرده بود و او را در مقابل تماشاچیان زیادی تحقیر کرده بود.

«تو چی کار کردی؟»

«باید به حسابش می‌رسیدم. وگر نه توسری‌خور محل می‌شدم.»

یادآوری آن خاطره برای بهرام دردناک بود.

در عین حال، می‌دانست که برای حسام حتی تصورش مشکل بود که چقدر بهرام از زمان تبعید از سنندج زجر کشیده است. حسام دانشجوی پزشکی بود و نمی‌دانست چطور ممکن است کسی در اثر رفتاری که برایش کاملا طبیعی است، خانه و خانواده خود را از دست بدهد. او که نمی‌دانست بهرام در یک شهر غریب با چه مصیبتهایی روبرو شده بود. «چاره‌ای نداشتم. یا باید تکلیفش رو روشن می‌کردم، یا تا ابد هر کی می‌خواست میومد دق دلیش رو سر من خالی می‌کرد.»

«پس حضرت عالی...» از فرط خشم نمی‌توانست جمله‌اش را تمام کند. «اون هم روی فرمانده من.» دستهایش را به علامت تسلیم بالا برد. «حالا هم انتظار داری من یه جوری راضیش کنم اجازه بده آزاد بشی.»

دیگر همه چیز واضح بود. بهرام بازی را باخته بود. مغلوب اسدی شده بود. دشمنش قدرت آن را داشت که هر طور دلش بخواهد از او انتقام بگیرد. کسی نمی‌توانست از این کار جلوگیری کند. «نمی‌ذاره از اینجا برم.»

«باید یه فکری بکنیم.»

«اون دستور داده که شلاقم بزنی؟»

حسام سر تکان داد.

«پس باید بزنی. فقط خواهش می‌کنم بعدش بهم داروی مسکن بده.»

«راست راستی که نمی‌زنمت.» حسام کنارش چمباتمه زد. «من اجازه نمی‌دم کسی آزاری به تو برسونه. عاشقتم بهرام.»

زندانی می‌دانست که خودش هم عاشق حسام شده است. دیگر وانمود نمی‌کرد. مهر او در دلش رخنه کرده بود. «واسه همین باید بزنی. اگه تو نزنی، خودش می‌زنه! هم محکم‌تر می‌زنه هم بیشتر. مهم نیست. دردش خوب می‌شه.» به خود لرزید.

دستش را روی زانوی او گذاشت. «تو پسر به این پر رویی، نمی‌تونی به این آسونی تسلیم بشی. باید مبارزه کنی.» باز هم به پشت سر زندانی نگاه کرد. «باید یه راهی پیدا کنیم. ولی تا اون موقع، باید مطمئن بشیم که کسی دست روی تو بلند نکنه. باید هنوز نقش بازی کنیم.» دست در جیب کرد و بطری کوچکی در آورد. «پاهات رو با سس گوجه فرنگی باند پیچی می‌کنم که متورم و خون‌آلود به نظر بیاد.»

«حالا کیه که همه چی رو به شوخی گرفته؟»

«بذار یه کاری کنیم. تو اگه نظر بهتری نداری، پس ایراد هم نگیر. باشه؟»

زندانی جوابی نداد.

حسام ایستاد و برنامه را برای او شرح داد. «باید مثل بهروز وثوق فیلم بازی کنی.»

«بریم ماه عسل!» بهرام می‌دانست شوخی احمقانه‌ای است.

حسام ادامه داد: «می‌خوابی رو شکمت. من با کابل می‌زنم رو زمین و تو داد می‌کشی. انگار داری از درد می‌میری.»

هنگام فلک شدن، شیون نکرده بود.

«باید حسابی جیغ و داد کنی.» دست‌های زندانی را باز کرد و به کنار تخت آوردش.

با اینکه بهرام به موفقیت این برنامه تردید داشت، اطاعت کرد.

طناب را شل دور دستش پیچید. زندانی به آسانی می‌توانست گره را باز کند. پاهایش را نیز به همان ترتیب به میله تخت بست.

پسرک رو به زمین دراز کشید. از روی تخت، می‌دید که موزاییک‌ها خاکستری بودند و سیمان بینشان ترک خورده و تکه تکه شده بود. فهمیده بود که حسام تا چه حد دوستش دارد. هیچ کسی تا این اندازه برایش فداکاری نکرده بود. نه دانیار. نه طالب. نه حتی مجید. می‌بایست به جای ادای شکنجه کردن، عشقبازی می‌کردند.

«هر بار شلاق خورد زمین، ناله کن.»

سیم زمخت هوا را شکافت. صدایش گوش خراش بود. کابل محکم روی موزاییک خورد. به آن آسیبی نرساند ولی گوشت انسان را می‌توانست پاره کند. زندانی توان آن را نداشت که صدایی در آورد.

حسام زمزمه کرد: «داد بزن.» دوباره با کابل به زمین زد. زیر لب امر کرد: «فریاد بزن دیگه!» ضربه دیگری به زمین فرود آورد. باز هم سکوت جاری بود. صبر حسام سر آمد. خودش به زاری افتاد. شلاق می‌زد و ناله می‌کرد.

نوای ضجه او به گوش بهرام خنده‌دار بود. مثل یک بازیگر بد در یک فیلمفارسی که بارها تیر می‌خورد و به طور معجزه آسایی زنده می‌ماند و همچنان به دنبال شکار دشمن بود. بهرام سعی کرد جلوی خنده‌اش را بگیرد ولی نتوانست.

حسام به طرفش پرید و با دست جلوی دهانش را گرفت. «مگه مرض داری؟ واسه چی می‌خندی؟»

بهرام سر تکان داد و می‌خندید. از شدت خنده دل درد گرفت.

اندکی بعد، حسام به آرامی دستش را از روی دهان او بلند کرد.

«شبیه سیرک شده. خودت می‌زنی، خودت دردت میاد. آه آه.» به قهقهه افتاد.

حسام دوباره دهانش را گرفت و به سرزنش گفت. «مسخره کردی؟ موضوع مرگ و زندگیه!»

بهرام از اهمیت آن خبر داشت. ولی نمی‌توانست جلوی خودش را بگیرد.

دهان یارش باز مانده و به او خیره شده بود.

«یا... یا... مثل پسر باکره که دفعه اول اصلا بلد نیست چی کار کنه. آه آه.»

حسام هم از چنین وصفی به خنده افتاد. به در نگاه کرد و مخفیانه بهرام را بوسید.

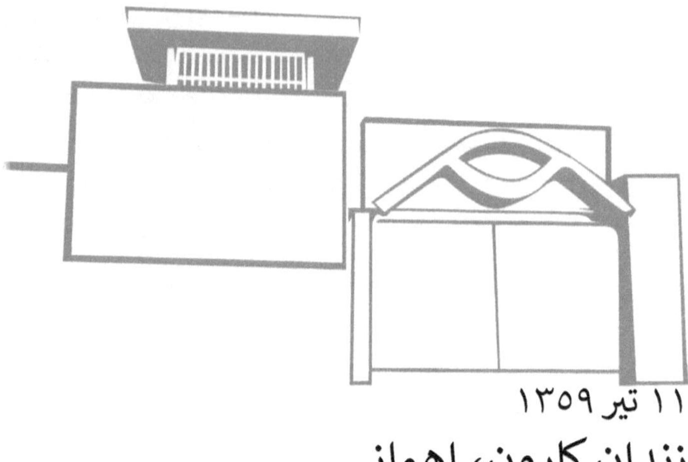

زندان کارون، اهواز

هنگامی که حسام به طرف دروازه زندان رانندگی می‌کرد، چشمش به پلاکاردی افتاد که معترضان جلوی زندان گذاشته بودند. رویش نوشته شده بود: «این نه جمهوری است و نه اسلامی.» چطور بود که هنوز کسی آن را برنداشته بود؟ از جمعه پیش که پزشک سرشناسی در کارون اعدام شده بود، مردم دائما به اعتراض جلوی در زندان تجمع می‌کردند. پزشک در محل کار خود در بیمارستان دانشگاه جندی شاپور بازداشت شده بود. در هنگام دستگیری و پیش از جلسه دادگاه، ماموری به همکار او گفته بود که دکتر را خواهند کشت. اعدام آن پزشک به اعتراضات گسترده در سراسر کشور انجامید، به طوری که پزشکان و دستیاران در اهواز، تهران و شیراز دست به اعتصاب زدند. یکی از هواداران پیکار که دانشجوی جندی شاپور بود نیز به همراه وی تیرباران شده بود.

وقتی حسام به دفتر آمد، سعید و غلام مشغول مباحثه بودند و به او اعتنا نکردند.

سعید می‌گفت: «مطمئنم که الکی می‌گن. شنیدم اگه کسی بخوره مریض می‌شه.»

«ما آزمایش خودمونو می‌کنیم. شاید حرفی که می‌زنی درست باشه، شاید نباشه.»

حسام کنجکاو شد. «چه آزمایشی؟»

غلام پاسخ داد: «که کافور حس شهوت رو کم می‌کنه.»

این چه گفتگویی بود؟ «چی چی؟»

فرمانده توضیح داد: «ما اینجا با یه مشت تبهکار طرفیم. حیوونن. اگه کاری نکنیم، موجب فسق و فجور می‌شن. نمی‌تونیم دست روی دست بذاریم. پس بهشون کافور می‌دیم نوش جان کنن.»

برای حفظ امنیت، حسام بر آن شد که همجنس‌گراستیز به نظر آید ولی نمی‌دانست چه بگوید.

سعید اعتراض کرد: «به قیمت اینکه همه‌شون مریض بشن؟ مسئول درمان اونها هم که خود ماییم! تازه معلوم نیست که همچین چیزی حقیقت داشته باشه.»

«گیریم که دلشون هم یه کم درد گرفت. خب بگیره! خب بگیره!» غلام به حسام نگاه کرد. احساس کرد که می‌بایست با رئیسش موافقت کند، ولی ساکت ماند.

فرمانده به او دستور داد: «برو آشپزخونه بپرس. شاید اصلا همیشه کافور می‌ریزن تو غذا. شاید از اونچه که ما فکر می‌کنیم آشپزهای بهتری باشن.»

سعید مخالفت کرد: «آشپزهای بهتری... شوخی می‌کنی؟»

غلام گفت: «اگه غذا رو دوست نداری، خودت غذا درست کن. زن بگیر واسه‌ات غذا بپزه.»

حسام یادآوری کرد: «مثل ناصر! خیلی خب. می‌رم آشپزخونه می‌پرسم.»

غلام راضی شد. «آفرین! راستی حسام! دستت درد نکنه شلاق زدی بچه خلافکار رو. دیدم پاهاش بزرگ شده.»

سعید با ناباوری به حسام نگاه کرد.

«قربان، من کتکش زدم. انداختمش تو انفرادی. شلاقش زدم. اعتراف نمی‌کنه. شاید مجرم نباشه اصلا.»

رئیس جواب داد: «می‌دونم بابا. یادمه می‌خواستی آزادش کنی.»

دیگر چیزی نگفت. می‌دانست که چرا فرمانده‌اش از پسرک زندانی متنفر است.

«غصه نخور. چه مجرم باشه چه نباشه، یه کاری می‌کنیم اعتراف کنه. باید بریم دوست‌هاشو پیدا کنیم. شاید یکیشون با یه سازمان مخالف تماس داشته باشه.»

«من هفته‌هاست بازجویی می‌کنم. به آبادان رفتم. یه طفل یتیم بیشتر نیست. با یه پیرزن بیسواد زندگی می‌کنه. بویی از فعالیت سیاسی نبرده.»

غلام به فکر فرو رفت. «مهم نیست. همینطور بزنش. باهاش فوتبال کن.»

«یعنی چی؟»

«برادرها رو بذار یه دایره درست کنن. یارو رو بذار وسط. بهش مشت و لگد بزنین و به هم پاس بدین. مثل فوتبال.» غلام به هوا مشت زد.

سعید مداخله کرد: «حاج آقا گفتن که این کار مطلقا ممنوعه.»

غلام فکر کرد و گفت: «پس اعدامش می‌کنیم. می‌بایست به جای اون دکتره، کریمی رو تیرباران می‌کردیم. خانواده‌ای هم نداره که بخواد اعتراض کنه.»

سعید کلافه شده بود. «اعدامش کنیم به جرم اینکه یتیمه؟ حسام زودباوره. فکر می‌کنه جدی می‌گی.»

«شوخی که نمی‌کنم.»

«فرمانده غلام، ما برای خدمت به ملت پاسدار شدیم. نه برای اعدام نوجوونهای یتیم.»

غلام تصحیح کرد: «نوجوونهای بزهکار.»

سعید ایستادگی کرد: «خواهش می‌کنم از این کار صرف نظر کن.»

حسام مشاهده کرد که سعید جرات آن را دارد که با فرمانده مخالفت کند، علی‌رغم این که امکان داشت اخراج شود.

«خیلی خب. اعدامش نکنین. ولی آزادش هم نکنین. من می‌دونم خلافکاره.»

منصور سراسیمه وارد دفتر شد: «فرمانده غلام؟ مردم دوباره واسه اعتراض به اعدام دکتره، جلوی در جمع شدن. دارن شعار می‌دن.»

«آشغالها. مگه مجبورشون نکردیم مدرک امضا کنن که در ازای دریافت جسد، خفه خون بگیرن؟»

«معلوم نیست خویشاوند باشن. شاید همکارهاشن.»

غلام از صندلی بلند شد. «خودم ادبشون می‌کنم. یه مشت پاپتی که بیشتر نیستن. یه تیر هوایی بزنی می‌رن سر کارشون.»

منصور به دنبال غلام از دفتر خارج شد.

حسام به سعید نگاه کرد. شرمنده بود که همخانه‌اش گمان می‌کرد که تا این حد ظالم است. ولی نمی‌توانست حقیقت را به او بگوید.

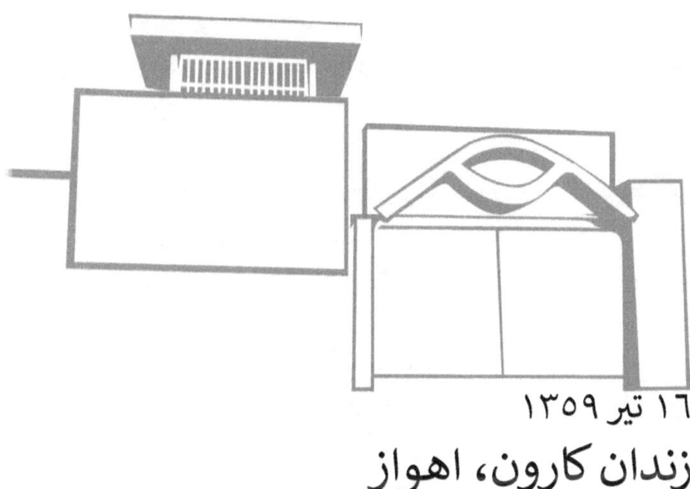

زندان کارون، اهواز

حسام به ساعتش نگاه کرد. یک و نیم بود. صدای اذان هنوز به گوش می‌رسید. در آستانه ماه رمضان، همکارانش بیشتر نماز جماعت می‌خواندند. داوطلب شده بود که هنگام نماز سر وظیفه بماند و مراقب زندان باشد. این فرصتی بود برای بازدید از بهرام.

به طرف شیرهای آب نگاه کرد. پاسداران مشغول وضو گرفتن بودند. حسام با آنها فرق داشت. همیشه از دیگران جدا بود.

پیش از آن، عبادت مذهبی به نظرش عجیب می‌آمد. چه نماز در مسجد و چه دعا در کلیسا که چند بار همراه اومبرتو رفته بود. ولی پس از دوستی با سعید، احترام تازه‌ای برای آن قائل بود. همکارش جلوی بی‌عدالتی ایستادگی می‌کرد و نمی‌گذاشت کسی از مذهب برای توجیه آزار و اذیت دیگران استفاده کند. هم مومن بود و هم استقلال فکری خود را حفظ می‌کرد.

انگار همه سپاهیان این خصوصیت او را می‌ستودند چرا که سعید را به عنوان

پیش‌نماز انتخاب کرده بودند. برای یک ثانیه، حسام آرزو کرد که ای کاش به نمازگزاری اعتقاد می‌داشت. که مثل دیگران و بخشی از گروه آنها می‌بود. که پشت سر سعید می‌ایستاد و در جهت تطهیر روحش دعا می‌کرد. از زمان ثبت نام در سپاه، حس می‌کرد فرتوت و درمانده شده است. فرق بین درست و غلط برایش مبهم شده بود. کاش می‌توانست با اجرای چنین آداب و رسومی قلبش را پاک کند. به سعید نشان دهد که او را محترم می‌شمرد و آرزو دارد به اندازه او رستگار شود. ولی چنین کاری امکان نداشت. نمی‌توانست وانمود کند که مسلمان است. این کار به نظرش بی‌احترامی به کسانی بود که به راستی اعتقاد دینی داشتند، کسانی مثل سعید.

از راهرو گذشت و وارد اتاق بازجویی شد. بهرام ساندویچی را که او برایش آورده بود، تمام کرده بود. هنوز پاهایش باندپیچی بود که مجروح جلوه کند.

به او گفت: «دارن نماز می‌خونن. یه کم وقت داریم.»

پسرک سر تکان داد.

حسام روی صندلی مقابلش نشست و دستش را گرفت. «باید یه چیزی ازت بپرسم.»

«چی؟»

«این چند روز آخر، دل درد نگرفتی؟ سوء هاضمه نداشتی؟»

«چطور؟»

«اصلا؟»

«چی می‌گی؟» سعی کرد دستش را جدا کند.

حسام دستش را محکم‌تر گرفت. به در نگاه کرد که مطمئن شود کسی مراقبشان نیست. به جلو خم شد و زمزمه کرد: «غلام می‌خواد تو غذای زندانیا کافور بریزه؟»

«واسه چی؟»

«می‌گه احساس شهوانی رو کم می‌کنه. می‌ترسه زندونیا...»

پسرک ابرویش را بالا برد و جمله او را تمام کرد: «با هم آمیزش کنن؟»

«می‌خواستم مطمئن بشم که مریض نشدی.»

«منظورت اینه که من غذای زندان رو نخورم؟ می‌ترسی که علاقه‌ام رو به تو از دست بدم؟»

پس به او علاقه داشت. به صندلی تکیه داد. «بهرام، اذیت نکن.»

«نمی‌تونی به خاطر عدم اعتماد به نفس خودت، منو گشنه نگه داری.»

تاکید کرد: «می‌خوام سالم بمونی.»

بهرام دستش را فشرد. «نترس. گرچه باورش سخته ولی تو خصوصیات خوبی هم داری. مهربونی. باملاحظه‌ای. کمی هم خوشگی. یه ذره.» لبخند شیطنت‌آمیزی روی چهره‌اش ظاهر شد.

از این همه تعریف، گونه‌هایش گرم شد.

«دلیل اینکه نمی‌خواستم باهات همبستر بشم این بود که...»

حسام متوجه شد که بهرام در این جمله، از فعل ماضی استفاده کرده بود.

«نمی‌خوام از تنم برای نجات از اسارت استفاده کنم.»

حسام لبانش را به هم فشار داد. «از تو استفاده نمی‌کنم.»

«ولی اگه تنها راه آزادیم اینه، پس باشه.»

از اینکه جسارت نوجوان کم کم از بین می‌رفت، ناراحت شد. «از سعید می‌خوام کمک کنه آزاد بشی. همه به سعید احترام می‌ذارن. اگه اون مداخله کنه، غلام راضی می‌شه.»

«نه. راضی نمی‌شه. می‌خواد حسابمو برسه. این براش کافی نیست.» به پاهای بسته‌اش اشاره کرد.

«قول می‌دم یه راهی پیدا کنم. بهم اعتماد کن.»

بهرام دستش را روی زانوی او گذاشت.

وقتی غلام وارد زندان شد، مستقیم به دفتر رفت. هیچکس آنجا نبود. به زیردستانش سپرده بود که باید همیشه کسی کشیک باشد. حتی در زمان نماز جماعت. از حیاط زندان رد شد و به بند زندانیان سیاسی رسید. از اتاق دوم بازجویی صدا می‌آمد. در را گشود. چشمش به کریمی افتاد.

«به به! ببینین کی اینجاست. بچه بی‌پدر!» چشمان پسر بزهکار از دیدنش گرد شده بود. از مشاهده اینکه چقدر زندانی از او می‌ترسید، لذت می‌برد. «گفتم به هم می‌رسیم!» نزدیک شد و با پوتین روی پای باندپیچی شده‌اش فشار داد.

داد پسرک بلند شد.

«چرا مثل دختربچه‌ها جیغ می‌زنی؟ دیگه لات نیستی؟» به حسام لبخند زد. «خوب لت و پارش کردی! دفعه دیگه من هم صدا کن. این قدر شلاقش می‌زنیم استخونهاش در بیاد.» دستش را زیر چانه نوجوان گذاشت. «بچه کونی.»

کریمی سرش را تکان داد که خود را از دست او رها سازد. غلام با انگشت لپش را کشید. پسرک یکه خورد و سعی کرد صندلیش را جا به جا کند.

«مثل کرم لول می‌خوری!» خنده‌اش گرفت. رو به حسام کرد و گفت: «می‌دونی چیه، برادر؟ آزادش می‌کنیم. خیلی زجر کشیده.»

برادر پاسدار گیج شده بود.

«ولی قبل از اون، باید به یه دردی بخوره. حیفه بچه خوشگل اینجوری به هدر بره.» انگشت شستش را روی زیپ شلوارش کشید.

زندانی از ترس خشکش زده بود.

غلام دستور داد: «اول تو ترتیب‌شو بده، بعد من. اصلا می‌دونی چیه؟ می‌رم

برادرهای دیگه رو خبر می‌کنم. هر چه بیشتر بهتر. نوبتی پاره‌اش می‌کنیم. وقتی کارمون تموم شد، می‌ذاریم بره.»

«فرمانده، من فکر نمی‌کنم...»

غلام دستش را بلند کرد به علامت اینکه حسام ساکت شود. «باور کن، دیگه هیچوقت سرش رو بلند نمی‌کنه.»

آنها را تنها گذاشت و به دنبال دیگران به ساختمان اصلی بازگشت. از خوشحالی خنده‌اش گرفته بود. فرصت انتقام فرا رسیده بود. پس از سالها، می‌توانست تلافی تحقیر شدنش را درآورد. دوست داشت کرامت کریمی را از بین ببرد. پس از آن کار، زندانی هرگز احساس مرد بودن نخواهد کرد. اعتماد به نفسش نابود خواهد شد.

غلام به نمازخانه سری زد. برادران روی سجاده‌ها ایستاده بودند. سعید پیش‌نماز بود.

گرچه دوست داشت به سرعت کینه‌اش را خالی کند ولی باید بااحتیاط عمل می‌کرد. این موضوع حساسی بود و شاید به بعضی از برادران برمی‌خورد. به طور حتم، سعید با آن مخالفت می‌کرد. به نمازگزاران خیره شد. حکمت نبود آشکارا این مطلب را با همه آنها در میان بگذارد. باید درنگ می‌کرد. ناگهان فکر بهتری به ذهنش رسید.

دوباره به اتاق بازجویی دوم بازگشت. خالی بود. چشمانش را ریز کرد. شاید اشتباه کرده بود و زندانی در اتاق دیگری بود؟ داخل شد.

صدای سابیده شدن فلز به گوشش رسید. برگشت. بهرام از تاریکی بیرون آمد. آنچه شنیده بود صدای حرکت چکش هفت تیری بود که در دست زندانی قرار داشت. صدا خفه کن هم داشت. بند انگشتهایش از شدت فشار، سفید شده بود.

کریمی اخطار کرد: «صدات در نیاد.»

«تو چه جوری سلاح...»

حسام در را بست.

سر پاسدار بی‌لیاقت داد کشید: «چطوری تفنگتو ازت گرفت، چلفتی؟» به بهرام رو کرد: «کثافت حروم زاده.» دستش را دراز کرد که کلتش را بردارد.

کریمی دستور داد: «سلاحت رو بنداز زمین. یواش!» صدایش مردانه شده بود. زندانی دیوانه بود و احتمال داشت واقعا شلیک کند.

«با لگد هلش بده طرف حسام.»

پسرک و پاسدار دست به یکی کرده بودند. خائنها. غلام به پاسدار چشم غره رفت. «چرا باهاش رو هم ریختی؟ چه قولی بهت داده؟ پول نداره بهت بده. هیچی نداره.»

حسام با جسارت امر کرد: «با پا تفنگ رو رد کن بیاد.»

چاره‌ای نداشت. کریمی از آزار دیگران لذت می‌برد. همانطور که آن دو گفته بودند عمل کرد. پاسدار سلاح را از روی زمین برداشت.

بهرام گفت: «لباسهاتو در بیار.»

غلام می‌دانست که نماز برادران به زودی تمام خواهد شد. تا چند دقیقه دیگر به کمکش می‌آمدند.

حسام حرف زندانی را تکرار کرد: «مگه کری؟ گفت لباسهاتو در بیار.»

«نفوذی خائن! می‌دونستم به کسی که نماز نمی‌خونه، نمی‌شه اعتماد کرد. حالا فهمیدم کی هستی. بدبختت می‌کنم. پشیمون می‌شی. میام شکار تو و خانواده‌ات. به گه خوردن میندازمت.»

پسرک امر کرد: «خفه خون بگیر و لباسهاتو در بیار. وادارم نکن شلیک کنم. خوب می‌دونی از پس چه کارهایی برمیام.»

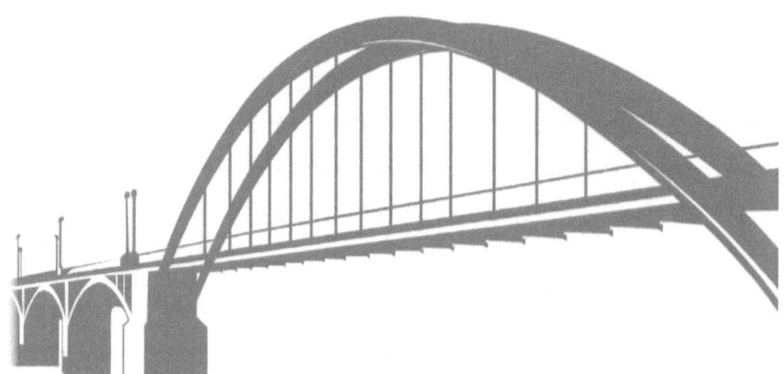

۱٦ تیر ۱۳۵۹
زندان کارون، اهواز

بهرام یونیفورم فرمانده را پوشید. غلام را در حالی که تنها شورت و زیرپوش به تن داشت در انفرادی با دست و دهان بسته، محبوس کرده بودند. برنامه این بود که بهرام به آرامی از زندان بیرون رود. بهرام کلاه را روی پیشانی کشید که صورتش دیده نشود. خیس عرق بود و رخسارش مثل بخاری مشتعل شده بود. پوتین غلام کوچک بود و پایش را می‌زد.

دوست داشت بدود ولی نباید توجه پاسداران را به خود جلب می‌کرد. نماز پایان یافته بود و نظامیان به مقرشان بازگشته بودند. سرش را پایین انداخت و در ساختمان اصلی به طرف در زندان می‌رفت. ناگهان با تمام نیرو، با پاسداری تصادم کرد. کلاهش روی زمین افتاد.

«مگه مرض داری؟»

«ببخشید برادر. ندیدمت.» نزدیک بود قلبش از سینه بیرون بپرد.

«تو دیگه کی هستی؟ قبلا ندیدمت.»

«تازه شروع به کار کردم. شیفت شبانه.» صدایش می‌لرزید و از خود می‌پرسید که آیا پاسدار متوجه این امر شده است یا نه.

«برو بخواب. مثل شبح می‌مونی.»

«بله. حتما.» بهرام با حداکثر سرعتی که فکر می‌کرد طبیعی است از آنجا دور شد. پاسدار فریاد زد: «یونیفورمت رو هم درست کن. سپاه پاسداران با کمیته انقلاب دهات شما فرق داره.»

بهرام به پیراهنش نگاه کرد. در اثر شتاب، یکی از دگمه‌های آن را جا زده بود و لباسش ناهموار بود. پارچه اضافی پیراهن را در شلوارش کرد و به راه ادامه داد.

چند قدم دیگر به ماموری برخورد که سیگار خاموشی به لب داشت. «آتیش داری؟»

«نه متاسفانه.»

مامور بی اعتنا از کنارش عبور کرد.

بالاخره به در ورودی ساختمان رسید. آفتاب می‌درخشید و چشمش را می‌زد. چند ثانیه به دنبال جیپ زرد رنگ گشت. این مدت به نظرش ساعتها طول کشید. خبری از حسام نبود. به اتومبیل تکیه داد و برای آن که طبیعی به نظر برسد، گهگاه به ریگهای روی زمین لگد می‌زد و به کنار می‌انداخت.

اگر می‌گرفتنش چی؟ اسدی برایش حکم حبس ابد می‌گرفت؟ یا اینکه همانطور که تهدید کرده بود ماموران را می‌فرستاد که دسته جمعی به او تجاوز کنند؟ آیا حسام را مجبور می‌کردند تماشا کند؟ یا اینکه خودش را وادار می‌کردند شاهد شلاق خوردن حسام شود؟ شاید صبح فردا هر دو اعدام می‌شدند.

حسام رسید و در ماشین را باز کرد. «بپر بالا.»

حرارت داخل خودرو مثل تنور بود. هر دو پنجره‌شان را باز کردند.

حسام موتور را روشن کرد و پرونده او را به طرفش پرت کرد. «اینو قایم کن.» به طرف در زندان به راه افتاد.

دربان به او سلام کرد: «برادر حسام؟»

«احمد آقا!» لحنش طوری بود که انگار از خوشحالی دیدار او در پوست خود نمی‌گنجید. «حال شما؟»

«الحمدلله. بد نیستم. کیه همراهت؟»

«این... یه پاسدار تازه استخدام شده‌اس. از شیفت شب. می‌رسونمش خونه و برمی‌گردم.»

بهرام سلام نظامی داد. کلاه روی چهره‌اش را پوشانده بود در غیر این صورت، احمد شناساییش می‌کرد.

دربان طعنه زد: «واقعا که بهترینها رو انتخاب می‌کنیم!» متوجه شده بود که دگمه‌های پیراهن بهرام، یکی دوتا بسته شده‌اند.

«سخت نگیرین، احمد آقا. همینه دیگه.»

«آره! کاشکی تا وقتی دهنش بوی شیر می‌ده، فرمانده‌مون نشه.»

احمد هم از سن و سال کم فرمانده جدید ناخشنود بود.

حسام موافقت کرد: «باید سوخت و ساخت.»

احمد زهرخند زد. «تو هم که شدی مسئول بچه‌داری این جوجه پاسدار! حالا می‌بینی وقتی خودت تازه‌کار بودی من چی می‌کشیدم. چیزی که عوض داره، گله نداره.»

بهرام سرش را از شرم مصنوعی پایین انداخت. این گفتگو کی تمام می‌شد؟

بالاخره احمد در را گشود.

حسام یادآوری کرد: «من نیم ساعت دیگه برمی‌گردم.»

«خداحافظ.»

حسام پایش را روی گاز فشار داد و دائما به آینه عقب نگاه می‌کرد. هنوز کسی در تعقیب آنها نبود. سمت راست، به جاده اهواز ـ آبادان پیچید. هر دو ساکت بودند.

بهرام اعتراف کرد: «می‌ترسیدم پیداشون بشه و شروع به تیراندازی کنن.»

«من هم همینطور.»

«به آرامش تو حسودیم می‌شه. فکر می‌کنی چقدر وقت داریم؟»

«زیاد نه. به زودی کسی می‌ره دنبال‌مون تو اتاق بازجویی. بعدش هم غلام رو پیدا می‌کنن.»

بهرام جوابی نداد.

«من هیچ نقشه‌ای ندارم. برای جیم شدن برنامه ریزی نکرده بودم. حالا باید چی کار کنیم؟»

بهرام سعی کرد با شوخی از اضطراب آن لحظه بکاهد. «حداقل لازم نیست برگردی سر کار.»

حسام با لحن انتقادآمیزی جواب داد: «خندیدم!»

«باید بریم آبادان.»

«مسخره کردی؟»

«جای دیگه‌ای نداریم بریم.»

«تو فراری هستی و من خائن. فرمانده سپاه پاسداران رو طناب پیچ کردیم و انداختیم تو انفرادی. ما دیگه خلافکار معمولی نیستیم. همه سپاه به زودی میان دنبال‌مون.»

بهرام حاضر نبود از فکر بازگشت به آبادان چشم بپوشد. «مجید کمک‌مون می‌کنه.»

«اگه کسی تو آبادان خبر داشته باشه که مجید هوادار پیکاره، حتما زیر نظرش دارن. اگه از ما حمایت کنه، جون خودش به خطر می‌افته.»

«من که کاره‌ای نیستم. بیخودی بازداشت شدم.»

«این قصه دیگه تاریخ مصرفش تموم شد رفت. از موقعی که با سلاح غلام رو مجبور کردی تسلیم بشه، تو ضد انقلاب شدی و من نفوذی. هر دو محارب به حساب میایم.»

«کسی می‌دونه توده‌ای هستی؟ من آدم می‌شناسم که قاچاق ببردمون عراق.» راننده سرتکان داد. «مرز عراق ناآرامه. پاسدارها هم آماده‌ان شلیک کنن. وقتی با مجید رفتیم لب آب، نزدیک بود یه قایق‌ران رو بکشند.»

فکر دیگری به ذهنش آمد. «رود کارون عرضش کمه. می‌تونیم شنا کنیم و از مرز رد بشیم.» بهرام یقین نداشت این کار عملی باشد. ولی قبل از آنکه مجبور شود رازش را با حسام در میان بگذارد باید تمام راه حلهای ممکن را ارائه می‌داد.

«اگه ایرانیها فکر می‌کنن که همه عراقیها دشمن هستن، واسه چی فکر می‌کنی که عراقیها به ما کمک کنن؟»

«پس می‌ریم کویت. اونجا هم کسی رو می‌شناسم.» امیدوار بود که طالب حاضر باشد از آنها پشتیبانی کند.

«قراره لب مرز ایران و عراق چشم به راهمون باشه؟»

«آره. می‌گم با هلیکوپتر بیاد استقبال‌مون!» داشت از ایرادگیری حسام کلافه می‌شد.

«به من نمی‌خواد نیش و کنایه بزنی.»

بهرام اصرار کرد: «باید بریم آبادان. تمام دوست و آشناهای من تو آبادانن.»

«دقیقا واسه همینه که اولین جایی که سپاه می‌ره دنبالت، همونجاست.» دوباره به عرق کردن افتاد. هنوز مطمئن نبود که چطور حقیقت را برای حسام بازگو کند. «پس می‌گی چی کار کنیم؟»

«خانواده من مشهد زندگی می‌کنن. شاید بتونیم یه جایی تو خراسان مخفی بشیم.»

«خراسان خیلی دوره. باید از کشور خارج بشیم. غلام مثل گرگ زخمی می‌مونه. اگه پیدامون کنه، فاتحه‌مون خونده‌اس.»

«اگه از مرز افغانستان رد بشیم چی؟»

«که به مجاهدین افغانستان ملحق بشیم یا به ارتش سرخ؟» حسام قانع شد. «راست می‌گی. فکر بدی بود.»

«نمی‌تونیم بریم افغانستان.»

«ترکیه چی؟ سعید اهل تبریزه. شاید یه طوری...»

برنامه کمک گرفتن از سعید باید قبل از فرار ریخته می‌شد، نه بعد از آن. در هر حال باید اعتراف می‌کرد که ترکیه انتخاب معقولی است. کسانی را می‌شناخت که می‌توانستند کمک کنند. ولی اول می‌بایست به حسام توضیح دهد که آنها را از کجا می‌شناسد.

حسام از خودروی دیگری سبقت گرفت.

با وزش شدید باد، بهرام به زحمت می‌توانست چشمانش را باز کند. «می‌شه یه کم سرعتتو کم کنی؟ فرارمون به دردی نمی‌خوره اگه قراره تو تصادف کشته بشیم.»

راننده ماشین را متوقف کرد. «خیلی خب. باید بدونیم کجا می‌ریم. من که نمی‌دونم. تو هم که...» آهی کشید.

بهرام پیاده شد و حسام به دنبالش.

حسام به جیپ تکیه داد و بسته سیگاری در آورد. «فقط یه سیگار مونده. باید قسمت کنیم.» روشنش کرد و پک زد.

بهرام روی زمین نشست. شن‌ها گرم بود. هنوز جرات افشای رازش را نداشت.

دوستدارش در کنار وی نشست و سیگار را به او داد. «اگه بریم تهران و از اونجا به تبریز، چه طوری از مرز ترکیه رد بشیم؟ بدون گذرنامه.» خاکستر سیگار روی شن‌ها فرود آمد.

بهرام زمزمه کرد: «حسام؟»

«چیه؟»

بهرام سیگار را از او گرفت و کشید. «باید بهت یه چیزی بگم.»

«چی؟»

می‌خواست این کار را به تاخیر اندازد. یکی از پوتین‌های غلام را درآورد. «این آشغالها چقدر تنگن!» چکمه دومی هم از پا کند.

«چی می‌خوای بگی؟ خب بگو.»

«قول می‌دی عصبانی نشی؟»

با ملایمت جواب داد: «چیه عزیزم؟»

بهرام دستش را روی زانوی یارش گذاشت. «می‌تونیم از راه کردستان بریم.»

«فکر نکنم. جنگ داخلیه. ما هم که هیچ سلاحی نداریم. مگه سرمون به تنمون زیادی کرده؟ کردها سر پاسدارها رو می‌بُرن.»

مخالفت کرد: «نه. نمی‌برن. پاسدارها هستن که کردها رو می‌کشن. زخمیها رو اعدام می‌کنن. پارسال حتی یه مردی رو روی برانکار تیربارون کردن. عکسش تو روزنامه‌ها بود. می‌تونیم از طریق کردستان بریم.»

حسام صدایش را بلند کرد. «حالا هر چی! ما دو تا یونیفورم سپاه تنمونه. چطوری از کردستان رد بشیم و از جنگ جون سالم به در ببریم؟»

نمی‌دانست چطور رازش را فاش کند. جورابش را در آورد و با شن، سس گوجه فرنگی را که روی پایش خشک شده بود تمیز می‌کرد. «کسی رو می‌شناسم.»

در صدایش تردید وجود داشت. «بهرام؟ تو کُردی؟»

جوانک یک مشت شن برداشت و به سابیدن پایش ادامه داد.

«وانمود می‌کنی نشنیدی؟» پوتینش را روی پای بهرام گذاشت که حواسش را به خود جلب کند.

بهرام به او نگاه کرد و به علامت مثبت سر تکان داد.

«از کجا اصلا می‌دونی؟ پدر مادرت از کجا...»

حرفش را قطع کرد. «حسام، من یتیم نیستم.»

حسام از جا پرید، چشمانش از شدت خشم سرخ شدند.

بهرام دستش را کشید که او را بنشاند. می‌ترسید که همه چیز از بین برود. اگر حسام را آرام نمی‌کرد، او را برای همیشه از دست می‌داد. «قول دادی عصبانی نشی.»

«فقط یه قول بهت دادم. اینکه آزادت کنم. بفرما.» به صحرا اشاره کرد. «ولی برعکس، تو فقط دروغ تحویلم دادی. هنوز هم داری دروغ می‌گی. تو همه زندگی حرفه‌ای منو نابود کردی. به یه فراری تبدیلم کردی. هنوز کارت فقط ریا و فریبه.»

«الان دارم حقیقت رو بهت می‌گم.»

«چه حقیقتی؟ که کردی؟ پس بی‌بی کیه؟ یه دروغگو مثل تو؟ یا یه احمق مثل من؟»

«من... تقریبا یتیمم.»

«دوست دارم بدونم. اسم تو اصلا بهرام هست یا نیست؟»

از بغض، بینیش می‌سوخت. چشمانش پر از اشک شده بود. چطور باید او را قانع می‌کرد که منظور بدی نداشت؟

حسام از او فاصله گرفت. «حتی اسمت هم دروغه!»

بهرام به دنبالش دوید. «حسام؟ حسام؟» شنهای داغ، پایش را می‌سوزاند. «بذار توضیح بدم. خواهش می‌کنم.»

«نه. هر چی توضیح دادی بسه.»

«این شاید تنها راهی باشه که بتونیم از مرز رد بشیم.»

«به جهنم. بذار بگیرنم. مهم نیست.» قدمهایش را سریع‌تر کرد.

چشمانش را مالید و فریاد زد: «خانواده‌ام انداختنم بیرون! وقتی ۱۴ ساله بودم. فهمیدن همجنسگرام.»

حسام توقف کرد.

«به محض اینکه اینو فهمیدن، مثل آشغال انداختنم بیرون. شبانه تبعیدم کردن.» به گونه‌اش دست کشید که اشکهایش را پاک کند. تعریف کرد که به تهران فرستاده شده بود ولی در طی راه فرار کرده و به آبادان رفته است. «به همه گفتم که یتیمم و اسمم بهرامه.»

آفتاب روی چهره حسام می‌درخشید. «اسم واقعیت چیه؟»

«فواد.»

«فواد؟»

دیگر کاملا به گریه افتاده بود. صورتش را تمیز کرد. «می‌خواستم یه کسی بشم. نه یه کونی کثیف و به درد نخور! می‌خواستم آدم محترمی بشم. می‌خواستم مرد باشم.»

حسام به او نزدیک شد و دستش را روی شانه‌اش گذاشت. دلش به رحم آمده بود. «مرد هستی، فواد.»

هق هق گریه نفسش را بند آورده بود. حقیقت را اعتراف کرده بود و یارش هنوز همراهش بود. در اثر گریه، فکش به لرزش افتاده بود.

«چرا بهم چیزی نگفتی؟»

«واسه اینکه می‌ترسیدم.»

«از من؟»

«از یه پاسدار. کسی که اختیارشو داره که آزادم کنه یا اینکه کاری کنه به مرگ محکوم بشم. حتی اگه یه شب با من بودی، ممکن بود روز بعد ازم خسته بشی. یا اینکه علاقه‌ات به منو از دست بدی. یا اینکه یه کاری بکنم که ناراحت بشی و بخوای درس عبرتی بهم بدی. زندانی هیچ حق و حقوق نداره. من هم می‌ترسیدم همه زندگیم رو برات تعریف کنم. تو که از کردها بدت میاد. نمی‌خوام بمیرم.»

حسام سر تکان داد انگار کم کم منظورش را می‌فهمید. «من از زندان متنفرم.»

«من هم.»

«از کردها هم بدم نمیاد.»

«گفتی می‌خواستی در جنگ کردستان علیه کردها شرکت کنی.»

«از تجزیه‌طلبی دل خوشی ندارم. اون هم خیلی مهم نیست.» حسام او را در آغوش گرفت و ادامه داد: «نمی‌دونم چی کار کنم که در برابر تو اینقدر ضعیفم. نمی‌تونم در برابرت مقاومت کنم.»

«اگه دروغ گفتم برای این بود که امنیتم رو حفظ کنم. ولی دیگه دروغ نمی‌گم. قول می‌دم. منو ببخش.»

نظامی سابق موهایش را صاف می‌کرد. «تو هم منو ببخش. هدفم این نبود که ناخواسته به مرگ تهدیدت کنم.»

«می‌دونم.»

پیشانیش را بوسید و خنده غم‌انگیزی سر داد. «اسم‌هامون دیگه همقافیه نیستن.»

«چی؟»

«مهم نیست. چرت می‌گم.»

بهرام دست او را در دست گرفت.

حسام پرسید: «پس کسی که می‌تونه ما رو از مرز رد کنه کیه؟»

اشکهایش را پاک کرد.

«صبر کن ببینم! اگه خونواده‌ات بیرونت کردن، چرا باید حالا بیان به ما کمک کنن؟ صدقه سری دوست پسرت که پاسدار بوده؟»

«نمی‌دونم. امیدوارم جنگ ترسونده باشدشون. سه سال پیش منو نکشتند، گرچه براشون راحت‌تر بود. اگه ببینن جونمون در خطره، امیدوارم کمک کنن. تازه، شاید خوشحال بشن ببینن زنده‌ام.»

حسام نتیجه گرفت: «پس تو الان سه ساله که باهاشون تماس نگرفتی؟ به هر حال به نظر من، فکر بده. ولی از بقیه ایده‌هات کمتر بده!» حسام به او تنه زد. «برو، کفشهای غلام رو بردار. پابرهنه که نمی‌تونی بیای.»

به پوتینها نگاه کرد که در دوردست روی شنها قرار داشتند. «نه. نمی‌خوام. پامو می‌زنه.» در جیپ را باز کرد و سوار شد. پایش به شئ پارچه‌ای زیر صندلی خورد. آن را از زیر صندلی بیرون کشید. چفیه بود.

«گمونم مال دوست طالب باشه.» حسام اتومبیل را روشن کرد و وارد جاده شد.

«تو همیشه مدرک جرم توی ماشینت نگه می‌داری؟»

«کاملا یادم رفته بود.»

طالب. یادش به خیر. «هیچوقت چفیه سرت کردی؟ حتما خیلی بهت میاد!»

«تو این فرار فی البداهه، همین رو کم داشتیم که پاسدار انقلاب، یونیفورم سپاه بپوشه و چفیه سرش کنه. عالیه. و همراه معشوق همجنسش دو تایی عازم کردستان بشن! دیگه بهتره رو پیشونی‌مون بنویسیم: ما ضد انقلابیم، لطفا شلیک کنید!»

به چفیه دست کشید. «من این رو سرم می‌کردم. طالب خوشش میومد.» آن را بویید. هیچ اثری از عطر طالب در آن نمانده بود. فقط بوی خاک می‌داد.

«خیلی طالب رو دوست داشتی؟»

فواد دستش را از پنجره بیرون برد. مجله پیکار و چفیه طالب را رها کرد. «آره. منتها یه مردی پیدا کردم که از طالب هم بیشتر دوستش دارم.» دستش را روی ران حسام گذاشت.

حسام دستش را به لبش آورد و بوسید. لبخند زد. «آدمو جادو می‌کنی. پسر ساحر.»

فواد هم دست حسام را بوسه زد.

حسام گفت: «خب دیگه، عشق و عاشقی بسه! ما هنوز در راه فرار گیر کردیم.» حق با او بود. «اگه امروز زنده بمونیم، واقعا شانس آوردیم.»

۱۷ تیر ۱۳۵۹

سنندج

فواد ساکت روی صندلی کنار راننده نشسته و به جاده خیره شده بود. به حسام قول داده بود که دیگر چیزی را از او پنهان نکند، مخصوصا اکنون که جان هر دویشان در خطر بود.

در راه، به یک ایست بازرسی سپاه رسیدند. هر دو یونیفورم سپاه به تن داشتند و وانمود کردند که از عملیات ویژه‌ای بازمی‌گردند. پاسداران به آنها اجازه رد شدن دادند. نزدیک سنندج، به ایست بازرسی کردها رسیدند. فواد مطمئن نبود که جاش بودند یا نه، ولی راه چاره‌ای نداشت جز اینکه آرزو کند نباشند. اسم واقعیش را به آنها گفت. وقتی شنیدند که از طایفه کریمی است، گذاشتند عبور کنند. همانطور که قول داده بود، تمام گفتگو را برای حسام از کردی ترجمه کرد.

از نیمه شبْ گذشته بود که به سنندج رسیدند. خیابانها خلوت و تاریک بودند. چند بار از مقابل خرابه‌هایی رد شدند که چیزی جز تیرآهن و آجر و سیمان نبودند.

ساختمانهایی که در اثر آتش آرپی‌جی یا نارنجک ویران شده بودند. برخی دیوارها از شلیک گلوله سوراخ شده بود. در چنین وضعی تشخیص خیابانها مشکل بود. جنگ چهره شهر را مجروح کرده بود.

«گمونم اینجا باید بپیچیم دست چپ.»

حسام پیچید. «کجا داریم می‌ریم؟»

«خونه دانیار. با هم بزرگ شدیم. اون و زنش، عاطفه. شاید تا حالا یکی دو تا بچه داشته باشن.»

«از خونه پدر مادرت بهتره؟»

فواد از سر لجبازی نمی‌خواست به خانه والدینش برود. «اونهان که نمی‌خواستن منو ببینن.»

«پس دانیار کسیه که...»

حرفش را تایید کرد. «اون ماجرا سالها پیش اتفاق افتاد. نگران نباش. دیگه بین‌مون چیزی نیست.»

«پس دانیار باعث این شده بود که از اینجا... بری؟»

فواد گفت که همینطور است.

«با این حساب هنوز هم می‌خوای بری خونه اون؟»

«آدم بد ذاتی نیست. شاید می‌خواسته به یه کسی پز بده که به پسر بانو غلبه کرده. بعدش هم دیگه کاری از دستش برنمی‌اومده.» فواد این طور حدس می‌زد.

«بانو مادر تو و بزرگ طایفه است؟»

«آره. مادرسالار خاندان کریمی.»

«واسه همین نمی‌خوای ببینیش؟ که تنبیه‌اش کنی؟»

فواد ساکت ماند. والدینش می‌خواستند که ناپدید شود. شده بود. احتمالا فکر می‌کردند که کشته شده است.

«متاسفم فواد.»

منظره به چشمش آشنا آمد. «اینجا واستا! گمونم همین جاست.»

حسام پارک کرد. «مطمئنی مشکلی نیست که این طوری لباس پوشیدیم؟» به یونیفورم سپاه اشاره کرد.

«از لخت بودن که بهتره.»

یارش نخندید.

فواد پابرهنه از خودرو پیاده شد. در زد. جوابی در کار نبود. «شاید با شروع جنگ از اینجا رفته‌ان.» محکمتر در زد.

حسام اطراف را پایید.

فواد می‌خواست برای بار آخر در بزند که در باز شد. بانو مقابلش ایستاده بود. حس می‌کرد تمام عضلاتش چوب شده‌اند.

بهت‌زده، بانو به او نگاه می‌کرد. انگار جن دیده بود.

فواد شاید واقعا هم جن شده بود. پس از سه سال که بهرام نامیده می‌شد، هویت سابقش برای خودش هم ناآشنا بود.

صدای عاطفه از درون خانه به گوش رسید. «ئەوە کێیە؟» دم در آمد و چشمانش گرد شد. فریاد زد: «فواد! فواد؟ ئای خوایا. ئەتۆ زیندوویت! دانیار، وەرە بۆ ئێرە، فواد گەڕاوەتەوە.»

فواد به مادرش نگاه کرد. ده سال پیر شده بود. موهایش سفید و دور چشمانش پر از چروک شده بود. در نور کدر شب، اشکهایش روی گونه برق می‌زد. بانو به سمتش قدم برداشت و بغلش کرد.

باید چیزی می‌گفت. ولی چه؟

دانیار لنگان لنگان به طرف آنها آمد. «فواد! بەڕاست ئەوە تۆی؟»

بانو ناباورانه اعلام کرد: «کوڕەکەم گەڕاوەتەوە.»

دانیار او را در آغوش گرفت و صورتش را بوسید. «ئێمە بەڕاستی نیگەران بووین. ئێمە وامان زانیبووکە تۆ لەسەر جەوسەقەکە مردووی.»

برای یک لحظه خجالت کشید که سالها آنها را در اضطراب نگه داشته است.

«سڵاو.» بهرغم چیزهایی که در گذشته پیش آمده بود، از دیدن دانیار خوشحال بود. «ئەمە، حیسامی هاوڕێمە.» دستش را روی شانه حسام گذاشت و آرام به جلو هلش داد و از دانیار خواست: «فارسی حرف بزن که بفهمه چی می‌گی.»

دانیار گفت: «خوش آمدی حسام.»

حسام با تردید دستش را دراز کرد.

دانیار او را به سینه‌اش فشرد و با او رو بوسی کرد. «غریبی نکن. رفیق فواد، رفیق منه! تو که فواد رو برگردوندی، مهمون افتخاری هستی.»

فواد می‌خواست گوشزد کند که کسی او را باز نگردانده بود. خودش با میل خودش بازگشته بود. ولی چیزی نگفت.

عاطفه ابراز احساسات کرد: «خدایا باورم نمی‌شه. بیاین تو. بفرمایین.»

دانیار دید که فواد پابرهنه است. «بیاین تو. کیف و چمدون دارین؟ حتما داستان مفصلی دارین.»

فواد جواب داد: «یه دست لباس می‌خوام. از این لباس پاسداری متنفرم.»

مشتاق اینکه از ماجرای آن خبردار شود، دانیار پرسید: «اصلا چرا این رو تنت کردی؟»

«حسام کمک کرد از زندان فرار کنم. تنها راهش همین بود. از اون موقع تا حالا، یه بند رانندگی می‌کردیم.»

«زندان بودی؟»

عاطفه میان حرفشان دوید: «مجروح شدی؟»

«الان تعریف می‌کنم.»

همگی وارد اتاق نشیمن شدند. چراغ کم نوری آنجا را به زحمت روشن می‌کرد. نشستند.

بانو به آهستگی سوال کرد: «کجا بودی؟»

فواد از او دلخور بود. «یه جای دور. تو که می‌خواستی از شر من راحت بشی.»

بانو با لحن شکست خورده‌ای پاسخ داد: «عزیز مایی فواد.»

عاطفه موضوع را عوض کرد: «حتما گرسنه‌این. می‌رم یه چیزی بیارم.»

دانیار درخواست کرد: «چای هم درست کن، لطفا. دستت درد نکنه.»

بانو به ناله گفت: «واسه‌ات عزاداری کردم، پسرم. این همه مدت کجا بودی؟»

«آبادان. بعدش هم تو زندان اهواز.»

حسام توضیح داد: «به بهانه رفتار مشکوک بازداشت شده بود و سر از بند سیاسی در آورد.»

از اینکه بلافاصله حسام گوشزد کرد که به جرم جنسی دستگیر نشده بود، خوشش آمد. از آنجا که سه سال پیش، خانواده‌اش او را به جرم همبستری با دانیار تبعید کرده بودند، حتما فرض می‌کردند که فواد به جرم همجنسگرایی بازداشت شده باشد.

دانیار پرسید: «با حزب دموکرات کردستان رابطه‌ای داشتی؟»

«نه. ولی چند تا از دوستهام هوادار پیکارن.»

«طرفداران پیکار میان کردستان برای کمک به ما... در جنگ علیه ارتش.»

«پس واسه همینه که زخمی شدی؟»

بانو حرفشان را قطع کرد. «پدرت رفته تهران خونه اجاره کنه.» شاید امیدوار بود که فواد در تهران به خانه آنها بازگردد. چهره‌اش سرد نبود، افسرده بود.

فواد نمی‌توانست جلوی خشم خود را بگیرد. طعنه زد: «حداقل اینجا نیست که از پسر خودش خجالت بکشه.»

دانیار دستانش را دور او گره زد. «تو خونه من، کسی از تو خجالت نمی‌کشه. برعکس، همه به تو افتخار می‌کنیم، فواد. تو تسلیم رسوم متحجر اجتماع نشدی.»

بانو به دانیار نگریست. آشکارا می‌خواست که میانجی شود.

فواد متوجه شد که دانیار آنجا را خانه خودش نامیده بود. حتی در حضور بانو، بزرگ خاندان، دانیار خود را مرد خانه می‌نامید. آیین طایفه را به نفع خود عوض کرده بود. دیگر جوانکی نبود که مجبورش کنند دوستش را تبعید کنند.

عاطفه به ظن او قطعیت بخشید: «تو عزیزترین مهمونی هستی که تا به حال داشتیم.»

فواد به زحمت آنچه را که می‌دید باور می‌کرد. کسانی که سه سال پیش، با سنگدلی فراوان بیرونش کرده بودند، امشب به او و دوست پسرش با آغوش باز خوشامد می‌گفتند. از خود پرسید که آیا حسام هم به اندازه او شگفت‌زده شده است. یونیفورم سپاه به جمع آنها حالت نابسامانی می‌داد. هرگز حسام را در لباس دیگری ندیده بود.

حسام معنای نگاهش را دریافت و از دانیار پرسید: «لطف می‌کنین یه دست لباس دیگه به من قرض بدین؟»

دانیار آنها را به اتاق خواب راهنمایی کرد. «من هم خیلی دوست دارم این لباس رو در بیاری.»

فواد زیر خنده زد. «همچین هم عوض نشدی!» همان حرفی بود که سه سال پیش موجب طرد فواد از خانه و خانواده شده بود.

دانیار خجالت کشید. «ببخشید. منظورم چیز دیگه‌ای بود.»

حسام به نجات او آمد. «یه پیرهنی، تی‌شرتی، هر چی باشه خوبه.»

زن صاحب خانه از آشپزخانه داد زد که آبگرمکن را روشن کرده است.

مرد میزبان در کمد را باز کرد و لباسها را نشانشان داد. «توی کشو زیرپوش و لباس زیر هست. حوله واسه‌تون می‌ذارم تو حموم.»

«مرسی دانیار.» فواد دیگر یقین داشت که تصمیم درستی برای بازگشت به آنجا گرفته است.

«فواد، از دیدنت فوق العاده خوشحالم.»

فواد به او که می‌لنگید کمک کرد روی تخت بنشیند. خودش کنار او نشست.

«از ته دل، معذرت می‌خوام.»

حسام گوشهایش را تیز کرده بود تا گفتگوی آن دو را بشنود. ولی وانمود می‌کرد که سخت مشغول انتخاب لباس است.

دانیار ادامه داد: «باید خیلی بیشتر مراقب می‌بودم. باید بیشتر از تو دفاع می‌کردم.»

فواد جواب داد: «من هیچوقت از دست تو ناراحت نبودم.» سپس حرفش را تصحیح کرد. «بودم. ولی دیگه نیستم. تقصیر تو نبود که منو به تهران فرستادن.»

برای انتخاب کلمات دچار مشکل شده بود. من‌من کنان گفت: «صد سال سیاه هم من چنین فکری به سرم نمی‌زد. باور کن هرگز قصد نداشتم... تو واسه خودت ابهتی داشتی. قرار بود بزرگ خاندان بشی. همه واسه تو احترام خاصی قائل می‌شدن. اینقدر همه چی به سرعت پیش اومد که من اصلا نهفمیدم چی شد.»

اگر بزرگ خاندان شده بود، امکان نداشت بتواند از ازدواج با یک زن طفره رود. میزبانش را دلداری داد. «اشکال نداره. تو هم مثل من بچه بودی.»

«اگه می‌تونستم زمان رو به عقب برگردونم...»

«غصه نخور. من خیلی از تو خوشم میومد. می‌دونستم که هم‌احساس من نیستی. فکر می‌کردم شاهکار کردم که از کنجکاوی تو...» نفس عمیقی کشید. صادقانه در این مورد حرف زدن مشکل بود. اما وقت زیادی نداشت. «تو این کار رو از روی ماجراجویی انجام دادی. واسه تو فقط یه آزمایش بود. ولی واسه من...»

دانیار اظهار پیشمانی کرد. «من احمق بودم. می‌خواستم به رخ عاطفه بکشم که خیلی مردانگی به خرج داده‌ام.»

پس عاطفه بود که به پدر مادرش خبر داده بود.

«هزار بار معذرت خواست. من از طرف اون...»

فواد حرفش را قطع کرد. «بسه معذرت خواهی. گذشته‌ها گذشته.» اگر در سنندج

مانده بود، مجبور می‌شد در جنگ شرکت کند. شاید به جای دانیار، خودش زخمی می‌شد. شاید در جنگ هلاک می‌شد.

مرد میزبان شانه‌اش را تکان داد که از آن افکار او را بیرون آورد. «خیلی دلم برات تنگ شده بود.»

حسام فالگوش ایستاده بود و به لباسها ور می‌رفت.

دانیار ادامه داد: «مادرت خیلی عذاب کشید. فهمید که از روی ترس عمل کرده بود ولی بعد از اینکه تو ناپدید شدی، دیگه نمی‌تونست جبرانش کنه. فواد جان، نمی‌دونم تو چه سختی‌هایی کشیدی. ولی با مادرت با سنگدلی برخورد نکن. همون اشتباهی رو تکرار نکن که اون در مورد تو کرد.»

فواد به حسام نگاه کرد که سرش را به علامت توافق تکان می‌داد.

«خیلی واسه‌ات سوگواری کرد. ندیدی چقدر پیر شده؟ دیگه اون آدم قبلی نیست. بهش فرصت بده. حالا که قلبشو به روت وا کرده، نزن تو ذوقش.»

مهمان جوان به پای زخمی او نگاه کرد. «باشه. بهش فکر می‌کنم.»

«قربونت برم. ولی خیلی لفتش نده.»

حسام به طرف آنها آمد. «اگه مادر من خبر داشت، حتما بدتر از اینا واکنش نشون می‌داد.»

فواد به فکر فرو رفت.

«ببخشید. من هم چه پررو همین جوری نشسته‌ام.» دانیار دستش را روی شانه فواد گذاشت و از آن به عنوان عصا استفاده کرد که بلند شود. «شما جوونهای عاشق رو تنها می‌ذارم. آب حموم تا یه ساعت دیگه گرم می‌شه.»

حسام تشکر کرد.

در حالی که دانیار از اتاق خارج می‌شد، فواد گفت: «یه دقیقه صبر کن. یه لطف دیگه‌ای هم می‌کنی؟»

«چاکرم.»

«باید بهمون کمک کنی بریم ترکیه.»

چهره صاحب خانه جدی شد. «اینجا نمی‌مونی؟»

به علامت منفی سر تکان داد.

پس از لحظه‌ای درنگ، دانیار تسلیم شد. «باشه. می‌پرسم برات.»

«به سرعت لطفا. باید فردا از مرز بگذریم.»

«امکان نداره. تازه بعد از سه سال برگشتی.»

فواد پافشاری کرد. «آره ولی نمی‌تونیم اینجا بمونیم. هر چی بیشتر صبر کنیم احتمال اینکه بتونیم از مرز رد بشیم، کمتر می‌شه. زندگی شما رو هم به خطر می‌اندازیم.»

مرد مجروح مثل بادکنکی که بادش خالی شده باشد، قیافه گرفت. «زندانی سیاسی بودی؟»

«آره. خوشبختانه حسام مدرک علیه‌ام رو از بین برد. ولی تو زندان، افتادم دست یه دشمن قدیمی. مجبور شدیم بدون هیچ برنامه قبلی، فرار کنیم.»

دانیار به حسام رو کرد. «من هیچ‌وقت شجاعتش رو نداشتم همچین کاری بکنم. ای والله.»

«اختیار داری. شما که حاضر بودی تو جنگ شرکت کنی و مجروح هم بشی. من فقط عاشق یک زندانی شدم.» از اینکه این کلمه از دهانش پریده بود رنگش سفید شد و به من‌من افتاد: «نمی‌شد بذارم تو هلفدونی بمونه.»

«خجالت نکش، داداش. می‌بخشید من خیلی بی‌پرده حرف می‌زنم. تو جنگ یاد گرفتم حرفی که تو دلمه باید بزنم. وگرنه شاید فرصت دیگه‌ای برای زدنش نباشه. خیلی خب. بچه‌ها لباس عوض کنین و بیاین یه چیزی با هم بخوریم.» دانیار با پای لنگ از اتاق خارج شد.

حسام مشغول عوض کردن لباس شد.

فواد به یارش نزدیک شد و درخواست کرد: «برگرد.»

اطاعت کرد.

فواد دستش را روی سینه برهنه او گذاشت. تپش قلبش را احساس می‌کرد. «تا حالا اینجوری ندیدمت. همیشه اون لباس نکبت سپاه تنت بود.» موی کم‌پشت و لطیفی، وسط سینه‌اش را پوشانده بود.

با لبخند شیطنت آمیزی پرسید: «نظرت چیه؟»

لبش را گاز گرفت. «بدک نیست!»

به خنده افتاد. «ول کن. مادرت تو اتاق دیگه است.»

«مگه نشنیدی؟ تو خونه دانیار، بنده مهمون افتخاری هستم. همه باید در خدمت من باشن.»

لحن حسام تغییر کرد. «حق با دانیاره. باید مادرت رو ببخشی. همه‌شون رو. ببین چقدر حتی از من غریبه مهمان نوازی می‌کنن.»

«تو مال منی! باید هم با تو همین طور رفتار کنن. خودم هم امشب باهات خوب رفتار می‌کنم.» لب محبوبش را بوسید و تخت خواب را به او نشان داد.

۱۷ تیر ۱۳۵۹

ارومیه

پس از یک مذاکره کوتاه، فواد همه را قانع کرد که صلاح نیست دانیار آنها را به مرز ببرد. گریز سه مرد جوان از ناحیه جنگی مظنون به نظر می‌آمد. مخصوصا که یکی از آنها مجروح هم بوده باشد. برنامه جدیدی تدبیر کردند. این قصه بیشتر باورکردنی بود که حسام و عاطفه زوج باشند و فواد برادر عاطفه. چرا که هر دوی آنها کردی بلد بودند و اگر به مامور بدگمانی برخورد می‌کردند، می‌توانستند به خوبی نقش خواهر و برادری را بازی کنند که اهل سنندج هستند. بهانه سفر غیرمنتظره‌شان، حامله بودن فرضی عاطفه بود. برای این کار، یک کوسن کوچک به زیر پیراهنش بسته بود. از جیپ زرد رنگ حسام هم دیگر استفاده نمی‌کردند و به جای آن، سوار پیکان لکنته دانیار می‌شدند. کسانی که در اثر جنگ متواری شده بودند، نمی‌بایست خودروی شیک و نو می‌داشتند.

بقیه داستان را عاطفه سر هم کرد: از منطقه جنگی فرار می‌کردند که زمان به دنیا آمدن بچه، نزد والدین عاطفه باشند. هنوز عصر نشده بود که به ارومیه رسیدند. دو مرد جوان با عاطفه خداحافظی کردند و جنب ترمینال اتوبوس پیاده‌اش کردند. او مجددا عازم سنندج شد. ولی این بار دیگر حامله نبود. چند چهار راه دورتر، دو جوان فراری منتظر قاچاقچی ماندند.

کاری جز انتظار نداشتند. پس شروع به صحبت کردند. حسام اعتراف کرد که یکی از دلایل بازگشتش به ایران هراس از محبت فراوان اومبرتو بود. ولی هم اکنون هر دو در راه فرار از ایران بودند به امید اینکه به کشوری مثل ایتالیا مهاجرت کنند.

فواد افسوس می‌خورد که آن قدر برای دلبندش دردسر ایجاد کرده است. ولی در عین حال از اینکه او از سپاه جدا شده بود، احساس خرسندی می‌کرد.

پاسدارها به طور حتم، عکس حسام را داشتند. عکسی که خودش چند ماه پیش، زمان ثبت نام در سپاه به آنها داده بود. پیدا کردن عکس فواد مشکل‌تر بود. محبوبش هنگام گریز، پرونده او را همراه خود آورده و دانیار صبح همان روز آن را آتش زده بود. ولی کافی بود که کسی به خانه بی‌بی مراجعه کند و عکسی از وی بیابد. کار سختی نبود. از زمان فرار از زندان، بیش از ۲۴ ساعت می‌گذشت. شاید همین دقایق عکس هر دوی آنها به تمام پایگاه‌های سپاه در سراسر کشور مخابره می‌شد.

دلدارش کاپوت ماشین را باز کرد.

فواد پرسید: «چی کار می‌کنی؟»

«بهانه می‌تراشم که چرا یک ساعته تو خیابون به انتظار نشستیم.»

چند وقت دیگر باید منتظر رابطشان می‌ماندند؟ قاچاقچی آشنا بود ولی به او اطمینان کامل نداشتند. پول نقدشان را پنهان کرده بودند. می‌ترسیدند که بی‌دلیل هزینه سفر را چند برابر کند. فواد از اینکه از دانیار پول گرفته بود، شرمنده بود. حداقل در عوض ماشین جیپ را به او داده بودند.

دانیار که چند سال پیش باعث تبعید او شده بود، حالا راهی برای ترمیم رابطه‌شان یافته و برای خروج فواد و دوستش از ایران چاره‌ای پیدا کرده بود. بانو با چشم خیس به آنها در حالی که برنامه فرار را می‌ریختند، نگاه می‌کرد. عاطفه برای همراهی با آن دو، این همه راه را تا ارومیه آمده بود. هر کسی برای جبران اشتباه گذشته، تلاش کرده بود.

قبل از اینکه عازم سنندج شوند، فواد عکسی از آن سه نفر به یادگار برداشته بود.

همانطور که چشم به راه قاچاقچی بودند، متوجه شدند که ماشین بنزی به آنها نزدیک می‌شود. راننده آن، یونیفورم سپاه به تن داشت. سرعتش را کم کرد و سرانجام کنارشان متوقف شد. فواد روی صندلی لم داد تا چهره‌اش از بیرون دیده نشود. در گفتگو با پاسدار، آیا باید لهجه ترکی را تقلید می‌کرد؟ نه. اگر آن فرد نظامی ترکی بلد بود، فواد نمی‌توانست جوابش را بدهد.

«سلام علیکم.»

حسام با او دست داد و گفت: «عصر شما به خیر، برادر. خدا قوت.»

پیکان را به دقت زیر نظر گرفت. «این قراضه راه هم می‌ره؟»

«هنوز یکی دو سال دووم میاره.»

«پس حداقل تمیزش کن. پلاکش چی شده؟»

دانیار اصرار داشت که پلاک ماشین را بردارند که تعقیب آن ساده نباشد.

حسام شانه بالا انداخت. «چند روز پیش تو یه تصادف افتاد. تا چند وقت من اصلا متوجه نشده بودم.»

پاسدار باتردید به او خیره شد. «اهل اینجا نیستی.»

«نه از...»

فواد در دل هشدار داد که شهری را ذکر کند که لهجه قابل تشخیصی نداشته باشد. از ماشین بیرون پرید. «از کرج میایم.»

«راه درازیه.»

حسام پاسخ داد: «آره. واسه همینه که ماشین خسته شده!»

«چند وقت تو راه بودین؟»

فواد فاصله را در ذهنش تخمین زد. «حدود ۱۲ ساعت.»

پاسدار شگفت‌زده شد. «۱۲ ساعت؟! اینجا اومدین چی کار؟»

«واسه دیدن عموم اومدیم.»

پاسدار از حسام پرسید: «تو چی؟»

فواد بیدرنگ ادامه داد: «پسر عمومه. اومدیم دیدن خانواده‌اش.»

نظامی به دو مسافر زل زد. انگار که دنبال شباهت خانوادگی می‌گشت. «کجاست خونه‌شون؟»

«تلفن کردیم که بیان و این ماشین لکنته رو هم بکسل کنن. دیگه الان پیداشون می‌شه.» لحظه‌ای صبر کرد که حسام وارد بحث شود.

«چیزیش نیست! فقط داغ کرده. یه کم که سرد بشه دوباره راه میفته. جوش نزن.»

پاسدار مداخله کرد: «توی خیابون نذارینش.»

«عموم اینا می‌رسن الان.»

حسام اعتراض کرد: «گفتم که! داغ کرده.» به پاسدار گفت: «نگران نباش برادر. ولش نمی‌کنم تو خیابون. سوارش می‌شم می‌برمش خونه.»

فواد طعنه زد: «نمی‌دونم اصلا واسه چی از این گاری دست بر نمی‌داری. اگه تو بیابون خراب می‌شد چی؟»

حسام مسخره‌اش کرد: «چرا کادیلاک خودتو نیاوردی پسر عمو؟»

پاسدار به خنده افتاد. «پسر عموت راست می‌گه. اینقدر نمک نشناس نباش.» با احترامی که تازه برای حسام به دست آورده بود، به او گفت: «بعضی آدمها فقط بلدن

غر بزنن و ایراد بگیرن!» به طرف بنزش به راه افتاد. «اگه گشنه شدی، ته خیابون یه چایخونه هست.». از فعل مفرد استفاده کرد گویا که چایخانه حاضر نمی‌شد از فواد پذیرایی کند.

«دستت درد نکنه برادر. خسته نباشی.»

فواد از شدت شرم خیالی، سر به زیر انداخت. ولی یواشکی پاسدار را زیر نظر داشت که سوار بنز شد و رفت. سپس جرات کرد نفس راحتی بکشد. «نزدیک بودا!» حسام به کنار او آمد و به ماشین تکیه داد. «انگار بنده خیلی دوست‌داشتنی‌ام! اگه تو نبودی، یارو دعوتم می‌کرد شام.»

«کم کم دارم نگران می‌شم.» حوصله شوخی نداشت. دستش را روی شیشه پنجره گذاشت. با سرانگشت‌هایش، دست یارش را لمس می‌کرد و از این تماس نیرو می‌گرفت. دوست داشت که حسام دلداریش دهد که قاچاقچی به زودی خواهد رسید.

زمزمه کنان، حسام پرسید: «چند وقت دیگه باید صبر کنیم؟»

فواد احساس مسئولیت می‌کرد. اگر به خاطر او نبود، حسام در اهواز مشغول کار می‌بود. آیا بی‌بی را نیز به خطر انداخته بود؟ نکند اسدی فکر می‌کرد که بی‌بی از نشریه خوانی او خبر دارد! مجید چه؟ آیا خطری او را تهدید می‌کرد؟ این فکر آزارش می‌داد که هر کجا می‌رفت، آن را ویران می‌کرد. پس از رابطه با دانیار تبعید شده بود. طالب از دست او از کشور خارج شده بود. اکنون نیز علاقه‌اش به حسام باعث این شده بود که فراری شود. شاید سزاوار آن بود که دوباره بازداشت شود تا دیگر نتواند زندگی دیگران را نابود کند.

افکار منفی را از سر بیرون کرد. با لکنت زبان گفت: «منو ببخش حسام.» اسدی قصد انتقام جویی از هر دوی آنها را داشت. اگر بازداشت می‌شدند، بدون شک به اعدام محکوم می‌شدند. آیا حلق آویزشان می‌کردند یا تیرباران؟

باید حسام را نجات می‌داد. باید او را تنها می‌گذاشت. بدون فواد، احتمال زنده ماندن حسام بیشتر بود. از حسام خواست که سوار ماشین شود. داخل خودرو می‌شد بدون اینکه عابری صدایشان را بشنوند، با هم حرف بزنند.

حسام اطاعت کرد و با کنجکاوی به او خیره شد. «چی شده؟ چیزی به فکرت رسیده؟»

«ساعت چنده؟» آیا هنوز جای امیدواری بود؟

«چند دقیقه از هفت گذشته.»

دیگر نمی‌شد وانمود کرد که قاچاقچی دیر کرده است و به زودی خواهد رسید.

«قرار بود دو ساعت پیش بیاد. حتما اتفاقی افتاده.»

حسام نفس عمیقی کشید. «کس دیگه‌ای رو می‌شناسی که بشه ازش کمک گرفت؟ می‌خوای به دانیار زنگ بزنیم؟»

«دیگه کاری از دستمون برنمیاد. چاره‌ای نیست.»

«یعنی چی؟»

«حسام، نمی‌تونیم از کشور خارج بشیم. به احتمال زیاد، تا حالا عکسهامون رو به تمام مرزبانی‌ها فرستاده‌ان.»

«احتمالش هست. ولی نمی‌شه مطمئن بود.»

«مطمئنم فرستاده‌ان.»

«خب پیشنهاد تو چیه؟»

التماس کنان گفت: «حسام، باید منو تسلیم پاسدارها کنی.»

او را جدی نگرفت. «چی می‌گی؟ گمونم از شدت نگرانی، قاطی کردی.»

«اگه بگیرن‌مون، دوتایی اعدام می‌شیم. باید خودت رو نجات بدی.»

حسام با پشت دست، درجه حرارت پیشانی فواد را چک کرد. گویا هذیان می‌گفت.

«باید منو تحویلشون بدی. بگو که سلاحت رو گرفته بودم و مجبورت کرده بودم فراریم بدی.»

«همچین کاری نمی‌کنم.»

دستش را محکم روی داشبورد فرود آورد. «مجبوری!»

حسام دلداریش داد. «هنوز کلی جا برای زندگی داریم. اینقدر تو رُم جا هست که می‌خوام بهت نشون بدم.»

«واسه امید و آرزو وقت نیست. تو رو خدا! منو به اونها تسلیم کن. اگه این جوری پیدامون کنن، تو رو هم می‌کشن.»

«خودت خوب می‌دونی اسدی می‌خواد باهات چی کار کنه. حاضرم کشته بشم و تو رو دست اون ندم.»

به بازوی حسام مشت زد. «راه چاره‌ای نداری.» باز هم به او کوبید. «مجبوری.» مشت می‌زد.

حسام دستهایش را محکم گرفت. «بسه! ادای بچه‌ها رو در نیار.»

چشمانش می‌سوخت. سعی کرد دستانش را آزاد کند. حسام رهایش کرد.

«تو نمی‌فهمی من چی می‌گم. من زندگی همه رو داغون می‌کنم. مثل سیلی که پشت سرش فقط نابودی و ویرانیه. قبل از اینکه تو هم غرق بشی، باید خودتو نجات بدی.»

«آروم باش. من تنهایی نمی‌تونم از پس فرار بربیام.»

«منو ببر سپاه.»

«تو رو می‌برم ترکیه. یه راهی پیدا می‌کنیم. اونجا زندگی‌مون در خطر نیست. می‌ریم دفتر پناهندگی سازمان ملل. به احتمال زیاد می‌فرستن‌مون ایتالیا.»

اشکهای فواد جاری شده بود. «باید بری و منو تنها بذاری.»

«با هم می‌ریم ترکیه. می‌شنوی چی می‌گم؟»

فواد صورتش را پاک کرد.

حسام به پشتی صندلی تکیه داد. «به سعید تلفن می‌کنم. اهل تبریزه. شاید تو

ارومیه هم کسی رو بشناسه.»

«نمی‌تونی زنگ بزنی. تلفنش شاید شنود بشه. همخونه سابقش نفوذی بوده.»

«صدام رو عوض می‌کنم.»

«نه. خیلی خطرناکه. تازه از کجا می‌فهمه تویی؟» نمی‌توانست جلوی گریه‌اش را بگیرد.

«بیا.» حسام پیاده شد. به طرف فواد آمد و او را از ماشین بیرون کشید. عابری که از کنارشان می‌گذشت، گفت: «غم آخرتون باشه.» فکر کرده بود فواد در حال عزاداری است.

منتظر شد که رهگذر دور شود. همانطور که صورتش را خشک می‌کرد، زمزمه‌کنان گفت: «نمی‌تونیم از مرز رد بشیم. کارمون زاره.»

حسام یک بطری آب به او داد و اصرار کرد که جرعه‌ای بنوشد. پس از چندی، حسام برنامه‌اش را برای او تعریف کرد و او را به باجه تلفن عمومی برد. شماره گرفت و گوشی را به فواد داد. «عادی رفتار کن.»

با اکراه گوشی را در دست گرفت. «الو؟ سعید جان؟» صدایش در اثر گریستن تغییر کرده بود. «تویی؟ شناختی؟ منم. محسن.»

حسام به علامت توافق سر تکان داد.

فواد ادامه داد: «دستت درد نکنه این همه هدیه فرستادی.» نفسی کشید. «مخصوصا از این لیوان سبزه خیلی خوشم اومد.» منتظر شد که سعید جوابی دهد به آن نشان که منظورش را فهمیده است.

سعید به حرف آمد و با داستان او همراهی کرد. بی‌تردید لیوان سبز پلاستیکی را به یاد داشت که حدود ده روز پیش برای زندانی سابق آورده بود.

«باشه. آره. خوبه اون هم. ما اومدیم ارومیه دیدن عمو رحمان. ولی آدرسسشو گم کردیم.» به این بهانه، از سعید آدرسی خواست که به جای خانه امن از آن استفاده کنند. امیدوار بود که سعید معنای حرفش را درک کرده باشد.

حسام اتومبیل را کنار خیابان پارک کرد. «اینجاست.»

فواد به مناره سبز مسجد نگاهی کرد. «مطمئنی می‌شه بهش اعتماد کرد؟»

موتور را خاموش کرد. «سعید آدم درست‌کاریه. وقتی فکر می‌کرد که من تو رو کتک می‌زنم، دائم انتقاد می‌کرد که چرا اینقدر بد با تو برخورد می‌کنم.»

«شاید حالا نظرش عوض شده باشه. شاید می‌خواد بازداشت بشیم. شاید خودش دلش می‌خواد کمک کنه ولی رابط مسجد، باهاش مخالف باشه.» از تمام مخفیگاه‌های ممکن، هرگز گمان نمی‌کرد روزی به مسجد پناه آورد.

«من چندین ماه با سعید تو یه خونه زندگی کردم. آدم خوبیه. با تو هم که همیشه خوش برخورد بوده. جلوی من، عسل چشم صدات می‌کرد.»

هنوز شک داشت. «من می‌ترسم.»

«تو آدمی نیستی که به این راحتی تسلیم بشه. یادته تو زندون چقدر قلدری می‌کردی؟ اون روحیه بهرام رو دوباره پیدا کن. ما دوتایی بدون پول و برنامه و تجهیزات فرار کردیم و به اینجا رسیدیم. نترس. اعتماد به نفس داشته باش.»

فواد ولی احساس شجاعت نمی‌کرد. خسته بود.

«در بچگی تنهایی رفتی آبادان. واسه خودت از نو زندگی ساختی. می‌تونی دوباره هم این کار رو بکنی. این دفعه من هم باهاتم.» حسام به سر در مسجد نگاهی کرد و آب دهانش را قورت داد. «به خاطر من! تنهایی از پس این کار برنمیام. بیا بریم.»

به اکراه موافقت کرد و دنبال یارش به راه افتاد.

وقتی رسیدند، مرد میانسالی با عبا و ریش سیاه به استقبالشان آمد. توضیح دادند که از دوستان سعید توفیق هستند و اجازه خواستند که شب را آنجا سپری کنند. روحانی اسم سعید را شناخت و ایشان را دعوت کرد وارد شوند. کفشهایشان را در آوردند.

بدون مقدمه، روحانی اظهار داشت: «مذهب باید مقدس نگه داشته بشه.» حتما از شرایط پناهجویی آنها حدس زده بود که حضورشان در آنجا دلیل سیاسی داشت. «باید از سیاست جدا باشه. همیشه سیاست فعلی، مورد پسند بعضیها هست ولی بقیه را ناراضی می‌کنه. بعضی رو به چپ هدایت می‌کنه و بعضی رو به راست. برای همین، مذهب باید از سیاست محفوظ نگه داشته بشه تا فراز و نشیب نظریات سیاسی، در ایمان و پاکدامنی مردم اثری نداشته باشه.» دو مرد جوان را به اتاق آورد.

حسام از او تشکر کرد.

«شام خوردین؟»

حسام سر تکان داد. «تشکر. ولی در این شرایط اشتهایی نیست. لطف دارین.»

«پس همین جا باشین. من زود برمی‌گردم.»

فواد به اطراف اتاق نگاه کرد. فرش قرمزی روی زمین پهن بود و روی دیوارها، آیه‌های قرآن به خط خوش نوشته و قاب شده بود. بوی گلاب می‌آمد. چهارزانو روی زمین نشست و به پشتی تکیه داد. حسام کنارش نشست.

«حالا چی؟»

حسام جواب داد: «تو یه کم استراحت کن. بقیه‌اش با من. قیافه‌ات خیلی خسته است.»

توان آن را نداشت که بحث کند. کاش می‌توانست پاهایش را دراز کند. ولی به نظر مودبانه نمی‌آمد. چشمانش را بست.

۱۸ تیر ۱۳۵۹

ارومیه

فواد چشمانش را باز کرد. حسام شانه‌اش را تکان می‌داد. «بلند شو. پا شو. باید بریم.»

«چی شده؟» چشمانش را مالید.

«باید بریم. همین الان.»

«چه خبره؟» اطراف را پایید.

مرد روحانی آنجا ایستاده بود. «پسرم، اخباری شنیدیم. شاید حقیقت نداشته باشه ولی باید احتیاط کرد.»

سرش را بالا کرد. «چه خبری؟»

حسام دستش را کشید و بلندش کرد. «که کودتا شده. شاید شایعه باشه، شاید هم نه.»

«بهتره عجله کنین.» روحانی از اتاق خارج شد.

«باید بریم فواد. شوخی نیست.»

فواد دنبال او رفت و شکایت کرد و گفت: «نمی‌فهمم.»

حسام به آرامی او را هل داد. «باید بلافاصله از مرز رد بشیم. وقتی برای فکر کردن نیست.»

روحانی توضیح داد: «اگر واقعا کودتا شده باشه، مرزها را خواهند بست.»

«اگه تو مرزبانی شناسایی‌مون کردن چی؟»

«احتمالش هست. ولی چاره‌ای نداریم.» حسام جواب داد و از روحانی تشکر کرد. «نگهدارنده خداوند تبارک و تعالی است. من فقط خادمم.»

حسام موتور ماشین را روشن کرد و با سرعت زیاد به راه افتاد. پیدا بود که از پیش نقشه راه را جویا شده است. فاصله‌شان تا مرز ترکیه حدود ۵۵ کیلومتر بود.

از منظره و جاده روبرو چیز زیادی پیدا نبود. چراغ ماشین تنها چند متر مقابل را روشن می‌کرد. تنها چیزی که دیده می‌شد آسفالت بود که ترک خورده بود و گهگاه چاله‌ای در آن وجود داشت.

به ایست بازرسی رسیدند. حسام خودرو را متوقف کرد و زمزمه کرد: «فواد، رفتارت معمولی باشه. ساکت بشین و هیچی نگو.»

ماموری با لباس نظامی پشت پنجره حسام ظاهر شد. «گذرنامه.»

«شب به خیر برادر. حال شما؟»

سرباز به فواد نگاهی کرد و تکرار نمود: «گذرنامه.»

حسام با اشتیاق کاذب گفت: «از راه درازی اومدیم. من امشب پدر شدم!»

فواد دستانش را محکم روی پایش فشار می‌داد. مشاهده کرد که حسام هم فرمان را محکم گرفته بود.

«پاسپورتهاتون رو بده ببینم. صندوق عقب هم باز کن.»

در برابرشان دروازه‌ای قرار داشت که دورش سیم خاردار پیچیده شده بود.

پشت آن، خاک ترکیه بود که تا چشم کار می‌کرد امتداد داشت. با آن تنها حدود ۱۳۰ متر فاصله داشتند. ولی چقدر دور به نظر می‌رسید. نزدیک اتاقک مرزبانی ایران، دو سرباز مسلح دیگر ایستاده بودند. یکی از آنها از طریق بی‌سیم با کسی مشغول مکالمه بود. به مامور سوم علامت داد که مرز را ببندد.

سرباز کنار پنجره حسام فریاد زد: «مگه کری؟ گذرنامه‌هاتونو بدین تا مغزتونو خالی نکردم رو زمین.»

ماموری که بی‌سیم به دست داشت، فریاد زد: «حجت! یه لحظه بیا اینجا.»

حجت دستور داد: «همین جا صبر کنین.» به سمت دو سرباز دیگر به راه افتاد.

فواد هشدار داد: «دارن مرز رو می‌بندن.»

حسام چیزی زمزمه کرد که فواد نشنید. ناگهان صدای سابیده شدن لاستیک تایر روی آسفالت، گوشش را آزار داد. یکی از سربازها سوت کشید. دیگری علامت راهنمایی ایست را بلند کرد. حسام سرعت ماشین را بیشتر کرد.

حجت فریاد زد: «ایست! ایست!»

سربازان از جاده به کنار پریدند که زیر ماشین له نشوند. سیم خاردار به شیشه ماشین سابید و صدای دل‌ریشی بلند شد. گویی که شیشه تا چند لحظه دیگر می‌شکست. ولی به جای آن، سیم پاره شد و ماشین از خط عبور کرد.

صدای شلیک شنیده شد. سپس شلیک دوم و سوم. پیکان به ارتعاش درآمد و روی جاده خاکی تلق تلق کنان پیش می‌رفت. یکی از تایرها در اثر اصابت گلوله پنچر شده بود. مقابل آنها، دروازه دیگری بود و دو سرباز دیگر کنارش ایستاده بودند. آنها اسلحه‌شان را به سمت حسام نشانه گرفتند. چیزی را فریاد زدند که فواد نفهمید. سپس داد زدند: «Stop!»

ناگهان حسام با تمام قدرت ترمز کرد. گرد و خاک بلند شد. فواد چیز زیادی نمی‌دید. حسام دستانش را به علامت تسلیم بلند کرد. فواد هم همینطور.

حسام التماس می‌کرد: «Don’t shoot!»

فواد مطمئن بود که سربازان ترکی آنها را به ماموران ایرانی تحویل خواهند داد.

زندگی پرماجرایی را پشت سر گذاشته بود. در این ۱۷ سال گذشته چه تجربیات مختلف و زیبایی داشت. ادای شلاق خوردن در آوردن. گذراندن شب کنار حسام در سلول انفرادی. تلاش برای رسیدن به دانشگاه در زمان درگیری. به سر کردن چفیه طالب و در آغوش گرفتن او. آشنا شدن با مجید. کتک زدن بیرحمانه اسدی در برابر تماشاچیان. خوابیدن با دانیار. زندگی خوبی را به انتها رسانده بود. تسلیم و اعدام شدن، پایان منطقی این پیشامدها بود. وقت آن بود که شکست را بپذیرد.

دوسرباز ترکی به آن دو نزدیک شدند و دو طرف اتومبیل ایستادند. هر کدامشان اسلحه را به طرف مسافران نشان گرفتند.

حسام با ترس و لرز اعلام کرد: «پناهنده سیاسی هستیم.» سپس به انگلیسی اشتباه تکرار کرد: «We refugee!»

مرزبانان ترک دستور دادند که پیاده شوند. آن دو دستهایشان را در هوا نگه داشتند. ولی به جای اینکه ماموران مجبورشان کنند به طرف مرز ایران بازگردند، ایشان را به اتاقک مرزبانی ترکیه راهنمایی کردند. یکی از آنها به سربازان ایرانی رو کرد و با صدای بلند به ترکی چیزی گفت.

حجت از طرف خاک ایران فریاد زد: «خائنا!»

فواد برگشت و دید که حجت چشم از تماشای آنها برداشت و به سمت اتاقک خود رفت. تمام تنش می‌لرزید و دندانهایش به هم می‌خوردند. نمی‌توانست واکنش دیگری نشان دهد.

نگاهش به حسام افتاد که او نیز هنوز دستهایش بالا بود. دهانش از شگفت‌زدگی باز مانده بود. ناباورانه گفت: «رسیدیم.»

با چشمان مملو از اشک، فواد به رویش لبخند زد.

سپاسگزاری

اندی، به خاطر کمک و حمایت تو بود که من توانستم سالهای سال در مورد موضوعات مطرح در این کتاب، تحقیق و پژوهش کنم، روزنامه‌های آن وقت ایران را مطالعه کنم، کتابهای خاطرات زندان را بخوانم، و نشریات سیاسی را زیر و رو کنم.

مادر عزیزم، متشکرم که از دوران کودکی تشویقم کردی که داستانهایی را که در ذهنم شکل می‌گرفتند، بنویسم. حتی اولین داستان کوتاهم را تو برای ناشر فرستادی. مدیون تو هستم.

منیره جان، از زحمات بی‌دریغ شما بسیار ممنونم. هم در ویرایش متن فارسی این داستان دست داشتید و هم در تحقیق و بررسی جزئیات تاریخی. نمی‌دانم چطور از لطف و محبت شما قدردانی کنم.

از رویا برومند عزیز و لادن برومند گرامی تشکر می‌کنم. تحقیق در مورد وقایع تاریخی را از شما یاد گرفتم. همیشه یادآوری می‌کردید که باید حقیقت را بازگو کرد، چه با معیارهای امروزی پسندیده باشد، چه نه.

نسیم خاکسار گرامی، از اینکه در مورد زندان کارون با من صحبت کردید و نقشه آن را برایم فرستادید، بسیار سپاسگزارم.

با تشکر فراوان از آرشیو اسناد اپوزیسیون ایران (Iran-Archive.com). با استفاده از کتابخانه اینترنتی شما بود که توانستم در مورد طرز فکر سازمانهای مختلف سیاسی در سال ۹۵ تحقیق کنم. بازنویسی قطعه‌ای از مقاله نشریه پیکار هم از همین راه امکان‌پذیر شد.

همچنین با قدردانی از جسیکا بل برای طراحی جلد کتاب و با سپاس از میراجول کایال برای طراحی صفحه.

و با سپاس فراوان از شما خواننده عزیز.

با احترام،
همور